ANDREAS WINKELMANN

DER FAHRER

THRILLER

ROWOHLT
TASCHENBUCH
VERLAG

Originalausgabe
Veröffentlicht im Rowohlt Taschenbuch Verlag,
Hamburg, Juli 2020

Redaktion Katharina Naumann
Covergestaltung Hafen Werbeagentur, Hamburg
Coverabbildung Supadit Artwichai / EyeEm / Getty Images;
Akirastock / istock; textures.com
Satz aus der Kepler Std. bei Dörlemann Satz, Lemförde
Druck und Bindung CPI books GmbH, Leck, Germany
ISBN 978-3-499-00038-6

Die Rowohlt Verlage haben sich zu einer nachhaltigen Buchproduktion verpflichtet. Gemeinsam mit unseren Partnern und Lieferanten setzen wir uns für eine klimaneutrale Buchproduktion ein, die den Erwerb von Klimazertifikaten zur Kompensation des CO_2-Ausstoßes einschließt.
www.klimaneutralerverlag.de

FSC www.fsc.org
MIX
Papier aus verantwortungsvollen Quellen
FSC® C083411

PROLOG

Er wischte im roten Licht der Kerzen den Staub vom Granit. Plötzlich erinnerte er sich wieder an all das Blut.

An die gerissene Hülle, den zerstörten Körper, der es nicht länger bewahren konnte. Unaufhaltsam war es zwischen seinen Fingern hindurchgeflossen, hatte seine Hände rot gefärbt, so wie es jetzt das Licht der Kerzen tat, war auf den nassen Asphalt getropft, hatte sich dort mit dem Regenwasser vermischt, um in den Gully und schließlich fortgespült zu werden.

Ihr Fleisch noch in den Händen, hatte er diesem roten Strom nachgeschaut und begriffen, dass diese Straßen einen Blutzoll verlangten. Er stand ihnen zu, heute und für alle Zeiten, und es war an ihm, dafür Sorge zu tragen. Keine Stimme in seinem Inneren befahl es ihm, es war keine Vision, er litt an keiner Geisteskrankheit. Es war ganz einfach nur seine Pflicht. Diese Straßen waren nicht länger tote schwarze Bänder, nicht nur Asphalt und Beton, nein, sie waren die Lebensadern dieser Stadt, und wie in allen anderen Adern auch musste Blut in ihnen fließen.

Vielleicht hatte er diese Erinnerung noch einmal gebraucht, jetzt, kurz bevor es wirklich losging. Denn dort oben wartete sein erstes Opfer, ans Bett gebunden, und es gab einen bedeutenden Unterschied zwischen Planung und Ausführung. Zwischen rotem Licht auf den Händen oder Blut, das daran klebte.

Aber er hatte sich entschieden, schon damals, als der Blutstrom den Gully füllte. Also erhob er sich von diesem stillen Ort, der zu seinem Zuhause geworden war, und ging hinüber.

Dunkel lag das Haus vor ihm. Kein Fenster war erleuchtet. Ohne Zögern trat er durch die Tür, wandte sich nach rechts, stieg die Treppe ins erste Stockwerk hinauf und von dort aus die hölzernen Stufen ins Dachgeschoss, wo er das Versteck eingerichtet hatte. Sie knarrten unter seinem Gewicht. Ganz leise nur, er glaubte nicht, dass sie es hören konnte.

Aber sie tat es doch.

Er hätte es wissen müssen.

Auf dem Nachtschrank neben dem Bett, das er selbst auseinandergebaut, hier hinaufgeschleppt und wieder zusammengesetzt hatte, brannte ein kleines Licht. Nur wenig davon erreichte ihr Gesicht, aber es war genug, um der Panik, dem Wahnsinn darin Konturen zu verleihen. Tief in die Haut eingegrabenes Leiden, die Täler mit schwarzen Schatten gefüllt, in den Augen ein letztes Glimmen.

«Wer ist da? Bist du es? Ja, du bist es, ich kann es spüren. Bring sie zu mir, hörst du, ich will sie hier haben, hier bei mir, sie soll sterben vor Angst, hörst du. Ich will, dass sie stirbt vor Angst. Jetzt und für alle Zeiten.»

Er hatte sich entschieden, das Monster zu töten.

Also nahm er das Kissen und drückte es auf ihr Gesicht.

Erstickte den Wahnsinn, die Schuld und die Verzweiflung.

KAPITEL 1

1

«Nein ... bitte, nicht schon wieder!»

Von einer Sekunde auf die andere raste Krystina Zollers Herz, das Blut schoss ihr heiß in Ohren und Wangen.

Aus dem Fahrerfenster des schwarzen Wagens, der sie soeben überholt hatte, ragte eine Polizeikelle, die ungeduldig auf und ab geschwenkt wurde. Das Blinklicht wies sie an, an den rechten Fahrbahnrand zu fahren.

Hastig ließ Krystina ihr Handy in der Handtasche auf dem Beifahrersitz verschwinden. Gerade hatte sie noch einmal die Reaktionen auf ihren letzten Post bei Instagram überprüft. Das Foto war wirklich gut geworden und gefiel immerhin schon 421 Followern. Wirklich interessiert hatte sie jedoch nur dieser eine Kommentar: *just_niclas* hatte geschrieben, ihre Augen machten ihn fertig. Das war vielleicht nicht besonders originell, klang aber ehrlich und authentisch. Niclas war schließlich Mechaniker, kein Poet. In Gedanken an ihn und voller Vorfreude auf den morgigen Abend war sie wieder einmal zu schnell gefahren, aber das war nicht das Hauptproblem. Sie hatte einen Mai Tai getrunken. Zwar schon vor zwei Stunden, und sie spürte nichts von dem Alkohol, aber wenn die Bullen sie pusten ließen, war sie dran.

Drakonische Geldstrafe, Fahrverbot, Punkte in Flensburg, das volle Programm.

Warum hatte sie dem Drängen des Gastes nur nachgegeben, der ihr unbedingt einen Cocktail ausgeben wollte? Sie wusste doch, wie das lief. Und warum war sie nicht mit MyDriver gefahren, so wie die anderen Abende auch, wenn sie etwas getrunken hatte? Der neue Fahrdienstanbieter betrieb eine Haltestelle keine zwanzig Meter vom *Flying Dutchman* entfernt, das war unglaublich praktisch, auch für die Gäste, und deren Preise waren wirklich unschlagbar.

All dass schoss ihr durch den Kopf, als sie ihren Wagen an den Straßenrand lenkte. Zehn Meter hinter dem zivilen schwarzen Wagen mit Hamburger Kennzeichen kam sie zum Stehen.

Über ihr schlossen sich die belaubten Äste der Bäume zu einem schwarzen Dach, durch das der Mondschein nicht drang. Ausgerechnet hier, in dieser düsteren Ecke des Stadtparks, musste die Streife sie stoppen.

Die Bremsleuchten des Polizeiwagens erloschen, die Kelle wurde eingeholt, das Warnblinklicht ersetzte den Blinker. In vorauseilendem Gehorsam schaltete Krystina ebenfalls ihre Warnleuchten ein und gab sich der irrationalen Hoffnung hin, dieses vorbildliche Verhalten könnte die Polizisten milde stimmen.

Wider Erwarten flogen die Türen des Wagens nicht sofort auf, und es kamen auch keine böse dreinschauenden Beamten auf sie zugestürmt. Ganz im Gegenteil tat sich zunächst einmal gar nichts. Das Ticken des Warnblinklichts schien immer lauter zu werden.

Auf dem Beifahrersitz des Zivilfahrzeugs saß eine weibliche Beamtin mit langen blonden Haaren. Sie hielt ihren Kopf leicht geneigt und wurde von fahlblauem Licht angestrahlt. Wahrscheinlich überprüfte sie auf dem Computer bereits ihr Konto in Flensburg.

Plötzlich war Krystina nach Heulen zumute. Der Kloß in ihrem Hals ließ sich kaum mehr herunterschlucken.

«Bitte, bitte, lieber Gott, lass mich noch dieses eine Mal ohne Strafe davonkommen. Ich schwöre, ich fahre ab jetzt langsamer, und ich werde nie wieder fahren, wenn ich getrunken habe», sagte sie leise.

Zwar wusste Krystina, sie würde diesen Schwur nicht einhalten können, denn ihr Charakter, ihr ganzes Wesen waren auf Geschwindigkeit gepolt und immerhin ja auch von Gott so gemacht worden, aber in diesem Moment meinte sie es ehrlich und nahm es sich fest vor.

Im Wagen flackerte das bläuliche Licht kurz auf, und Krystina schien es, als bewegte die blonde Beamtin den Kopf. Jäh wurde die Fahrertür aufgestoßen, ein Fuß in einem schwarzen Stiefel fest auf den Asphalt gestellt. In dieser Position verharrte der Moment, so als wäre die Zeit plötzlich eingefroren. Von hinten näherten sich die Scheinwerfer eines Fahrzeuges, wurden größer und größer, füllten Innen- und Seitenspiegel aus, bis der Wagen an Krystinas Ford Focus vorbeizog. Erst als er auch den zivilen Polizeiwagen passiert hatte, stieg der Beamte aus.

Er trug die übliche Uniform aus nachtblauer Hose und nachtblauem Hemd. Bevor Krystina jedoch sein Gesicht erkennen konnte, blendete er sie mit einer starken Taschenlampe mit kaltem Licht.

Krystina musste den Blick abwenden und eine Hand vor die Augen halten. Mit der anderen Hand betätigte sie den elektrischen Fensterheber und ließ die Scheibe herab. Sofort drang die frische Nachtluft ins Wageninnere und kühlte die erhitzte Haut ihrer Wangen.

Der Polizist war groß und kräftig, so viel konnte Krystina

hinter dem Lichtkegel der Taschenlampe erkennen, aber nicht mehr. Er blieb vorn an der Motorhaube stehen.

Der hatte doch wohl seine Hand nicht auf der Waffe liegen, oder?!

«Würden Sie bitte aussteigen und zu meiner Kollegin gehen!», rief er.

«Hören Sie ...», begann Krystina mit dieser piepsigen Kleinmädchenstimme, in die sie verfiel, wenn sie es mit Autoritäten zu tun bekam. «Ich weiß, ich war ein klein bisschen zu schnell, das tut mir leid, und ich verspreche, es wird nie wieder vorkommen, aber könnten Sie nicht ...»

«Gehen Sie bitte zu meiner Kollegin», unterbrach sie der Polizist. Sein Tonfall war scharf und autoritär. Krystina wagte es nicht, seine Anweisung zu missachten, obwohl sie für den Bruchteil einer Sekunde daran dachte. Es war kein wirklicher Gedanke, eher ein Bauchgefühl, das ihr riet, den Wagen nicht zu verlassen, stattdessen besser die Scheibe hochzufahren und die Türen zu verriegeln.

Doch sie öffnete die Tür und stieg aus. Der Lichtstrahl der Taschenlampe wanderte auf ihren Brustkorb und verharrte dort. Von dem Beamten erkannte sie nicht mehr als dessen Umrisse.

Irgendwas stimmt hier nicht, dachte Krystina.

«Meine Kollegin wartet auf Sie, gehen Sie bitte zu ihr», sagte der Polizist. Vielleicht war diese Vorgehensweise nachts ja üblich: Der männliche Beamte sicherte, während seine Partnerin im Wagen blieb und von dort aus die Formalitäten erledigte. Krystina kannte sich mit dem Prozedere der Polizei nicht aus. Bisher war sie immer nur in mobile Radarfallen gefahren.

«Bin ich denn viel zu schnell gewesen?», fragte sie und

ging auf den Polizisten zu. Der wich vor ihr zurück und achtete darauf, dass sie im Lichtkegel der Taschenlampe blieb.

«Meine Kollegin erklärt es Ihnen», antwortete er.

Der Mann wirkte auf Krystina unnahbar und abweisend. Aber da war noch mehr. Eine Ausstrahlung, eine Aura, die Krystina als böse empfand. Sie hatte sensible Sinne für so etwas, eine Gabe, die sie von ihrer Großmutter geerbt hatte.

Ohne die Beamtin auf dem Beifahrersitz wäre Krystina vielleicht doch wieder in ihren Wagen gestiegen und hätte die Türen verriegelt. So aber riss sie sich zusammen und ging zwischen den beiden Fahrzeugen hindurch zur Beifahrerseite des Polizeiwagens. Langes blondes Haar leuchtete zwischen Kopfstütze und Rückenlehne. Die Scheibe in der Beifahrertür war bereits heruntergelassen. Krystina sah, dass auf den Oberschenkeln der Polizistin ein eingeschalteter Laptop lag. Von dessen Display stammte das bläuliche Licht.

Krystina trat neben die Tür, strich sich das dunkelbraune Haar aus dem Gesicht und zwang sich zu einem Lächeln, obwohl ihr schon wieder nach Heulen zumute war.

«Entschuldigen Sie bitte, ich bin so müde und wollte einfach nur schnell nach Hause und ins Bett, und da habe ich ...»

Krystina stockte.

Einen Moment lang begriff sie nicht, was sie da sah, und als ihr Gehirn die Information endlich verarbeitet hatte, war es zu spät.

Sie wollte sich aufrichten, warf einen Blick hinter sich und sah die Taschenlampe in einem engen Bogen auf sich zuschnellen. Der harte Aluminiumschaft erwischte sie an der Schläfe. Krystina sackte auf der Stelle zusammen. Sie fiel gegen den Streifenwagen, und während sie bäuchlings daran herabglitt, sah sie noch einmal in das grauenhafte Gesicht der Polizistin.

Ein weiterer Hieb mit der Lampe, und alles wurde schwarz.

2

«Zehn ... neun ... acht ... sieben ... sechs ... fünf ... vier ... drei ... zwei ... eins ...

Herzlichen Glückwunsch!»

Ein angetrunkener Chor aus über fünfzig Stimmen setzte zu einer Jubelarie an, einige applaudierten, Gläser stießen klirrend gegeneinander. Der Discjockey stimmte «For he's a jolly good fellow» an, und ein Sturm der Gratulationen brach über Jens Kerner herein.

Keine Chance, sich zu wehren.

Sie umringten ihn, umarmten ihn, schüttelten ihm die Hand, klopften ihm auf die Schulter, küssten seine Wangen, machten Selfies mit ihm. Und er ließ all das über sich ergehen.

Jens Kerner hasste Partys. Die, bei denen er im Mittelpunkt stand, erst recht. Er hasste den Lärm und das Gerede, die Pflicht zu tanzen und überhaupt die Erwartung, eine ganze Nacht lang gute Laune zu haben. *For he's a jolly good fellow* passte auf ihn ungefähr genauso gut wie auf den Papst. Jens wollte kein lustiger Kerl sein – aber was spielte das für eine Rolle, wenn er seine Kollegin Rebecca Oswald damit glücklich machen konnte.

Und das konnte er!

Sie hatte diese Party hinter seinem Rücken geplant und organisiert. Und er, der große Ermittler, hatte nichts davon mitbekommen, obwohl sie doch so ziemlich mit jedem aus dem 33. Kommissariat gesprochen haben musste. Heute Abend um neun Uhr hatte sie ihn dann angerufen und gebeten, sie aus der Lobby eines Hotels abzuholen, wo sie angeblich gefeiert und zu viel getrunken hatte, um selbst noch fahren zu können. Also hatte er sich von Clint Eastwoods «Gran Torino» gelöst, seine ausgebeulte Lieblings-Jogginghose gegen eine Jeans ersetzt, sich ein bisschen hübsch gemacht – zum Glück – und war aufgebrochen.

Vorgefunden hatte er eine leere Hotellobby, aber keine Becca. Dafür einen betont harmlos dreinschauenden Rezeptionisten, der ihn bat mitzukommen.

Und dann das große Hallo im extra für diese Zwecke angemieteten Saal des Hotels. Kolleginnen und Kollegen, Bekannte, Freunde, mittendrin Becca, freudestrahlend und mit geröteten Wangen. Sie hatte es sogar geschafft, dass seine Chefin, die unterkühlte Baumgärtner, gekommen war. Und als wäre das nicht schon genug, schickte genau diese sich nun an, eine Rede zu halten.

Mareike Baumgärtner, Kriminalrätin und Chefin des 33. Kommissariats am Wiesendamm in Hamburg, war auf die Bühne an der Stirnseite des Saals gestiegen und schlug mit einem Dessertlöffel gegen ihr Sektglas. Zuerst nur leise, aber dann vehementer, bis alle Blicke sich ihr zuwendeten.

Noch bevor sie zu sprechen begann, wünschte Jens sich in seine Red Lady zurück. Auf die nächtlichen Straßen, wo er mitten in der Millionenstadt Hamburg noch Ruhe und Einsamkeit spürte. Aber keine Chance – er hatte den

Schlüssel dem Rezeptionisten geben müssen, damit der den Wagen einparken ließ, weil die Meute ihn nicht wieder hatte gehen lassen wollen.

«Vierundfünfzig», begann die Baumgärtner, und Jens verzog das Gesicht. Musste denn wirklich jeder sein Alter kennen?

«Und kein bisschen weise», fügte sie hinzu und erntete einige Lacher.

«Immer geradeheraus, immer mit dem Kopf durch die Wand, so kennen wir unseren geschätzten Kollegen Jens Kerner. Ich gebe zu, anfangs hatte ich meine Probleme mit seinem Charakter und seiner Unfähigkeit, sich einzuordnen, Vorgaben und Anweisungen zu beachten, ein Teamplayer zu sein. Ach was, anfangs ... nach drei Jahren im 33. Kommissariat habe ich immer noch Probleme damit. Andererseits ...», fuhr die Baumgärtner fort, «weiß man bei Jens Kerner immer, woran man ist. Man wird nicht betrogen, er spielt keine Spielchen, und wenn er einen für einen auf Hochglanz polierten Kühlschrank hält, dann sagt er das auch.»

Jens spürte die Hitze der Schuld in seinen Kopf steigen. Woher wusste die Baumgärtner, dass er sie so bezeichnet hatte? Ihr selbst hatte er das nie gesagt. Irgendeine Kollegin oder irgendein Kollege musste gequatscht haben.

Herrje, war das peinlich! Wäre er doch bloß zu Hause geblieben, bei seinem alten Kumpel Clint, dem es scheißegal war, was die anderen über ihn dachten.

«Jens Kerner ist kein Mann vieler Worte, sondern ein Mann der Tat. Und wie heißt es doch so treffend: An ihren Taten sollt ihr sie erkennen. Das habe ich. Ich habe Jens Kerner an seinen Taten erkannt, und ich denke, alle anderen hier im Saal ebenso. Ich habe also einen Mann und Kollegen erkannt, auf den ich mich verlassen kann, der immer da ist, wenn er wirklich gebraucht wird, der ein sehr starkes Gerechtigkeitsempfinden hat, der Menschen respektiert, wenn sie es sich verdient haben, nicht wegen ihres Ranges – zu meinem Leidwesen. Kurzum, ich habe einen Mann alten Schlages erkannt, wie er heutzutage selten geworden ist. Einen Mann wie meinen Vater, den ich jeden Tag vermisse.»

Nach einer kurzen Pause hob sie das Glas.

«Auf Ihr Wohl, Herr Kerner. Bleiben Sie, wie Sie sind. Darauf zählen wir alle hier!»

Ein Saal voller Blicke wandte sich Jens zu, und schon wollte Applaus aufbranden, doch da schob die Baumgärtner noch einen Satz nach.

«Bevor ich es vergesse: Für die Zukunft würde ich doch eine Ihrem Alter angemessene Weisheit begrüßen. Vielleicht können Sie sich darum ja etwas bemühen!»

Doch ihre Worte gingen in dem ansteigenden Lärmpegel unter, niemand wollte ihr noch zuhören. Vielleicht war Jens sogar der Einzige, der diese Aufforderung mitbekam. Jemand drückte ihm ein Glas Sekt in die Hand, er musste anstoßen, bis er den Arm kaum noch heben konnte, und die ganze Zeit fragte er sich, wo eigentlich Becca abgeblieben war. Es war fünf vor zwölf gewesen, als er sie zuletzt gesehen hatte. Da berührte ihn etwas an der Wade, und er fuhr herum.

Da saß sie in ihrem Rollstuhl, den sie nach einem billigen Ikea-Holzstuhl Ivar nannte, und sah ihn an. Sie hatte sich in Schale geworfen für dieses Ereignis, trug ein langes schwarzes Kleid mit freien Schultern – ein Outfit, in dem Jens sie nie zuvor gesehen hatte. Ihre Oberarme waren kräftig und durchtrainiert vom Rollifahren und vom Rudern, um ihren Hals trug sie eine Silberkette mit einem Amulett in Form einer Sonne. Das *passt*, dachte Jens. Für ihn war Becca mit ihrem nahezu unzerstörbaren fröhlichen Gemüt ein richtiger Sonnenschein.

«Alles klar?», fragte sie.

Jens nickte.

«Dann komm her.»

Sie beugte sich vor und streckte die Arme aus. An der Innenseite ihres linken Oberarms entdeckte er ein kleines Tattoo, das er nie zuvor gesehen hatte. Drei Worte, die er auf die Schnelle nicht entziffern konnte.

Jens stellte das Sektglas auf einem Tisch ab und ließ sich von Becca umarmen. Sie fühlte sich warm an und duftete dezent nach einem teuren Parfum.

«Aus tiefstem Herzen alles Gute», flüsterte sie in sein Ohr, und in seinem Nacken stellten sich die Härchen auf.

«Danke.»

«Entschuldige bitte ... ich weiß, du magst dieses Brimborium nicht, aber ich finde, du hast es verdient, dass all diese Menschen dich feiern. Verzeihst du mir?»

«Längst verziehen», sagte er und wollte sich wieder aufrichten, doch Becca ließ ihn nicht los.

«Ich muss dir noch etwas sagen, und ich finde, heute ist der richtige Tag dafür», flüsterte sie mit den Lippen an seinem Ohr. «Weißt du eigentlich, dass ich dich ...»

«Jetzt ist aber Schluss, ihr Turteltäubchen!», rief eine markante männliche Stimme und schnitt Becca damit das Wort ab. Eine kräftige Pranke landete auf Jens' Schulter, sodass ihm nichts anderes übrig blieb, als sich aufzurichten.

Augenblicklich riss Rolf Hagenah Jens an seine Brust. Hagenah, Hamburger Streifenpolizist und Urgestein, war in bier- und rührseliger Laune.

«Genau ... Weisheit ... da hat die Baumgärtner recht», stammelte er sentimental. «Damit du uns noch ein paar Jahre erhalten bleibst und nicht in eine Kugel läufst. Glückwunsch, mein Freund.»

Jens ließ auch dies über sich ergehen und bereute es, sich nicht schnell einen ordentlichen Alkoholpegel angetrunken zu haben.

Schon verlangten die nächsten Gäste nach Aufmerksamkeit. Schulterklopfen, Küsschen, Glückwünsche, Selfies; es hörte einfach nicht auf. Als die Prozession der Gratulanten endlich versiegte, war es an der Zeit, endlich die Frage zu stellen, die ihm schwer auf der Zunge lag. Also drehte er sich zu Becca um, die hinter ihm gewartet hatte, beugte sich hinunter und fragte:

«Was wolltest du gerade sagen ... bevor Hagenah dich unterbrach?»

«Bring mich weg von hier, und ich sage es dir unter vier Augen», antwortete sie, und der Blick aus ihren großen braunen Augen drehte ihm den Magen um.

«Jetzt? Du meinst ...»

Becca nickte. «Meine ich. Lass uns hier verschwinden.»

Jens trat hinter den Rollstuhl, packte die Griffe und schob Becca aus dem Saal. Niemand hielt sie auf, niemand fragte, wohin sie wollten. In der Hotellobby war es angenehm ruhig, und der Rezeptionist grinste Jens an, als wüsste er Bescheid.

Jens steuerte auf den Tresen zu, um seinen Autoschlüssel zu holen, doch Becca hielt ihn auf.

«Wohin willst du?», fragte sie.

«Nach Hause.»

«Heute Nacht bin ich hier zu Hause.» Becca hob die Hand mit der Schlüsselkarte des Hotels darin. «Zimmer 304.»

Die Aufforderung war so eindeutig, wie sie nur sein konnte. Jens sah Becca an; ihre Wangen leuchteten rosig, ihr lockiges braunes Haar glänzte im Licht der Deckenstrahler. Ihre Augen fanden einander, loteten Verlangen und Lust aus, und in diesem Moment fielen alle Barrieren, die bislang noch verhindert hatten, worüber Jens in seinen einsamen Nächten schon so oft nachgedacht hatte.

Er wollte zu ihr gehen und ihr die Schlüsselkarte abnehmen, als hinter ihm eine Stimme erklang, die ihm wie ein Messer in den Rücken fuhr.

«Hallo, Großer!»

3

Um 00:24 ging auf dem 33. Kommissariat am Wiesendamm im Hamburger Stadtteil Eppendorf ein Anruf ein. Ein Mann meldete ein verlassenes Auto, das mit offen stehender Fahrertür an der Otto-Wels-Straße parkte. Das war nur wenige Minuten vom 33. entfernt. Sofort machte sich eine Streife auf den Weg dorthin.

In dieser Nacht hatten Carina Reinicke und ihr jüngerer Kollege Levin Oktay Dienst und übernahmen den Einsatz. Besonders Carina hatte nicht die beste Laune, weil sie nicht an der Party zu Jens Kerners Geburtstag teilnehmen konnte. Seit sie Jens bei dem grausamen Fall um den Lieferdienst food2you besser kennengelernt hatte, mochte und respektierte sie ihn sehr und ließ keine Gelegenheit aus, mit ihm zu arbeiten. Carina hätte ihm gern während der Party gratuliert, aber natürlich musste irgendjemand auch Dienst schieben. Die Kollegen und Kolleginnen, die in Frage kamen, hatten Streichhölzer gezogen. Carina hatte einfach Pech gehabt.

Aber noch etwas anderes verdarb ihr die Laune.

Diese Unsicherheit seit Tagen. Sie musste endlich den Schwangerschaftstest machen, hatte aber Bammel davor.

«Fahr du!», sagte sie kurz angebunden und warf Levin die Schlüssel zu.

Er war zwei Jahre jünger als sie, ein Frischling, der seine Ausbildung gerade erst abgeschlossen hatte – das allerdings mit Bravour und Bestnoten. Levin war ein zurückhaltender junger Mann mit dunklen Augen, schwarzem Haar und nachdenklichem Blick.

Die Fahrt auf nahezu leeren Straßen dauerte nur wenige Minuten. Carina sah den Wagen, einen silbernen Ford Focus, schon von weitem.

Er stand leicht schräg am rechten Fahrbahnrand auf dem Parkstreifen unter den weit überhängenden Ästen der bereits dicht belaubten Bäume. Das Licht der Warnblinkanlage ließ die Bäume rhythmisch orange aufleuchten. Die weit geöffnete Fahrertür war ein unheilvolles Zeichen.

Eine gespenstische Szene, und obwohl noch nichts darauf hindeutete, dass hier gerade ein Verbrechen geschehen war, sagte ihr Bauchgefühl genau das.

«Park mit ein bisschen Abstand dahinter», wies sie ihren jungen Kollegen an.

Während Levin Oktay den Streifenwagen abbremste

und ebenfalls die Warnblinkleuchten einschaltete, funkte Carina die Zentrale an. Sie fragte, ob der Mann, der den Wagen gemeldet hatte, nicht die Anweisung erhalten habe, auf die Streife zu warten. Die Zentrale antwortete, man habe den Anrufer gebeten zu warten, aber er sei schon bei der Frage nach seinem Namen wenig kooperativ gewesen und lieber anonym geblieben.

Carina gab das Kennzeichen des Ford Focus an die Zentrale durch und bat darum, den Halter zu ermitteln. Dann stieg sie aus. Levin folgte ihr.

Sie gingen ein paar Schritte auf den Wagen zu und schauten sich um. Von den Insassen war nichts zu sehen. Niemand stand vornübergebeugt oder mit heruntergelassener Hose im Gebüsch, und es waren auch keine Geräusche zu hören, die auf eine Person in Not schließen ließen.

Levin Oktay erreichte das Heck des Wagens zuerst.

«Siehst du das?», fragte er.

Es war nicht zu übersehen.

Unter den Rand der schrägen Heckscheibe hatte jemand mit fluoreszierender Farbe ein Hashtag gemalt. Nicht sehr groß, aber doch deutlich zu sehen, da die spezielle Farbe das Licht der Scheinwerfer reflektierte und mit der Warnblinkanlage zu pulsieren schien.

Carina näherte sich der Fahrertür des Wagens, während Levin sich ein paar Meter seitlich hielt und aufmerksam die Umgebung im Blick behielt. Die rechte Hand lag auf seiner Dienstwaffe, der Halteverschluss war geöffnet.

Das Fahrzeuginnere war leer. In der Mittelkonsole lagen Lippenstift und Eyeliner.

Carina hatte das bedrückende Gefühl, zu spät zu kommen.

Sie richtete sich auf und schaute hinüber zum Stadtpark, der die Straße hier zu beiden Seiten säumte.

«Ich glaube, wir sollten Unterstützung rufen», sagte Carina gerade laut genug, damit Levin es hören konnte.

«Was, meinst du, ist hier passiert?», fragte er.

«Meine Ahnung sagt mir, nichts Gutes», antwortete Carina, ohne den Blick vom dunklen Rand des Stadtparks zu lösen.

«Geh zum Wagen und ruf in der Zentrale an. Wir brauchen ein paar Einheiten, um nach der Fahrerin zu suchen.»

«Fahrerin?»

«Ja. Und für mich sieht das nicht so aus, als hätte sie den Wagen freiwillig verlassen.»

«Alles klar!»

Levin eilte zum Streifenwagen. Carina zog sich von dem Ford Focus zurück, da sie ihn mittlerweile für einen Tatort hielt und ihn nicht mit ihren eigenen Spuren verunreinigen wollte. Jetzt ebenfalls mit einer Hand auf dem Griff ihrer Dienstwaffe, ging sie vor zur Motorhaube.

Was sie dort zu sehen bekam, ließ sie auf der Stelle erstarren.

«Scheiße», flüsterte sie, und es fühlte sich an, als griffe ihr eine eiskalte Hand in den Nacken.

4

«Karsten!?», stieß Jens Kerner aus.

Er war vollkommen perplex. Dieses Gesicht hatte er schon lange nicht mehr gesehen. In den vergangenen dreißig Jahren hatte es sich stark verändert, und doch erkannte er seinen kleinen Bruder sofort wieder. Das lag an den Augen. Diesen kleinen, dicht beieinanderstehenden und tiefliegenden Augen, über denen stets ein Schatten zu liegen schien.

Wie heißes Wasser aus einem isländischen Geysir schossen aus den Tiefen seiner Erinnerungen Bilder, Gedanken und Gefühle empor, die ihn taumeln ließen.

«DU!?», brachte Jens mühsam hervor.

Er konnte es nicht fassen. Sein kleiner Bruder, der schon als Kind und Jugendlicher stets Zwietracht gesät, manipuliert und intrigiert hatte. Der Jens' Eltern nur Kummer gemacht hatte, bis der Krebs und ein Herzinfarkt beiden den Tod gebracht hatten. Jens war zutiefst erschüttert, aber seine trainierte Beobachtungsgabe funktionierte noch, und er erkannte, dass Karsten nicht besonders überrascht wirkte – so als hätte er mit diesem Zusammentreffen gerechnet.

Deshalb galt Jens' nächster Blick Rebecca.

Sie schaute zu ihm auf, die Zimmerkarte noch in der Hand, die endlich hätte einlösen sollen, was zaghafte Küsse, neckische Spielereien und zweideutige Anmerkungen über einen langen Zeitraum versprochen hatten.

Beccas Blick flackerte unsicher.

Offenbar war ihr bewusst, dass sie einen entscheidenden Schritt zu weit gegangen war.

«Herzlichen Glückwunsch zum Geburtstag, großer Bruder», sagte Karsten und machte einen Schritt auf Jens zu. Er wagte es nicht, die Hand auszustrecken, aber seine offene Art und die verständnisvolle Milde in seinem Blick waren Provokation genug.

«Was willst du», fuhr Jens ihn an.

Karsten war ein wenig dick geworden, am Körper ebenso wie im Gesicht. Früher waren sie beide gertenschlank gewesen, das lag bei ihnen in der Familie, aber wie es schien, waren sie beide mit ihren guten Genen nicht gerade pfleglich umgegangen. Jens' Übergewicht, von dem er in den vergangenen Monaten einiges verloren hatte, stammte von zu wenig Bewegung und zu viel Essen, das wusste er. Bei Karsten jedoch schien es anders zu sein. Sein Gesicht wirkte aufgedunsen.

«Einen ersten Schritt machen», sagte Karsten.

«Dann rate ich dir, dass dich dein zweiter Schritt gleich wieder aus der Tür rausführt», entgegnete Jens.

Und an Rebecca gewandt fragte er: «Hast du ihn etwa eingeladen?»

«Jens, bitte, ich dachte ...»

«Ist schon gut», sprang Karsten ihr bei. «Ich habe damit gerechnet. Er war schon früher so unversöhnlich. Aber es war einen Versuch wert, und wer weiß, wenn er den ersten Schock überwunden hat, vielleicht erkennt er dann ja, wie viel guter Wille dahintersteckt.»

Vor allem steckte in dieser kleinen Ansprache so einiges, was Jens' Blut zum Kochen brachte.

Der Vorwurf, er sei schon immer ein unversöhnlicher Sturkopf gewesen und könne überdies Beccas gute Absicht nicht erkennen. Zudem ließ Karsten es so aussehen, als sei Jens schuld an dem Bruderstreit und nicht etwa er selbst. An seiner manipulativen Art hatte sich also nichts geändert, wie sollte es auch. Der grundlegende Charakter eines Menschen war unveränderlich.

«Hau ab!», stieß Jens aus.

Karsten schüttelte den Kopf.

«Tut mir leid, ich wohne hier.»

«Hier im Hotel?»

«Dafür sind Hotels da, nicht wahr.»

Jens versuchte, seinen Zorn zu unterdrücken, spürte aber, dass es ihm nicht viel länger gelingen würde. Er fühlte sich überrumpelt und vorgeführt und wusste nicht, wie er sich verhalten sollte.

«Dann genießt den Abend noch ohne mich», sagte er, ging zum Empfang und verlangte seinen Autoschlüssel, der ihm sofort ausgehändigt wurde.

«Jens ... bitte, warte doch», flehte Becca.

Doch er hörte nicht auf sie, beachtete sie nicht einmal mehr, sondern stürmte an seinem kleinen Bruder vorbei durch die Drehtür hinaus in die Mainacht.

Erst dort warf er einen Blick zurück durch die getönte Panoramascheibe ins Foyer des Hotels und sah Rebecca in ihrem schwarzen Kleid im Rollstuhl sitzen, klein, verletzlich, verzweifelt, und es brach ihm das Herz. Aber er konnte nicht zurück, konnte nicht über seinen Schatten springen, der in diesem Moment viel größer war als er selbst, weil all die Erinnerungen an die Vergangenheit ihn zu einem riesenhaften schwarzen Albtraum heranwachsen ließen.

5

Die Dunkelheit war vollkommen und schien Krystina einzuhüllen wie eine feste und zugleich nachgiebige Substanz. Sie konnte weder Arme noch Beine bewegen, nur den Kopf ein wenig, und als sie das tat, spürte sie, wie die Dunkelheit sich zusammendrücken ließ, ihren Bewegungen aber folgte und jede, für einen kurzen Moment entstehende winzige Lücke sofort wieder füllte. Dabei raschelte es, und sie spürte an den Wangen und der Stirn zarte Berührungen, die sie an den Flügelschlag eines Schmetterlings erinnerten. Sie wusste, wie sich das anfühlte. In ihrer Kindheit hatte sie so gern im Wildblumenfeld hinter dem Haus ihrer Eltern gelegen und durch die unzähligen verschiedenen Blüten hindurch zum blauen Himmel emporgeschaut. Am schönsten hatte sie es gefunden, wenn die großen bauschigen, von schwüler Luft genährten Wolken an ihr vorbeizogen, denn in dieser drückenden Luft waren die Schmetterlinge nicht so flügelwild wie sonst, dann blieben sie länger auf ihrem Gesicht sitzen und streichelten sie mit ihren Flügeln.

Krystina begriff, dass es nicht die Dunkelheit sein konnte, die sie spürte. Dafür waren die Berührungen zu real.

Die Schmerzen an und in ihrem Kopf hämmerten im Gleichklang mit ihrem Herzen, und sie konzentrierte sich auf diesen Schmerz, um nicht wieder die Besinnung zu verlieren. Vor allem aber, um sich in einer Umgebung daran orientieren zu können, die sonst keine Orientierung bot.

Wo war sie?

Was war geschehen?

Nach und nach kam die Energie in ihre Muskeln zurück. Doch schnell stellte sie fest, dass ihr Körper ein kompaktes Paket war und sich absolut nicht bewegen ließ, mit Ausnahme des Halses. Also drehte sie den Kopf, spürte die Berührungen, den Schmerz – und vernahm ein leises Rascheln von überallher.

Jetzt erinnerte sie sich an die Polizeikelle, die aus dem

Fenster auf der Fahrerseite gestreckt worden war, und dieses Bild löste einen Schwall von Bildern aus. Ein ziviler Streifenwagen, blaues flackerndes Licht darin, blondes Haar, ein Polizist hinter einer starken Taschenlampe, dessen Kollegin auf dem Beifahrersitz ... mit dem Laptop auf den Knien, das Gesicht eine erstarrte, verzerrte Maske ...

Dann der Schlag auf ihren Kopf und jetzt die Enge und Dunkelheit.

Ist das ein Sarg?, fragte sich Krystina. Liege ich etwa in einem Sarg? Hat dieser Polizist mich lebendig begraben?

Sie hörte auf mit den vergeblichen Versuchen, sich zu bewegen, hielt den Kopf still und lauschte. Jetzt, ohne dieses allgegenwärtige Rascheln direkt an ihren Ohren, glaubte sie, Geräusche zu hören. Irgendwie gedämpft und weit entfernt, aber sie waren da, zweifellos.

Hörte man in einem Sarg unter der Erde Geräusche?

Sicher nicht.

Bemerkbar machen konnte sie sich nicht, denn ihr Mund ließ sich nicht öffnen. Sie konnte die Kiefer um vielleicht zwei Zentimeter bewegen, nicht mehr, und Krystina begriff, dass der Angreifer ihr den Mund zugeklebt hatte. Sie war gefesselt und verklebt, ein menschliches Paket.

Sie begann zu weinen. Wenigstens das konnte sie noch. Die Tränen rannen ihr über die Wangen, und sie fragte sich, ob sie ihre Eltern und ihre beste Freundin Imke jemals wiedersehen würde.

In diese Gedanken mischte sich die Frage, warum sie entführt worden war. Ganz sicher nicht des Geldes wegen, denn sie hatte keines und ihre Familie ebenfalls nicht. Warum also sie?

Der Mann fiel ihr ein.

Dieser stille, unheimliche Beobachter neulich Abend in dem MyDriver-Bus. Er hatte Krystina beobachtet, und sie hatte seinen Blick als unangenehm empfunden. Diese böse Ausstrahlung, die sie in Gegenwart des angeblichen Polizisten empfunden hatte, die hatte der Mann auch gehabt. War sie kein zufälliges Opfer? Hatte er sie ausspioniert? Aber warum? Sie hatte doch niemandem etwas getan?

Ein lautes «Klonk» beendete Krystinas Gedankenfluss. Sie zuckte zusammen und hätte geschrien, wenn es ihr möglich gewesen wäre.

Dem ersten folgte ein zweites «Klonk». Metallen und hohl, und mit einem Mal wusste Krystina, dass sie im Kofferraum eines Wagens lag.

Sie hörte weitere Geräusche, vielleicht das Klappern eines Schlüsselbundes, ein leises Husten, schließlich ein Piepsen, wie es Autos von sich geben, wenn sie mit der Funkfernbedienung geöffnet werden. Dann ein Klacken. Die Kofferraumklappe war entriegelt worden.

Krystinas Körper verspannte sich schmerzhaft vor Angst. Plötzlich konnte sie nicht mehr atmen, gleichzeitig raste ihr Herz.

Die Kofferraumklappe flog auf. Grelles Licht ersetzte die Dunkelheit und blendete Krystina. Hinter ihrem Knebel stieß sie verzweifelte Geräusche aus und spürte, wie sich ihre Blase entleerte.

«Sieh her! Sieh mich an!», befahl eine männliche Stimme. «Wir müssen Content haben, sonst glauben die uns nicht.»

Völlig unfähig, auch nur irgendwas zu tun, geschweige denn den Anweisungen des Mannes Folge zu leisten, wimmerte Krystina vor sich hin. Eine Hand packte ihr Kinn und drehte ihren Kopf auf die Seite. Instinktiv riss Krystina die

Augen auf, und bevor sie sie wegen des grellen Lichtes wieder schließen musste, sah sie das Kameraauge eines Handys, das auf sie gerichtet war. Den Mann dahinter sah sie nicht, ihr fielen nur die quer verlaufenden Narben an seinen kräftigen Unterarmen auf.

Es war ihr Handy, mit dem sie fotografiert wurde, das erkannte sie an der bunten Hülle.

«Dein erstes wirklich authentisches Foto», sagte der Mann, bevor er die Kofferraumklappe wieder zuschlug.

6

Jens Kerner musste seine Red Lady auf dem Parkplatz des Hotels lange suchen, und dann sprang sie auch noch schwer an. Irgendwas hatte dieser unfähige Hotelpage, der seinen Wagen geparkt hatte, falsch gemacht. Wahrscheinlich hatte er den Motor absaufen lassen. Seine Lady war nun mal kein Wagen für Anfänger.

Die ersten Kilometer war Jens wütend auf alles und jeden. Dann schaffte er es, seine Wut zu kanalisieren und auf seinen Bruder Karsten, vor allem aber auf sich selbst zu richten.

Er war nicht in der Lage gewesen, ruhig zu bleiben, das wurmte ihn am allermeisten. Sein kleiner Bruder hatte ihn wieder einmal aus der Fassung gebracht, so wie früher, und das, obwohl Jens von sich glaubte, ein cooler Kerl zu sein, der mit beiden Beinen fest auf dem Boden stand und so leicht nicht ins Wanken zu bringen war. Ein Mann aus dem Norden, sturmfest und erdverwachsen.

Ha, ha, ha, dreimal laut gelacht.

Noch mit vierundfünfzig war seine Lunte so kurz wie eh und je, es kam nur darauf an, wer ein Streichholz dranhielt.

Ein paar ruhige Worte an der Hotelbar, nach all den Jahren, die sie sich nicht gesehen hatten, die hätte er sich abringen können, auch wenn es nur für Becca gewesen wäre. Noch immer sah er den verzweifelten Blick, mit dem sie ihm aus der Hotellobby hinterhergeschaut hatte, und das machte Jens fertig. Er hatte sie mit seinem Verhalten verletzt und einen Abend zerstört, den sie anders geplant hatte – und der der Beginn von etwas Neuem hätte werden können.

Die Schlüsselkarte in ihrer Hand, die Röte auf ihren Wangen ... Sie war bereit gewesen und er auch. Ohne Zögern wäre er mit ihr aufs Zimmer gegangen.

Jens lachte unwillkürlich auf. Es war ein bitteres, dem Umstand geschuldetes Lachen, dass sein kleiner Bruder es mal wieder geschafft hatte, alles kaputt zu machen.

Sollte er umkehren und mit Becca reden? Den Abend würde das nicht retten, aber den nächsten Tag und die vielen, die noch kommen würden, vielleicht. Immerhin arbeiteten sie zusammen. Immerhin fühlte er sich zu ihr hingezogen.

Andererseits war Jens auch ein bisschen sauer auf Becca. Sie hätte Karsten nicht einfach einladen dürfen, ohne ihn zu fragen.

Allerdings wusste sie ja nichts von ihrer komplizierten Beziehung. Jens sprach nie über seine Vergangenheit oder gar seine Familie. Da waren sie wieder, die Gründe, an denen unter anderem seine beiden Ehen gescheitert waren: seine Wortkargheit und Verschlossenheit. Seine Sturheit und die Angewohnheit, alles allein mit sich selbst auszumachen.

Nein, Becca traf keine Schuld. Sie hatte es nur gut gemeint. Er musste das auf der Stelle geraderücken.

Weil er aber mit seinem feuerroten Pick-up-Truck nicht überall wenden konnte, fuhr Jens noch ein Stück weiter. Plötzlich war da Blaulicht vor ihm auf der Straße. Er hielt darauf zu und erkannte schon von weitem seine junge Kollegin Carina Reinicke. Sie stand mit dem Handy am Ohr neben einem am Straßenrand auf dem Parkstreifen abgestellten Auto.

Überrascht sah sie ihn in seinem auffälligen Wagen heranrollen und winkte.

Jens hielt auf der anderen Straßenseite, schaltete das Warnblinklicht ein und stieg aus.

«Ist deine Party schon zu Ende?», sagte Carina und kam ihm entgegen.

«Für mich schon.»

Sie wollte etwas sagen, aber Jens schnitt ihr mit einer Handbewegung das Wort ab.

«Frag bitte nicht. Was ist hier passiert?»

Sie sah ihn einen Moment fragend, ja, geradezu durchdringend an, bevor sie noch einen Schritt näher kam und ihn umarmte. Einfach so.

«Herzlichen Glückwunsch, Chef. So viel Zeit muss sein.»

Jens wusste, er war steif wie ein Brett, aber gleichzeitig freute er sich über Carinas Aufmerksamkeit und spürte die Anteilnahme in ihrer Umarmung.

Schließlich löste sie sich von ihm.

«Ich hab da ein ganz blödes Gefühl», sagte sie und deutete auf den mit offener Tür dastehenden Ford Focus. Im

Hintergrund sah Jens den Kollegen Levin Oktay, der grüßend die Hand hob. Jens grüßte zurück.

«In der Zentrale ging ein Anruf ein, der uns auf diesen verlassenen Wagen hier aufmerksam machte. Levin und ich sind gleich losgefahren und fanden das Fahrzeug genau so vor. Leer, die Fahrertür geöffnet, die Warnblinkanlage eingeschaltet. Von der Fahrerin keine Spur.»

«Woher weißt du, dass es eine Fahrerin ist?»

«Frauenkram in der Mittelkonsole.»

«Handy?»

«Fehlt.»

«Hm ... merkwürdig.»

«Ja, aber es wird noch merkwürdiger. Du solltest dir etwas ansehen. Oder bist du auf dem Weg nach Hause?», fragte Carina.

«Zu Hause kann warten», antwortete Jens und begleitete sie zu dem Wagen.

«Da», sagte sie und deutete auf den Schriftzug auf der Motorhaube, der aus sich selbst heraus zu leuchten schien.

«Findemich», stand dort in fluoreszierenden Lettern.

Jens wusste sofort, dass dies der Beginn eines neuen, krassen Falles war. Die Fahrerin des Wagens war nicht spontan entführt worden, das bewiesen diese beiden Worte.

«Das ist noch nicht alles», fuhr Carina fort und führte ihn zum Heck des Wagens.

Dort hatte jemand ein merkwürdiges Zeichen, ein Doppelkreuz, auf die Klappe gemalt, ebenfalls in dieser grüngelben Leuchtfarbe.

«Was soll das bedeuten?», fragte Jens.

«Das ist ein Hashtag.»

«Ein was?»

«Hashtag. Man benutzt es in den sozialen Netzwerken, markiert damit Beiträge, um besser gefunden werden zu können.»

«Aha», machte Jens, der noch nie ein Hashtag hatte benutzen müssen, damit ihn jemand besser finden konnte. Er selbst hatte keinen einzigen Social-Media-Account und nicht einmal WhatsApp auf dem Handy. Ermittlungsarbeit in diesen Bereichen überließ er den Kollegen oder Becca, die sich gut damit auskannte.

«Bei der Fahrerin handelt es sich um die dreiundzwanzigjährige Krystina Zoller, das hat die Kennzeichenabfrage ergeben, und die Daten stimmen mit dem Führerschein und dem Ausweis überein. Beides habe ich in der Handtasche gefunden.»

Jens stand einen Moment stumm da, betrachtete den leeren Wagen und versuchte, seine Gedanken zu ordnen, die noch unter dem Eindruck des abrupten Endes seiner Geburtstagsparty und des überraschenden Wiedersehens mit seinem Bruder standen. Aber so war es bei ihm schon immer gewesen: Wenn er arbeiten konnte, war seine Welt in Ordnung. Damals, als er mit seiner Dienstwaffe Menschen getötet hatte, hatte ihm die Arbeit geholfen, damit fertigzuwerden, nicht irgendwelche Gespräche mit Psycho-Heinis. Genauso war es nach seinen Scheidungen gewesen. Die Konzentration auf einen Fall ließ ihn den Rest ausblenden. Auch wenn er wusste, dass ihn all das eines Tages, wenn er seinen Fokus verlor, wieder einholen würde.

Ein verwaistes Auto am Straßenrand mitten in der Stadt. Ein Hinweis für diejenigen, die es fanden. Eine verschwundene Fahrerin …

«Wie sieht das hier für dich aus?», fragte Jens.

«Als hätte sie jemand aus ihrem Wagen gezerrt, verschleppt und mit dieser Leuchtfarbe eine Botschaft für die Polizei hinterlassen. Deshalb habe ich auch sofort Verstärkung gerufen. Zwei Streifenbesatzungen sind drüben im Stadtpark unterwegs. Ich dachte, wenn der Täter zu Fuß unterwegs ist, dann ist er mit ihr dorthin.»

«Gut gemacht. Aber er kann sie ebenso gut mit dem Wagen fortgebracht haben.»

«Ja, ich weiß.»

«Finde mich», wiederholte Jens die Aufschrift auf der Motorhaube. «Und dieser Hashtag, der dient also dazu, in den sozialen Medien etwas zu finden, ja?»

«Das Hashtag», verbesserte Carina ihn. «Neutrum, laut Duden. Und ja, genau dazu dient es», bestätigte sie.

«Hm. Hast du die Ortung ihres Handys bereits in Auftrag gegeben?»

«Wir sind erst seit zwanzig Minuten vor Ort. Du weißt selbst, wie lange so etwas dauert. Wir kennen ja nicht einmal ihre Nummer.»

«Dann sollten wir sie so schnell wie möglich herausfinden und ... Moment, sagtest du nicht, jemand habe in der Zentrale angerufen und den Wagen gemeldet?»

Carina bekam große Augen.

«Scheiße, du hast recht. Wer immer die Frau angegriffen hat, könnte uns von ihrem Handy aus angerufen haben. Ich kümmere mich sofort darum.»

Carina begann zu telefonieren.

Jens wandte sich ab, überquerte die Straße und ging ein paar Schritte auf den angrenzenden Stadtpark zu. Er meinte, im Dickicht hin und wieder die Taschenlampen der suchenden Polizisten aufblitzen zu sehen. Jens glaubte nicht, dass sie die Frau dort finden würden, auszuschließen war es aber nicht, und natürlich mussten sie jede Eventualität überprüfen.

Unter dem pechschwarzen Schatten eines Baumes blieb Jens stehen und drehte sich um. Betrachtete die Szenerie und ließ sie auf sich wirken. Mittlerweile hatten sich einige Menschen eingefunden, angezogen von den blinkenden Lichtern des Streifenwagens. Was das betraf, waren Menschen wie Motten. Sie konnten nicht anders: Blau blinkendes Licht zog sie geradezu magisch an.

Was für ein Geburtstag, dachte Jens und fragte sich, ob dies das Geschenk war, das er verdient hatte.

Plötzlich kam Carina Reinicke wild fuchtelnd auf ihn zugelaufen. Ihr blonder Pferdeschwanz flog von einer Seite zur anderen, in der Hand hielt sie ihr Handy.

«Jens ... schnell ... sieh dir das an!»

7

Das Radio spielte Kavinsky und Lovefoxxx in Dauerschleife, beides Musiker, die er sich stundenlang anhören konnte. Die Synthesizerklänge nahmen seinen Verstand in ihre zärtlichen Hände und trugen ihn davon. Nicht mehr länger an seinen Körper gebunden, sah er die nächtlichen Straßen der Stadt aus der Vogelperspektive, sah den Wagen dahingleiten, in dem er saß, spürte durch die Lederhandschuhe das Lenkrad in seinen Händen und das Vibrieren des Motors an seinen Füßen. In manchen Nächten gelang es ihm, eins zu werden mit der Maschine, dann wurde aus dem

Fahren ein Fliegen, ein gleitender Flow, und er musste nicht ein einziges Mal die Bremse betätigen, an keiner Ampel stoppen. Die grauen Asphaltbänder wurden zu Flüssen, auf deren Strömung er dahinglitt.

Die Frau im Kofferraum empfand die Fahrt sicher anders, doch das war ihm gleichgültig. Er hatte es sich schwieriger vorgestellt, geglaubt, mit seinem Gewissen ringen zu müssen, doch das blieb ganz ruhig. Selbst die Panik und Todesangst in ihrem Blick, als er das Foto von ihr geschossen hatte, hatten nicht sein tiefstes Inneres erreicht, wo vielleicht noch ein wenig Menschlichkeit vergraben lag.

Vielleicht aber auch nicht.

Ehrlich gesagt war ihm das gleichgültig.

Wichtig war nur dieser erste Schritt: Er hatte mit seiner Therapie begonnen. Vielleicht würde er jetzt endlich wieder Ruhe und Ausgeglichenheit finden.

Wenn die Reifen unter ihm auf dem Asphalt summten, spürte er, dass er in der richtigen Richtung unterwegs war. Wenn die Welt in einem bestimmten Tempo an ihm vorbeizog, verstand er sie. Dann erkannte er ihren Sinn. Denn alles war in Bewegung, alles drehte sich oder schoss auf etwas zu: Planeten, Sonnen, Galaxien, schwarze Löcher.

Ab jetzt würde sich ein Teil der Welt auf ihn zubewegen.

Für eine ausgewählte Gruppe von Menschen war er von heute an ein schwarzes Loch, und er war gewillt, diesen Zustand so lange wie möglich aufrechtzuerhalten.

In einiger Entfernung sah er einen Streifenwagen langsam die Straße entlangfahren.

Hatte das Spiel begonnen?

Dann wurde es Zeit für eine andere Musik.

Er stellte *Tick of the Clock* von The Chromatics ein.

8

«Wir brauchen mehrere Einheiten auf der Straße und einen Hubschrauber für die Luft-Boden-Suche», bellte Jens Kerner in das Telefon. Dann hörte er sich an, was sein Gesprächspartner zu sagen hatte, und wurde noch lauter:

«Ihre Überstunden sind mir scheißegal! Der verdammte Hubschrauber soll sich sofort in Bewegung setzen und Kontakt zu mir aufnehmen.»

Damit beendete er das Gespräch.

«Zeig noch mal her», bat er seine Kollegin Carina Reinicke, die mit vor Aufregung hochrotem Kopf vor ihm stand. Aus ihrem Pferdeschwanz hatte sich eine Strähne gelöst und hing ihr ins Gesicht.

Zweierlei hatte sie herausgefunden: Der Anruf im 33. Polizeikommissariat, mit dem der verwaiste Wagen gemeldet worden war, war tatsächlich von Krystina Zollers Handy aus geführt worden. Des Weiteren gab es auf dem Instagramm-Account *krystinazoll* ein aktuelles Foto, das vor weniger als einer halben Stunde hochgeladen worden war. Es zeigte eine junge Frau, gefesselt und geknebelt im Kofferraum eines Wagens. Der Kofferraum war voller gelber Schaumstoffflips, wie man sie im Versandwesen benutzte, um die leeren Räume von Paketen aufzufüllen. Die junge Frau, die aus panisch geweiteten Augen in die Kamera starrte, schien darin zu schwimmen.

Die Bildunterschrift lautete: #findemich

Nachdem Jens das Foto vor einer Viertelstunde zum ersten Mal gesehen hatte, hatte er nicht lange gezögert und telefonisch die Fahndung nach dem Wagen in Gang gesetzt, den der Fotograf gleich mit abgelichtet hatte: eine schwarze Limousine der Marke BMW mit dem amtlichen Hamburger Kennzeichen HH-XB 34.

Hatte der Fotograf die Kofferraumklappe absichtlich mit ins Bild genommen? Anders war es nicht denkbar, und das bedeutete, er wollte gefunden werden oder ihnen zumindest die Chance geben, die Frau zu retten. Wahrscheinlich ging Jens ihm mit seiner Fahndung voll auf den Leim, aber er hatte keine andere Wahl.

«Warum macht er das?», fragte Carina Reinicke.

«Um uns herauszufordern, nehme ich an.»

Jens studierte die anderen Fotos im Account von Krystina Zoller. Das letzte vor dem Kofferraumbild zeigte die junge Frau in einer Kneipe. Lächelnd balancierte sie ein Tablett mit drei vollen Biergläsern, goldgelb, die Schaumkrone perfekt. Sie hatte langes, dunkles Haar, war außergewöhnlich hübsch, hatte eine attraktive Figur, trug eine enge Jeans und ein schulterfreies Top.

Hab heute Spätschicht, kommt doch vorbei, stand unter dem Bild.

«Die Kneipe heißt *Flying Dutchman*», sagte Carina und deutete auf die Kürzel in blauer Schrift unter dem Post, denen ebenso ein Hashtag vorangestellt war, wie es mit Leuchtfarbe auf die Kofferraumklappe des Wagens gemalt worden war.

#flyingDutchman#happyhour#hamburg#nightlife#kneipe#spaß#letshaveadrink

«Kenne ich sogar», sagte Jens. «Da habe ich schon das eine oder andere Bier getrunken. Jemand soll da hinfahren und sich umhören. Sofort, nicht erst morgen.»

«Levin Oktay ist schon auf dem Weg.»

«Gut. Du bleibst bitte hier und kümmerst dich um die Spurensicherung am Wagen, die Einheit müsste ja gleich eintreffen.»

«Geht klar!»

Jens' Handy klingelte. Es war der Rückruf der Hubschrauberbesatzung, auf den er gewartet hatte. Der Copilot informierte ihn darüber, dass die Maschine in wenigen Minuten startklar sein würde. Jens setzte ihn über den schwarzen BMW ins Bild und bat darum, über Funk auf dem Laufenden gehalten zu werden. Sie einigten sich auf eine Frequenz, auf der auch die Besatzungen der Streifenwagen funkten, die an der Suche beteiligt waren. In der Kürze der Zeit hatte Jens nur drei Wagen bekommen können, mehr war einfach nicht drin gewesen.

Er beendete das Gespräch.

«Ich beteilige mich an der Suche», sagte er zu Carina. «Halt mich bitte übers Handy auf dem Laufenden.»

Jens nahm ihr ein Funkgerät ab, lief zu seiner Red Lady hinüber, sprang hinein und wollte den Motor starten.

Doch der sprang nicht an.

Der Anlasser jaulte, aber mehr als ein verzweifeltes Blubbern entlockte er dem Motor nicht.

«Scheiße!», schimpfte Jens und schlug aufs Lenkrad.

Da ließ man einmal jemand anderen ein paar Meter mit dem Wagen fahren, und schon war er im Arsch. Dieser Hotelpage hatte seine Red Lady nachhaltig ruiniert!

Nach drei erfolglosen Versuchen sprang Jens aus dem Wagen und lief zu Carina Reinicke.

«Ich brauch den Streifenwagen.»

Ohne weiter nachzufragen, händigte sie ihm den Schlüssel aus.

Jens sprang hinein und fühlte sich in dem niedrigen Sitz sofort unwohl, da half es auch nicht, den Sitz auf seine Länge und Größe einzustellen. Diese modernen Wagen waren wie Särge: kuschelig, gut ausgestattet, aber kein Platz und keine Luft zum Atmen.

Er fuhr los und meldete sich über Funk bei den Einheiten, um sie darüber zu unterrichten, dass er an der Suche nach dem BMW teilnahm. Noch hatte keine der Streifen den Wagen entdeckt.

Hamburg war groß und verzwickt, und wer sich in dem Straßenwirrwarr auskannte, konnte die Polizei die ganze Nacht an der Nase herumführen.

Hatte der Täter es genau darauf abgesehen?

Gaukelte er ihnen diese Chance, die Frau zu retten, nur vor?

Davon ging Jens aus, glaubte aber, dennoch eine minimale Chance zu haben. Der Täter konnte nicht jede Eventualität vorausplanen, möglicherweise ging er ihnen durch Zufall ins Netz – es sei denn, er wäre schon gar nicht mehr unterwegs. Vielleicht hatte er den Wagen längst in irgendeiner Garage geparkt und die Frau in ein Versteck geschleppt. Im schlimmsten Fall hatte er sie getötet und entsorgt. Aber dann hätte er sich bei der Ausgestaltung des Kofferraums nicht solche Mühe geben müssen. Die Zellulosechips dienten sicher zu nichts anderem als der Geräuschdämmung, und eine Tote machte keine Geräusche mehr.

Der BMW war gestern Abend als gestohlen gemeldet worden, das hatten sie durch die Kennzeichenabfrage schnell herausgefunden. Jens hatte noch keine Information darüber, wer der eingetragene Halter war.

Der Hubschrauber meldete über Funk, dass er in der Luft

war und die Suche aufgenommen hatte. Auf ihn setzte Jens seine größte Hoffnung. Schwarze BMW gab es viele, aber mit etwas Glück würde die Crew das Kennzeichen aus der Luft identifizieren können, und dann hatten sie ihn. Einmal im Visier, würde er dem fliegenden Auge nicht mehr entkommen.

Jens fuhr langsam und hatte seine Augen überall. Leider war an einem Freitagabend deutlich mehr los als unter der Woche. Hatte der Täter auch das eingeplant?

Vielleicht war er ein Spieler, der sich mit der Polizei messen wollte und es sogar darauf anlegte, von ihr verfolgt zu werden. In dem Fall würde er auf die Party- und Nachtschwärmer als Deckung setzen und sich im oder in der Nähe des Zentrums herumtreiben. Aber das war reine Spekulation, auf die sich Jens nicht verlassen wollte.

«Sichtung!», klang es plötzlich aus dem Funkgerät. «Verdächtiges Fahrzeug fährt auf der Rubbertstraße Richtung Süden.»

«Habt ihr das Kennzeichen?», rief Jens ins Funkgerät.

«Negativ, ist noch zu weit weg, aber wir sind dran.»

«Seht zu, dass er euch nicht bemerkt. Denkt dran, da ist wahrscheinlich eine Frau im Kofferraum. Sie zu retten hat oberste Priorität.»

9

Das eng geflochtene Netz der Straßen bot alle fünfzig Meter die Möglichkeit abzubiegen, und er nutzte jede einzelne. Die Musik hatte er laut gestellt, sodass sie das Mikrouniversum seines Wagens ausfüllte, und überließ sich vollkommen der Verbindung, die er mit der Maschine hatte. Nie fuhr er schneller als fünfzig Stundenkilometer, und wo nur dreißig erlaubt waren, hielt er sich auch daran. Einige Male sah er Streifenwagen, aber entweder entdeckten sie ihn nicht oder waren gar nicht auf der Suche nach ihm. Das wäre zwar eine Enttäuschung, aber er hatte die Möglichkeit natürlich einkalkuliert, dass sie ihm in der heutigen Nacht noch nicht auf die Schliche kommen würden.

Zu keiner Sekunde stieg sein Puls nennenswert an, auch nicht, wenn ein Polizeiwagen auftauchte. Mit jeder Faser seines Körpers genoss er die Musik und das damit einhergehende Gefühl, besser zu sein als die anderen. Einzigartig. Unbesiegbar.

Von dem Moment an, da er die Chromatics gestartet hatte, schenkte er der Polizei eine halbe Stunde. Dreißig Minuten, in denen sie ihn in diesem undurchschaubaren Dschungel aus Straßen, Häusern und Gewässern finden und die Frau retten konnten, und er war entschlossen, jede einzelne Sekunde zu genießen. Wie bei einem Meisterpianist sich die Finger auf den Tasten bewegten, bewegten sich seine Füße auf Gas-, Brems- und Kupplungspedal, und mit geradezu traumwandlerischer Sicherheit änderte er Geschwindigkeit und Fahrtrichtung. Seine Hände lenkten nicht einfach nur, nein, sie streichelten das Lenkrad, bildeten eine Einheit mit der dahintersteckenden Mechanik, die seinen Willen und seine Gedanken auf den Asphalt transportierte.

Er hielt sich für einen großen Fahrkünstler.

Ein verdächtig langsamer Streifenwagen näherte sich von vorn.

Er bog in die nächste Seitenstraße ab, rollte langsam weiter, behielt den Rückspiegel im Auge und sah die plötzlich darin auftauchenden Scheinwerfer. Sie blendeten ihn, sodass er nicht erkennen konnte, ob es der Streifenwagen war.

Er gab Gas. Nicht zu viel. Es sollte nicht wie eine Flucht wirken.

Als der Wagen unter der nächsten Straßenlaterne hindurchrollte, bemerkte er die Einsatzlichter auf dem Dach. Sie waren clever genug, sie nicht einzuschalten, zudem blieben sie auf Abstand. Aber sie hatten ihn entdeckt und waren ihm auf den Fersen.

Er stellte die Musik leiser und öffnete das Fenster.

Da war es auch schon, das leise, aber schnell näher kommende Geräusch eines Helikopters.

Ein kleines Lächeln stahl sich in seine Mundwinkel.

Jetzt wurde es interessant.

10

Schönheit liegt nicht im Auge des Betrachters, sondern in seinen Gefühlen, das begriff Rebecca Oswald an diesem völlig verkorksten Abend.

Das Hotelzimmer war schön, eigentlich. Doch nachdem sie hineingerollt und die Tür hinter sich zugeschlagen hatte, verpuffte aller Schein, und zurück blieb einzig Tristesse. Die kam aus ihrem Herzen, ihrem Bauch, ihren Gedanken, und es war so viel davon in ihr, dass es ausreichte, den Raum damit zu fluten.

Ein Doppelbett. Ein großes Bad mit barrierefreier Dusche. Ein toller Ausblick.

Das alles hatte Becca ausgesucht für ihre erste Nacht mit Jens. Seit Monaten war ihr klar gewesen, dass es dazu kommen würde, und sie hatte nicht mehr warten wollen, bis er die Initiative ergriff. Aus Jens' moralischem Selbstverständnis heraus durfte er das wahrscheinlich nicht – und das hatte nichts mit Beccas Behinderung zu tun. Darum hatte er nie ein großes Brimborium gemacht. Nein, er war ihr Chef, beruflich für sie verantwortlich, und das schien für ihn ein größerer Hemmschuh zu sein als für sie.

Doch heute Abend wäre er bereit gewesen, ihr auf das Hotelzimmer zu folgen ...

Sie schloss die Lider, um die Tränen zu unterdrücken. Alles war so furchtbar aus dem Ruder gelaufen, allein durch ihr Tun. Nur sie trug die Schuld daran, denn sie hatte sich in Dinge eingemischt, die sie nichts angingen. Nun musste sie ihre Strafe ertragen. Eine Nacht in diesem hässlichen Zimmer, das bereits im Voraus bezahlt war. Sie hätte nach Hause fahren können, empfand das aber als falsch, weil sie damit ihrer Strafe entgangen wäre.

Aber noch ein anderer Grund hatte sie dazu bewogen zu bleiben. Bis zuletzt hatte sie gehofft, dass Jens zurückkommen würde. Nach seinem wutentbrannten Abgang hatte sie in der Hotellobby auf ihn gewartet, bis sie die anderen Geburtstagsgäste zurück auf die Party gezwungen hatten. Dort vermisste man natürlich das Geburtstagskind, aber Becca hatte nichts gesagt. Sie ließ die Party schweigend über sich ergehen, ergriff aber nach einer Stunde die Gelegenheit, sich erneut davonzustehlen. Als sie im Foyer auf den Fahrstuhl gewartet hatte, hatte sie die mitleidigen

Blicke des Concierge, der in ihren Plan eingeweiht war, wie Messerstiche in ihrem Rücken gespürt.

Beccas Blick fiel in den mannshohen Spiegel zu ihrer Rechten. Eine aufgebrezelte Becca sah sie an. Sie war extra beim Friseur gewesen, hatte dieses sexy Kleid gekauft. Sie fand sich schön darin, begehrenswert, Rollstuhl hin oder her.

Alles umsonst.

Jetzt weinte sie doch.

War Jens die Tränen wert?

Hätte er sich nicht dankbarer zeigen müssen?

Die Tränen bekamen einen bitteren Beigeschmack von Ärger. Nein, Wut. Sie wurde wütend auf Jens. Trotz allem, trotz des unverhofften Wiedersehens mit seinem jüngeren Bruder, hätte er nicht so vehement reagieren müssen.

Becca war überzeugt gewesen, dass es klappen würde, denn am Telefon war Karsten Kerner empathisch, mitfühlend und sehr darum bemüht gewesen, ihren Plan zu unterstützen. Ganz anders als vorhin im Foyer. Nachdem Jens verschwunden war, hatte er sich nicht mehr um Becca gekümmert, sondern seinerseits das Hotel verlassen. Aber nicht, ohne Becca noch einmal zu versichern, dass es auf der ganzen Welt keinen Menschen gebe, der es Jens Kerner recht machen könne, und dass das Leben als sein kleiner Bruder schon immer sehr schwierig gewesen sei. Geprägt von Unterdrückung und immensen Ansprüchen, die er nie habe erfüllen können.

Becca rollte zum Fenster und starrte zehn Minuten in die Hamburger Nacht.

Dann zog sie das Kleid aus, das sie in dieser Nacht nicht allein hatte ausziehen wollen, und warf es in die Ecke.

Ihr Körper fühlte sich um ein Vielfaches schwerer an als sonst, und es war anstrengend wie selten, ihn vom Rollstuhl ins Bett zu hieven.

Es war ihre Seele, die diese Last ausmachte.

Wie sollte sie je wieder mit Jens zusammenarbeiten?

11

«Verdächtiges Fahrzeug gesichtet. Person auf dem Beifahrersitz ... wiederhole, wahrscheinlich weibliche Person auf dem Beifahrersitz. Blondes Haar.»

Jens gab jede Zurückhaltung auf und drückte das Gaspedal bis zum Bodenblech durch. Der Polizeiwagen war gut motorisiert und schneller als die behäbige Red Lady, aber Jens vermisste die Übersicht und das sichere Gefühl der erhöhten Sitzposition.

Noch fünf Minuten, dann würde er den Ort erreicht haben, an dem die Streife den verdächtigen BMW gesichtet hatte. So, wie es aussah, hatte der Täter den Wagen am Straßenrand stehen lassen. Wahrscheinlich hatte er bemerkt, dass er verfolgt wurde, und sein Spiel war ihm zu brenzlig geworden. Aber wie passte die Frau auf dem Beifahrersitz ins Bild? Die entführte Krystina Zoller hatte dunkles Haar, und es ergab auch keinen Sinn, sie während der Flucht aus dem Kofferraum zu holen und auf den Beifahrersitz zu setzen.

Jens sah die beiden Streifenwagen schon von weitem. Sie standen schräg auf der zweispurigen Straße, blockierten sie und hatten jetzt die Einsatzlichter eingeschaltet. Das kalte blaue Licht zuckte an den Häuserwänden. Im frischen Maigrün der Bäume, unter denen der BMW stand, erzeugten sie einen unheimlichen Effekt.

Unmittelbar hinter den Streifenwagen brachte Jens den Wagen zum Stehen. Niemand hatte eine Waffe gezogen, aber die zwei männlichen und zwei weiblichen Beamten waren in angespannter Bereitschaft. Über ihnen kreiste der Hubschrauber auf der Suche nach dem flüchtigen Fahrer.

«Wir haben ihn vielleicht fünf Minuten verfolgt», sagte einer der uniformierten Beamten. «Dann hat er uns mit einer solchen Kaltschnäuzigkeit abgehängt, dass ich denke, er hat uns vorher absichtlich so nah herangelassen. Als wir ihn fanden, stand er so da, und der Fahrer war weg.»

Der Polizist wirkte betrübt.

«Und die Frau auf dem Beifahrersitz?», fragte Jens.

«Sie ist uns schon während der Verfolgung aufgefallen, aber wir waren uns nicht wirklich sicher. Sie sitzt einfach nur da und rührt sich nicht.»

Jens schob sich zwischen den Motorhauben der Streifenwagen hindurch, blieb stehen und beobachtete den schwarzen BMW. Er stand akkurat zwischen den beiden weißen Markierungslinien des Parkplatzes. Die Türen waren geschlossen, Motor und Licht abgestellt. Nur dank der Straßenlaternen war überhaupt etwas im Innenraum des Wagens zu erkennen. Und der Beamte hatte recht: Dort saß eine Frau, ihr blondes Haar war in dem orangefarbenen Licht der Bogenlampen deutlich zu sehen. Jens beobachtete sie zwei Minuten lang, und in dieser Zeit rührte sie sich nicht.

«Das sieht nicht gut aus», sagte er zu den Beamten, die sich hinter ihm versammelt hatten.

«Okay, wir gehen rüber und sehen nach. Höchste Vorsicht! Wir können nicht ausschließen, dass der Fahrer sich einfach nur eine Perücke aufgesetzt und den Sitzplatz gewechselt hat.»

«Oder eine Sprengfalle installiert hat», bemerkte eine der Beamtinnen.

Jens sah zu ihr hinüber. Eine junge Kollegin, die vielleicht zum ersten Mal eine solche Situation erlebte. Sie hatte die Augen zu schmalen Schlitzen zusammengekniffen, auf ihrer Stirn standen Schweißperlen, die rechte Hand lag auf der Dienstwaffe im Holster. Überhaupt war die Stimmung äußerst angespannt, es konnte nicht schaden, ein wenig Dampf aus dem Kessel zu lassen, bevor sie sich dem Wagen näherten.

«Das glaube ich nicht», sagte Jens. «So etwas gibt es nur in Hollywoodfilmen.»

«Nee, so etwas gibt es heutzutage überall», beharrte die Beamtin.

Ihre Blicke trafen sich, und Jens wurde klar, dass er den Versuch, den Coolen zu spielen, abbrechen konnte.

«Okay, holt die Waffen raus, aber sie bleiben gesichert, bis ich etwas anderes sage. Zwei rechts, zwei links vom Wagen. Ich gehe voran.»

Und das tat er dann auch. Mit der Dienstwaffe in der Hand, die er von seinem Körper verdeckt unauffällig entsicherte. Wenn es nötig werden sollte, würde er es sein, der einen Schuss abgab. Zum einen vertraute Jens auf seine Treffsicherheit auf kurze Distanz, zum anderen war er von ihnen der Einzige, der im Dienst bereits getötet hatte. Wenn es irgendwie ging, wollte er den anderen dieses Schicksal ersparen.

Langsam, jeden Schritt mit Bedacht setzend, die Waffe in beiden Händen vor seinem Körper, den Lauf zu Boden gerichtet, schritt Jens voran und fixierte dabei den Wagen. Er ging davon aus, dass die Kollegen, die ihn flankierten, die Umgebung checkten, deshalb konzentrierte er sich auf das blonde Haar, das er zwischen Kopfstütze und Rückenlehne leuchten sah.

Warum bewegte sie sich nicht?

Was war das für ein verdammtes Spiel?

Das Gefühl, geradewegs in eine Falle zu tappen, wurde mit jedem Schritt stärker, aber Jens konnte nicht anders handeln. Er agierte nicht, sondern reagierte, und wie er das tat, wurde ihm von dem Mann aufgezwungen, der Krystina Zoller entführt hatte. Das gefiel Jens nicht, ganz und gar nicht, aber für den Moment musste er sich fügen.

Er näherte sich dem Heck des relativ neuen Wagens.

Der Schriftzug #findemich leuchtete matt.

Vor seinem geistigen Auge sah er das Bild von Kristina Zollers Instagram-Account: den mit gelben Schaumstoffchips ausgefüllten Kofferraum, ihren panischen Blick.

Was sollte das?

Noch vier Schritte, noch drei, noch zwei ...

Er spürte seine Kollegen hinter sich, sah ihre Schatten auf dem Pflaster des Parkplatzes, hörte ihren Atem.

Jede Faser seines Körpers war angespannt, sein Finger lag am Abzug, Schweiß trat ihm aus allen Poren, als er den letzten schnellen, entscheidenden Schritt tat.

Er federte vor und zielte auf die Person im Wagen. Durch die Scheiben hindurch sah er auf der anderen Seite einen seiner Kollegen das Gleiche tun.

Einen Moment lang begriff Jens nicht, was er da sah.

Dann lief es ihm kalt den Rücken hinab, weil er glaubte, eine Leiche vor sich zu haben. Die Leiche einer Polizistin, denn sie trug die gleiche Uniform wie die Kolleginnen, die ihn begleiteten.

«Verdammt!», stieß leise zischend jemand hinter ihm aus.

Das Gehirn ließ sich leicht betrügen. Der Mensch sah, was er sehen wollte, und neigte dazu, zu ignorieren, was er nicht ertrug, deshalb traute Jens seiner Beobachtung nicht sofort. Aber auch nachdem er sich den Schweiß aus den Augen geblinzelt hatte, änderte sich daran nichts.

Keine Täuschung. Es war, was es war.

Jens gab seinen Kollegen ein Zeichen, nahm seine Waffe in die rechte Hand und ergriff mit der linken den Türgriff des Wagens. Zog daran. Es klackte. Nicht verschlossen. Auf der anderen Seite tat es der Kollege ihm gleich.

«Dieser verdammte Wichser», stieß er aus und schlug mit der Hand gegen den Kopf der aufblasbaren Gummipuppe aus dem Sexshop.

Die blonde Perücke rutschte vom Plastikkopf mit dem rot aufgemalten, zu einem O geformten Mund.

Jemand lachte auf. Es war ein grimmiges, humorloses Lachen, das die Anspannung lösen sollte, doch dazu gab es keinen Grund. Noch nicht.

Wo war Krystina Zoller?

«Die Frau», sagte Jens und deutete auf den Kofferraum.

Er musste nicht darum bitten, ihm den Vortritt zu lassen, niemand drängelte sich vor.

Jens steckte seine Waffe weg und suchte unter der Kante nach der Vertiefung für den Entriegelungsknopf der Klappe. Als er sie ertastet hatte, wechselte er einen Blick mit dem neben ihm stehenden Beamten, bevor er sie öffnete. Der hielt seine Waffe auf den Kofferraum gerichtet und nickte ihm zu. Seine Kiefer mahlten, auf der hohen Stirn zeichnete sich eine pulsierende Ader ab. Auch ihm liefen die Schweißtropfen in die Augen.

Entriegeln.

Anheben.

Zurücktreten.

Gelbe Verpackungschips.

Aber keine Krystina Zoller.

Er hatte sie verarscht.

12

«Du musst etwas für mich tun, hörst du? Wenn du artig bist und mitmachst, bringe ich dich bald nach Hause.»

Krystina Zoller versuchte herauszufinden, woher die Stimme kam, doch das war schwierig. Die Stimme schien im Raum nachzuhallen, und da ihre Augen noch immer verbunden waren, konnte sie nichts sehen.

«Können Sie mich nicht einfach gehen lassen?», fragte sie mit vor Angst zitternder Stimme.

«Nein, das geht nicht, denn du gehörst zu meiner Therapie. Zuerst musst du deine Aufgabe erfüllen, aber wenn du mitspielst, musst du keine Angst haben, hörst du?»

Krystina war entführt und in einen Kofferraum gesperrt worden. Man hatte sie stundenlang umhergefahren, Fotos von ihr gemacht und sie schließlich an diesen Ort geschafft und an einen Stuhl gefesselt. Sie wusste, sie durfte diesem

Mann nicht glauben, dennoch wollte sie genau das: ihm glauben! Vielleicht brauchte er sie ja tatsächlich nur, um jemanden unter Druck zu setzen, und würde sie gehen lassen, wenn sie ihren Zweck erfüllt hatte. Das konnte doch sein! Warum denn nicht?

«Ich tue alles, was Sie wollen, aber bitte tun Sie mir nicht weh», sagte sie.

Sie spürte den Mann in ihrer Nähe, seine Körperwärme und die böse Ausstrahlung, die sie schon bei dem Polizisten wahrgenommen hatte. Und sie konnte ihn riechen. Schweiß, Deodorant und noch etwas, das sie nicht identifizieren konnte. Es roch irgendwie ... schmierig, ölig.

«Hör genau zu, was ich dir jetzt sage. Ich werde dir einen Zettel geben und die Augenbinde abnehmen, und dann liest du genau das vor, was auf dem Zettel steht. Hast du mich verstanden?»

Krystina nickte eifrig.

«Ja ja ja, das mache ich. Ich mache alles, was Sie sagen.»

«Gut. Aber ich warne dich. Wenn du mich verarschst und irgendwas versuchst, wirst du es bereuen, das verspreche ich dir.»

«Das mache ich nicht, ganz bestimmt nicht.»

Einen Moment lang tat sich gar nichts, und Krystina glaubte, spüren zu können, wie der Mann sie prüfend anstarrte. Dann spürte sie plötzlich eine sanfte Berührung an der Hand, als er ihr den Zettel gab.

Sie griff zu.

Im nächsten Moment war er hinter ihr und löste die Augenbinde, die an ihrem Hinterkopf verknotet war. Sie fiel in ihren Schoß. Sehen konnte sie jedoch noch nichts, dafür war der Raum zu dunkel.

«Wir brauchen Content, hörst du? Sonst glauben sie nicht, was sie glauben sollen. Also lies das jetzt vor.»

Im nächsten Moment flammte vor Krystina eine kleine, aber helle Lampe auf. Es dauerte einen Moment, bis sie verstand, dass das Licht von einem Handy stammte und der Mann direkt vor ihr stand, um sie zu filmen.

Krystina nahm den Zettel hoch und wollte lesen, aber die Buchstaben verschwammen und tanzten vor ihren Augen.

«Nun mach schon!», forderte der Mann sie auf.

«Ich kann das nicht lesen.»

«Du blöde Kuh! Ich stech dich ab, wenn du das nicht sofort vorliest!», schrie der Mann, und Krystina spürte, wie seine Wut wie eine heiße Woge herüberschwappte.

Sie konzentrierte sich auf die Buchstaben und schaffte es schließlich, die Worte langsam vorzulesen.

Mit zitternden Händen ließ sie das Blatt Papier sinken und sah zu ihm auf. Hinter dem blendenden Licht des Handys konnte sie ihn nicht sehen.

«Gut, das war gut», sagte er. «Und jetzt kommen wir zum zweiten Teil.»

Er kam auf sie zu und schlug ihr ansatzlos mit der Faust ins Gesicht.

«Sag mal, bist du eigentlich noch zu retten!», schrie er sie an.

Krystinas Kopf flog herum, dass es im Nacken nur so knackte, und sie spürte Blut in ihrem Mund.

«Denkst du eigentlich nur an dich?»

Noch ehe sie es sich versah, schlug er sie ein weiteres Mal so heftig, dass der Stuhl nach hinten umkippte und auf den Boden knallte.

13

Die Nacht wollte nicht enden.

Noch von unterwegs setzte Jens eine eilig einberufene Dienstbesprechung an, zunächst nur in kleinem Rahmen: Carina Reinicke, Levin Oktay, Rolf Hagenah sowie die vier Beamten, die ergebnislos den Stadtpark durchkämmt und sich bereit erklärt hatten, eine Sonderschicht dranzuhängen. Selbst seine Chefin, die Baumgärtner, hatte Jens noch nicht informiert. Warum auch? Sie würde sich sowieso nicht aktiv an den Ermittlungen beteiligen, das vertrug sich nicht mit ihrem Rang, außerdem befand sie sich wahrscheinlich noch auf seiner Geburtstagsparty.

An die Party durfte er jetzt nicht denken, denn dann sah er sofort wieder Becca vor sich, wie sie verzweifelt und traurig in ihrem schicken schwarzen Kleid in der Hotellobby stand. Diese Sache würde er morgen klären, jetzt musste er sich um den Fall kümmern.

Jens parkte den Dienstwagen vor dem 33. Präsidium und eilte schnurstracks zum Besprechungsraum.

Alle waren schon da, zu seiner besonderen Überraschung auch die Baumgärtner. Mit vor der Brust verschränkten Armen stand sie vor der Fensterfront, die spitzen Absätze ihrer Pumps in den Nadelfilz gerammt.

Carina Reinicke saß über ihrem Handy gebeugt da und beachtete ihn nicht. Neben ihr Rolf Hagenah und Levin Oktay in der ersten Stuhlreihe, dahinter die vier Streifenbeamten, zwei Männer und zwei Frauen.

«Na, dann sind wir ja vollzählig», sagte die Baumgärtner und stieß sich von der Fensterbank ab.

«Wann hatten Sie vor, mich von diesem Fall und der dramatischen Entwicklung zu unterrichten?», fuhr sie Jens an.

«Sie waren doch nicht im Dienst.»

«Sie etwa? Wenn ich mich richtig erinnere, findet gerade Ihre Geburtstagsparty statt … ohne Sie.»

«Hat sich eben so ergeben.»

Die Baumgärtner sah ihn streng an, seufzte und schüttelte den Kopf.

«Gut, lassen wir das. Setzen Sie mich ins Bild.»

Die zweite Frau in dieser ungewöhnlichen Nacht war wütend auf ihn. Und er konnte rein gar nichts dagegen tun.

Besser, er machte seinen Job.

Jens räusperte sich und fasste zusammen:

«Um 00:24 ging hier in der Zentrale ein Anruf ein. Ein Mann, der seine Identität nicht preisgab, meldete einen leer stehenden Wagen in der Otto-Wels-Straße im Stadtpark. Dort fanden Carina Reinicke und Levin Oktay den Wagen von Krystina Zoller, dreiundzwanzig, wohnhaft im Junkersdamm in Fuhlsbüttel, Studentin der Medizin an der Uni Hamburg. Ihr Wagen war leer, ihr Handy ist verschwunden. Wie wir wissen, tätigte jemand den Anruf in die Zentrale von ihrem Handy aus. Wahrscheinlich nutzte er dieses Handy auch, um ein Foto von Frau Zoller zu machen, das er sofort in ihren Instagram-Account hochlud. Es zeigt Frau Zoller gefesselt im Kofferraum eines schwarzen BMW mit dem amtlichen Kennzeichen HH-XB 34. Der Wagen wurde von seinem Halter als gestohlen gemeldet.

Durch die sofort in die Wege geleitete Suche konnten wir den Wagen lokalisieren und verfolgen. Der Täter stellte ihn schließlich am Gazellenkamp nahe dem Tierpark Hagenbeck ab. Frau Zoller befand sich zu dem Zeitpunkt nicht mehr im Kofferraum, von ihr fehlt jede Spur. Auf dem Beifahrersitz des BMW fanden wir eine aufblasbare Gummipuppe, wie man sie in einem Sexshop bekommt.

Wir wissen, dass Frau Zoller vor ihrer Entführung in der Kneipe *Flying Dutchman* gearbeitet hat, haben dort aber niemanden mehr angetroffen.

Auf dem Wagen von Frau Zoller fanden sich zwei Hinweise, wahrscheinlich an die Polizei gerichtet. Unter die Heckscheibe wurde mit fluoreszierender Farbe ein Hashtag gemalt, auf die Frontscheibe der Schriftzug *findemich*, ebenfalls in fluoreszierender Farbe. Auf dem gestohlenen BMW findet sich dieser Schriftzug ebenfalls.»

Jens ließ die Informationen auf die Anwesenden wirken. Er lehnte sich an den Tisch und verschränkte die Arme vor der Brust. Als er durch einen Seitenblick auf die Baumgärtner feststellte, dass sie genauso dastand, änderte er rasch seine Haltung.

«Scheiße!», hallte es jäh durch den Raum. Carina Reinicke schnellte von ihrem Stuhl hoch.

«Es gibt einen Hashtag #findemich bei Instagram, mit mehr als siebenhundert Beiträgen – und das hier ist gerade aufgetaucht!»

14

Die kleine Runde im Besprechungsraum des 33. Kommissariats rückte dicht zusammen. Jens und seine Mitstreiter blickten wie gebannt auf den Bildschirm des Smartphones, das Carina Reinicke in der Hand hielt.

Was darauf zu sehen war, schockierte sie.

Krystina Zoller saß auf einem Stuhl, das lange dunkelbraune Haar zu einem Zopf streng nach hinten gebunden. Von ihrem Körper war lediglich der Brustkorb zu sehen. Die Haltung ihrer schmalen Schultern ließ darauf schließen, dass sie an den Stuhl gefesselt war. Ihre Augen, diese wunderschönen, großen, braunen Augen mit den perfekten Brauen, waren weit aufgerissen. Sie blickte direkt in die Kamera. Keine Frage, sie hatte Angst, Todesangst. Bevor das kurze Video endete, sagte sie: «Findet mich innerhalb von 24 Stunden, oder ich werde ein leuchtendes Beispiel für polizeiliche Inkompetenz abgeben.»

Sie sprach langsam, ihre Stimme zitterte, und es war allen klar, dass sie den Text ablas.

Carina Reinicke ließ das Handy sinken und schüttelte den Kopf. Rolf Hagenah atmete geräuschvoll aus und stemmte die Fäuste in die Hüften.

Mareike Baumgärtner richtete sich auf, ihr Blick glitt von einem zum anderen. «Da hat es jemand auf die Polizei abgesehen», sagte sie. «Er will uns vorführen.»

«Das hat schon getan», sagte Jens. «Aber es reicht ihm nicht. Er will uns herausfordern.»

«24 Stunden ...» Carina schüttelte abermals den Kopf. «Er stellt uns ein Ultimatum und ist sich wahrscheinlich sicher, dass wir es nicht einhalten können.»

«Und ab wann beginnt dieses Ultimatum?», fragte Hagenah. «Vom Zeitpunkt ihrer Entführung oder von dem Moment, da er dieses Video gepostet hat?»

«Ruf ihn an und frag?», schlug Jens vor.

«Wenn wir sein Versteck nicht finden, wird Krystina Zoller sterben», konstatierte eine der Polizistinnen.

«Von Sterben hat sie nichts gesagt», wandte die Baumgärtner ein. «Sie sprach von einem leuchtenden Beispiel für polizeiliche Inkompetenz.»

«Kann man das anders verstehen, als dass er sie töten wird?», fragte Hagenah grimmig, ohne seine Chefin anzusehen.

Jens schlug mit der flachen Hand auf den Tisch und unterbrach die Diskussion. «Okay. Herausforderung angenommen», sagte er und begann, in dem kleinen Besprechungsraum auf und ab zu gehen.

«Das Video muss in der technischen Abteilung analysiert werden, womöglich sind weitere Informationen darauf. Wir müssen Krystinas Umfeld checken, und zwar sehr genau, irgendwo dort wird sich der Täter verstecken. Ich glaube einfach nicht, dass er sie zufällig ausgesucht hat. Wir brauchen jeden zur Verfügung stehenden Beamten, und wenn es irgendwie möglich ist, auch die, die nicht zur Verfügung stehen. Frau Baumgärtner, sorgen Sie bitte für Unterstützung, sonst wird die Zeit knapper, als wir uns es jetzt vorstellen können.»

«Natürlich. Ich tue, was ich kann. Aber wir sollten jetzt nicht kopflos drauflosstürmen, vielleicht beabsichtigt er gerade das. Er spricht von polizeilicher Inkompetenz. Möglicherweise hat er damit Erfahrungen gemacht, die ihn zu dieser Tat treiben. Wenn er uns vorführen will, wird er alles daransetzen, dass wir richtig schlecht aussehen, und das hat nur einen Sinn, wenn es alle mitbekommen.»

Sie schaute in die Runde, überprüfte, ob die Information bei allen angekommen war.

«Soziale Netzwerke, Medien, Presse», fasste sie zusammen. «Wir sollten uns jetzt schon darüber im Klaren sein, dass wir es nicht aufhalten können, wenn er es publik macht, und deshalb dürfen wir uns keinen Fehler erlauben.»

«Genau das ist schon die erste Fehlerquelle», wandte Jens ein. «Der Druck von der ersten Minute der Ermittlungen an.»

«Er zwingt ihn uns auf», sagte Hagenah.

«Ganz genau», stimmte Jens ihm zu. «Er zwingt uns sein Spiel auf, und wir müssen alles daransetzen, das zu ändern. So schnell wie möglich. Ich brauche Ideen. Raus damit, egal was!»

«Er kennt sich verdammt gut in der Stadt aus», rief einer der Beamten, der an der Verfolgung beteiligt war. «So habe ich noch nie jemanden fahren sehen ... das war richtig unheimlich.»

«Inwiefern unheimlich?», hakte Jens nach.

«Na ja ... wenn ich's nicht besser wüsste, würde ich sagen, der Wagen wurde von einem Satelliten ferngesteuert, der genau wusste, wie wir uns bewegen und wo wir warten.»

«Hm», machte Jens. «Das können wir wohl ausschließen. Was sonst noch?»

«Er ist Social-Media-affin», sagte Carina. «Postet seine Handlungen zeitnah.»

«Also jung», ergänzte Jens.

«Es soll auch ältere Menschen geben, die Social-Media-affin sind», sagte die Baumgärtner.

Jens verstand den Seitenhieb gegen ihn. Er hielt diese angeblich sozialen Medien für vollkommen überflüssig, ja sogar gefährlich, und es zeigte sich ja gerade überall, wie sehr es das Denken der Menschen veränderte, wie beeinflussbar, ja sogar manipulierbar und steuerbar sie dadurch wurden. Es interessierte nur kaum jemanden – und das war am gefährlichsten daran. Da wuchs ein monströser Big Brother heran, der alles und jeden kontrollieren und überwachen konnte, und die Leute machten freiwillig mit. Posteten im Minutentakt Szenen aus ihrem Leben und fanden das auch noch lustig.

«Was soll das mit der Porno-Puppe?», fragte eine der Beamtinnen.

«Keine Ahnung», antwortete Jens.

«Diese Sache mit den Zellulosechips, die verstehe ich auch nicht», fuhr die Beamtin fort. «Wenn er gewollt hätte, dass die Frau still ist, hätte er sie betäuben oder ganz einfach knebeln können.»

Bevor Jens etwas erwidern konnte, mischte sich die Baumgärtner ein. «Krystina Zoller wurde ganz in der Nähe unserer Dienststelle entführt», sagte sie und klopfte sich nachdenklich mit einem Kugelschreiber gegen die Schneidezähne. «Kann es sein, dass er sichergehen wollte, dass wir den Fall übernehmen?»

KAPITEL 2

1

In völliger Dunkelheit war Krystina Zoller auf ihren Geruchs- und Gehörsinn zurückgeworfen, und in ihrer Panik steigerten sich beide Sinne zu Höchstleistungen. Vielleicht lag es daran, dass ihr der unbekannte Geruch in die Nase biss. Er war irgendwie schwer und süß.

Übelkeit stieg in ihr auf, und ihr Magen stülpte sich um. Aber sie konnte sich nicht übergeben, denn damit würde sie preisgeben, dass sie wach war.

Aber war sie das wirklich?

Oder dämmerte sie in einem furchtbaren, nicht enden wollenden Albtraum dahin? Wie sonst wäre das alles zu erklären? Der Polizeiwagen, der Kofferraum, der Mann, der sie mit ihrem eigenen Handy fotografiert und gefilmt hatte – so etwas passierte doch nicht in der Realität.

Aber in einem Traum spürte man keine Schmerzen.

Ihr Mund, ihre Nase, ihre Zähne, das ganze Gesicht taten ihr weh, und durch ihre stark angeschwollene Nase bekam sie kaum Luft. Sie schmeckte Blut, und als sie vorsichtig mit der Zunge an den Zähnen entlangfuhr, wurde der Schmerz sofort noch stärker.

Er hatte sie bewusstlos geschlagen und sich nicht an sein Versprechen gehalten, sie gehen zu lassen, obwohl sie getan hatte, was er von ihr wollte.

Krystina schämte sich für ihre naive Hoffnung, gleichzeitig regte sich aber wieder neue in ihr. Vielleicht war das

Martyrium nun doch vorüber! Vielleicht war sie ja schon gar nicht mehr in seiner Gewalt, und er hatte sie irgendwo hingebracht. Auf eine Müllkippe vielleicht? Anders war der Gestank ja kaum zu erklären.

Je länger Krystina darüber nachdachte, desto logischer erschien es ihr, und sie fasste die Entscheidung, sich bemerkbar zu machen. Doch bevor sie dazu kam, hörte sie ein Geräusch.

Es war nur kurz, leise und undefinierbar. Ob es menschlichen Ursprungs war, konnte Krystina nicht sagen, aber plötzlich hatte sie das Gefühl, nicht allein in der Dunkelheit zu sein.

Krystina wusste, sie musste etwas tun. Sie musste handeln und versuchen, sich aus dieser Situation zu befreien, aber irgendwie schienen Nerven und Gehirn ihre Verbindung miteinander verloren zu haben. Ihre Muskeln verweigerten den Dienst und blieben steif und starr. Zur Bewegungslosigkeit verdammt, riss Krystina die Augen weit auf, weil sie glaubte, dadurch auch ihr Gehör schärfen zu können. Doch weder sah sie etwas in dieser undurchdringlichen Dunkelheit, noch hörte sie etwas ...

Oder?

Doch, da war etwas!

Es war so leise wie ihr eigener Atem, und erst als sie selbst die Luft anhielt, realisierte Krystina, dass es sich dabei tatsächlich um Atemgeräusche handelte. Schleifende, zittrige Atemgeräusche. Und sie wurden nach und nach lauter, so als erwachte hier irgendetwas aus tiefem Schlaf.

Eiseskälte breitete sich in Krystinas Körper aus und lähmte sie zusätzlich. Angst wurde ihre einzige Empfindung, und in ihrer Erinnerung kehrte sie zurück in ihre Kindheit, zu jenen einsamen Nächten, da sie den Geistern und Gespenstern ausgeliefert gewesen war, die nur darauf warteten, dass die Eltern schlafen gingen. In jedem Kinderzimmer, jedem Schrank, jeder dunklen Ecke waren sie zu Hause, streckten ihre Klauen nach schützenden Bettdecken aus, um sie mit einem Ruck fortzureißen und in entblößte Haut zu schlagen. Bis zu diesem Moment waren Krystinas Erinnerungen an jene Nächte tief verschüttet gewesen, doch jetzt lagen sie bloß, so als verfügte die Todesangst über einen Schlüssel zur Tür des Grauens.

Ihr Vater hatte darauf bestanden, dass sie allein schlief, nächtliche Schreiattacken tolerierte er nicht. In seinem Weltbild waren Mut und Stärke die treibenden Kräfte, nicht Furcht und Verzagtheit, und das galt noch viel mehr für Mädchen als für Jungen. So war Krystina aufgewachsen, und sie hatte sich immer für eine mutige Frau gehalten, der so leicht nichts Angst einjagen konnte.

Was für ein Irrtum!

Zu dem schleifenden Atem gesellte sich ein knarrendes Geräusch. Nicht weit entfernt von ihr bewegte sich jemand – oder etwas. Ein mühsames Röcheln, gefolgt von lang anhaltendem Husten.

Als dieser abebbte, kehrte ein Moment der Ruhe ein.

Mit angehaltenem Atem lauschte Krystina.

Schließlich sprach eine grauenvolle Stimme:

«Habt ihr sie zu mir gebracht? Ist sie da? Lasst sie mir für ein paar Stunden … ich will, dass sie stirbt vor Angst!»

2

Der schlitzohrige Freddy parkte seinen alten VW Caddy mit der weinroten Lackierung direkt vor dem Hotel im eingeschränkten Halteverbot. Da er jemanden einladen wollte, ging das wohl in Ordnung.

Ihn plagten Bauchschmerzen. Am Telefon war Rebecca wortkarg gewesen, und in Freddy keimte der Verdacht, dass in der Nacht irgendwas so richtig schiefgelaufen war. Erst war Jens Kerner von seiner eigenen Geburtstagsparty verschwunden, was aber niemanden wirklich gewundert hatte. Wenig später war aber auch noch Rebecca verschwunden, und kurz darauf hatte das Gerede von einem ungewöhnlichen Entführungsfall die Runde gemacht. Angeblich waren mehrere Streifenwagen und ein Hubschrauber im Stadtgebiet im Einsatz und Jens Kerner mittendrin.

Freddy war dann bald nach Hause gefahren. Von den anwesenden Polizisten wollte niemand etwas mit ihm, dem Privatschnüffler, zu tun haben, und er war sich ziemlich einsam vorgekommen. Mit einem Glas Cola in der Hand dazustehen und andere dabei zu beobachten, wie sie sich betranken, machte nicht wirklich Spaß. Besonders nicht, wenn sie ihm abschätzige Blicke zuwarfen. In solchen Momenten war die Lust auf einen ordentlichen Drink überwältigend. Freddy hatte sie gespürt, mit jeder Faser seines abhängigen Körpers, und er wusste, er war nicht so stark, wie er es nach außen hin vorgab zu sein. Nur sein Zuhause war in solchen Phasen seine Rettung. Seine Frau und seinen Sohn um sich zu haben, die er beide schon einmal aus eigener Dummheit verloren hatte, und sich bewusst zu machen, welch immenses Glück er hatte, war wirksamer als jedes AA-Treffen.

Als die Drehtür ihn in das Foyer des Hotels spuckte, entdeckte er Rebecca im Aufenthaltsbereich gegenüber der Rezeption. Dort stand sie in ihrem Rollstuhl wie bestellt und nicht abgeholt, sah einsam und verletzt aus. Gedankenverloren schaute sie in ihr Handy, und Freddy bemerkte, dass der Mann hinter dem Empfangstresen sie mit einem merkwürdigen Blick anstarrte.

Freddy ging zu ihr.

«Hey!», begrüßte er sie. «Ich mag gar nicht fragen.»

Ihr Lächeln war matt und freudlos. Das war nicht die Rebecca, die Freddy kannte und mochte.

«Dann tu's auch nicht. Bring mich einfach nur nach Hause, bitte.»

Freddy nahm die kleine Reisetasche von ihren Oberschenkeln und folgte ihr, als sie aus dem Foyer nach draußen rollte. Durch die spiegelnde Glasscheibe bekam Freddy mit, wie der Mann am Empfang ihnen nachschaute. Sein Blick war irgendwie gruselig.

Rebecca schaffte es unter Mühen allein aus dem Rollstuhl auf den Beifahrersitz. Sie tat das mit einer finstren Grimmigkeit, die es Freddy verbot, ihr seine Hilfe anzubieten. Er durfte aber den Rollstuhl zusammenfalten und im Wagen verstauen. Bis gestern hatten sie beide noch unter einer Decke gesteckt und über Wochen hinweg diesen Plan zu Jens' Geburtstagsparty ausgeheckt. Jetzt wollte sie nicht einmal mit ihm darüber reden, was passiert war. Das war übel, ganz übel.

Schweigend fuhren sie los, aber länger als drei Minuten hielt Freddy es nicht aus.

«Bitte, rede mit mir», bat er Rebecca. «Hab ich was falsch gemacht?»

Sie schüttelte den Kopf.

«Nicht du. Ich. Das war eine total blöde Idee mit seinem Bruder.»

«Wieso?»

Als Rebecca mit der Idee auf Freddy zugekommen war, eine geheime Party für Jens zu organisieren und zu versuchen, seine Familie dazu einzuladen, hatte Freddy das für eine gute Idee gehalten. Das Problem war nur, dass niemand etwas über Jens' Familie wusste, und fragen konnten sie ihn natürlich nicht, weil sie sonst aufgeflogen wären. Freddy war begeistert gewesen, seine detektivischen Fähigkeiten und seine noch junge Firma dafür einzusetzen, Jens' Familie aufzuspüren. Irgendwie, so hatte er gedacht, schloss sich damit ein Kreis. Denn nur weil Jens ihn damals in dem Eilenau-Fall um seine Mithilfe bei der Jagd nach dem Täter gebeten hatte, war Freddy überhaupt auf die Idee gekommen, eine Detektei zu gründen. Er war noch in seinem ersten Geschäftsjahr und verdiente nicht wirklich viel. Ohne das Geld, das seine Frau verdiente, ginge es gar nicht, aber er hatte wieder eine Aufgabe, konnte seine Talente und seine Energie nutzen, und dafür war er Jens sehr dankbar.

«Jens' Bruder hat dir nicht gesagt, dass die beiden total zerstritten sind, oder?», fragte Rebecca.

«Scheiße», stieß Freddy aus, dem jetzt klar wurde, was schiefgelaufen war. «Nein, hat er nicht. Er hat gesagt, dass sie sich aus den Augen verloren hätten seit dem Tod ihrer Eltern, weil er mit seinen Kunstausstellungen immer unterwegs sei, aber von Streitigkeiten war nicht die Rede. Wie schlimm ist es?»

«Schlimm genug. Als er seinen Bruder gesehen hat, ist Jens ausgerastet und dann abgehauen. Karsten kam übrigens im unpassendsten Moment. Du hattest ihm doch gesagt, dass er um Mitternacht im Hotel sein solle, oder?»

«Ja, hab ich. Und wir haben ihm doch auch ein Zimmer dort gebucht. Ich hab mich in der Nacht schon gewundert, warum er nicht mit uns angestoßen hat wie geplant.»

Rebecca zuckte mit den Schultern.

«Keine Ahnung, wo er war, aber er kam ins Foyer, als ich gerade mit Jens aufs Zimmer verschwinden wollte.»

«Du wolltest mit ihm ...»

Freddy unterbrach sich selbst, als ihm klar wurde, dass ihm diese Frage nicht zustand. Von diesem Teil des Plans hatte er nichts gewusst, ja nicht einmal geahnt, und dass Becca und Jens ein Paar sein könnten, war eine weitere Überraschung, die er verdauen musste.

«Ich hatte das eigentlich für später eingeplant, hab aber gespürt, dass Jens keine Lust mehr hatte auf die Party. Ich dachte, bevor er still und heimlich verschwindet ...»

Sie zuckte mit den Schultern und schluckte einen Kloß herunter, der ihren Hals zu versperren schien.

«Du kennst ihn ja», schob sie mit belegter Stimme hinterher.

Nicht wirklich, aber wer kennt Jens Kerner schon wirklich?, dachte Freddy, sprach es aber nicht aus.

«Und jetzt?», fragte er nach einer Schweigeminute und erntete ein Schulterzucken.

«Soll ich mit ihm reden? Ich könnte sagen, dass es meine Idee war, seinen Bruder einzuladen.»

Rebecca schüttelte den Kopf.

«Es war aber nicht deine Idee.»

«Was er ja nicht weiß.»

«Er nicht, aber ich, und dann würde diese Lüge immer zwischen uns stehen ... ist wirklich nett von dir, aber da muss ich allein durch.»

«Nein, musst du nicht. Wir haben das zusammen eingefädelt, da werd ich mich jetzt bestimmt nicht raushalten. Ich kann ja mal von Mann zu Mann mit ihm reden.»

«Ich weiß nicht ...»

«Aber ich. Und weißt du, warum? Weil es echt gemein von ihm ist, wie er sich verhalten hat. Die Streiterei mit seinem Bruder hin oder her, er hätte trotzdem nicht abhauen müssen. Du hast dich so auf diesen Abend gefreut, und ... na ja ... du weißt schon.»

Rebecca lächelte verzweifelt.

«Du musst das nicht tun.»

«Nein, muss ich nicht, will ich aber.»

«Danke.»

Freddy schüttelte den Kopf.

«Ich bin ja schon ein ziemlich schwieriger Fall, aber Jens übertrifft mich mühelos um Längen. Den soll einer verstehen. Er hilft dir, wo er nur kann, setzt sich für dich ein, und wenn du meinst, dich dafür irgendwie bedanken zu müssen, macht er die Schotten dicht. Ach ja, und mit diesem Karsten rede ich auch. Der hätte ja mal was sagen können, statt uns einfach so ins offene Messer rennen zu lassen.»

3

Jens Kerner hatte sich nur vier Stunden Zeit gegeben, um sich auszuruhen, zu duschen und die Kleidung zu wechseln. Er hatte nicht wirklich geschlafen, sondern sich vielmehr auf einer Matratze hin und her gewälzt, die sich wie ein Nagelbrett anfühlte. Unfähig, seine Gedanken abzustellen, war er ihnen völlig ausgeliefert gewesen, und in den wenigen Minuten, in denen er zwischendrin immer mal wieder eingedöst war, hatten sie sich zu einem grauenvollen Konglomerat vermengt, das ihm den Schweiß aus den Poren trieb. Es war nicht mehr die ihm fremde Krystina Zoller gewesen, die ihn mit panischem Blick aus einem Kofferraum voller gelber Verpackungschips anstarrte, sondern Rebecca.

Jens hatte sie weder angerufen noch eine SMS geschickt. Der vorgeschobene Grund war, dass sie wahrscheinlich sowieso noch schlief. Außerdem war Wochenende, sie hatte frei, und er benötigte sie noch nicht unbedingt für diesen neuen Fall.

In Wirklichkeit hatte er einfach nur Angst vor einem Gespräch. Er erfand Ausreden für sich selbst, um ihr aus dem Weg gehen zu können. Dabei wusste er eigentlich, dass kein Problem durch Prokrastination je kleiner geworden wäre. Ganz im Gegenteil.

Auf dem Weg zu Krystina Zollers Arbeitgeber, der Kneipe *Flying Dutchman*, hielt Jens bei seiner Red Lady, die noch immer dort stand, wo er sie in der Nacht zurückgelassen hatte. Der Versuch, sie zu starten, brachte keinen Erfolg, Jens warf einen Blick unter die Motorhaube. Er kannte sich gut genug mit Motoren aus, um die gängigen Fehlerquellen überprüfen zu können, und als er mit der Taschenlampe hineinleuchtete, bemerkte er Beschädigungen an den Verteilerkabeln. Marderbiss! Das passierte nicht zum ersten Mal. Aber etwas war merkwürdig. Eigentlich sahen die Beschädigungen dafür viel zu glatt aus.

Da Jens keine Zeit hatte, sich darum zu kümmern, rief er in der Werkstatt seines Vertrauens an und bat seinen Mechaniker-Gott Wulf Grote, die Red Lady abzuschleppen. Der versprach, sich zu kümmern. Damit war Jens zumindest eine Sorge los.

Das grausame Ultimatum des Täters lief gnadenlos ab, das ganze Team war unterwegs, um Krystina Zoller zu finden, aber es gab viel zu viel zu tun in der kurzen Zeit. Ein Team hatte Krystina Zollers Wohnung noch in der Nacht durchsucht, leider ohne jeden Hinweis auf ihren Aufenthaltsort. Deshalb erhoffte sich Jens mehr Informationen von ihrem Arbeitgeber. Und dann mussten sie auch noch an der Uni herumfragen und mit den Eltern reden. Diese junge Frau kannte Hunderte Leute.

Wie sollten sie das nur alles schaffen?

Bevor er sich selbst eine Antwort geben konnte, klingelte sein Handy.

Freddy Förster rief an.

«Freddy, was gibt's?», meldete sich Jens.

«Du warst gestern Abend plötzlich verschwunden.»

Das klang vorwurfsvoll.

«Ja», antwortete Jens knapp und ohne sich zu rechtfertigen.

«Ich wollte noch mit dir sprechen. Ist dringend. Könnten wir das heute nachholen?»

«Nee, sieht schlecht aus. Neuer Fall.»

«Es ist Wochenende.»

«Sag das den bösen Jungs.»

«Okay ... gut ...» Freddy schien von seinem vorher festgelegten Kurs abgekommen zu sein. Er zögerte und setzte dann erneut an: «Es geht um Becca. Bitte. Nur ein paar Minuten, vielleicht heute Abend.»

Jens sagte, er werde sich melden, dann beendete er das Gespräch.

Becca und Freddy. Hatten sie diese Party zusammen ausgeheckt? Gut möglich, und das würde erklären, warum Freddy unbedingt mit ihm reden wollte. Wahrscheinlich hatte Becca ihm von dem Fiasko gestern Abend berichtet. Warum war das nur immer so schwierig mit den Frauen?

Jens erreichte den *Flying Dutchman* um halb elf.

Es handelte sich um eine Kneipe mit Bistro – wenn man so wollte: um eine gepimpte Kneipe. Über das Gewerberegister der Stadt Hamburg hatte Jens den Inhaber ausfindig gemacht, einen Mann namens Jan-Hendrik Gunderjan, wohnhaft in Hamburg. Mit ein wenig mehr Recherche hätte er auch die Telefonnummer herausgefunden, aber er hielt es für besser, direkt hinzufahren. Ein Gespräch von Angesicht zu Angesicht war für ihn immer die erste Wahl.

Durch die Eingangstür sah Jens im Inneren Licht brennen. Die Tür war noch verschlossen, eine Klingel gab es nicht, also klopfte er. Das tat er so oft und laut, bis endlich jemand Notiz von ihm nahm.

Ein Mann mittleren Alters in weißer Kochschürze öffnete ihm die Tür. Er hatte ein hageres, hohlwangiges Gesicht, schütteres Haar und einen durchdringenden Blick aus wässrig blauen Augen. Seine Hände waren mit Mehl bepudert.

«Noch geschlossen», sagte er müde und wollte die Tür schon wieder zuziehen.

Jens zeigte seinen Ausweis.

«Ich muss mit dem Inhaber sprechen.»

«Das bin ich. Worum geht's denn?»

«Sie sind Jan-Hendrik Gunderjan?»

«Sag ich doch. Hören Sie, ich muss in die Küche zurück, sonst verbrennen mir die Brötchen im Ofen. Wir müssen drinnen reden.»

Er drehte sich um und eilte davon, also blieb Jens nichts anderes übrig, als ihm in die Küche zu folgen. Dazu musste er am Tresen vorbei, über dem die Halogenspots brannten, die er von draußen gesehen hatte. Sie beleuchteten eine große Zahl von gravierten Pokalen. Vermutlich hielt hier eine Sportmannschaft ihren Stammtisch ab. Im großen Rest der Räumlichkeiten war es dunkel, dort gab es Nischen und Ecken, in denen die Gäste ungestört sein konnten. Jens hatte hier ebenfalls schon das eine oder andere Bier getrunken. Das lag aber schon eine Weile zurück. Wirklich gern ging Jens abends nicht mehr aus. Allein in einer Kneipe zu hocken, hatte etwas verdammt Deprimierendes.

«Klote!», kam es laut aus der Küche, und auch ohne die Bedeutung des Wortes zu kennen, war Jens klar, dass der Wirt gerade auf Niederländisch geflucht hatte.

Er hielt seinen Unterarm unter den laufenden Wasserhahn, als Jens hereinkam.

«Verbrannt», sagte er zur Erklärung und deutete mit einer Kopfbewegung auf einen kleinen Ofen, dessen schmale Klappen offen standen. Darin lagen goldgelbe runde Brötchen auf Blechen. Es roch phantastisch, und Jens' Magen regte sich sofort. Er hatte heute noch nichts gefrühstückt.

«Kann ich Ihnen helfen?», fragte er.

«Nee, geht gleich wieder.»

«Ich nehme die Brötchen raus, okay?»

Ehe der Inhaber etwas dagegen einwenden konnte, hatte Jens sich die dicken Schutzhandschuhe geschnappt, das erste Blech aus dem Ofen hervorgezogen und schüttete die Brötchen in einen bereitgestellten Rattankorb. Fünf Bleche folgten noch, dann war der kleine Ofen leer.

Gunderjan war überrascht.

«Alle Achtung!», sagte er.

«Mein Opa hatte eine kleine Bäckerei in Bahrenfeld. Da hab ich als kleiner Junge immer geholfen.»

«Das kann man sehen. Vielen Dank!»

«Kein Problem, gern geschehen.»

«Warum sind Sie hier?», fragte Gunderjan und nahm einen kleinen runden Tiegel aus einem Erste-Hilfe-Kästchen an der Wand.

«Krystina Zoller arbeitet bei Ihnen, richtig?», fragte Jens.

«Krissi ... ja, klar, warum?»

Gunderjan hatte gerade eine kühlende Salbe auf die Brandwunde getupft und hielt jetzt inne. «Was ist mit ihr?»

«Das wissen wir nicht, aber ihr Wagen wurde in der vergangenen Nacht verlassen aufgefunden. Von ihr fehlt jede Spur.»

Mehr wollte und durfte Jens nicht erzählen.

Gunderjan richtete sich auf.

«Das hört sich nicht gut an. Was ist passiert?»

«Um das herauszufinden, bin ich hier. Wir schließen ein Verbrechen nicht aus. Wann hat Krystina gestern hier gearbeitet?»

«Von sechs bis elf.»

«Arbeitet sie regelmäßig um diese Zeit?»

«Dreimal die Woche und manchmal auch am Samstag, dann aber länger. Heute haben wir bis ein Uhr auf.»

«Wann ist Krystina gestern gegangen?»

«Hm ... es war nicht viel los, ich glaube, sie ist wirklich Punkt elf aus dem Laden raus.»

«Ist Ihnen irgendetwas aufgefallen?»

«Was meinen Sie?»

«Hatte sie es besonders eilig? Hatte sie Angst?»

Gunderjan schüttelte den Kopf. «Eilig hat Krissi es sowieso immer, sie ist das schnellste Mädchen, das ich kenne. Liegt in ihren Genen, sagt sie. Aber Angst? Krissi? Nee, eher nicht. Aber Ihre Fragen, die machen jetzt mir Angst. Glauben Sie, ihr ist etwas zugestoßen?»

«Wir können im Moment nichts ausschließen. Hat sie in der Vergangenheit vielleicht mal gesagt, dass sie sich verfolgt fühlt?»

Gunderjan wollte schon den Kopf schütteln, hielt dann aber plötzlich inne.

«Moment», sagte er, und seine Augen weiteten sich. «Da war doch dieser Typ!»

«Was für ein Typ?»

«So ein Mann. Krissi fand ihn unheimlich.»

«Hier in der Kneipe?»

Gunderjan schüttelte den Kopf.

«Nee, glaube ich jedenfalls nicht. Kann aber sein, dass er auch hier gewesen ist.»

«Wo war er denn dann?»

«In so einem Bus von MyDriver.»

«Dem neuen Fahrservice hier in der Stadt? Warum das? Krystina hat doch einen Wagen.»

«Hin und wieder stößt sie mit den Gästen an, das hebt die Stimmung und den Umsatz, und dann fährt sie natürlich nicht mehr selbst. MyDriver hat eine Haltestelle keine zwanzig Meter die Straße runter, ist richtig praktisch. Seitdem die hier sind, trinken meine Gäste mehr und fahren trotzdem niemanden tot.»

«Was war nun mit diesem Mann?»

«Krissi meinte, er beobachte sie.»

«Das hat sie gesagt? Dass der Mann in dem MyDriver-Bus sie beobachtet?»

Gunderjan nickte. «Ja, aber ... na ja, Sie kennen Krissi nicht. Sie ist ein verdammt attraktives Mädchen, und jeder hier in der Kneipe schaut ihr auf den Arsch. Ist eigentlich ganz normal, dass sie angestarrt wird, aber sie bemerkt das nicht immer.»

«Aber es ist schon ein Unterschied, nur einmal einen Blick auf ihre Figur zu werfen oder sie wirklich zu beobachten», wandte Jens ein. «Zumal Krystina es in diesem Fall schon bemerkt hatte. Wann war das?»

«Vorgestern ... glaube ich.»

«Hat sie den Mann beschrieben?»

Gunderjan schüttelte den Kopf. «Aber mir fällt gerade etwas ein. Ich glaube, sie hat gesagt, dass sie ihn fotografiert hat. Ich bin mir aber nicht mehr ganz sicher. Es war so viel los.»

«Wie bitte?»

«Ja, heimlich, mit ihrem Handy. Sie hat dauernd Fotos mit ihrem Handy gemacht, wie alle jungen Leute heutzutage. Um sie dann zu posten und so. Ich hab nichts dagegen. Wahrscheinlich kommen einige Gäste nur wegen Krissi und ihrer Fotos hierher. Das hat sie nämlich wirklich drauf, wissen Sie. Diese sexy Fotos auf Instagram. Manchmal geht mir das sogar zu weit.»

Jens bedankte sich bei Gunderjan und machte sich wieder auf den Weg.

Er war frustriert. Gunderjan war kein guter Zeuge, er glaubte viel und wusste nichts. Ein unbekannter Mann im MyDriver-Bus, der Krystina vielleicht angestarrt hatte. Und vielleicht gab es ein Foto ...

Die Liste der zu überprüfenden Spuren wurde länger und länger.

Das Ultimatum dagegen immer kürzer.

Kaum saß Jens im Dienstwagen, rief Carina Reinicke an.

«Du rätst nicht, von woher der Anruf gestern Abend kam, mit dem Krystina Zollers Wagen gemeldet wurde», rief sie atemlos ins Telefon.

«Sag's mir einfach», bat Jens und startete den Motor.

«Aus der unmittelbaren Nähe des Hotels, wo du deinen Geburtstag gefeiert hast», versetzte Carina ihm den nächsten Tiefschlag. «Vielleicht sogar von drinnen.»

4

Krystina Zoller starb tatsächlich beinahe vor Angst. Sie, die stets sorglos und mutig durchs Leben gegangen war und sich nie von Ängsten hatte einschüchtern lassen, lernte nun eine neue Dimension des Schreckens kennen.

Die vollkommene Dunkelheit allein war schon schlimm genug. Nicht zu wissen, wo sie sich befand, was um sie herum geschah, aus welcher Richtung Gefahr drohte, setzte ihrem Verstand und ihrem Körper in einem Maße zu, wie Krystina es niemals für möglich gehalten hätte. Sie schwitzte und fror zugleich, ihr Herz raste, ständig zuckte sie zurück, weil sie glaubte, jemand oder etwas greife nach ihr, und dann lief ihr ein ums andere Mal eine geradezu schmerzhafte Gänsehaut den Körper hinab. Sie fühlte sich vollkommen schutzlos und angreifbar, es gab nichts, womit sie sich hätte verteidigen können, und so tastete sie mit den Händen in der Dunkelheit herum in der Hoffnung, einen Ausgang aus dieser Hölle zu finden.

Doch die Stimme trieb sie immer wieder zurück.

Diese hässliche, gemeine Stimme, die nicht von einem Menschen stammen konnte. Sie klang mechanisch, unecht, kratzig und abgehackt.

«Bringt sie zu mir, damit sie stirbt vor Angst, nichts anderes hat sie verdient.»

Solche und ähnliche Sätze sagte die Stimme ein ums andere Mal. Es fiel Krystina schwer, herauszuhören, aus welcher Richtung die Stimme kam. Möglicherweise kam sich auch aus einem anderen Raum, denn sie klang leicht gedämpft.

Krystina fand genug Mut, um sich auf die Beine zu kämpfen und zwei Schritte nach vorn zu wagen. Mit ausgestreckten Armen tastete sie sich durch die Dunkelheit, um ja nirgendwo dagegenzustoßen. Dabei hatte sie das Gefühl, die drückend warme, stinkende Luft schmecken zu können.

Vorsichtig setzte sie einen Fuß vor den anderen, und da sie keine Schuhe mehr trug, spürte sie unter ihren nackten Fußsohlen raue Bodenbretter mit Spalten dazwischen.

Sie erinnerten Krystina an die alte Scheune auf dem

Grundstück ihrer Eltern. Damals, als Krystina noch klein gewesen war, hatte ihr Vater dort Schafe und Ziegen gehalten und das Heu für den Winter auf dem Heuboden der Scheune gelagert. Zwar war es verboten gewesen, dort oben zu spielen, aber Krystina hatte sich trotzdem immer wieder hochgeschlichen und Stunden in ihrem kleinen Nest zwischen den duftenden Ballen verbracht. Durch die breiten Spalten zwischen den Bodenbrettern, die zur Lüftung dienten, hatte sie ihren Vater von oben beobachten können, wenn er durch die Scheune ging.

Automatisch fiel auch jetzt ihr Blick nach unten, und für einen Moment glaubte sie tatsächlich, den grauen Haarschopf ihres Vaters mit der beginnenden kahlen Stelle in der Mitte zu sehen, doch sie wusste, es war eine Täuschung. Ein Wunschbild ihres gepeinigten Verstandes.

Sie sehnte sich nach Mama und Papa, kein Gedanke mehr an die letzten Jahre, in denen sie sich so schlecht verstanden hatten. Gerade Papa war immer unzugänglicher geworden und verurteilte die Art und Weise, wie Krystina ihr Leben lebte. Laut ausgesprochen hatte er es nie, das musste er auch nicht, er gab ihr deutlich genug zu verstehen, dass er sie für ein billiges Mädchen hielt.

Aber das war sie nicht. Vier Freunde in vier Jahren war nicht wirklich viel, und die Sache mit den Fotos in den sozialen Netzwerken konnte ihr Vater natürlich nicht verstehen. Ja, sie waren freizügig, sie zeigten viel nackte Haut und ziemlich eindeutige Gesten und Posen, aber das machte heutzutage doch jeder. Es bedeutete nicht das, was ihr Vater darunter verstand.

Zum ersten Mal fragte sich Krystina, ob sie es übertrieben hatte.

Hatte sie den Mann, der sie entführt und geschlagen hatte, mit diesen Bildern auf sich aufmerksam gemacht? Warum machte er Fotos und Videos von ihr und sprach davon, Content zu benötigen, damit man ihm glaubte? Postete er das alles etwa?

Krystina stieß mit der rechten Hand gegen etwas und blieb abrupt stehen. Über ihren eigenen, hektischen Atem hinweg hörte sie das schleifende Röcheln, das nicht mehr aufhören wollte. Es schien weit genug von ihr entfernt zu sein, also wagte sie es, die Hand noch einmal auszustrecken. Vorsichtig befühlte sie den Gegenstand vor sich.

Nein, das war kein Gegenstand, sondern wahrscheinlich eine mit Holz verkleidete Dachschräge, rau und staubig.

Endlich etwas spüren zu können, eine Orientierung zu haben, ließ die Angst für den Bruchteil einer Sekunde weichen und löste beinahe ein Glücksgefühl aus.

Sie legte auch noch die andere Hand an die Holzvertäfelung und überzeugte sich davon, sich nicht getäuscht zu haben.

Ja, das war eine Dachschräge.

Wenn sie sich daran entlangtastete und es schaffte, sich nicht von dem schleifenden Atemgeräusch und der Stimme in den Wahnsinn treiben zu lassen, vielleicht würde sie dann einen Ausweg finden, eine Tür oder ein Fenster, eine Fluchtmöglichkeit!

Diese Aussicht trieb Krissi an, ließ sie mutiger werden. Sie tastete sich nach rechts, Handbreit um Handbreit, ganz vorsichtig, um ja nicht den Kontakt zur Dachschräge zu verlieren.

Doch plötzlich griff ihre Hand ins Leere.

Also tief durchatmen, noch einmal zurück und wieder

vor, langsamer diesmal, und sie spürte eine Ausbuchtung in der Schräge.

Einen Moment später ertastete sie eine glatte, warme Fläche. Ein Fenster, auf das von außen die Sonne schien? Aber warum fiel dann kein Licht hindurch?

Krissi glaubte, eine Folie auf dem Glas fühlen zu können. Sie tastete in den Ecken und fand eine Stelle, an der sie ansetzen konnte. Die Folie wollte sich nicht lösen, aber sie konnte eine Ecke hochbiegen, und sofort fiel etwas Licht herein.

Krystina hielt inne und drehte sich um.

So wenig Licht es auch war, reichte es doch, um etwas erkennen zu können. Nicht die Ausmaße des Raumes, dafür war er zu groß, aber doch einige Einzelheiten. Wie sie bereits geahnt hatte, befand sie sich in einem Dachgeschoss. Die Schrägen reichten bis zum Fußboden hinunter, zwischen den Vertäfelungen ragten Dachbalken wie Skelettknochen hervor, alte Möbel füllten die Ecken und Nischen, dick überzogen von einer Staubschicht. Ihre Bewegungen hatten ein wenig von dem Staub aufgewirbelt, der nun in der Luft tanzte.

Und dann flog plötzlich eine Tür auf. Licht explodierte vor Krystinas Augen.

«Zeit für deinen großen Auftritt», hallte die Stimme durch den Dachboden.

5

Bei dem Halter des gestohlenen schwarzen BMW, in dessen Kofferraum Krystina Zoller zwischen den Verpackungschips gelegen hatte, handelte es sich um Stephan Meyer, wohnhaft in der Straße Achtern Styg im Hamburger Bezirk Altona. In der Hoffnung, den Mann an einem Samstagmorgen anzutreffen, klingelte Rolf Hagenah unangekündigt an der Tür der modernen Doppelhaushälfte.

Hagenah war unausgeschlafen und schlecht gelaunt, außerdem machte ihm sein Rücken wieder zu schaffen. An die ständigen Schmerzen hätte er sich noch gewöhnen können, aber wenn er nicht aufpasste, würde die Bandscheibe gegen die Nerven drücken und ihn zum hilflosen Krüppel machen. Irgendwann würde er sich operieren lassen müssen, so viel stand fest. Hagenah hatte gehofft, es bis zur Pensionierung hinausschieben zu können, aber die vier Jahre würde er wohl nicht mehr schaffen.

Nachdem er geklingelt hatte, kläffte in der Doppelhaushälfte ein kleiner Hund lautstark los. Eine männliche Stimme rief ihn barsch zur Ordnung: «Lucky, halt die Fresse!» Dann knallte eine Tür, und das Hundegebell klang gedämpfter.

Ein Mann öffnete. Groß, drahtig, volles graues Haar, eine Brille mit breitem Rahmen auf der Nase. Er trug eine saubere Jogginghose und ein T-Shirt, das sich über einer trainierten Brust spannte.

«Habt ihr meinen Wagen gefunden?», fragte er sofort und ohne dass Hagenah sich vorstellen musste. Die Uniform allein reichte offenbar als Legitimation aus.

«Ja, haben wir. Können wir uns drinnen unterhalten?»

«Aber sicher, kommen Sie rein!»

Schwungvoll öffnete Stephan Meyer die Tür und machte eine einladende Handbewegung.

«Gerade durch in die Küche bitte. Ich hab gerade frischen Kaffee gemacht. Möchten Sie eine Tasse?»

Hagenah betrat die Küche. Es duftete nach Kaffee. Wie es aussah, saß der Hausherr allein an einem Küchentresen und frühstückte. Müsli! Vogelfutter, wie Hagenah fand, der eine ordentliche Scheibe Schwarzbrot mit Schinken bevorzugte. Es war zwar für zwei Personen gedeckt, aber nur ein Teller und eine Tasse wurden benutzt.

«Störe ich?», fragte Hagenah. «Erwarten Sie jemanden?»

«Ja, meine Lebensgefährtin. Ist ein trauriger Tag für sie heute, weil eine gute Freundin und Kollegin vor genau einem Jahr starb. Sie wollte Blumen auf dem Grab ablegen, müsste aber bald wieder da sein.»

«Ich will Ihrer Lebensgefährtin aber nicht den Kaffee wegtrinken.»

«Kein Problem, dann koche ich neuen. Milch? Zucker?»

«Pechschwarz bitte.»

Der Hund kläffte sich hinter der geschlossenen Tür in Rage, und nachdem Stephan Meyer einen gefüllten Kaffeebecher vor Hagenah abgestellt hatte, zeigte er mit dem Daumen auf die Tür.

«Macht es Ihnen etwas aus, wenn ich die Bestie rauslasse? Der ist harmlos, aber wir haben keine ruhige Sekunde, wenn er nicht sehen darf, wer hier ist.»

«Machen Sie nur, immerhin ist er hier der Chef.»

Stephan Meyer lächelte bitter. «Sie wissen gar nicht, wie recht Sie damit haben.»

Kaum war die Tür geöffnet, kam der Kläffer angeschossen. Hagenah ließ sich beschnüffeln und die Hand abschlecken, dann gab Lucky Ruhe, zog sich in sein Körbchen zurück, behielt ihn aber wachsam im Auge.

«Also, mein Wagen», sagte Stephan Meyer. «Ist er noch ganz?»

«Ja, er ist so weit unbeschädigt, aber wiederhaben können Sie ihn so schnell nicht.»

«Warum nicht?»

«Er ist Bestandteil polizeilicher Ermittlungen. Alles sieht danach aus, als wäre er zur Durchführung einer Straftat genutzt worden.»

«Zu einem Banküberfall?», fragte Meyer.

«Nein, einer Entführung.»

«Um Gottes willen», entfuhr es Meyer. «Das klingt ja furchtbar.»

«Sagt Ihnen der Name Krystina Zoller etwas?»

«Erst mal nicht. Wie alt ist sie denn?»

«Spielt das eine Rolle?»

«Ich bin Lehrer von Beruf. Wenn Sie eine Verbindung zwischen mir und dieser Krystina Zoller suchen, vielleicht schon.»

«Sie ist 23 und studiert Medizin.»

«Ah, okay. Passt nicht, ich unterrichte an der Marie Beschütz Grundschule in Eppendorf.»

«Wie genau ist Ihr Wagen gestohlen worden?», fragte Hagenah. «Ich weiß, Sie haben eine Anzeige aufgegeben, aber ich bin nicht dazu gekommen, sie zu lesen. Ich würde es sowieso lieber direkt von Ihnen hören.»

«Das war schon merkwürdig», sagte Meyer und schürzte kurz die Lippen. «Ehrlich gesagt könnte man schon denken, dass der Dieb es nicht auf irgendeinen Wagen, sondern auf meinen abgesehen hatte.»

«Erklären Sie mir das.»

«Ich spiele Fußball. Wir hatten wie jeden Donnerstagabend Training. Dann steht mein Wagen immer auf dem Parkplatz des Sportplatzes, zusammen mit vielen anderen. Meine Jacke, in der sich der Schlüssel befand, hing in der Umkleidekabine. An dem Abend hatten noch zwei andere Mannschaften Training, es war ganz gut was los auf dem Platz und im Vereinsheim. Eigentlich kommt da nie was weg, hab ich jedenfalls noch nicht erlebt.»

«Aber an dem Abend ausgerechnet Ihr Wagen?»

Meyer nickte. «Als ich mich nach dem Duschen anzog, bemerkte ich schon, dass mein Schlüsselbund nicht mehr in der Jackentasche ist. Da wurde mir schon angst und bange. Zu Recht, wie sich herausstellen sollte. Mein Wagen war weg – als einziger in einer Reihe von sicher einem Dutzend anderen, die alle nicht viel billiger oder älter waren.»

«Und niemand hat etwas gesehen?»

«Ich hab natürlich herumgefragt, aber herausgekommen ist dabei nichts ...»

Plötzlich sprang der kleine Köter wie von der Tarantel gestochen aus seinem Korb und schoss kläffend auf die Tür zu.

Meyer verdrehte die Augen. «Das ist die Post. Ich hasse diese Töle, aber was soll ich machen, Nadine hat ihn mitgebracht in unsere Beziehung. Moment, bin gleich wieder da.»

Meyer verließ die Küche, eilte in den Flur und schimpfte abermals den Hund aus.

«Lucky, halt endlich die Fresse!»

Er hörte ihn die Tür öffnen und mit dem Postboten sprechen. Hagenah stand auf und sah sich um. Neben der Tür zu einem weiteren Raum hingen einige Porträtfotos an der Wand. Stephan Meyer, zwei weibliche Teenager, eine Frau.

Als Hagenah die Frau betrachtete, blieb ihm fast das Herz stehen. Der Schock hätte nicht größer sein können.

Meyer kehrte in die Küche zurück.

«Ist das Ihre Lebensgefährtin?», fragte Hagenah und deutete auf das Foto.

«Ja. Das ist Nadine. Warum?»

6

Für Rebecca Oswalds Seele war Wasser Balsam und Futter zugleich. Das war schon immer so gewesen, auch zu den Zeiten, als sie als Schülerin an Wettkämpfen teilgenommen hatte. Sobald das Wasser sie trug, fühlte sie sich geborgen. Hier, auf Hamburgs Kanälen und Fleeten, war es nicht anders.

Nachdem Freddy Förster sie zu Hause abgesetzt hatte, war Rebecca ihre Wohnung wie ein Gefängnis vorgekommen. Sie hatte es dort nicht ausgehalten, sich schnell umgezogen, ihren kleinen wasserdichten Rucksack gepackt und war mit ihrem speziell umgebauten Toyota zum Ruderclub gefahren. Günther, Hausmeister und Faktotum des Clubs, hatte ihr Kajak zu Wasser gelassen, war dann aber sofort verschwunden, weil er wusste, dass Rebecca den Rest allein schaffte – und auch allein schaffen wollte. Ohne Hilfe, ohne Aufpasser. Die Zeiten, in denen sie sich an den Grundsatz gehalten hatte, nie allein rudern zu gehen, waren längst vorbei. Sie war in einer Gruppe unterwegs gewesen damals, als sie sich auf dem Wildwasser bei Garmisch das Rückgrat gebrochen hatte. Klar, ohne Hilfe wäre sie ertrunken, aber es gab Tage, an denen sie sich fragte, ob das nicht besser gewesen wäre. Wenige Tage, die immer seltener kamen, aber es gab sie.

Nachdem Günther verschwunden war, hatte Rebecca sich aus dem Rollstuhl zu Boden gelassen, war auf dem Hintern zum Kajak gerutscht, hatte wieder einmal die Tauben verflucht, die auf den Anleger kackten und deren Dreck sie jedes Mal am Hosenboden hatte, sich ins Boot gewuchtet und war losgepaddelt. Das Wetter war gut, wenngleich das Wasser noch die winterliche Kälte in sich trug. Aber Becca paddelte sich rasch warm, und jetzt, nach einer Stunde auf dem Wasser, fühlte sie sich schon viel besser. Ausgeglichener. Ihre Gedanken kreisten nicht mehr nur allein um den gestrigen Abend und Jens' Verhalten.

Eines musste sie akzeptieren: Sie würde Jens nicht ändern können. Und eigentlich wollte sie das auch nicht, weil er so, wie er war, genau richtig war. Aber ihn mit seinem Bruder zusammenzuführen, den er vermutlich aus guten Gründen seit Jahren nicht gesehen hatte, war ein Änderungsversuch gewesen, und das stand ihr nicht zu. Er hätte nicht so barsch reagieren, nicht den ganzen Abend kaputt machen müssen, aber schuld an dem Desaster war sie allein.

Und dennoch ... wie peinlich das alles war.

Sie hatte mit Jens ins Bett gewollt und ihn das ziemlich offensiv wissen lassen. Dass es nicht dazu gekommen war, stand jetzt zwischen ihnen, eine gewaltige Mauer, schwer zu überwinden.

Wie sollte es nur weitergehen?

Nicht denken, paddeln, sagte Becca sich und konzentrierte sich auf den Rhythmus, mit dem sie das Doppelpaddel ins Wasser stach. Sie lauschte dem sanften Plätschern und ließ den Blick über den Uferbereich wandern, der in frischem Maigrün erstrahlte. Dahinter blitzten Häuser hervor, manchmal Straßen und Autos, und trotzdem fühlte sie sich auf dem Kanal wie in einer anderen Welt. An Hamburg mochte sie die Kanäle und Fleete besonders gern.

Ihr Handy vibrierte. Es steckte in dem wasserdichten Packsack, der zwischen ihren Beinen lag. Sie legte das Paddel auf dem Kajak ab und nestelte das Handy hervor.

Eine SMS von Jens.

Muss dich unbedingt sprechen. Wichtig!

Typisch Jens. Worte voller Romantik und Zuneigung.

Aber Rebecca musste ihm zugutehalten, dass er den Anfang machte und ihr schrieb. Bei Jens, der ungern übers Handy kommunizierte und WhatsApp, Instagram und Facebook verachtete, bedeutete das mehr als bei anderen Männern, die dauernd irgendwelche Nachrichten über Social Media verbreiteten. Jens hatte noch kein einziges Foto von sich ins Internet gestellt, er ließ die Menschen nicht wissen, was er aß, welchen Kaffee er trank und wie toll die Katze aussah, die er nicht hatte. Jens Kerner gab es nur in der Realität, nicht digital.

«Bin auf dem Wasser», schrieb Becca ebenso unromantisch zurück.

Für Jens' Verhältnisse kam die Antwort rasch.

«Kann ich zum Ruderclub kommen?»

Becca wollte antworten, er solle warten, bis sie wieder zu Hause sei, hielt aber inne. Vielleicht war es besser, wenn sie sich zunächst auf neutralem Boden trafen. Der Club hatte ein kleines Café, dort könnten sie miteinander reden.

«Bin in einer halben Stunde da», schrieb sie.

«Ich warte dort auf dich», kam prompt die Antwort.

Becca steckte das Handy zurück in den Packsack. Sie musste sich nicht beeilen, um den Ruderclub in einer halben Stunde zu erreichen, tat es aber doch.

Jens klang so dringlich.

Es schien ihm sehr wichtig zu sein, sich mit ihr auszusprechen. Becca stellte sich vor, wie er die ganze Nacht über und den halben Morgen mit sich gerungen, schließlich eine Entscheidung getroffen und sie sofort umgesetzt hatte. Jens war der Typ Mensch, der handeln musste, um zu funktionieren. Grübelei lähmte ihn.

Becca stach in schnellem Rhythmus das Paddel ins ruhige Wasser und gestattete sich ein bisschen Freude.

Vielleicht würde ja schon heute alles wieder gut werden!

7

Carina Reinicke war dazu verdonnert, sich durch den Instagram-Account von Krystina Zoller zu ackern. Mehr als sechshundert Beiträge wies ihr Konto auf. Fotos, Fotos, Fotos, in allen möglichen und unmöglichen Lebenssituationen. Auf der Arbeit, in der Kneipe, in der Uni, in der Freizeit, im Auto, auf dem Elektroroller, halbnackt im Freibad im Stadtpark oder am Elbufer. Seit Stunden hockte Carina in ihrem Büro vor dem PC-Bildschirm und betrachtete ein Foto nach dem anderen in der Hoffnung, auf irgendetwas zu stoßen.

Mittlerweile war sie bei dem letzten Foto angekommen.

Krystina hatte es gestern Abend gepostet. Die Komposition war ganz auf sie zugeschnitten. Sie stand nicht exakt in der Bildmitte, sondern leicht nach rechts verschoben, wodurch man den Tresen und ein paar Gäste im *Flying Dutchman* sehen konnte. Krystina trug ein Tablett mit Biergläsern, lachte übers ganze Gesicht, ihr langes Haar trug sie zu einem Pferdeschwanz zusammengebunden. Das Bild war eine strahlende Einladung, sie doch im *Flying Dutchman* zu besuchen. Die perfekten Zähne, die Sommersprossen in der genau richtigen Menge und Verteilung auf Wangenknochen und Nase, die leicht gebräunte Haut, der tolle Teint, die nackten Arme, die schmale Taille ...

Carina wusste natürlich, dass das Foto mit einem Filter bearbeitet worden war, kaum jemand zeigte in den sozialen Netzwerken sein wahres Gesicht, aber Krystina Zoller war auch ohne Filter außergewöhnlich hübsch und zog die Blicke der Männer auf sich.

In den Kommentaren fiel ihr ein Name auf.

Sie ging zurück und kontrollierte die letzten zehn Fotos, und tatsächlich, auch dort war der Name zu finden.

Ein gewisser just_niclas kommentierte Krystinas Posts recht häufig. Zuerst noch zurückhaltend, dann immer frecher und bald unverhohlen an ihr interessiert. So wie es anhand der Emojis aussah, war Krystina seinen Avancen nicht abgeneigt.

War das eine Spur?

Zumindest mussten sie herausfinden, wer dieser Typ war. Carina wollte seinen Account aufrufen, doch der war privat.

Hatten die beiden nur über Instagram kommuniziert oder auch telefoniert? Hatte Krystina ihm auf dem Weg nach Hause geschrieben?

Sie brauchten unbedingt die Handydaten, aber der Provider hatte sie noch nicht bereitgestellt. Und ob sie von Instagram Hilfe erwarten konnten, stand sowieso in den Sternen.

Carina rechnete nach.

Krystina hatte den Post aus dem *Flying Dutchman* um 22 Uhr abgesetzt, um 23 Uhr machte die Kneipe dicht. Der Anruf, der ihren Wagen gemeldet hatte, war um 0:24 eingegangen, und zwar aus der Nähe des Hotels, in dem Jens' Party gefeiert worden war – so viel hatte das LKA durch die Funkzellenabfrage herausfinden können.

Jens war am Telefon dementsprechend geschockt gewesen.

Wie lange dauerte die Fahrt vom *Flying Dutchman* bis zu der Stelle im Stadtpark, wo Krystina entführt worden war?

Im abendlichen Verkehr nicht länger als zwanzig Minuten, schätzte Carina.

Und von dort bis zum Hotel?

Noch einmal zehn Minuten.

Sie musste also in der Zeit zwischen circa 23.30 und 00:15 entführt worden sein. Eine Dreiviertelstunde! Vielleicht gab es Zeugen, die in diesem Zeitraum durch die Otto-Wels-Straße gefahren waren? Die automatischen Radarkameras und Verkehrsüberwachungssysteme in der Nähe mussten dringend überprüft werden.

Carina notierte weiterhin ihre Gedanken, als plötzlich die Tür aufflog und Rolf Hagenah den Raum betrat.

«Wo ist Jens?», rief er.

Sein Gesicht war gerötet, Schweißperlen standen ihm auf der Stirn. Er schien gerannt zu sein.

«Unterwegs zu Becca», antwortete Carina. «Was ist denn passiert?»

«Er muss sofort herkommen. Ich wollte ihm das nicht am Telefon sagen. Du wirst es nicht glauben!»

Hagenah starrte sie, schnappte nach Luft.

«Nun sag schon!», forderte Carina ihn auf.

«Der Halter des gestohlenen BMW, der lebt mit einer Frau zusammen ...»

«Wow! Das ist ja mal ungewöhnlich!»

«... und bei der Frau handelt es sich um Nadine Kerner», vollendete Hagenah seinen Satz.

8

Rebecca sah den hochaufgeschossenen Mann mit den breiten Schultern und etwas zu viel Gewicht auf den Rippen schon von weitem auf dem hölzernen Anleger des Rudervereins. Wie immer trug er Jeans, ein schwarzes T-Shirt und braune Lederstiefel. Jens hatte ein markantes Gesicht mit kräftigem Kinn und ausgeprägten Wangenknochen. Meistens trug er einen Dreitagebart.

Jetzt lief er rauchend auf und ab und hielt nach ihr Ausschau. Jens war ein ruheloser Mensch. Während Becca am besten denken konnte, wenn sie still war und ihre Gedanken auf ein bestimmtes Ziel ausrichtete, musste Jens in Bewegung sein, um zu funktionieren. Er war nicht der Typ, der seine innere Mitte suchte, um Ruhe zu finden, lieber kreiste er drum herum und versuchte, nicht mit ihr in Berührung zu kommen. Es war aber auch nicht so, dass er daran verzweifelte und anderen ihren Frieden neidete. Tatsächlich schien es, als käme er ganz gut mit sich selbst zurecht. Sobald er auf Druck von außen versuchte, daran etwas zu ändern, geriet er aus dem Gleichgewicht.

Als er sie entdeckte, hob er die Hand zum Gruß und kam ans Ende des Anlegers, der auf Kunststoffpontons auf dem Wasser schwamm und keine zwanzig Zentimeter daraus hervorragte.

Becca steuerte darauf zu und legte sanft an.

«Hey», sagte sie.

«Hey», antwortete er, ging in die Knie, nahm die Halteschlaufe vorn am Kajak und hielt es fest.

Es war jedes Mal ein Kraftakt und erforderte gut trainierte Muskulatur in den Armen, um ohne Hilfe aus dem Boot auf den Steg zu kommen, aber Becca hatte Übung darin, und es gelang ihr ohne Probleme. Jens hielt das Boot einfach nur fest und fragte nicht einmal, ob er ihr helfen solle. Von Anfang an war es so gewesen, dass er anscheinend instinktiv wusste, wann er seine Hilfe anbieten musste und wann nicht. Bei keinem anderen Menschen fühlte Becca sich weniger behindert.

«Holst du es aus dem Wasser?», fragte sie und schob sich auf dem Hintern zum Rollstuhl hinüber.

«Sicher.»

Die sehnige Muskulatur an seinen Armen spannte sich an, als Jens das kleine Kajak aus dem Wasser zog. Er schleppte es hinauf bis zum Bootshaus, legte es davor ab und kam zurück. Sie trafen sich auf halber Strecke.

Becca sah zu ihm auf, er zu ihr hinab, und für einen

Moment reduzierte sich die Welt auf einen Quadratmeter Uferbreich an der Binnenalster in Hamburg, von der Sonne beschienen, von Tauben bekackt.

«Es tut mir leid», sagte Jens.

«Mir auch.»

«Ich will dir gern erklären, warum ich so reagiert habe, aber das muss warten», fuhr er fort.

Die Dringlichkeit in seiner Stimme war alarmierend.

«Was ist denn passiert?»

«Gestern Abend wurde in der Nähe des Präsidiums eine junge Frau aus ihrem Wagen heraus entführt. Von ihr fehlt jede Spur. Carina war vor Ort, und ich kam zufällig vorbei, als ich nach Hause wollte. Der Täter scheint ein Spiel mit der Polizei spielen zu wollen, er hat uns über Instagram auf seinen Fluchtwagen aufmerksam gemacht. Wir haben ihn verfolgt und den Wagen gestellt, aber da war er schon weg ... die junge Frau auch. Über Instagram hat er uns ein Ultimatum von vierundzwanzig Stunden gestellt, zudem haben wir herausgefunden, dass der Anruf auf dem 33., mit dem ein Unbekannter den verlassenen Wagen der jungen Frau meldete, in der unmittelbaren Nähe des Hotels oder sogar daraus geführt wurde.»

Jens sah sie aus großen Augen an, aber Becca verstand nicht sofort.

«*Des* Hotels?», fragte sie.

Jens nickte. «Wer auch immer die Frau entführt hat, er war kurz danach am Hotel, wahrscheinlich mit dem Fluchtwagen, in dessen Kofferraum die Frau lag, warte ...»

Jens zog sein Handy hervor und hielt es ihr hin.

«Schau mal bei Instagram nach. Die junge Frau heißt Krystina Zoller.»

Becca nahm sein Handy und schaute nach. Sie sah eine zu einem Paket verschnürte Frau im engen Kofferraum eines Wagens. Ihr Mund war zugeklebt, die Augen panisch geweitet. Der Kofferraum war mit gelben Schaumstoffchips ausgefüllt.

«Lebt sie noch?», fragte Becca.

«Wissen wir nicht. Alle verfügbaren Leute gehen allen Spuren nach, die wir bisher haben. Aber die vielleicht wichtigste Spur ist, dass der Täter von der Party im Hotel gewusst haben muss. Warum sollte er sonst das Risiko eingegangen sein, mit seinem Opfer dorthin zu fahren und zu telefonieren?»

Jetzt wurde Becca klar, warum Jens so unbedingt mit ihr sprechen wollte. Es ging ihm nicht in erster Linie darum, den peinlichen Vorfall von gestern Abend aus der Welt zu schaffen, nein: Er wollte von ihr wissen, wer alles von seiner Geburtstagsparty gewusst hatte.

Die Erkenntnis schmerzte nur für einen kurzen Moment, aber mit dem Bild der gefesselten Frau vor Augen, die in den gelben Verpackungschips zu schwimmen schien, fiel es Becca leicht, den Gedanken zu verdrängen.

«Wir brauchen eine Liste», sagte Jens. «Und die kannst nur du erstellen.»

«Okay, lass uns ins Präsidium fahren.»

Becca konnte Jens ansehen, wie froh er war, dass sie nicht die Beleidigte spielte. Es fiel ihm oft schwer, ein einfaches Danke über die Lippen zu bringen, und er tat es auch jetzt nicht. Dafür packte er die Griffe ihres Rollstuhls und schob sie die asphaltierte Uferböschung hinauf.

Einen Mann erkennt man an seinen Taten, nicht an seinen Worten, dachte Becca.

Sie erschrak, als sie den Dienstwagen sah.

«Was ist passiert?», fragte sie.

«In der Nacht hat zu allem Überfluss auch noch die Red Lady ihren Dienst quittiert», sagte Jens gequält und erzählte ihr davon, während er Becca in den Wagen half.

«Furchtbares Auto», sagte Becca, als er losgefahren war.

«Ich weiß», bestätigte Jens. «Für unsere Lasterzeit geht er eigentlich gar nicht, aber meinst du, wir könnten es trotzdem versuchen?»

«Man darf in dem Wagen nicht rauchen», sagte Becca und wies auf den entsprechenden Aufkleber am Armaturenbrett.

«Man darf auch keine Frau nachts aus ihrem Auto entführen», erwiderte Jens, reichte ihr seine Schachtel Zigaretten und grinste.

Becca zündete erst ihm und dann sich eine an, und sie fuhren schweigend bei geöffneten Fenstern. Es war nicht wie in der Red Lady, aber nachdem sie vor ein paar Stunden noch gedacht hatte, alles sei im Arsch, fühlte es sich dennoch gut an.

«Du denkst also, der Täter könnte unter den Gästen gewesen sein?», begann Becca das Gespräch.

«Na ja, der Typ war um 00:24 Uhr, als ich die Glückwunscharie über mich ergehen lassen musste, in der Nähe des Hotels – oder darin.»

«Warum sollte er dieses Risiko eingehen?»

Jens zuckte mit den Schultern.

«Er will uns eindeutig herausfordern. Vielleicht will er beweisen, dass er uns allen überlegen ist? Und wo ginge das besser als in einem Saal voller Polizisten, von denen einige ordentlich angetrunken waren?»

Becca nickte.

«Möglich. Oder er war eingeladen.»

Jens presste die Lippen zusammen, als Becca aussprach, was er seit Carinas Anruf dachte.

«Der Täter wusste von der Party», sagte er. «Nicht einmal ich habe davon gewusst, dafür aber alle Kollegen und Kolleginnen, die dort gewesen sind.»

«Ich weiß, tut mir leid», sagte Becca.

«Hast du die Party eigentlich ganz allein organisiert?», fragte Jens.

«Freddy hat mir geholfen.»

«Freddy? Echt?»

«Ja, er hat auch deinen Bruder ausfindig gemacht. Hör zu, ich weiß, es war falsch und ich …»

Jens schüttelte den Kopf und unterbrach Becca.

«Lass uns das auf später verschieben, ja? Das Ultimatum läuft ab, und wir haben noch keine Spur zu Krystina Zoller.»

«Du hast recht», sagte Becca, meinte es aber nicht so. Sie hätte die Sache lieber jetzt gleich aus der Welt geschafft, verstand aber auch, dass Jens jetzt nicht darüber nachdenken konnte.

«Der Ort, an dem Krystina Zollers Wagen gefunden wurde, liegt nicht weit entfernt vom Hotel, oder?», fragte Becca, um zum Dienstlichen zurückzukehren. Sie nahm noch einmal Jens' Handy, weil ihres noch im wasserdichten Rucksack lag, und rief Krystina Zollers Instagram-Account auf.

«Und noch näher am Präsidium», sagte Jens. «Wenn man den Wiesenstieg nimmt, kommt man zu Fuß in weniger als fünf Minuten vom Tatort dorthin … oder umgekehrt. Er kann sie dort entführt und in den Kofferraum gepackt haben und ist dann mit ihr zum Hotel gefahren. Damit erklären sich die Verpackungschips im Kofferraum. Er hat wahrscheinlich direkt am Hotel geparkt und wollte jedes Risiko ausschließen, dass sein Opfer sich durch Geräusche bemerkbar macht.»

«Und sie bereits bei der Entführung zu töten, kam nicht in Frage, weil er sie für das Video lebend brauchte», überlegte Becca, die weitersurfte.

«Aber er hätte sie zuerst in einem Versteck sicher unterbringen und dann zur Party gehen können.»

«Vielleicht ist es aber genau dieser Thrill, der ihn anmacht. Er parkt den Wagen mit dem Opfer im Kofferraum direkt vor dem Hotel, in dem sich mehr als fünfzig Polizisten besaufen.»

«Eine tolle Story, oder?», sagte Jens grimmig.

«Vor allem eine tolle Story für Instagram und Co», sagte Becca. «Krystina Zoller ist sehr aktiv auf Instagram. Sie hat täglich Fotos von sich gepostet und mehr als 10 000 Follower. Und die Privatnachrichten sehen wir hier gar nicht.»

«Vielleicht können wir die anfordern?»

«Von Instagram? Oder besser Facebook? Vergiss es. Und wenn, dann dauert das viel zu lang.»

Jens berichtete Becca von dem Mann, der Krystina Zoller wahrscheinlich in einem MyDriver-Bus beobachtet hatte und von dem es auf ihrem Handy vielleicht ein Foto gab.

Bevor Becca etwas erwidern konnte, klingelte Jens' Handy.

Carina Reinicke war dran.

«Soll ich?», fragte Becca, und er nickte.

«Ist Jens bei dir?», fragte Carina.

«Sitzt neben mir.»

«Ich hab Rolf hier, das muss er sich anhören.»

Sofort drang Rolf Hagenahs dunkle Stimme aus dem kleinen Lautsprecher. Er erklärte Jens, wo er gewesen war, und endete mit dem Satz: «Meyers Lebensgefährtin war nicht da, sondern auf dem Friedhof, weil sich der Todestag einer guten Freundin jährt, aber als ich ihr Foto sah, traf mich der Schlag. Es besteht kein Zweifel. Sie heißt Nadine. Es ist deine Ex.»

9

Sobald der Motor lief und die Reifen surrten, war er ein anderer Mensch. Dann fielen Wut und Trauer von ihm ab, und es gelang ihm, sich vollkommen auf diese eine Sache zu konzentrieren.

Dazu erklang aus den Lautsprechern *Tick of the clock* von den Chromatics, ein Musikstück, das ebenfalls eine Veränderung in ihm hervorrief, die er sich nicht erklären konnte. Als wäre der Wagen eine Inhalationskammer und die Musik das Mittel, das seine Sinne schärfte und seinen Puls senkte.

Er spürte das Lenkrad in seinen Händen, das leichte Vibrieren des Motors, das sich über die Pedale auf seine Füße übertrug, fühlte die Kraft der Maschine in seinen Körper fließen. Nichts und niemand würde ihn aufhalten, alles lief wie am Schnürchen, und wenn er erst den Abschluss hinter sich gebracht hatte, der zugegebenermaßen nicht ohne Risiko war, würde ein Donnerschlag durch die Stadt hallen und die Menschen wachrütteln.

Was ihnen widerfuhr, hatten sie verdient, allesamt.

Ausbaden mussten es ein paar wenige, aber das war ja immer so.

Er war viel früher losgefahren als nötig, was mit der Frau im Kofferraum ebenfalls nicht ohne Risiko war, aber da er ja wusste, wie unfähig die Polizei war, bestand kein Grund zur Besorgnis.

So hatte er Zeit genug, die Fahrt zu genießen und im Kopf noch einmal alles durchzugehen, was er sich in den Monaten zuvor zurechtgelegt hatte. Dabei setzte er auf die Reaktion der Menschen, die er herausforderte. Nur wenn sie auf seinen Input auf die für ihn richtige Art und Weise reagierten, würde sich am Ende ein stimmiges Bild ergeben.

Ein Kunstwerk, von ihm erschaffen. Nicht wie ein Bild bei Instagram, das nach einer kurzen Weile schon keine Beachtung mehr fand, sondern ein in der Realität fest verankertes Kunstwerk.

Er wusste, wenn es diesmal klappte, würde er so schnell wie möglich weitermachen. Schon jetzt spürte er den Sog des Spiels.

Sie sehen zu lassen, was sie sehen sollten, ihnen Fake auf Fake zu servieren und es wie die Wahrheit erscheinen lassen, war ein geradezu reinigendes Erlebnis. Eine bessere Therapie konnte es nicht geben.

Er fuhr und fuhr, durch all die Straßen und Wege, die er auswendig kannte, floss auf dem schwarzen Asphalt dahin, beobachtete die anderen in ihren Wagen, suchte nach der Nächsten für sein Spiel und fand mehr, als er brauchte.

Die Straßen waren voll von ihnen.

Sie waren arglos, denn er war der Beobachter, den niemand bemerkte.

Und jetzt, nach Einbruch der Dunkelheit und kurz vor Ablauf des Ultimatums, war es Zeit, das Bild zu vervollkommnen.

10

Die Luft war raus.

Bei Jens ebenso wie bei allen anderen.

Was sie noch aufrecht und wach hielt, war der gnadenlos tickende Zeiger der Uhr an der Wand des Besprechungsraumes, der ihnen zeigte, wie wenig Zeit ihnen blieb. Niemand sprach es aus, doch sie wussten es alle: Sie würden Krystina Zoller nicht vor Ablauf des Ultimatums finden.

Was sie in der Kürze der Zeit tun konnten, hatten sie getan. Und doch waren sie dem Entführer der jungen Frau nicht näher gekommen.

Jens saß erschöpft in einem dieser viel zu kleinen Stühle und starrte das Whiteboard an, auf dem sie alles notiert hatten, was ihnen eingefallen war und was die Ermittlungen bisher ergeben hatten.

Sie hatten die Verbindungsdaten des Providers von Krystina Zoller bekommen und festgestellt, dass sie kurz vor ihrer Entführung am Handy aktiv gewesen war, aber nicht telefoniert hatte. Vielleicht hatte sie mit diesem ominösen just_niclas kommuniziert, den Carina ausfindig gemacht hatte, dessen Identität sie aber nicht kannten. Da waren sie auf die Hilfe von Facebook angewiesen, und deren Rückmeldung stand noch aus.

Auch die Untersuchung des gestohlenen Fluchtfahrzeuges war noch in vollem Gange. Jens war persönlich durch die Abteilungen gegangen und hatte die Mitarbeiter um Hilfe gebeten, also machten alle, die es irgendwie einrichten konnten, an diesem Wochenende Überstunden.

Der schwarze BMW.

Nadine. Ausgerechnet Nadine.

Nadine war Jens' erste Frau, zu der er in den vergangenen Jahren keinerlei Kontakt mehr gehabt hatte. Nicht einmal zufällig über den Weg gelaufen waren sie sich. Nach der Scheidung vor fünfzehn Jahren, die leider nicht ohne Streitereien verlaufen war, hatten sie sofort jede Kommunikation abgebrochen. Nadine hatte ihm zum darauffolgenden Geburtstag mit einer Glückwunschkarte gratuliert, aber da war Jens noch viel zu beleidigt gewesen, um darauf reagieren zu können.

Erst lief ihm sein Bruder Karsten über den Weg, den er noch viel länger nicht gesehen hatte, dann kam auch noch seine erste Ex-Frau ins Spiel.

Zufall?

Bei Karsten nicht. Für das Wiedersehen hatte Becca gesorgt, das hatte nichts mit dem Fall zu tun.

Aber was war mit Nadine? Hatte der Täter rein zufällig den Wagen ihres Lebensgefährten gestohlen, oder war das Absicht? So, wie Hagenah es erklärt hatte, war der Täter gezielt in das Sportheim eingedrungen. Steckte eine Botschaft dahinter? Alles, was er bisher getan hatte, deutete darauf hin, dass er sich mit der Polizei messen wollte. Aber ging es ihm um die Ermittlungsbehörden im Allgemeinen oder um einen Beamten im Speziellen?

Ging es ihm etwa um Jens?

Die Frage war in der Runde natürlich gestellt worden. Als

Konsequenz würden sie morgen damit beginnen, alle kürzlich entlassenen Straftäter zu überprüfen, die möglicherweise einen Groll gegen Jens hegten. In all den Dienstjahren kamen einige zusammen, die seinetwegen ins Gefängnis gekommen waren.

Inzwischen hatten sie auch Kontakt zu dem Fahrdienst MyDriver aufgenommen, der in Hamburg noch relativ neu war. Dort versuchte man herauszufinden, wer an jenem Abend zusammen mit Krystina in einem ihrer Wagen vom *Flying Dutchman* aus abgefahren war. Da die Fahrten über die App per Handy bezahlt wurden, musste das theoretisch möglich sein, aber die Antwort stand noch aus.

Jens' Handy klingelte. Der Anruf kam vom Team der Spurensicherung, das den gestohlenen BMW untersuchte.

«Bitte sag mir, dass ihr etwas habt», sagte Jens ohne Begrüßung.

«Sogar eine ganze Menge», kam es zurück. «Spuren, Fasern, Haare vom Besitzer und seiner Lebensgefährtin, außerdem Hundehaare im Kofferraum. Dazu dunkle, lange Haare, wahrscheinlich vom Entführungsopfer. Außerdem lange blonde Haare auf dem Beifahrersitz, die stammen von der Perücke der aufblasbaren Puppe.»

«Was ist mit dieser Puppe? Keine Fingerabdrücke darauf?»

«Jede Menge sogar, und wir lassen sie durchs System laufen, haben aber noch keinen Treffer. Laut Aufdruck unter der Fußsohle stammt das Modell aus den Niederlanden und wird in großen Stückzahlen in die ganze Welt exportiert. Verkauft wird es hauptsächlich übers Internet, es dürfte also kaum möglich sein, diese Spur zu verfolgen.»

«Shit, das alles hilft uns im Moment nicht weiter.»

«Noch etwas Ernüchterndes: Diese fluoreszierende Farbe an dem Wagen ... handelsüblich, wie man sie überall kaufen oder im Internet bestellen kann, auch bei Amazon. Bei Tage kaum zu sehen, in der Nacht jedoch äußerst leuchtkräftig. Das Hashtag unter der Heckscheibe ist wesentlich früher aufgebracht worden als der Schriftzug an der Frontscheibe.»

«Früher? Was bedeutet früher?»

«Es ist durchgetrocknet. Schwer zu sagen. Vielleicht einen Tag früher. Der Schriftzug auf der Frontscheibe hingegen ist frischer und stammt wahrscheinlich vom Abend der Entführung.»

«Heißt das, sie ist mit dem Hashtag auf dem Wagen einen Tag lang durch die Gegend gefahren? Das ist interessant», sagte Jens.

«Ja, aber das war es dann auch fürs Erste. Heute bekommst du von uns jedenfalls keinen Hinweis auf den Täter. Sorry.»

Jens legte auf, betrachtete sein Handy einen Moment, als hätte er es noch nie gesehen, hob dann den Blick und sah den innersten Zirkel seines Teams an.

Becca, Carina, Rolf Hagenah, Levin Oktay.

«Ihr habt es ja gehört», sagte er. «Offenbar hat der Täter den Hashtag bereits mindestens einen Tag vorher auf die Heckklappe gemalt, und Krystina ist damit durch die Gegend gefahren.»

«Es heißt ‹das Hashtag›, Neutrum», verbesserte Carina ihn zum zweiten Mal. «Hat er ihren Wagen markiert, um ihn im Verkehr besser auffinden zu können?»

«Wisst ihr, woran mich das erinnert?», fragte Hagenah und zog die Augenbrauen hoch. «An diese Einbruchsserie vor einiger Zeit. Da wurden die Häuser, in die später eingebrochen wurde, doch auch im Vorfeld markiert. Zwar nicht mit Leuchtfarbe, aber mit bestimmten Codes.»

«Stimmt», sagte Becca. «Ich kann mich erinnern. Eine Gruppe kundschaftete lohnende Ziele aus, markierte sie, und eine andere Gruppe übernahm den Einbruch. Was, wenn es hier auch mehr als nur ein Täter ist?»

Jens zuckte mit den Schultern. «Können wir nicht ausschließen und sollten wir im Hinterkopf behalten. Nur leider hilft es im Moment nicht, Krystina zu finden.»

«Sonst haben unsere Schnüffler nichts gefunden?», fragte Hagenah.

Jens schüttelte den Kopf. Sie verstanden ihn sofort. Die Spurensicherung war ihre letzte Hoffnung gewesen, vor Ablauf des Ultimatums noch irgendwas tun, einer Spur nachjagen zu können.

Jetzt blieb ihnen nur noch abzuwarten, was passieren würde, und das war extrem frustrierend. Jens spürte, wie ihn seine Machtlosigkeit innerlich zerfraß und sich die Löcher mit Wut füllten. Es war schlimm, dass der Täter ihnen keine Chance ließ. Er tat zwar so, indem er ihnen eine Frist gewährte, aber die war wohl nur dazu gedacht, sie wie ein Haufen aufgeschreckter Hühner herumlaufen zu lassen, während er außerhalb des Geheges dabei zusah und in aller Ruhe seine Pläne verfolgte.

11

Ein paar wenige Pinselstriche noch, dann würde das Kunstwerk fertig sein.

Es hatte länger gedauert als angenommen, was vor allem an dem furchtbar kleinen Pinsel lag. Was das betraf, hatte er sich nicht gut genug vorbereitet, das würde ihm beim nächsten Mal nicht wieder passieren.

Er tauchte den Pinsel in die Farbe und trug sie an den Stellen auf, wo noch Haut durchschimmerte. Obwohl die Zeit langsam knapp wurde, ließ er sich dennoch Zeit dabei und arbeitete mit ruhiger Hand. Natürlich war er aufgeregt, sogar wie noch nie zuvor in seinem Leben, aber er hatte gelernt, seine Emotionen zu kontrollieren. Um die Augen herum war es am schwierigsten, denn er wollte, dass sie keine Farbe abbekamen.

Herrgott, hatte sie schöne Augen! Natürlich kamen sie nicht an Valeries Augen heran, das war schlichtweg unmöglich, aber sie waren definitiv eindrucksvoll, auch jetzt noch.

Er hielt inne, als er die Geräusche hörte.

Stimmen.

Er steckte den Pinsel in das Fläschchen, drehte sich um und spähte durch das Gebüsch auf die freie Fläche. In der Dunkelheit war die Farbe verräterisch, deshalb deckte er sein Kunstwerk mit seinem Körper ab.

Den Stimmen nach zu urteilen, handelte es sich um eine Gruppe Jugendlicher. Sollten sie auf die dumme Idee kommen, ihm hier im Gebüsch einen Besuch abzustatten, vielleicht weil einer pinkeln musste, wäre es das Ende für sein Kunstwerk, dann würde der Effekt verpuffen. Er hatte einkalkuliert, dass so etwas passieren könnte. Aber es musste hier sein, genau an diesem Ort, denn nur hier würde sein Kunstwerk seine maximale Wirkung entfalten. Deshalb war er bereit, dieses Risiko einzugehen.

Jetzt kamen die Stimmen sogar noch näher, und seine Aufregung stieg, sein Herz begann zu rasen. Dann jedoch entfernten sie sich in die andere Richtung. Erst als er sie kaum noch hören konnte, wandte er sich wieder seinem Kunstwerk zu.

Ein paar wenige Pinselstriche noch, dann war es genau das leuchtende Beispiel für polizeiliches Versagen, das er sich vorgestellt hatte.

12

«Ein Foto!»

Eine halbe Stunde bevor das vom Täter gestellte Ultimatum ablief, schrie Rebecca in die bedrückende Stille hinein, die sich im Besprechungsraum ausgebreitet hatte. Sie hatte immer wieder den Instagram-Account von Krystina Zoller in der Hoffnung kontrolliert, dort Neuigkeiten zu entdecken.

In Windeseile versammelten sich alle um sie.

Das Foto war sehr dunkel. Rechts und links rahmten Büsche und Bäume eine Freifläche ein, in deren Mitte sich eine kreisrunde Erhöhung von circa einem halben Meter befand. Um sie herum standen Parkbänke, im Hintergrund öffnete sich eine weite Landschaft, in deren Tiefe ein hohes, schlankes, hell angestrahltes Gebäude aufragte.

Eine Parkbank mitten im Bild zog ihre Aufmerksamkeit auf sich. Wegen der Dunkelheit sah man ihn nur als schwarzen Scherenschnitt, aber alle erkannten einen Menschen, der mit dem Rücken zu ihnen auf der Parkbank saß.

«Langes Haar», stieß Rebecca aus.

«Ich weiß, wo das ist», polterte Rolf Hagenah. «Das Wasserbassin für Modellschiffe im Stadtpark. Und das Leuchtende dahinten ist eindeutig das Planetarium.»

Hagenah hatte recht! Jens hatte sich zu sehr auf die schlanke Person auf der Parkbank konzentriert und der Umgebung wenig Beachtung geschenkt.

«Das ist keine zwanzig Meter von der Stelle entfernt, wo man ihren Wagen fand», sagte er fassungslos.

«Und direkt vor unserer Haustür», fügte die Baumgärtner hinzu, die sich vor zehn Minuten zu ihnen gesellt hatte.

Unter dem Bild standen gleich mehrere Hashtags.

#carpediem #Zeitnichtgenutzt #leuchtendesBeispiel #findemichKrystinazoll #nächstesMal

Jens erteilte Befehle, und eine Minute später rannten Jens, Rolf Hagenah, Carina Reinicke und Levin Oktay die Treppen hinunter ins Erdgeschoss, hinaus auf die Straße, und teilten sich dort auf. Jens und Hagenah nahmen den Streifenwagen, um über den Wiesendamm und die Saarländerstraße außen herum zu fahren. Carina Reinicke und Levin Okay überquerten die Straße und liefen in den Wiesenstieg, jenen schmalen Weg für Fußgänger und Fahrradfahrer, der direkt hinüber zum Stadtpark führte. Die Baumgärtner blieb zunächst im Präsidium zurück und versuchte, auf die Schnelle so viele Streifenwagen wie möglich in Gang zu setzen, die rund um den Stadtpark nach einer verdächtigen Person Ausschau halten sollten. Rebecca konnte ohnehin nicht mitkommen. Sie würde sich weiter mit den Social-Media-Accounts von Krystina Zoller befassen.

Levin Oktay war nicht so schnell und fit wie Carina, die in ihrer Freizeit dreimal die Woche Fußball beim FC Pauli spielte. Sie lief vorweg, gab aber nicht alles, um Levin nicht zu sehr zu entmutigen.

Hinter der ersten scharfen Kurve kollidierten sie beinahe mit einem Mann, der ebenso eilig unterwegs war.

«Stopp, Polizei!», sagte Carina und brachte den Mann mit ausgestreckter Hand zum Stehen.

Er war groß, trug einen Vollbart, sein Haar war wuschelig, die Kleidung zerschlissen. Er stank erbärmlich nach einer Mischung aus Alkohol, Urin und altem Schweiß. Ein Obdachloser, wie es sie viele gab in der Stadt.

«Polizei», wiederholte er mit kratziger Stimme. «Polizei, Polizei, ihr müsst sofort kommen!»

Augenscheinlich war er sehr aufgeregt und ebenso außer Atem wie Carina und Levin.

Carina wollte so schnell wie möglich zu dem Wasserbassin im Stadtpark, aber diesen Mann konnten sie nicht einfach missachten. Vielleicht hatte er etwas gesehen.

«Was ist passiert?», fragte sie.

«Da drüben!», sagte der Mann und stieß dabei eine beachtliche Alkoholfahne aus. Er zeigte in Richtung Stadtpark. «Da sitzt eine Frau mit leuchtendem Gesicht. Ich glaub, die is tot oder so.»

«Was soll das heißen? Mit leuchtendem Gesicht?»

«Die leuchtet! Wie eine Glühbirne, nur nich so hell, ey. Sitzt einfach da und starrt aufs Wasser. Ich glaub, die is tot oder so.»

Carina war sich sicher, dass der Mann von Krystina Zoller sprach. Wahrscheinlich war er auf der Suche nach einem Schlafplatz für die Nacht zufällig über sie gestolpert. Die Sache mit dem leuchtenden Gesicht war sicher seinem Alkoholkonsum geschuldet.

«Haben Sie sonst noch jemanden gesehen?», fragte Levin.

Der Obdachlose schüttelte den Kopf und sah sie aus weit aufgerissenen Augen an, Entsetzen lag darin.

Kurz dachte Carina darüber nach, dass sie selbst oder Levin den Mann auf die Wache begleiten müssten, um seine Aussage aufzunehmen und herauszufinden, ob er nicht vielleicht doch den Täter gesehen hatte. Aber sie hatten keine Zeit, sie mussten weiter zu Krystina Zoller.

«Wie ist Ihr Name?», fragte sie.

Er zögerte einen Moment, als müsste er darüber nachdenken.

«Breininger. Klaus Breininger.»

«Okay, Herr Breininger. Sie gehen jetzt bitte direkt zur Wache am Wiesendamm und warten dort, bis ich zurück bin. Das ist eine offizielle Anordnung. Wenn Sie sich nicht daran halten, gibt es richtig Ärger, haben Sie verstanden?»

«Wache, Wiesendamm, ja, da wollte ich doch sowieso hin.»

«Dann gehen Sie und warten Sie auf jeden Fall auf mich!»

Mit einem üblen Gefühl im Bauch lief Carina weiter, Levin dicht hinter sich. Wahrscheinlich war der Obdachlose als Zeuge ohnehin nicht zu gebrauchen, so wie er nach Alkohol roch, aber ihn auf Treu und Glauben hin allein zur Wache gehen zu lassen, war fahrlässig. Nur, was sollte sie tun? Levin mit dem Obdachlosen zurückschicken? Sie würden jeden Mann im Stadtpark brauchen.

Der Streifenwagen parkte schon mit eingeschaltetem Blaulicht am Straßenrand, als sie auf das große Wasserbecken zuliefen. Carina hörte in der Entfernung erst ein, dann mehrere Martinshörner. Die Kavallerie war schon im Anmarsch.

13

Jens bremste den Streifenwagen hart ab, fuhr aber noch mit den Vorderreifen auf den Bordstein, dass es nur so krachte.

Hagenah wurde in den Gurt geworfen und stöhnte auf. Im nächsten Augenblick riss er seine Tür auf und stolperte aus dem Wagen. Jens folgte ihm nur eine Sekunde später, zog seine Waffe und lief Seite an Seite mit Hagenah auf das runde Wasserbecken zu, das sich inmitten des großen Platzes befand, der sich zum Schwimmbad und dem Turm des Planetariums hin öffnete. Da dieser Turm beleuchtet war, konnten sie die einzelne Gestalt auf der Bank schon von weitem sehen.

Still und starr saß sie mit dem Rücken zu ihnen da, den Blick auf das Planetarium gerichtet.

Während sie sich ihr langsam näherten, suchte Jens die Umgebung mit seinen Blicken ab. Es würde ihn nicht wundern, wenn dieser dreiste Täter sich hier versteckt hielt, um auf die Polizei zu warten. Aber er konnte niemanden entdecken. Als er nur noch zwei Meter von der Bank entfernt war, konzentrierte er sich auf die Frau, die dort saß.

Hagenah umrundete die Bank linksherum, er selbst rechtsherum, die Waffe zu Boden gerichtet.

Schon der erste Blick auf sie war ein Schock. Ihr Gesicht war eine grünlich glimmende Scheibe. Jens erkannte sofort, dass der Täter sie mit der gleichen fluoreszierenden Farbe angemalt hatte, mit der er das Hashtag und die Worte «findemich» auf Krystina Zollers Auto geschrieben hatte.

«Ein leuchtendes Beispiel für polizeiliche Inkompetenz», murmelte Hagenah ungewohnt leise.

Jens schluckte trocken, ihm fehlten für eine Antwort die Worte. Er ging vor der Bank auf die Knie und legte zwei Finger an die Halsschlagader der Frau, danach an ihr Handgelenk. Sie war mit Kunststoffseilen an die Lehne der Bank gefesselt, damit sie nicht umkippte.

Tot, gab er Hagenah mit einem Kopfschütteln zu verstehen.

Die Farbe in ihrem Gesicht roch chemisch. Auch auf die Gefahr hin, seine Spuren zu hinterlassen, berührte er das bemalte Gesicht mit der Fingerkuppe. Die Farbe blieb daran haften.

«Frisch. Ist noch nicht lange her», vermutete Jens, obwohl er keine Ahnung hatte, wie lange diese spezielle Farbe zum Trocknen benötigte und ob sie auf menschlicher Haut vielleicht sogar langsamer trocknete.

Carina Reinicke und Levin Oktay tauchten aus dem Dunkel auf. Sie waren vollkommen außer Atem.

«Was ist mit ihr?», fragte Carina.

«Tot», antwortete Hagenah.

«Schaut euch um», sagte Jens. «Rolf, instruiere du bitte die Einsatzkräfte. Sie sollen auf den Straßen rund um den Park patrouillieren. Ich bin mir sicher, er ist hier noch irgendwo. Die Farbe ist frisch ...»

«Sie leuchtet tatsächlich», stieß Carina heiser aus.

Jens sah fragend zu ihr auf.

«Uns kam ein Obdachloser entgegen, der etwas von einer Frau hier auf der Bank sagte, deren Gesicht leuchtet», erklärte sie. «Ich hab ihm nicht geglaubt, er war ziemlich angetrunken.»

Jens drückte sich aus den Knien hoch, die die Belastung mit einem Knacken quittierten. «Ein Obdachloser? Wo?»

«Im Wiesenstieg. Er war gerade auf dem Weg zum Präsidium, um die Sache zu melden.»

«Ein Obdachloser, der freiwillig zur Polizei will, um etwas zu melden?»

Jens trat einen Schritt auf Carina Reinicke und Levin Oktay zu.

«Ich weiß, was du denkst», sagte Carina kleinlaut. «Aber der war wirklich von der Straße, hättest ihn sehen und riechen sollen.»

«Habt ihr euch seinen Ausweis zeigen lassen?»

«Von einem Obdachlosen? Ich hab ihn nach seinem Namen gefragt. Er heißt Klaus Breininger.»

In diesem Moment glaubte Jens Kerner, den Verstand verlieren zu müssen.

«Wiederhol das bitte», sagte er.

«Er hat gesagt, er heißt Klaus Breininger.»

«Wo ist der Mann?», herrschte Jens Carina lautstark an.

«Ich hab ihm befohlen, im Präsidium zu warten ... was ist denn los?»

«Scheiße! Kommt mit!», schrie Jens und rannte los.

KAPITEL 3

1

Montagmorgen um sieben, nach einer weiteren schlaflosen Nacht, fühlte sich Jens Kerner vollkommen zerschlagen. Da half auch die Wechseldusche nicht. Auf seinem Handy wartete bereits eine Nachricht von der Baumgärtner, als er tropfnass in die Küche trat, um sich den soeben fertig durchgelaufenen Kaffee in die Tasse zu gießen.

Acht Uhr in meinem Büro.

Jens ärgerte sich über die unhöfliche und überflüssige SMS. Dieser Termin war bereits gestern am frühen Abend abgesprochen worden, als sie sich nach einem weiteren frustrierenden Tag getrennt hatten. Ihn daran zu erinnern war unnötig und zeigte die autoritäre Haltung der Baumgärtner ihm gegenüber – etwas, das Jens auf den Tod nicht ausstehen konnte.

Ohne auf die SMS zu antworten, löschte Jens sie und zog sich an.

Dabei sah er aus seinem Schlafzimmerfenster auf die Straße vor dem Haus hinunter, hielt sich dabei aber so, dass er nicht gesehen werden konnte.

Wie immer parkten die Autos Stoßstange an Stoßstange. Zu dieser Zeit waren bereits viele Menschen zu Fuß oder auf Fahrrädern unterwegs. Schüler, Studenten, Berufstätige. Er sah niemanden, der sich besonders für das Haus in der Bornstraße im Grindelviertel interessierte, in dem Jens wohnte, und doch wurde er das Gefühl nicht los, beobachtet zu werden. Er hatte keinen Beweis dafür, dass es so war, aber es konnte gar nicht anders sein.

Dieser Täter hatte es auf ihn persönlich abgesehen, denn Klaus Breininger war wieder da.

Klaus Breininger, ein Untoter, ein Schreckgespenst der Vergangenheit, von dem Jens geglaubt hatte, es hinter sich gelassen zu haben. Wie sehr er sich getäuscht hatte! Zurückzuschauen war nicht sein Ding, aber vielleicht wäre es besser gewesen, hin und wieder einen Blick in den Rückspiegel zu werfen. Dann hätte er gesehen, dass Breininger ihn verfolgte.

Jetzt war es zu spät.

Krystina Zoller war tot.

Und wie es aussah, traf Jens eine Mitschuld.

Vielleicht war diese junge Frau nur getötet worden, weil sich jemand an ihm rächen wollte. Mit dieser Last auf den Schultern stieg er eine Viertelstunde später die Treppen hinunter. An der Haustür begegnete ihm Frau Schneider-Lüdtke, die im Erdgeschoss eine psychiatrische Praxis hatte. Sie lächelte freundlich, wie immer, obwohl er ihr damals nach der Sache mit Klaus Breininger schon nach einer Probesitzung den Laufpass gegeben hatte. Diese Art von Gesprächen, bei denen er seine Gefühle beschreiben sollte, lag ihm nicht. Es war nicht so, dass er keine Gefühle hatte, aber er konnte und wollte sie nicht verbalisieren. Seiner Ansicht nach war Sprache dafür das falsche Medium, weil der Mensch nun mal zur Lüge fähig war, vor allem sich selbst gegenüber.

Jens ging hinüber zur Plattenrille, wo sonst immer unter dem Vordach seine Red Lady stand. Doch die war noch in der Werkstatt, er würde sie heute im Laufe des Tages abholen können – zumindest hoffte er das.

Voller düsterer Gedanken erreichte er das Präsidium am Wiesendamm und ging hinein. Zehn Minuten vor dem angeordneten Termin betrat er sein eigenes Büro und fand das Vorzimmer, in dem Becca als zivile Mitarbeiterin für ihn und drei weitere Ermittler den Schreibkram und die organisatorische Arbeit erledigte, leer vor.

Sonst erwartete ihn immer ihr strahlendes Lächeln. Ihre Zuversicht. Ihre Wärme. Nach seiner zweiten Scheidung hatte er geglaubt, für den Rest seines Lebens auf solche Eindrücke verzichten zu können, sie sogar sehr gern gegen seine Freiheit einzutauschen, aber er hatte sich getäuscht.

Ihren Platz verwaist zu sehen, versetzte ihm einen Stich. Trotz ihres persönlichen Fiaskos am Freitagabend hatten sie das ganze Wochenende über wie üblich gut zusammen an dem Fall gearbeitet, und Jens hatte sich keine Gedanken mehr darüber gemacht.

Jetzt holte ihn dieses Bild wieder ein: Becca mit der Zimmerkarte in der Hand, ihr eindeutiger Blick. Sie hatte ihre Seele weit geöffnet in diesem Moment, und ihm war nichts anderes eingefallen, als seinen persönlichen Müll hineinzukippen.

Wie konnte er das nur wiedergutmachen?

Carina Reinicke betrat das Büro, als er sich gerade auf den Weg zur Baumgärtner machen wollte. Sie sah zerknirscht, irgendwie sogar krank aus.

«Es tut mir so leid», sagte sie zum wiederholten Male. «Lass mich bitte mitkommen und der Baumgärtner erklären, was passiert ist.»

«Das hast du doch schon getan.»

«Ja, aber sie muss es auch verstehen.»

Jens schüttelte den Kopf.

«Im Moment versteht sie nur, was sie verstehen will, und daran änderst du nichts, wenn du ihr immer wieder dasselbe erzählst. Nein, ich mach das allein.»

«Meinst du, sie wird mich rausschmeißen oder versetzen?»

«Mach dir keine Sorgen, ich regele das. Fahr du raus zu Krystinas Eltern, vielleicht können die weiterhelfen. Nimm Oktay mit. Der schleicht hier auch rum wie ein geprügelter Hund.»

Jens schob sich an ihr vorbei und machte sich auf den Weg in die obere Etage.

Carina tat ihm leid. Wahrscheinlich ging es ihr sogar noch schlechter als ihm, denn sie hatte den falschen Obdachlosen, der sich als Klaus Breininger ausgegeben hatte, gehen lassen.

Natürlich hatte er nicht auf dem Revier gewartet, um eine Aussage zu machen. Carina hatte sich von dem Täter vorführen lassen. Sie war eine engagierte, geradlinige, kluge Polizistin mit besten Karriereaussichten, und er arbeitete gern mit ihr zusammen. Es tat ihm leid zu sehen, wie sehr sie litt. Vor allem, weil er wusste, dass ihre Sorgen nicht ganz unbegründet waren.

Einen dummen Fehler, der im Eifer des Gefechts immer passieren konnte, wurde man kaum je wieder los, wenn er sich erst einmal herumgesprochen hatte. Aber Jens würde dafür sorgen, dass das nicht passierte.

Die Tür zum Büro seiner Chefin stand bereits offen. Mareike Baumgärtner saß vornübergebeugt am Schreibtisch und tippte etwas in ihren Laptop.

«Kommen Sie rein und schließen Sie die Tür», sagte sie,

ohne von ihrer Arbeit aufzusehen. «Wenn Sie einen Kaffee möchten, bedienen Sie sich.»

Jens war überhaupt nicht nach einem Kaffeekränzchen zumute. Einen Moment lang stand er einfach nur blöd da, während seine Chefin sich mit ihrem PC beschäftigte. Schon überlegte er, wieder zu gehen.

Da schlug die Baumgärtner den Laptop zu und sah ihn an.

«Wie geht's Ihnen heute?»

«Ich hatte schon bessere Tage», sagte er.

«Ja, hatten wir alle. Setzen Sie sich doch», sagte sie und machte eine einladende Handbewegung. «Der Bericht des Rechtsmediziners ist fertig», begann sie. «Krystina Zoller starb durch massive Gewalt gegen den Hals, sprich, sie wurde erwürgt. Unser Rechtsmediziner sagt, er habe noch nie zuvor einen so stark zerstörten Kehlkopf gesehen. Da muss jemand entweder sehr wütend und oder sehr kräftig gewesen sein, das waren seine Worte. Krystina Zoller starb folglich einen qualvollen, langsamen Tod, bevor der Täter den Leichnam an die Parkbank fesselte und ihr Gesicht mit Leuchtfarbe anpinselte. Vorher hat er sie aber noch vergewaltigt.»

Diese Nachricht war für Jens wie ein Schlag ins Gesicht.

«DNA?», fragte er heiser.

Baumgärtner schüttelte den Kopf. «Er hat ein Kondom benutzt, was zu erwarten war. Krystinas Kleidung wird noch untersucht, vielleicht haben wir da mehr Glück. Aber so, wie der Täter bisher agiert hat, mache ich mir keine allzu große Hoffnung.»

Die Baumgärtner litt ebenso unter dieser Entwicklung wie Jens. Er konnte sehen, wie es ihr ging, deshalb nahm er ihr auch nicht krumm, was sie als Nächstes sagte.

«Das alles ist entsetzlich ...» Sie schüttelte den Kopf. «Aber wir haben noch ein größeres Problem, ein Riesenproblem, wenn wir Pech haben und es an die Presse durchdringt, dass wir die Person, die wahrscheinlich der Täter ist, vom Tatort haben entkommen lassen.»

Jens richtete sich auf. Es war an der Zeit, seine vorbereiteten, wenn auch nicht übermäßig durchdachten Worte loszuwerden.

«Carina Reinicke rief mich an und fragte, ob sie oder Oktay mit dem vermeintlichen Obdachlosen zurück zum Präsidium gehen oder zum Tatort kommen sollten. Ich wies sie an, den Obdachlosen allein zum Präsidium zu schicken, weil ich zu dem Zeitpunkt der Meinung war, dass wir vor Ort jeden Beamten benötigen.»

Die Baumgärtner verzog keine Miene.

«Würde ich also Ihre Handydaten überprüfen, dann bekäme ich diese Aussage bestätigt, ja?»

Jens zuckte mit den Schultern. «Welchen Grund sollten Sie haben, meine Handydaten zu überprüfen?»

«Okay, lassen wir das zunächst. Nächstes Problem. Der vermeintliche Obdachlose hat sich als Klaus Breininger ausgegeben. Frau Reinicke war dieser Name nicht bekannt?»

«Nein, dafür ist sie noch nicht lange genug bei uns.»

«Sie haben Klaus Breininger vor drei Jahren erschossen. Außerdem Wladimir Schreck, Pascal Werner», vervollständigte Baumgärtner die Liste der drei jungen Männer, die Jens damals hatte töten müssen, um sein eigenes Leben und die seiner Kollegen zu retten. «Ich musste nicht einmal nachschauen. Ich hatte die Namen noch im Kopf, und ich bin ungefähr genauso lange auf dem 33. wie die Kollegin Reinicke.»

Seufzend beugte sich Jens vor.

«Hören Sie! Wenn Sie zu der Fraktion gehören, die unbedingt die Schuld bei jemand anderem als dem Täter finden will, dann suchen Sie sich dafür keine junge Beamtin aus, die unter Stress stand, sondern einen erfahrenen Ermittler wie mich. Ich leite den Fall, ich trage die Verantwortung.»

«Schön, dass Sie die Überleitung selbst schaffen, Herr Kerner ...» Auch die Baumgärtner beugte sich vor, sodass sich ihre Gesichter nah beieinander befanden. «Ich denke darüber nach, Ihnen diesen Fall zu entziehen.»

Jens sprang sofort vom Tisch auf. Die Baumgärtner zuckte erschrocken zurück. «Warum?»

«Setzen Sie sich bitte wieder und lassen Sie uns in Ruhe darüber sprechen.»

«Ich will weder sitzen noch in Ruhe sprechen. Was soll der Scheiß? Mir den Fall zu entziehen? Jeder hätte den Namen herausfinden und verwenden können. Der Täter muss nichts mit Klaus Breininger zu tun haben.»

«Ja, kann sein, aber das ist ja auch nicht alles. Haben Sie vergessen, woher der Wagen stammt, in dem Krystina Zoller am Abend ihrer Entführung durch die halbe Stadt kutschiert wurde, ohne dass die Polizei ihn stoppen konnte? Es ist der Wagen des Partners Ihrer Ex-Frau, Herr Kerner. Ohne übertreiben zu müssen, kann man wohl davon ausgehen, dass der Täter es auf Sie abgesehen hat. Aus irgendeinem Grund will er sich an Ihnen rächen, er hat dabei polizeiliche Inkompetenz erwähnt, und ich denke, Krystina Zoller war ein willkürliches Opfer, nur dazu da, diese Inkompetenz so medientauglich wie möglich zu inszenieren. Herrgott! Es gibt einen Instagram-Account mit Fotos der Getöteten, die den gesamten Ablauf der Tat belegen.»

Jens schüttelte den Kopf und begann, im Büro auf und ab zu laufen. «Möglicherweise hat der Täter eine Rechnung mit mir offen, aber wenn das so ist, bin ich genau der Richtige für diesen Fall.»

«Hören Sie, Kerner, ich zweifele ja gar nicht daran, dass Sie den Fall aufklären können ...»

«Dann lassen Sie ihn mich auch aufklären!»

«Die Presse zerfleischt uns, wenn das herauskommt.»

«Dann sorgen Sie dafür, dass es nicht herauskommt.»

«Sie verlangen viel.»

«Nein, ich verlange lediglich etwas Rückendeckung, und in der Welt, in der ich lebe, ist das vollkommen normal. Es geht hier weder um mich noch um Frau Reinicke oder Herrn Oktay. Es geht um einen Irren, der eine junge Frau getötet hat und die sozialen Netzwerke dazu nutzt, sich mächtig zu fühlen.»

Jens hatte sich in Rage geredet. Sein Herz raste, sein Kopf fühlte sich heiß an, seine Hände waren zu Fäusten verkrampft. Als er endete, blieb er stehen und sah die Baumgärtner an, als wollte er sie zum Duell herausfordern.

Sie hielt seinem flammenden Blick mühelos stand, schwieg sogar noch einen Moment und ließ ihn schmoren.

Vielleicht prallte nicht alles an ihrer polierten Teflon-Oberfläche ab, aber so einiges eben doch. Ein Umstand, mit dem Jens schlecht umgehen konnte und der ihn wütend machte.

«Also gut», sagte sie schließlich. «Ich lasse Sie vorerst weitermachen.»

Jens bedankte sich nicht, warum auch. Er nickte seiner Chefin zu und fragte: «War es das dann?»

«Nicht ganz. Ich habe einen Experten hinzugezogen, da

es mir in diesem Fall angeraten erscheint. Er ist digitaler Forensiker und wird uns unterstützen. Ich will, dass Sie seine Hilfe in Anspruch nehmen.»

«Wir haben doch Herrn Tietjen.»

«Herr Kerner, ich werde nicht mit Ihnen darüber diskutieren. Das war es dann fürs Erste.»

Jens verließ das Büro seiner Chefin.

Digitaler Forensiker! Nur weil dieser Täter ein paar Fotos auf Instagram postete, fuhr die Baumgärtner hier die ganz großen Geschütze auf. Das war doch, als schösse man mit Kanonen auf Spatzen!

Bevor Jens sein eigenes Büro erreichte, klingelte sein Handy. Der Kollege unten am Empfang meldete jemanden von der Presse, der dringend Jens Kerner und niemand anderen sprechen wollte.

Scheiße, dachte Jens, es geht schon los.

Er bat seinen Kollegen, den Presseheini abzuwimmeln.

«Moment ...», sagte der Beamte, und Jens hörte, wie er mit dem Journalisten sprach, bevor er wieder am Telefon war.

«Sie kommen doch besser runter. Er behauptet, er habe das Handy von Krystina Zoller.»

2

Lass ihnen keine Zeit. Lass sie nicht zum Überlegen kommen. Treib sie vor dir her. Bleib stets in Bewegung. Und aus dem Schutz und der Sicherheit dieses ständigen Flusses heraus gib ihnen genau das zu sehen, was sie sehen sollen, da-

mit sie genau die Schlüsse ziehen, die du für sie vorgesehen hast.

Diese Welt besteht nur noch aus Bewegung. Manche gewollt, manche eine Flucht, aber jeden treibt etwas, und es gibt keine Chance, diesem Mahlstrom zu entkommen. So haben wir es gewollt, so haben wir es uns eingerichtet. Aber Schnelligkeit schafft Blindheit, denn unser Auge ist nicht für sie gemacht. Und diese Blindheit schafft Platz und Entfaltungsmöglichkeit für dich, damit du tun kannst, was du tun musst. Keine Wahl, keine Fragen, keine Zweifel. Erledige den Job. Lass ihnen keine Zeit, lass sie nicht zur Ruhe kommen.

Treib sie vor dir her.

Nichts erschien ihm in der Millionenmetropole Hamburg einfacher als das. Nichts bot mehr Schutz als der ständig fließende Straßenverkehr, der jedem alles abverlangte. In ihren Autos fühlten sich die Menschen sicher, sie empfanden ihre blechernen Hüllen als rollende Trutzburgen, als einen zutiefst privaten, geradezu intimen Raum, den es mit allen Mitteln gegen die anderen zu verteidigen galt. Darin war alles erlaubt, glaubten sie, darin durften sie sich über jedes Gesetz hinwegsetzen. Mit welcher Selbstverständlichkeit sie während der Fahrt aßen und tranken, telefonierten und schrieben, erstaunte ihn immer wieder. Sie wussten doch, sie waren von Glas umgeben, saßen für alle sichtbar auf dem Präsentierteller. Und doch verhielten sie sich ganz anders.

Im Wagen vor ihm bohrte jemand inbrünstig und ausdauernd in der Nase. Der Mann hatte keinen Blick und keine Aufmerksamkeit für seine Umgebung übrig. Er war ganz bei sich selbst, als gäbe es nur ihn.

Neben ihm, auf der mittleren Spur, reckte eine junge Blondine ihr Gesicht zum Mittelspiegel, um sich die Lippen nachzuziehen. Sie war hübsch und schlank, und die straffe Haut an ihrem Hals zog seinen Blick geradezu magisch an.

Auf der anderen Seite beugte sich ein Mann im mittleren Alter zu der Frau auf dem Beifahrersitz und küsste sie leidenschaftlich.

Er schaute weg. Er konnte dieses intime Bild voller Liebe nicht ertragen.

Er hatte einen Plan entworfen, und nur, wenn er sich konzentriert daran hielt, würde er unentdeckt bleiben. Jedes Detail hatte er sich sorgsam überlegt, hatte nächtelang gegrübelt und Internet-Recherchen betrieben. Schließlich war er auf diese eine Sache gestoßen. Dank seiner Therapeutin.

Es war so einfach, sie alle zu täuschen!

Die Ampel schaltete auf Grün, und der Blechtross setzte sich in Bewegung. Er floss mit, als einer von vielen, nicht anders als alle anderen, aber doch ein Wolf im Schafspelz. Sobald er fuhr, kehrten Selbstsicherheit und Konzentration zurück, und während seine Reflexe Maschine und Verkehr beherrschten und synchronisierten, folgte er mit den Augen diesem einen Wagen.

Mit dieser einen Frau darin.

Er hatte sich noch nicht entschieden, wann er erneut zuschlagen würde, doch das hielt ihn nicht davon ab, schon jetzt in ihr Leben einzudringen. Sie besser kennenzulernen. Sich sozusagen mit ihr zu sozialisieren.

An der nächsten Ampel gab es drei Fahrspuren. Eine zum Rechts-, eine zum Linksabbiegen sowie die mittlere zum Geradeausfahren. Da sie die mittlere Spur gewählt hatte, setzte er seinen Wagen neben sie, kam aber ein Stück weit hinter ihr zum Stehen, sodass er sie beobachten, sie ihn aber nicht sehen konnte.

Wie selbstverständlich benutzte sie ihr Handy. Zwar hielt sie es versteckt, aber die Körperhaltung ließ keinen anderen Schluss zu. Immer wieder hob sie den Kopf, schaute sich rasch um und senkte ihn wieder. Und schließlich, als sie sicher war, dass keine Polizeistreife in der Nähe war, streckte sie den Arm mit dem Handy darin aus, verzog ihr Gesicht zu einem Kussmund und schoss ein Selfie. Dann hatte sie gerade noch genug Zeit, das Foto zu posten, bevor die Ampel auf Grün schaltete und sie mit dem Verkehr weiterfließen musste.

Mit ein wenig Dreistigkeit gelang es ihm, sich in ihre Fahrspur zurückzudrängen. Zwar befanden sich nun einige Wagen zwischen ihnen, doch das spielte keine Rolle. Er würde sie jederzeit wiederfinden.

Sein eigenes Handy steckte in der Halterung, die er in einem der mittleren Lüftungsgitter seines Wagens angebracht hatte. Bei der nächsten Gelegenheit tippte er ein paarmal auf den Touchscreen und öffnete ihren Instagram-Account.

Wie erwartet hatte sie das Foto sofort gepostet.

Perfekt in Szene gesetzt, das Haar offen, Blick und Lippen verführerisch. Sie war sehr attraktiv und wusste das auch, und wer über ein solches Aussehen verfügte, dem lag heutzutage die digitale Welt zu Füßen. Auch ihr sabberten Zigtausende Follower hinterher, schauten sich jedes Foto an, und je mehr nackte Haut zu sehen war, desto mehr steigerten sich die Gefällt-mir-Raten. Es dauerte keine zwei Minuten, bis die ersten Kommentare eintrudelten, natürlich hauptsächlich von Männern.

Von dir würde ich mich gern abschleppen lassen.

Komm doch auf einen Kaffee vorbei.

Soll ich dir den Wagen waschen.

Du bist die Schönste ...

So würde es in einem fort gehen, er kannte das schon zur Genüge.

Natürlich hatte sie das Foto mit Hashtags versehen.

#happyme #lovemylive #love #ontheroadagain #followmeifyoucan #mini #lovemyminicooper

Da es zu riskant war, während der Fahrt zu schreiben, wartete er bis zur nächsten roten Ampel und setzte dann seinen eigenen Kommentar unter ihren Post.

«Pass gut auf! Der Straßenverkehr kann gefährlich sein. Und es wäre ein so großer Verlust ...»

3

«Mein Name ist Luca dos Santos, von der Morgenpost», stellte der Mann sich vor, der unten am Empfang auf Jens Kerner wartete.

«Ich weiß, wer Sie sind», versetzte Jens.

Ausgerechnet diesen Journalisten zu sehen, war für ihn ein weiterer Schock. Wenngleich sie sich nie persönlich begegnet waren, hatten der Journalist und Jens sozusagen eine gemeinsame Vergangenheit.

Dos Santos war etwa eins achtzig groß, kräftig, hatte schulterlanges schwarzes Haar und die dunkle Haut und die dunklen Augen eines Südländers. Seine Kleidung bestand aus modernen Jeans, die er schon zerfetzt gekauft hatte, dazu trug er ein lässiges Shirt, das nach Jens' Meinung viel zu eng saß. An den Füßen hatte er coole Sneakers. Über der rechten Schulter hing ein Rucksack. Dos Santos versuchte offensichtlich, mit allen käuflichen Möglichkeiten seine Jugend und seinen Latin-Lover-Ruf zu erhalten. Und er kaute Kaugummi.

Jens hasste es, wenn jemand, der mit ihm sprach, dabei schmatzte.

«Sie haben das Mobiltelefon von Frau Zoller?», fuhr er ihn statt eines Grußes an.

«Können wir uns irgendwo in Ruhe unterhalten?»

Jens hätte den Mann gern am Empfang abgefertigt, sah aber ein, dass es besser war, ihn nicht zu verärgern. Dos Santos hatte Jens' geballten Ärger verdient, keine Frage, war er es doch, der den Spitznamen «Dirty Harry» für ihn erfunden hatte, den in Hamburg jeder Leser des Schmierblattes kannte, für das dos Santos schrieb.

«Folgen Sie mir», befahl Jens und ging mit langen Schritten voran. Zwei Gründe gab es, warum er den Journalisten nicht in sein eigenes Büro führte: Erstens wollte er den Kerl nicht dort haben, zweitens bestand die Gefahr, der Baumgärtner über den Weg zu laufen, und wenn die herausfand, mit wem Jens hier sprach, wäre er den Fall sofort los.

Also führte er dos Santos in eines der beiden Vernehmungszimmer im Erdgeschoss. Dort schloss er die Tür hinter ihm und bot dem Mann einen Platz, aber keinen Kaffee an.

Sie setzten sich einander gegenüber an den Tisch.

Luca dos Santos lächelte verbindlich. «Mein Chefredakteur meint, es sei besser, wenn wir vorher miteinander reden», sagte er.

«Vorher?»

Dos Santos griff in den blauen Rucksack mit roten Streifen, holte eine kleine violette Damenhandtasche daraus hervor und legte sie vor sich auf dem Tisch ab.

Auf die oben liegende Seite war mit dieser grünlich gelben Leuchtfarbe ein Hashtag gemalt. Jäh blitzte vor Jens' Augen das Bild der toten Krystina Zoller mit ihrem verunstalteten Gesicht auf.

«Verstehen Sie das bitte als Friedensangebot und als Wunsch, Ihnen in dieser Sache helfen zu wollen», sagte dos Santos. «Natürlich werden wir auch darüber berichten müssen, das ist schließlich unser gesellschaftlicher Auftrag, aber in erster Linie geht es mir darum zu helfen, glauben Sie mir.»

«Was ist mit dem Handy?»

«Steckt in der Tasche.»

«Sie haben es angefasst? Wer noch?», fragte Jens und ging ganz bewusst nicht auf die kleine Ansprache des Mannes ein. Dos Santos war ein Boulevardschreiberling, dem es nur um Aufmerksamkeit und Auflage ging. Er polemisierte, übertrieb, dehnte und verzerrte die Wahrheit, wie es ihm passte. Das alles hätte Jens ihm gern an den Kopf geworfen, aber hier und jetzt befand er sich in der schlechteren Position und war auf das Goodwill des Journalisten angewiesen,

«Nur ich», antwortete dos Santos. «Allerdings ziemlich lange, sodass wohl keine brauchbaren Spuren mehr darauf sind. Sorry. Aber ich wusste anfangs ja nicht, was es mit dieser Tasche und dem Handy auf sich hat.»

«Und was wissen Sie jetzt?»

Dos Santos griff noch einmal in seinen Rucksack. Diesmal holte er einen braunen Briefumschlag mit Luftpolsterung hervor.

«In diesem Umschlag steckte die Tasche. Er lag heute früh auf meinem Schreibtisch. Wer ihn abgegeben hat, ist nicht bekannt, das habe ich bereits überprüft.»

Er legte ihn neben die Tasche auf den Tisch.

Auf der Vorderseite stand groß und mit einem dicken schwarzen Stift geschrieben: «Für Luca dos Santos, Morgenpost.»

«Ich nehme an, die Tote im Stadtpark ist Krystina Zoller?»

Noch wusste die Presse nur, dass im Stadtpark eine Leiche gefunden worden war, jedoch nichts über die Umstände oder die Identität der Person. Aber dos Santos hatte die richtigen Schlüsse gezogen – was mit Hilfe des Handys wahrscheinlich nicht schwer gewesen war.

«Das Handy ist nicht gesperrt, und ich habe es aufgeladen», sagte der Journalist. «Wollen Sie nicht nachschauen, was drauf ist?»

Dass Jens bisher weder die Tasche noch den Umschlag angefasst hatte, schien den Journalisten nervös zu machen. Natürlich brannte Jens darauf, zu erfahren, was er auf dem Handy finden würde, aber er wollte dos Santos nicht den Gefallen tun, ihn in der Annahme zu bestätigen, er sei der große Helfer, auf den die Polizei nur gewartet hatte.

«Ich gehe davon aus, dass sich auf dem Handy Täterwissen befindet», sagte Jens. «Und so, wie ich Sie einschätze, werden Sie diese Information veröffentlichen. Davor warne ich. Wenn Sie und Ihre Redaktion die Ermittlungen behindern, werde ich mit aller Härte gegen Sie vorgehen.»

Dos Santos lächelte und schüttelte den Kopf. «Nun

schauen Sie doch erst mal hinein, und dann reden wir darüber, wie der Artikel aussehen wird, der morgen früh erscheint.»

«Ach, das steht schon fest?»

«Übermorgen wäre es ein alter Hut.»

Für ein paar Sekunden trugen sie ein Blickduell aus, und Jens hasste den Täter schon jetzt dafür, dass er sich den süffisanten Blick dieses Schmierfinken gefallen lassen musste.

Jens nahm das Handy aus der Handtasche.

Es handelte sich um ein Gerät der Marke Huawei. Die Schutzhülle war auffallend bunt, mit viel Pink.

Der Startbildschirm war schon der nächste Treffer in seine Magengrube. Der Typ, der ihn mit leicht mürrischem Lächeln vom Display aus ansah, war Jens selbst. Krystina Zoller hatte ein Foto von Jens als Hintergrundbild auf ihrem Handy! Noch dazu ein Foto, das Jens nicht kannte und das er auf den ersten Blick nicht einordnen konnte. Er trug ein schwarzes T-Shirt darauf, aber das war seine Standard-Oberbekleidung und ließ deshalb keinen Rückschluss zu auf Entstehungstag und -ort.

«Interessant, nicht wahr?», bemerkte dos Santos schmatzend. «Es kommt aber noch besser. Schauen Sie mal bei Instagram nach. Unter Ihrem Account.»

«Ich habe keinen Instagram-Account.»

«Oh doch, den haben Sie.»

Ein schneller Blick auf den Journalisten, dann suchte Jens die App heraus und öffnete sie.

Gleich oben links in der Ecke sah er sein Gesicht in einem kleinen kreisrunden Bild wieder. Dieses Bild war viel kleiner, aber es war das gleiche wie auf dem Startbildschirm des Handys.

Deine Story, stand darunter.

«Sie müssen auf Ihr Bild drücken», sagte dos Santos, der wohl erkannt hatte, wie wenig Ahnung Jens von Instagram hatte.

Jens tippte darauf.

Sofort begann ein bildschirmfüllendes Video abzulaufen, eine Aneinanderreihung verschiedener Fotos.

Zuerst das leuchtende Hashtag auf dem Heck von Krystina Zollers Ford Focus. Dann Krystina Zoller im Kofferraum eines Wagens, wie sie voller Panik in die Kamera schaute. Das Hotel, in dem die Geburtstagsparty stattfand, von außen fotografiert, danach eine Aufnahme von dem Saal voller Menschen in dem Moment, da die Baumgärtner eine Rede hielt, gefolgt vom Hintergrundbild. Einen Augenblick später sah man Krystina gefesselt auf einem Stuhl und schließlich die mit leuchtendem Gesicht am Wasserbassin im Stadtpark sitzende, tote Krystina.

Unter dem letzten Bild standen Hashtags.

#JensKerner#leuchtendesBeispielfürpolizeilicheInkompetenz

4

Mit dem Handy von Krystina Zoller in der Hand eilte Jens hinüber in die technische Abteilung, nachdem er den unverschämten Journalisten in seine Grenzen gewiesen hatte. Hatte dieser Schmierfink doch tatsächlich nach einer Stellungnahme verlangt und mit einer schonungslosen Veröffentlichung gedroht für den Fall, dass Jens sich weigerte!

Jens hatte ihm vorgeworfen, er gewähre dem Täter Hilfestellung, denn um eine Veröffentlichung und damit um Medienpräsenz ging es ihm ja gerade, sonst hätte er Handtasche und Handy nicht an die Presse geschickt.

Daraufhin hatte dos Santos nur mit den Schultern gezuckt, auf seinem Kaugummi herumgeschmatzt und auf seine Pflicht verwiesen, die Öffentlichkeit informieren zu müssen. Aber das war Quatsch. Er wollte seine Story, eine, die nur er hatte und die ihm Prestige verschaffte, und vielleicht erhoffte er sich sogar eine späte Wiedergutmachung – denn damals, als Jens in Notwehr drei Menschen erschossen hatte, war dos Santos in seinen Artikeln ständig auf ihn losgegangen und hätte es gern gesehen, wenn Jens suspendiert worden wäre. Doch Jens hatte seinen Job nicht verloren – dos Santos jedoch hatte bei seinem einsamen Kreuzzug gegen die Polizei den Großteil seiner Reputation verloren.

Jens hatte keine Zeit, sich mit diesem womöglich beleidigten, auf jeden Fall aber karrieregeilen Mann zu beschäftigen.

Linus Tietjen, ihr IT-Spezialist, wartete bereits auf Jens, der sich telefonisch angekündigt hatte.

«Was da alles drauf ist, kannst du dir später in Ruhe anschauen und die Daten für die nächste Teambesprechung aufarbeiten», sagte Jens und übergab Tietjen das Handy. «Mich interessiert jetzt vor allem ein Foto.»

«Okay. Welches?»

Jens zeigte ihm seine Story.

«Du hast einen Insta-Account?», rief Tietjen erstaunt aus.

«Nein, habe ich nicht, den muss der Täter eingerichtet haben.»

«War ja irgendwie klar, dass erst so etwas passieren muss, damit Jens Kerner bei Insta landet. Wie lange ist diese Story schon online?», wollte Tietjen wissen.

«Keine Ahnung. Ist das wichtig?»

Tietjen verdrehte die Augen. «Ach ja, ich hab's ja mit dem durch und durch analogen Menschen zu tun ... Instagram-Storys werden nach vierundzwanzig Stunden automatisch gelöscht.»

«Echt? Wusste ich nicht.»

«Nee, natürlich nicht. Besser, wir sichern die erst einmal.»

Tietjen stöpselte das Handy an seinen Rechner und machte sich an die Arbeit.

«Was genau willst du denn über das Foto wissen? Ich meine, deine Visage kennst du ja zur Genüge, oder?»

«Ich will wissen, wo man mich fotografiert hat. Am besten auch, wer es getan hat, aber das ist wohl zu viel verlangt.»

Das Foto wirkte nicht so, als hätte der Täter ihn aus der Entfernung mit einem Teleobjektiv aufgenommen. Jens blickte direkt in die Kamera, so als hätte er sie sehr wohl bemerkt.

«Wurde das Foto mit diesem Handy gemacht?», fragte Tietjen.

«Nein, natürlich nicht, es gehört dem Opfer und ...»

Plötzlich fiel Jens etwas ein, und er erstarrte.

«Vielleicht doch, schau mal nach», wies er Tietjen an.

Der tippte und wischte ein bisschen herum.

«Es ist zumindest nicht auf dem Gerät gespeichert, was aber nichts heißen muss. Vielleicht wurde es gelöscht, nachdem es in die Story hochgeladen wurde.»

Tietjen zauberte das Foto aus der Instagram-Story auf den großen Bildschirm des Rechners, auf dem Jens nun sein eigenes Gesicht entgegenstarrte.

«Kannst du nicht mal lächeln, wenn du fotografiert wirst?», fragte er. «Du guckst ja wie drei Tage Regenwetter.»

«Warst du eigentlich am Freitagabend auf meiner Geburtstagsparty?», fragte Jens, ohne den Blick von dem Foto zu nehmen. Dabei konzentrierte er sich aber nicht auf sein Gesicht, sondern auf den verschwommenen Hintergrund.

«Nee, sorry, ich konnte nicht.»

«Kein Problem, ich konnte eigentlich auch nicht. Aber ich glaube, das Foto ist dort entstanden.»

Jens erinnerte sich daran, dass er mehrfach zu Selfies genötigt worden war, er wusste aber nicht mehr, mit wem er sich da alles hatte zusammen fotografieren lassen. Sein Gesichtsausdruck passte in jedem Fall zu der Laune, die er auf seiner eigenen Party gehabt hatte. Zudem war der Täter nachweislich in der Nähe des Hotels gewesen oder sogar darin und hatte von dort aus mit Krystina Zollers Handy telefoniert. War er etwa so dreist gewesen, sich direkt neben Jens zu stellen, ihm vielleicht sogar zu gratulieren und ein Selfie mit dem Handy seines Opfers zu schießen?

Es war peinlich und kostete ihn Überwindung, aber er erklärte Linus Tietjen die Zusammenhänge.

«Echt jetzt?», fragte der junge Mann erschüttert. «Das ist ja nicht zu fassen.»

Sofort machte er sich an dem Bild zu schaffen. Stellte Belichtung, Kontrast und Schärfe ein, und tatsächlich konnte Jens im Hintergrund andere Menschen erkennen, zwar nur vage und verschwommen, aber wenn er sich nicht täuschte, war einer von ihnen Rolf Hagenah. Dessen Preisboxer-Figur war ziemlich einmalig.

«Wenn er ein Selfie mit dir gemacht hat, hat er das Foto anschließend bearbeitet, wahrscheinlich sein eigenes Gesicht herausgeschnitten und die Original-Datei, auf der es enthalten ist, gelöscht.»

«Kannst du sie wieder sichtbar machen?»

«Ich kann es versuchen, wenn es mit diesem Gerät gemacht wurde ...»

Plötzlich ging die Tür zu Tietjens Reich auf, und die Baumgärtner kam herein, gefolgt von einem Mann, den Jens noch nie gesehen hatte.

«Herr Kerner, das passt ja gut. Da kann ich Ihnen beiden jetzt gleich den Kollegen Hillmann vorstellen. Er ist digitaler Forensiker und wird uns, wie schon angekündigt, bei diesem Fall unterstützen.»

Der Mann trat auf Jens zu.

Er war klein, vielleicht eins siebzig, ein wenig füllig um die Hüften, hatte ein rundes Gesicht und auffälliges gelocktes, blondes Haar. Auf den ersten Blick wirkte er wie ein Schauspieler einer Hollywood-Sitcom. Nur seine Augen wollten nicht zu der Rolle passen. Sie blickten, als fände eine erste Analyse alles Gesehenen bereits dort statt, auf der Iris, und nicht erst im Hirn.

«Hillmann, Tony», stellte er sich vor und streckte die Hand aus.

Widerwillig schüttelte Jens sie. Sie war fleischig, der Händedruck kraftlos.

Die Baumgärtner trat einen Schritt vor und entdeckte das Handy auf dem Tisch.

«Was geht hier vor?», fragte sie.

«Nichts weiter, ich …»

«Herr Tietjen?», unterbrach die Baumgärtner Jens und schob sich zwischen ihn und Tietjen. «Klären Sie mich auf, sofort!»

Und was blieb Linus Tietjen anderes übrig, als die Wahrheit zu sagen.

«Wie kommen Sie plötzlich an das Handy von Krystina Zoller?», fuhr die Baumgärtner Jens an.

In diesem Moment hatte Jens die Schnauze voll von all den Versteckspielen. Er war zu alt, um sich wie ein kleiner Junge zu verhalten, der Geheimnisse vor seinen Eltern hatte. Wenn die Baumgärtner ihm nicht vertraute, brachte es sowieso nichts mehr, unter ihr zu arbeiten.

Also berichtete er ihr von dos Santos.

Ihr Blick wurde düster.

«Wann wollten Sie mir davon erzählen?»

«So bald wie möglich.»

Darauf antwortete sie nicht. Stattdessen wies sie Hillmann-Tony an, sich von Tietjen einweisen zu lassen und die Arbeit an diesem Fall von dem Kollegen zu übernehmen.

«Alle Berichte gehen zuerst an mich», schloss sie und wandte sich dann an Jens. «Und wir beide sprechen uns noch!»

Mit klackernden Absätzen stürmte sie aus dem Raum.

Ihre Wut blieb wie eine Dunstglocke im Raum hängen.

5

Der Ausstellungsort war eine ehemalige Fischereihalle im Hamburger Hafen, direkt an der Wasserkante. Kunstfischen, stand auf einem großen blau-weißen Schild über einem blechernen Rolltor, wie es damals schon benutzt wurde, als hier noch täglich Fisch herein- und herausgefahren wurde. Überhaupt war die Halle zumindest von außen im alten Zustand belassen. Auf Freddy Förster, der nichts von Kunst verstand, wirkte sie abweisend und schmutzig.

Vor der Halle parkten einige Wagen, groß und teuer, sogar ein Bentley war dabei. Freddy Förster suchte sich für seinen gebrauchten, ein wenig verschrammten Caddy einen Parkplatz etwas abseits, von dem aus er die Halle dennoch im Blick hatte.

Bevor er ausstieg, ging er die Sache noch einmal im Kopf durch. War es richtig, was er tat, oder steigerte er sich in seiner Dankbarkeit Jens Kerner gegenüber in etwas hinein? Er stand in Jens' Schuld, gar keine Frage, und es war ihm wichtig, diese Schuld irgendwie zu tilgen, deshalb hatte er ja so begeistert mitgemacht bei der Organisation der Geburtstagsfeier. Aber wie es aussah, würde Jens ihm nicht dankbar sein dafür, dass Freddy seinen kleinen Bruder ausfindig gemacht hatte. Es war ein Fehler gewesen, deshalb traute Freddy jetzt seinen Motiven nicht mehr. Andererseits: Die junge Frau im Stadtpark war mit Leuchtfarbe angemalt gewesen.

Das konnte doch kein Zufall sein!

Freddy sah einen weiteren Wagen auf die Halle zufahren. Ein Mercedes-Cabrio mit geöffnetem Dach, gesteuert von einem Mann mit grau meliertem Haar. Auf dem Beifahrersitz saß eine deutlich jüngere Frau, die ihr Haar unter einem weißen Basecap in Sicherheit gebracht hatte.

Nachdem er eingeparkt hatte, beugte sie sich zu ihm hinüber und küsste ihn, dann stiegen die beiden aus, und sie hakte sich bei ihm ein. Sie waren maritim gekleidet, wie es sich für diese Art von Ausstellung an einem solchen Ort schickte – zumindest nahm Freddy, der in seinem Leben noch keine Kunstausstellung besucht hatte, das an.

Lachend verschwanden sie in der Halle. Sie mit lässigen Schritten, er humpelnd, vielleicht ein altersbedingtes Hüftleiden.

Unwillkürlich musste Freddy an seine Zeit als erfolgreicher Unternehmer, Überflieger, Geldsack und Betrüger denken. Damals war auch er mit einer deutlich jüngeren Frau unterwegs gewesen, während seine Ehefrau zu Hause auf das gemeinsame Kind aufgepasst hatte. Dass er heute seine Familie wiederhatte, sich geliebt und wertgeschätzt fühlen durfte, trotz all seiner katastrophalen Fehler, hatte er in erster Linie seiner Frau zu verdanken, die ihm erstaunlicherweise verziehen hatte. Und natürlich Jens.

Für so etwas konnte man sich eigentlich gar nicht revanchieren. Diese Schuld würde ewig währen. Aber Freddy würde sich selbst nicht mehr im Spiegel ansehen können, wenn er nicht jede Möglichkeit, Jens zu helfen, ergriffe.

Und hier bot sich eine.

Jens war ins Visier eines Mörders geraten, der offenbar eine persönliche Fehde mit ihm austragen wollte.

Und Freddy hatte mehr oder weniger zufällig eine Spur entdeckt.

Nach seinem Gespräch mit Becca am Samstagmorgen

hatte er sofort ein Gespräch mit Karsten Kerner in Angriff genommen. Es wollte ihm nicht in den Kopf, dass der Typ sich von ihnen einladen ließ, ohne etwas von dem Bruderzwist zu sagen. Er hatte sie sozusagen ins offene Messer laufen lassen. Freddy wollte wissen, was dem Streit zwischen Jens und Karsten zugrunde lag, und wenn Karsten Kerner es ihm nicht verraten wollte, würde er ihn wenigstens noch rundmachen können.

Hätte, könnte, würde.

Denn Karsten Kerner war bereits wieder abgereist. Er hatte die Nacht im Hotel auf Rebeccas Kosten genossen und sie nach allem, was Freddy in Erfahrung gebracht hatte, nur als Zwischenstopp genutzt.

Was für ein kaltschnäuziger, mieser Wichser!

Weil er sich ihn nicht persönlich vorknöpfen konnte, hatte Freddy online recherchiert, diesmal intensiver als bei seiner ersten Suche nach Karsten Kerner, und war auf diese Ausstellung gestoßen. Vorher hatte Becca ihm am Telefon von dem gespenstischen Fall mit der Leuchtfarbe erzählt.

Er öffnete die Autotür und stieg aus. Vom Wasser her wehte ihm der Geruch von Tang und Fisch entgegen. Es war erstaunlich still hier im alten Hafen abseits der Touristenströme, und Freddy empfand diese Stille plötzlich als bedrohlich.

Damals, im Haus der Mädchen, wäre er beinahe draufgegangen. Dass er statt seines Lebens nur ein halbes Ohr verloren hatte, verdankte er wiederum Jens Kerner. Allerdings war es auch Jens gewesen, der ihn zuvor in die gefährliche Situation gebracht hatte, und das war heute ähnlich. Jens wusste nichts davon, was Freddy hier tat, dennoch war er seinetwegen hier.

Freddy rieb sich sein zerstörtes Ohr und ging auf das Eingangstor der Halle zu. Auf keinen Fall würde er kneifen, nur weil er mal etwas Schreckliches erlebt hatte.

Im Eingangsbereich der modernisierten Halle hingen von der Decke an langen Fischerseilen Dutzende große silberne Metallkegel, aus denen sanftes Licht fiel. Die neu eingezogenen Zwischenwände waren nur zwei Meter hoch, sodass zwischen Hallendecke und Oberkante der Wände ein Freiraum von vier Metern blieb, in dem beinahe absolute Dunkelheit herrscht. Die Ausstellung selbst war nur spärlich und akzentuiert beleuchtet. Leuchtmarkierungen am Boden boten Orientierung.

Es ging in dieser Ausstellung um Licht, und wo es um Licht ging, ging es immer auch um Dunkelheit. Auf diese Weisheit war Freddy nicht selbst gekommen. Er hatte sie der Website des Künstlers entnommen.

Karsten Kerner.

Thema der Ausstellung: Leuchttürme. Es handelte sich um eine Wanderausstellung, die hauptsächlich in der Küstenregion unterwegs war und am Sonntag nach Jens' Geburtstag eröffnet hatte.

Zufall?

Als Freddy auf der Website Bilder der Exponate gesehen hatte, war klar gewesen, dass er der Sache nachgehen würde. Zunächst einmal in Eigenregie, dann würde er mit Becca sprechen, und wenn sie es genauso sah, würden sie damit auf Jens zugehen.

In der riesigen Halle verloren sich die wenigen Besucher beinahe, und Freddy hatte Zeit und Muße, sich die Exponate in Ruhe anzuschauen. Schon das erste Ausstellungsstück jagte ihm eine Gänsehaut über den Körper.

Karsten Kerner hatte nicht etwa plastische Leuchttürme erschaffen, aus denen Licht herausstrahlte, das wäre ja auch zu profan. Nein, er hatte Bilder von real existierenden Leuchttürmen gemalt, um sie herum schwere See und dräuende Wolken, insgesamt düster und bedrohlich. Nur hatten die Leuchttürme bei ihm keine Glaskuppeln, sondern Gesichter. Gesichter von Personen des öffentlichen Lebens. Herausragende Persönlichkeiten, sozusagen die Leuchttürme der Gesellschaft. Freddy erkannte Barack Obama, Greta Thunberg, Angela Merkel, alle in ihrer Persönlichkeit so überzeichnet dargestellt, dass sie trotz der einheitlichen Farbe erkennbar waren, mit der ihre Gesichter gemalt waren. Sie leuchteten aus sich selbst heraus, denn die Farbe fluoreszierte.

Andere Gesichter waren mit einer speziellen Farbe gemalt, die nur unter Schwarzlicht leuchtete.

Donald Trump, Kim Jong Un, Wladimir Putin, Erdogan, Anders Breivik und viele mehr.

Wo Licht war, war auch Dunkelheit.

6

Becca erreichte das Präsidium am Wiesendamm gegen zehn Uhr am Vormittag. Als sie ausgestiegen und in ihren Rollstuhl umgestiegen war, entdeckte sie am Rand des Parkplatzes einen Mann, der bewegungslos auf dem Bordstein saß und auf das graue Wasser des Kanals starrte. Rauch stieg von seinem Gesicht auf.

Jens!

Rebecca rollte zu ihm hinüber.

Wie er da saß, mit gekrümmtem Rücken, den Kopf tief zwischen den Schultern, das hatte etwas Erbarmungswürdiges, und Becca ahnte, es musste etwas Schlimmes vorgefallen sein.

«Hey», sagte sie und rollte neben ihn.

Er sah zu ihr auf. Sein Blick, taub und leer, erschreckte Becca zutiefst.

«Hey», antwortete er. «Wie geht es dir?»

In diesem Zustand hatte sie Jens noch nie gesehen. Er war immer ihr Fels in der Brandung gewesen, ein Mann wie ein Bollwerk, der im Angesicht der Gefahr erst zur Höchstform auflief.

Davon war heute nichts zu erkennen.

«Was ist los?», fragte sie. «Du siehst beschissen aus. Brauchst du eine Lasterzeit?»

Jens lächelte gequält.

«Die Lady ist immer noch in der Werkstatt.»

«Was hat sie denn?»

«Weiß ich nicht. Marderbiss vielleicht.»

«Dann machen wir hier unsere Lasterzeit. Gib mir mal eine.»

Jens holte eine Schachtel Zigaretten hervor und bot Becca eine an, die sie sich zwischen die Lippen steckte und mit seinem Feuerzeug anzündete. Becca rauchte nur selten und nie allein, eigentlich fast nur zusammen mit Jens und am liebsten, wenn Lasterzeit angesagt war. So nannten sie es, wenn sie zusammen in der Red Lady durch die Stadt cruisten, rauchten und sich über die neuesten Fälle unterhielten. Oder einfach nur schwiegen. Mit niemand anderem als Jens konnte Becca so gut schweigen.

Auch jetzt genoss sie die ersten Züge schweigend, aber es war klar, dass sie unbedingt reden mussten. Und Jens war Jens; darauf zu warten, dass er den Anfang machte, war zwecklos.

«Verrätst du mir, was das Problem zwischen dir und deinem Bruder ist?», fragte Becca schließlich. Sie wollte nicht sofort auf den Fall losgehen, und diese Frage musste ohnehin gestellt werden.

«Er hat sich mal vor meinen Augen aufgehängt, da war ich zwölf Jahre alt und er zehn.»

«Wie bitte?» Becca konnte nicht glauben, was sie gehört hatte.

Jens nickte rauchend.

«Ich glaube, darauf geht alles zurück. Auf diesen Abend. Es gab auch danach noch genug Gelegenheiten, ihn hassen zu lernen, aber auf diese eine geht alles zurück.»

«Erzähl bitte.»

Es dauerte noch einen Moment und einige Nikotinzüge, bis Jens dazu bereit war. Becca überstand sie schweigend und voller Anspannung.

«Unsere Eltern waren auf einer Party, an einem Samstag, und wir durften bis zu ihrer Rückkehr fernsehen. Karsten und ich hatten einen sehr unterschiedlichen Fernsehgeschmack. Ich mochte Filme, vor allem Western, er mochte Spielshows. An dem Abend durfte ich entscheiden, was geschaut wird, das ging abwechselnd, mal er, mal ich, aber an dem Abend war ich an der Reihe. Ich wollte *Winchester 73* mit James Stewart schauen. Zeitgleich lief *Am laufenden Band* mit Rudi Carrell, die Lieblingsshow meines Bruders. Er hat ewig herumgenörgelt, dass ich doch umschalten solle, hab ich aber nicht. Irgendwann hat er dann das Wohnzimmer verlassen, und dann hörte ich entsetzliche Schreie aus dem Bad. Natürlich bin ich hin, ich hatte als Älterer ja auch die Verantwortung. Und da stand mein Bruder mit dem gelben Gürtel des Bademantels meines Vaters um den Hals geschlungen, das andere Ende um die Stange des Duschvorhangs, und drohte damit, er würde sich sofort umbringen, wenn ich nicht umschalte. Ich war zwölf und in Panik und habe nicht geschnallt, dass die Duschstange sein Gewicht nicht getragen hätte. Ich habe ihn angefleht, es nicht zu tun, und ihm zugesichert, er dürfe seine Sendung sehen.

Tja, wir saßen dann noch zwei Stunden zusammen vor dem Fernseher. Er gut gelaunt und Chips kauend, ich zu Tode erschrocken, abwechselnd wütend und weinend. In diesen zwei Stunden habe ich den Charakter meines Bruders begriffen.»

Stille.

Auf dem Kanal zog ein gelbes Kajak vorbei.

«Es tut mir leid wegen Freitagabend», sagte Jens schließlich. «Ich hab mich wie ein Arschloch aufgeführt.»

«Ja, hast du, aber ich habe dir verziehen und war ja auch nicht ganz unschuldig daran. Ich bin zu weit gegangen, ich hätte deinen Bruder nicht einladen dürfen.»

«Du hast es gut gemeint. Und ich Sturkopf hab alles kaputt gemacht ...»

Das klang so endgültig und verzweifelt, dass Becca nicht anders konnte, als ihm eine Hand auf die Schulter zu legen.

«Es ist nichts kaputt.»

Er sah sie mit dem Blick eines kleinen Jungen an, der nicht wusste, ob er hoffen oder verzweifeln sollte.

«Wirklich nicht?»

«Wirklich nicht.»

Jens nickte und schaute wieder auf den ein paar Meter tiefer liegenden Kanal, an dessen Ufer die Polizeiwache lag. Der Kajakfahrer war verschwunden.

Becca spürte, dass noch etwas kommen würde, und wartete ab. Jens Kerner bedrängte man besser nicht.

«Die Baumgärtner nimmt mir wahrscheinlich den Fall weg», sagte er schließlich.

«Was?» Damit hatte Becca nicht gerechnet. «Warum?»

Er berichtete ihr von dem Boulevardjournalisten dos Santos und dem Instagram-Account auf Krystina Zollers Handy, den der Täter auf Jens' Namen eingerichtet hatte.

«Vielleicht hätte ich sofort zu ihr gehen sollen damit», sagte Jens.

«Ja, hättest du», sagte Becca. Da gab es nichts zu beschönigen, und da Jens ein Mann war, der nicht um den heißen Brei herumredete, musste man das bei ihm auch nicht.

«Du hast Vertrauen verspielt bei der Baumgärtner», fuhr Becca weiter fort. «Aber ich glaube nicht, dass sie so weit geht, dir den Fall wegzunehmen. Warte doch erst mal ab, vielleicht beruhigt sie sich und sieht ein, dass du der Beste für diesen Fall bist.»

«Und wenn ich es nicht bin?» Jens schüttelte den Kopf. «Überleg mal. Ich bin schon jetzt viel stärker persönlich betroffen, als gut für mich ist, und wenn auch noch ...»

«Jens», unterbrach sie ihn und legte ihre Hand in seinen Nacken. «Tu mir einen Gefallen und hör sofort damit auf. Steh auf, geh da raus und hol dir das feige Dreckschwein, das Krystina getötet hat.»

Becca sprach mit fester Stimme, und sie meinte jedes Wort so, wie sie es sagte. Sie zweifelte keine Sekunde daran, dass Jens der richtige Mann dafür war, selbst wenn der

Täter einen persönlichen Rachefeldzug gegen ihn führte. Der Jens, den sie kannte, hatte schon immer jeden Mord persönlich genommen. Ganz einfach, weil es seinem Stolz als Polizist zuwiderlief und weil er ein Mann war, der es nicht leiden konnte, wenn Schwächeren Gewalt angetan wurde.

Sie sahen sich an, und Beccas Gesichtsausdruck ließ ihn erkennen, dass sie es ernst meinte und keinen Zweifel gelten ließ.

«Okay», sagte er schließlich und drückte die Zigarette in den Sand. «Dann mach ich das.»

7

«Erzählen Sie uns etwas über Ihre Tochter!»

Carina Reinicke und Levin Oktay saßen den geschockten Eltern von Krystina Zoller gegenüber. Angespannt hockten sie auf der mit braunem Cord bezogenen Couch, schmutzig von der Gartenarbeit, aus der die Polizei sie gerissen hatte.

Vom Tod ihrer Tochter hatten sie bereits am Sonntag erfahren, die Polizeipsychologin war dabei gewesen und hatte einer Vernehmung für heute zugestimmt. Dafür war Carina ausgewählt worden, weil sie für solche Fälle speziell ausgebildet war. Levin Oktay sollte zuhören und von ihr lernen.

Die Zollers standen unter Schock, gar keine Frage, und sie taten, was viele Menschen in solchen Situationen taten: Sie flüchteten in den Alltag, in Gewohntes.

Sie lebten draußen vor der Stadt in Buchholz, auf einem ehemaligen landwirtschaftlichen Anwesen, das deutlich in die Jahre gekommen war. Haus, Scheune und Anbauten waren in keinem besonders guten Zustand, das riesige Grundstück aber schon: ein perfekt angelegter Garten, in dem nichts dem Zufall überlassen blieb. Dort hatten Carina und Levin die beiden auf den Knien beim Unkrautjäten vorgefunden, und da sie kurze Hosen trugen, waren ihre Knie schmutzig, genauso wie die Hände, Fingernägel und Unterarme. Frau Zoller trug einen formlosen Strohhut, er ein schweißfleckiges Baseballcap.

Völlig in ihre Arbeit vertieft, entrückt und fern der Welt, hatten sie Carina und Levin erst bemerkt, als sie hinter ihnen standen. Bis dahin hatte Carina Zeit genug gehabt, sie zu beobachten, wie sie schweigend und voneinander abgewandt durch den Garten gekrochen waren, als gäbe es nichts Wichtigeres als dieses Unkraut.

Es war schwierig, sie zum Sprechen zu bringen, deshalb versuchte Carina es mit einer allgemeinen Frage zu ihrer Tochter.

«Wie war Krystina denn so?», schob sie nach.

«Sie ist ein sehr aufgewecktes Mädchen, war sie immer schon», begann Frau Zoller und schob eine verschwitzte Haarsträhne unter die Hutkrempe.

«Sie hat Hummeln im Hintern, kann nicht stillsitzen. Hier draußen ist es ihr zu langweilig», fügte Herr Zoller hinzu. «Sie hätte hier wohnen bleiben können, wir haben Platz genug.» Dabei sah er seine Hände an und begann, Erde unter den Fingernägeln hervorzupulen. «Aber nein, sie musste ja unbedingt in die große Stadt, wo das Leben tobt. Ich habe ihr immer gesagt, eines Tages, habe ich gesagt, kommst du sowieso zurück, mein Kind, also bleib doch gleich hier und ...»

Herr Zoller brach kopfschüttelnd ab. In seinem Hals hüpfte der Kehlkopf auf und nieder. Er kämpfte gegen seine Tränen an.

Seine Frau legte ihm eine Hand auf den kräftigen, gebräunten Unterarm.

«Sie musste für das Studium nach Hamburg, das weißt du doch», versuchte sie, ihren Mann zu beschwichtigen.

«Unfug!», beharrte der. «Die Bahn braucht nicht einmal eine Stunde.»

Frau Zoller sah ein, dass es keinen Sinn hatte, und wandte sich Carina zu. «War es schlimm für unser Mädchen?», fragte sie.

Carina schüttelte den Kopf und flüchtete sich in eine Lüge. «Das weiß ich nicht. Die Obduktion wird weitere Einzelheiten ergeben.»

Sie schaffte es nicht, ihnen zu erzählen, dass Krystina vor ihrem Tod vergewaltigt worden war. Auch alles andere mussten ihre Eltern in diesem Augenblick nicht wissen. Wie sollte sie ihnen erklären, dass der Täter mit ihrer gefesselten und geknebelten Tochter in einem mit Verpackungschips gefüllten Kofferraum durchs nächtliche Hamburg gerast war, um sich ein Katz-und-Maus-Spiel mit der Polizei zu liefern? «Hatte Ihre Tochter einen Freund?», fragte Carina stattdessen.

Der Vater schüttelte sofort den Kopf. Die Mutter schien darüber nachdenken zu müssen. «Da waren wohl einige in den letzten zwei Jahren», sagte sie. «Aber nichts Festes. Niemand, den sie uns vorgestellt hätte.»

Der Vater schüttelte immer noch den Kopf, so als könnte er nicht glauben, was seiner Tochter zugestoßen war.

«Immer diese Fotos, es musste ja so kommen», stieß er

schließlich verächtlich aus. «Das Leben der jungen Leute besteht nur noch aus Fotos. Wenn sie mal hier war, hat sie nur Fotos gemacht, um sie ins Internet zu stellen, und nie hat sie ihr Handy aus der Hand gelegt, immer draufgeschaut, wer ihre Fotos mag. Das ist doch Prostitution, oder nicht?»

«Herbert», rief Frau Zoller ihren Mann zur Ordnung.

«Ist doch wahr!», sagte er erbost. «Es musste doch eines Tages so kommen. Sie macht all die Jungs auf sich aufmerksam und denkt, denen würde nichts im Kopf herumgehen dabei. Ich hab ihr Hunderte Mal gesagt, das ist nicht normal, aber sie hat mich immer nur ausgelacht und gemeint, heutzutage sei es eben doch normal und niemand würde sich etwas dabei denken. Aber ich sag Ihnen mal was ...» Herr Zoller zeigte mit ausgestrecktem Finger auf Levin Oktay. «Die warten alle nur auf ihre Chance. Weil Männer eben so sind.»

Damit sprang er auf und lief durch die offen stehende Terrassentür in den Garten hinaus, wo er wie ein eingesperrter hungriger Tiger auf der riesigen Terrasse auf und ab ging.

«Entschuldigen Sie bitte», sagte Frau Zoller. «Mein Mann und Krystina ... ihr Verhältnis war in der letzten Zeit sehr angespannt.»

«Kein Problem, ich kann das verstehen, es ist ja auch eine schockierende Nachricht. Können Sie mir irgendetwas erzählen, was uns bei unseren Ermittlungen helfen könnte? Namen von Freunden, Freundinnen, irgendwas?»

Frau Zoller seufzte. «Haben Sie Kinder?», fragte sie.

«Nein.»

«Dann können Sie nicht wissen, wie es ist, wenn einem das eigene Kind fremd wird und man manchmal nicht mehr weiß, mit wem man da spricht. Ich weiß, es klingt furchtbar, wenn ich als Mutter so etwas sage, aber Krystina lebte in einer Welt, die Herbert und ich nicht verstehen und, ich gebe es zu, auch nicht verstehen wollen. Das Internet, soziale Medien ... wir haben uns nie wirklich damit beschäftigt. Mit mir hat Krystina ja noch häufiger darüber gesprochen als mit meinem Mann, der all das immer kategorisch abgelehnt hat, aber auch mir wurde ihr Verhalten zunehmend fremd. Gerade, was Jungs betrifft. Ich glaube, da waren wirklich einige ... aber Namen? Nein, da können wir Ihnen wirklich nicht helfen.»

«Hatte Krystina eine beste Freundin?»

«Ja, die Imke. Sie lebt auch in Hamburg.»

«Wie heißt sie mit Nachnamen, und wo wohnt sie?»

«Imke Gowitzke. Ich kenne ihre Adresse nicht. Aber Krystina hat immer viel von ihr gesprochen.»

Levin Oktay notierte sich den Namen mit der Notizfunktion seines Handys.

Frau Zoller räusperte sich.

«Sagen Sie mir bitte ehrlich ... glauben Sie, mein Kind hat gelitten?»

Der Blick aus ihren durchscheinenden Augen fraß sich durch bis in Carinas Seele, und sie spürte, sie durfte die Frau nicht wieder belügen.

Carina presste die Lippen zusammen und nickte.

«Wahrscheinlich ja.»

Sofort schossen Frau Zoller Tränen in die Augen. Doch sie hatte sich unter Kontrolle, blieb still sitzen, schluchzte nicht. Die Tränen flossen einfach so ihre Wangen hinab und hinterließen helle Streifen auf der schmutzigen Haut.

«Mir fällt gerade etwas ein», sagte sie mit belegter Stimme. «Ich weiß nur nicht ...»

«Bitte, sprechen Sie, alles kann hilfreich sein, jede Kleinigkeit.»

«Krystina ... sie hat ein paarmal von ihrem Chef gesprochen. Es klang so, als wäre er aufdringlich geworden.»

«Welcher Chef? Soweit wir wissen, hat sie nebenbei in einer Kneipe gearbeitet.»

Frau Zoller schüttelte den Kopf.

«Nein, der nicht! Krystina hat hier im Ort eine Ausbildung zur Arzthelferin gemacht, bevor sie für das Studium nach Hamburg gegangen ist. Ihr Chef, Dr. Hambacher, den meine ich. Krystina erzählte, er habe sie in Hamburg angerufen und ein Treffen vorgeschlagen. Sie fand ihn schon immer etwas zudringlich.»

8

Bevor er sich um irgendetwas anderes kümmerte, fuhr Jens nach Barmbek in die Werkstatt von Wulf Grote. Neben normalen Reparaturen hatte er sich auf die Restaurierung von Oldtimern spezialisiert und damit eine recht einträgliche Nische besetzt. In Zeiten niedriger Zinsen legten viele reiche Männer ihr Geld in alten Autos an. Die verloren wenigstens ihren Wert nicht und machten auch noch Spaß.

Wenn sie denn liefen.

Grotes Werkstatt befand sich in einer ehemaligen Tankstelle und sah aus wie einem Hollywood-Film der achtziger Jahre. Jens mochte das, so wie er alles Alte mochte. Auf der rechten Seite, nur durch eine schmale Zufahrt getrennt, schloss sich der städtische Friedhof an, und wenn Grote in seiner Werkstatt unter der Hebebühne stand, konnte er auf die Gräber schauen.

Jens parkte den zivilen Dienstwagen am Straßenrand und ging in die Werkstatt. Die drei Rolltore des langgestreckten Werkstattgebäudes standen offen. Jens entdeckte seine Red Lady in der Mitte. Sie schien ihn mit ihrer geöffneten Motorhaube vorwurfsvoll anzustarren.

Jens beugte sich über den Motor und zog eines der Verteilerkabel zu sich heran. Hier, im hellen Licht der Deckenleuchten, entdeckte er den klaffenden Spalt darin sofort. Das war auf keinen Fall ein Marderbiss, sondern ein glatter Schnitt.

«Hältst es nicht aus ohne deine Lady, was?»

Grote hatte Jens entdeckt und kam auf ihn zu. Er trug den üblichen Blaumann und die Baseballkappe. Sein Gesicht war unbewegt wie immer. Grote war ein Stoiker. Er lachte nicht, schrie nicht, schimpfte nicht, ertrug das Schicksal seiner schwerkranken Frau, die Jens einige Male im Rollstuhl hatte in der Werkstatt stehen sehen, genauso wie meckernde Kunden oder mechanische Probleme: Er kümmerte sich darum.

«Jemand hat das Kabel durchgeschnitten», sagte Jens.

Grote nahm seine Baseballkappe ab und kratzte sich am Kopf. «Sieht ganz danach aus, und zwar zwei Kabel. Aber entweder hatte der Typ es eilig, der das gemacht hat, oder aber er wollte, dass du noch eine Weile mit der Karre fahren kannst, bevor sie den Geist aufgibt. Erst als der Motor warm wurde und die Kabelummantelung weich, ist die Zündfolge unterbrochen.»

«Versteh ich nicht.»

«Na ja, wenn ich mit dieser Methode einen Wagen stilllegen wollte, dann würde ich die Kabel einfach durchkneifen. Zack, und der fährt keinen Meter mehr. Dieses Anritzen jedoch … keine Ahnung, was das soll.»

«Vielleicht jemand, der keine Ahnung von Autos hat und dachte, es würde reichen, damit ich nicht mehr fahren kann», mutmaßte Jens.

«Schon möglich.»

«Aber wie ist er drangekommen?», fragte Jens. «Der Entriegelungshebel für die Motorhaube ist innen, und ganz bestimmt hat niemand die Lady aufgebrochen.»

«Muss auch nicht. Das ist der Nachteil bei so hohen Autos. Wenn du drunterkrabbelst, kannst du den Arm zwischen dem Getriebe und dem Kühler hindurch in den Motorraum stecken und erreichst problemlos den Verteiler. Du siehst dann zwar nichts, aber ertasten reicht ja.»

«Vielleicht hat er es deswegen so unzureichend gemacht, weil er nicht richtig drankam. Aber er muss immerhin gewusst haben, dass man ein Auto lahmlegen kann, wenn man die Verteilerkabel durchschneidet.»

«Halbwissen. Kann er in irgendeinem Film gesehen haben.»

Jens starrte einen Moment nachdenklich in den Motorraum. Natürlich konnte sich jemand an der Lady zu schaffen gemacht haben, als sie in der Nähe seiner Wohnung unter dem Vordach bei der Plattenrille geparkt war, aber dann musste die Person diesen Platz kennen.

Andererseits: Der Anruf und das Foto bewiesen, dass der Täter am oder sogar im Hotel gewesen war. War das der Grund gewesen, mit seinem Opfer im Kofferraum dorthin zu fahren? Um Jens daran zu hindern, mit der Red Lady zu fahren? Aber warum?

Oder wollte er ihm einfach nur zeigen, dass er tun und lassen konnte, was er wollte, und dass er die Spielregeln bestimmte?

«Wie lange brauchst du für die Reparatur?», fragte Jens.

«Kommt drauf an, ob du Originalteile haben willst oder …»

«Kein oder», unterbrach Jens ihn. «Weißt du doch.»

«Und du weißt, dass ich dir dann keine genaue Auskunft geben kann. Ein paar Tage, eine Woche, zwei Wochen. Keine Ahnung. Muss mich erst mal nach einem Verteiler umsehen.»

«Okay, mach das. Und vielen Dank, dass du mich angerufen hast.»

«Kein Ding.»

Jens war schon fast an der Straße, da rief Grote ihm hinterher: «Polier ihm von mir gleich mit die Fresse, wenn du ihn gefunden hast.»

Jens zeigte einen erhobenen Daumen und wollte die Straße überqueren, als er eine Frau entdeckte, die ihm zuwinkte.

Es war Nadine, seine Ex. Sie stand vor dem Eingang des Friedhofes. Obwohl Jens weder Zeit für ein Gespräch noch Lust darauf hatte, blieb ihm nichts anderes übrig, als zu ihr hinüberzugehen.

«Hallo, Jens», sagte Nadine steif.

«Hallo, Nadine. Ist das ein Zufall, oder passt du mich ab?»

Sie deutete hinter sich. «Friedhofsbesuch, eine gute Freundin liegt hier begraben. Aber wir brauchen wohl solche Zufälle. Du kommst ja nicht einmal vorbei, wenn ich in einem deiner Fälle vorkomme. Schickst lieber deinen Kumpel Hagenah.»

Jens zuckte mit den Schultern. «Ich hatte keine Zeit.»

«Nein, natürlich nicht. Für Zwischenmenschliches hat Jens Kerner keine Zeit.»

«Zwei Sätze, Nadine», sagte Jens und hielt Zeige- und Mittelfinger hoch. «Nur zwei Sätze und nichts als Vorwürfe. Alles wie früher, oder?»

Ihre Augen verengten sich zu schmalen Schlitzen.

«Fick dich, Kerner», sagte sie, wandte sich abrupt ab und stolzierte davon.

Jens sah ihr verständnislos nach. «Du hast das ja wirklich super drauf mit den Frauen», sagte er leise zu sich selbst.

Die kurze Begegnung mit seiner Ex riss ihn aus dem Konzept und brachte ihn stärker durcheinander, als er es für möglich gehalten hätte, und als er über die Straße zu seinem Dienstwagen lief, fragte er sich, ob das gerade wirklich Zufall gewesen war.

So viele persönliche Zufälle in einem Fall?

Nadine, ihr Lebensgefährte Stephan Meyer, Klaus Breininger, dos Santos, Karsten, die offenbar absichtlich manipulierte Red Lady …

Wer auch immer dahintersteckte, er wusste einfach alles. Und er wollte sich an Jens rächen.

Aber woher dieser Hass?

Wem hatte er dazu Anlass gegeben?

Im Zusammenhang mit dem Namen Klaus Breininger fiel Jens dazu nur eine Person ein, und bevor die Baumgärtner ihn kaltstellte, musste er unbedingt mit diesem Mann reden. Aber nicht allein. Das war sowohl für den Mann als auch für Jens zu gefährlich.

Also rief er Rolf Hagenah an.

«Ich brauche dich, mein alter Freund.»

9

Rabea Leihmann sprang aus dem MyDriver-Bus auf den Bürgersteig und winkte dem Fahrer zu, nachdem sich die Tür automatisch geschlossen hatte.

Heute war der Bus voll besetzt gewesen, immer mehr Berufspendler lernten diesen Service zu schätzen. Aber selbst wenn alle sechs Plätze belegt waren, war es in diesem Kleinbus hundertmal gemütlicher und vor allem zivilisierter als in der U-Bahn, S-Bahn oder einem normalen öffentlichen Linienbus.

Sie lebte wegen der günstigeren Mieten draußen am Stadtrand im Hermann-Löns-Weg bei Schnelsen, das war zwar knapp über der Landesgrenze, also schon in Schleswig-Holstein, aber gefühlt irgendwie doch Hamburg. Nur die Fahrt hinein war jeden Morgen eine Katastrophe, und es wurde immer schlimmer, deshalb war sie sehr dankbar für diesen neuen Fahrdienst, den man per App buchte. Jetzt benutzte sie das eigene Auto, ihren geliebten kaffeebraunen Mini-Cooper, nur noch für die kurze Fahrt zum P&R-Platz an der Pinneberger Straße in Schnelsen. Nur wenige Schritte entfernt hatte MyDriver eine Haltestelle. Klar, es gab dort auch eine S-Bahn-Haltestelle und die öffentlichen Busse, aber das tat Rabea sich nicht mehr an.

Immer wieder diese Betrunkenen und Randalierer im Bus oder der Bahn. Dutzendfach war Rabea in den vergangenen Jahren, seit sie in der Verwaltung der UCI-Kinowelt in der Hamburger Straße arbeitete, angepöbelt worden und hatte gerade abends, wenn es dunkel wurde, schon oft um ihr Leben gefürchtet. Nein, das wollte sie nicht mehr.

Lieber gab sie hundert Euro im Monat mehr für den bequemen Service von MyDriver aus. Warum brezelte sie sich schließlich jeden Morgen auf, gab Tausende Euros für modische Kleidung aus und leistete sich den Mini, wenn sie dann doch in die S-Bahn zu all den gewöhnlichen Menschen steigen musste? Das passte nicht, das war sie nicht.

MyDriver fühlte sich viel vornehmer an.

Und an Tagen wie heute, wenn es am Abend voraussichtlich spät werden würde, weil diese kleine Feier ihrer Chefin anstand, musste sie sich immerhin keine Sorgen mehr um ihr Leben machen.

Gut gelaunt schritt Rabea Leihmann auf ihren hohen Absätzen den Bürgersteig entlang. Sie beobachtete dabei ihr Spiegelbild in einer Schaufensterscheibe und fand, dass ihr der neue blaue Bleistiftrock sehr gut stand. Dazu ihre weite weiße Lieblingsbluse, durch die hindurch man ein wenig den BH schimmern sah – perfekt!

Vor dem UCI-Kino machte sie noch schnell ein Selfie von sich vor dem Haupteingang. Sie sah aus wie ein Filmstar auf dem Weg zur Premiere seines Films, fand sie.

Gerade hatte sie im Mini ein Foto von sich gepostet, daher sparte sie sich dies hier für später auf. Stattdessen las sie die Kommentare auf ihr letztes Foto.

Die meisten waren anzüglich, aber das kannte sie schon, und irgendwie schmeichelte es ihr auch.

Mr. Grey hatte auch wieder geschrieben.

«Pass gut auf! Der Straßenverkehr kann gefährlich sein. Und es wäre ein so großer Verlust ...»

Rabea lächelte in sich hinein.

Dieser Typ konnte sich ausdrücken und war in den zwei

Wochen, die er ihr jetzt bei Insta folgte, nicht ein einziges Mal ausfallend geworden.

Wäre ja mal interessant, ihn besser kennenzulernen.

Vielleicht sollte sie den Kontakt vertiefen.

10

Becca legte den Telefonhörer beiseite und fühlte sich wie betäubt.

Gerade hatte Jens sie gebeten, herauszufinden, wer in den drei Stunden, die Jens auf seiner Party verbracht hatte, Zugriff auf den Autoschlüssel gehabt hatte. Er glaubte, die Red Lady sei auf dem Parkplatz vor dem Hotel manipuliert worden.

Das darf doch nicht wahr sein, dachte Becca.

Nicht nur, dass sie mit dieser Party voll ins Fettnäpfchen getreten war, jetzt sah es auch noch so aus, als hätte der Täter sie für seine Zwecke missbraucht.

Wie makaber konnte das Schicksal eigentlich sein?

Becca schnappte sich das Diensttelefon und rief im Hotel an.

Die Empfangsmitarbeiterin war ihr nicht bekannt, und Becca wollte ihr die Situation nicht erklären, deshalb verlangte sie den Chef des Hotels zu sprechen, den sie in den geheimen Plan zu Jens' Geburtstagsparty eingeweiht hatte. An dem Abend war er selbst jedoch nicht im Dienst gewesen.

Der Hotelchef Bastian Wächter war zwei Minuten später am Telefon. «Es hat nicht so gut geklappt mit der Party, oder?», fragte er.

«Nein, leider nicht, es kam ein akuter Fall dazwischen», log Becca und fragte sich, ob Wächter von dem Vorfall in der Hotellobby zwischen Jens' Bruder, Jens und ihr erfahren hatte. Letztlich war es aber auch egal.

«Außerdem ist Kommissar Kerners Wagen beschädigt worden, wahrscheinlich auf dem Hotelparkplatz», begann Becca. «Wir fragen uns, ob es möglich ist, dass sich jemand des Schlüssels bemächtigt hat. Herr Kerners Wagen wurde von dem Empfangsmitarbeiter eingeparkt und der Schlüssel dann am Empfang aufbewahrt.»

«Dort haben nur unsere Mitarbeiter Zugang!», sagte Wächter.

«Ist es ausgeschlossen, dass andere an den Schlüssel gekommen sein können?»

«Der Empfang ist doch den ganzen Abend hindurch besetzt gewesen!»

«Jede Minute?»

«Nun ... das weiß ich natürlich nicht.»

«Dann finden Sie es bitte für mich heraus, Herr Wächter. Denn falls Sie recht haben, muss einer Ihrer Mitarbeiter dafür verantwortlich sein.»

«Diese Unterstellung verbitte ich mir!» Wächter wurde jetzt lauter.

«Das ist keine Unterstellung, sondern eine Feststellung. Und nur, damit Sie die Lage richtig einschätzen können: Es sieht so aus, als wäre der Wagen beschädigt worden, um eine andere Straftat zu verdunkeln. Wir reden hier also nicht über Kleinigkeiten.»

«Trotzdem muss ich mich dagegen verwahren! In unserem Haus kommt so etwas nicht vor! Ich werde mich umgehend darum kümmern.»

«Tun Sie das bitte und melden Sie sich dann bei mir.»

Becca legte auf.

Bastian Wächter war bei der Planung der Party immer freundlich und hilfsbereit gewesen, aber jetzt schien er ernsthaft beleidigt zu sein.

Becca hatte schon jetzt keine Lust mehr zu telefonieren, doch der wahre Telefon-Marathon stand ihr noch bevor. Sie holte die Liste hervor, die aus der Zeit der Vorbereitung noch bei ihr in der Schreibtischschublade steckte.

Dreiundsechzig Personen hatten für die Party zugesagt, die musste sie alle anrufen, ihnen erklären, worum es ging, und sie bitten, für ein Gespräch herzukommen. Da diese Männer und Frauen nicht dumm waren, würden sie sofort kapieren, dass sie verdächtigt wurden, und Becca konnte deren Reaktionen schon im Vorfeld erahnen.

Nun gut, vielleicht fiel ihr ja schon bei den Telefonaten jemand auf, der sich sonderbar verhielt.

Sie seufzte schwer und wollte sich an die Arbeit machen, als ihr Telefon erneut klingelte. Der Empfang war dran und fragte, ob sie einen Frederic Förster zu ihr durchlassen könnten.

Zwei Minuten später stand Freddy bei ihr im Büro. Sie konnte ihm auf den ersten Blick ansehen, dass etwas vorgefallen sein musste. Freddy war aufgeregt, zappelig, fuchtelte mit den Händen herum und wollte wissen, wo Jens sei. «Ich muss ihn unbedingt sprechen!»

«Dann ruf ihn doch an, er ist unterwegs.»

«Nein, nein, auf keinen Fall am Telefon, das geht nicht.»

«Was ist denn nur los?»

Freddy ließ sich in den Stuhl vor Beccas Schreibtisch fallen und atmete erschöpft aus.

«Jens' Bruder ...»

«Karsten?»

«Ja, Karsten. Ich fürchte, er hat mit dem Fall zu tun.»

«Was!? Wie kommst du darauf?»

Freddy berichtete ihr, dass er ein wenig recherchiert und herausgefunden habe, dass Karsten zurzeit eine Kunstausstellung in der Stadt hatte. Er beschrieb Becca die Bilder.

«Und ihre Gesichter malt er mit Leuchtfarbe», schloss Freddy seinen Bericht ab.

«Das darf doch nicht wahr sein!», stieß Becca aus.

«Ist es aber.»

Becca ließ sich gegen Ivars Rückenlehne sacken, schloss die Augen und schüttelte den Kopf. Ihr Verstand weigerte sich, die Ausmaße dessen zu begreifen, was sie da gerade gehört hatte.

Sie durften natürlich keine voreiligen Schlüsse ziehen, aber wie wahrscheinlich war es, dass der Entführer zufällig auch fluoreszierende Farbe benutzte?

Andererseits hatte Jens am Telefon erklärt, der Täter habe während der Feier ein Selfie mit ihm gemacht. Karsten Kerner war jedoch gar nicht im Saal gewesen, und selbst wenn, hätte Jens dieses Selfie sicher nicht vergessen.

«Hm, stimmt, das passt nicht», sagte Freddy, nachdem Becca ihm davon berichtet hatte. «Aber dennoch, das mit der Leuchtfarbe kann kein Zufall sein. Wenn Jens' Bruder nicht selbst dahintersteckt, will jemand den Verdacht auf ihn lenken.»

«Weißt du, was das bedeutet?», sagte Becca mit schwacher Stimme.

Freddy nickte. «Wir sind schuld.»

Becca schüttelte den Kopf. «Ich bin schuld. Ich habe

mit dieser bescheuerten Idee, Jens eine Überraschungsparty auszurichten, vielleicht ein schlafendes Monstrum geweckt.»

«Nicht du. Ich habe Karsten ausfindig gemacht und ihn angerufen. Wenn einer das Monstrum geweckt hat, dann ich.»

Einen Moment lang sahen sie sich schweigend an.

«Was machen wir jetzt?», fragte Freddy.

Becca erzählte Freddy, dass die Partygäste befragt werden sollten. «Okay, ich verstehe, was Jens vorhat», sagte Freddy. «Er kann sich nicht selbst erinnern, wer alles mit ihm ein Selfie gemacht hat, und will sozusagen die Schwarmerinnerung nutzen. Oder aber den Kreis der in Frage kommenden Personen eingrenzen. Denn wer der Einladung zur Befragung nicht folgt, macht sich verdächtig. Und wer ihr folgt und als Selfie-Macher identifiziert wird, ist auch verdächtig. Was aber, wenn der Täter gar nicht eingeladen war?»

«Dann kann sich vielleicht trotzdem jemand an sein Gesicht erinnern.»

«Was ist mit dir? Du vergisst doch niemals ein Gesicht?»

Becca nickte. «Aber ich habe die Leute nicht gesehen, die sich mit Jens fotografiert haben. Ich war selbst in Gespräche verwickelt.»

«Was ist mit Karsten? Laden wir den auch ein?», fragte Freddy.

Becca schüttelte heftig den Kopf. Jens' Erzählung aus seiner Kindheit war ihr noch sehr präsent. «Nein, noch einmal dürfen wir Jens nicht damit überraschen. Außerdem steht er sowieso kurz davor, den Fall zu verlieren, weil es allem Anschein nach ein persönlicher Rachefeldzug gegen ihn ist.

Wenn auch noch herauskommt, dass sein Bruder tatverdächtig ist, ist Jens raus.»

Sie sahen sich an. «Das muss also alles erst mal unter uns bleiben, okay?», bat Becca.

«Sicher! Aber Jens muss doch davon wissen.»

«Am besten erzählst du ihm, was du herausgefunden hast, und dann soll er entscheiden, was er mit dieser Information anfangen will.»

11

Imke Gowitzke war die beste Freundin von Krystina Zoller, zumindest hatte Krystinas Mutter das ausgesagt. Gerade weil die Eltern wenig über das Leben ihrer Tochter wussten und Krystina keinen festen Freund hatte, konnte so eine beste Freundin wertvolle Informationen liefern.

Wieder war Carina Reinicke mit ihrem jungen Kollegen Levin Oktay unterwegs. Obwohl sie sich ausführlich über ihren Fehler von Samstagnacht unterhalten hatten und Carina ihm gegenüber die volle Verantwortung übernommen hatte, stand die Sache immer noch zwischen ihnen wie ein monströser Felsblock. Levin konnte nun wirklich nichts dafür, und es war für ihn als neuen Kollegen auf dem Revier wahrscheinlich sogar noch schlimmer als für sie, mit so einem Fauxpas zu starten. Carina spürte, wie sehr er sich darüber ärgerte und vielleicht sogar sauer auf sie war, auch wenn seine Höflichkeit ihm verbot, es sich anmerken zu lassen oder gar auszusprechen.

Carina wollte auch nicht weiter darauf herumreiten. Sie

hatte keine Lust, sich den ganzen Tag lang selbst zu geißeln, das brachte schließlich nichts. Besser, sie konzentrierten sich darauf, den Fall zu lösen. Ihre Motivation dafür war so groß wie nie, und bei Levin Oktay war es sicher nicht anders. Zudem beschäftigte sie immer noch der Schwangerschaftstest, den zu machen sie sich vorgenommen hatte. Ihre Tage waren längst überfällig. Sie nahm die Pille, eigentlich konnte nichts passiert sein, aber ... sie fühlte sich so anders als sonst. So ein Mist! Dafür hatte sie gerade gar keine Zeit.

Carina hatte sich zuvor telefonisch angekündigt, und Imke Gowitzke öffnete sofort nach dem ersten Klingeln. Sie war mittelgroß, wirkte sehr sportlich, trug ihr rotes Haar kurz geschnitten, und ihr Gesicht sah aus, als wäre sie höchstens sechzehn Jahre alt.

Tatsächlich war sie 21, studierte Sportwissenschaften und arbeitete nebenbei in einem Hamburger Fitness-Studio.

Carina stellte sich und ihren Kollegen vor und folgte der jungen Frau in ihre Zweizimmerwohnung. Die war zwar sehr klein, aber penibel aufgeräumt, und der Balkon ging zur Sonnenseite hinaus. Die Tür stand offen, die Sonne schien herein, und Carina hörte die Vögel laut zwitschern. Hier herrschte eine heitere Atmosphäre, die so gar nicht zu dem Grund ihres Besuches passen wollte.

Sie setzten sich auf die Schlafcouch.

Die junge Frau hatte viel geweint, das konnte Carina sehen. Ihre Augen waren geschwollen und rot.

«Geht es einigermaßen?», fragte Carina.

Imke schloss die Augen und atmete tief durch.

«Krissi war der herzlichste, einfühlsamste Mensch, den

ich kannte ... wer tut denn so etwas.» Ihre Worte schwammen in Tränen.

«Das werden wir herausfinden, deshalb bin ich hier. Wir stehen ganz am Anfang der Ermittlung und benötigen jede Information, die wir bekommen können. Sie als Krystinas beste Freundin können mir sicher einige wichtige Fragen beantworten. Ich weiß, es ist gerade schwer, aber es ist wichtig, es jetzt zu tun. Meinen Sie, Sie schaffen das? Für Krystina?»

Imke presste die Lippen zusammen, schluckte ihre Tränen hinunter und nickte. «Fragen Sie nur.»

«Okay, aber wenn Sie eine Pause brauchen, dann sagen Sie es bitte, ja? Wir haben alle Zeit der Welt.»

Was nicht stimmte, aber es half ja nichts, diese wichtige Zeugin den Druck auch noch spüren zu lassen, der Carina und Levin und dem gesamten Team im Nacken saß.

«Wie lange kannten Sie und Krystina sich?»

«Noch nicht so lange, vielleicht ein Jahr ... sie trainierte in dem Fitness-Studio, in dem ich nebenbei arbeite. Ich hab sie eingewiesen. Wir verstanden uns sofort super. Seitdem haben wir viel Zeit miteinander verbracht.»

«Würden Sie sagen, dass Sie mit Krystina über alles reden konnten, was Sie bewegte?»

Imke nickte. «Ja, auf jeden Fall. Krissi ist zwar viel gesprächiger als ich, aber sie kann auch gut zuhören.»

«Hatte sie einen Freund in diesen zwei Jahren?»

«Als ich Krissi kennenlernte, hatte sie sich gerade von ihrem Jugendfreund getrennt, der lebt in dem Dorf, aus dem sie stammt. Sie sagte damals, sie wolle das Leben erst mal genießen und sich nicht gleich wieder von einem Typen abhängig machen. Sie ist mit Jungs ausgegangen und hatte auch mit dem einen oder anderen Sex, aber einen festen Freund, in den sie wirklich verliebt war ... nein, da war niemand.»

«Könnte denn ein Junge in Krystina verliebt gewesen sein, und sie hat es nicht bemerkt oder ihn abblitzen lassen?»

«Da war mal einer, Julian, der wollte mehr und hat lange Zeit nicht lockergelassen. Irgendwann hat er dann aber kapiert, dass Krystina keine Partnerschaft will.»

«Ist dieser Julian zudringlich geworden? Aggressiv?»

«Nee, nur nervig. Hat dauernd angerufen, tauchte im Gym auf, und als er so richtig beleidigt war, hat er sie in den sozialen Netzwerken gemobbt. Das ließ aber schnell nach, als Krystina nicht darauf reagierte.»

«Kennen Sie den Nachnamen?»

«Ahrens ... oder Arendt oder so, das weiß ich nicht mehr genau.»

«Okay. Wenn ich diesen Julian ausfindig mache, würden Sie ihn dann wiedererkennen?»

«Ich kann Ihnen seinen Insta-Account zeigen, dann wissen Sie, wie er aussieht.»

«Gern.»

Carina ärgerte sich darüber, nicht selbst daran gedacht zu haben. Sie hatte selbst auch Konten bei Instagram und Facebook und bespielte beide auch, allerdings nur in unregelmäßigen Abständen. Eine wirklich wichtige Rolle spielten die sozialen Medien in ihrem Leben nicht. Das schien bei Krystina und Imke ganz anders zu sein. Die junge Frau hatte rasch ihr Handy geholt und wischte auf dem Display herum.

«Haben Sie Krissis Account sperren lassen?», fragte sie dabei.

«Ja, haben wir.»

«Okay, ich hab mich nur gewundert, deswegen frage ich … hier, das ist Julian.»

Da Julian Ahrens oder Arendt gerne posierte, gab es mehr als genug Fotos von ihm. Vor seinem Sportwagen, daneben, darin, mit Freunden, im Gym.

Carina rief den betreffenden Account auf ihrem eigenen Handy auf und machte einen Screenshot.

«Wissen Sie etwas über einen just_niclas?», fragte sie dann.

Imke runzelte die Stirn. «Der hat in den letzten Wochen häufig auf Krissis Posts reagiert, und sie hat sich immer darüber gefreut, fand ihn interessant. Und jetzt, wo Sie nach ihm fragen … die beiden wollten sich am Samstagabend treffen.»

«Samstagabend, ganz sicher?», fragte Carina. An dem Abend war Krystina gestorben.

Imke nickte, und ihre Augen füllten sich erneut mit Tränen. Noch schaffte sie es, sie zu beherrschen.

«Er wollte zu ihr in den *Flying Dutchman* kommen. Da wollte sie ihn erst mal abchecken und dann entscheiden, ob sie zusammen in einen Club gehen oder nicht. Man weiß ja nicht, ob einer so ist, wie er im Netz vorgibt zu sein. Verstehen Sie das bitte nicht falsch! Krystina war nicht leichtsinnig oder ist mit jedem losgezogen.»

«Hatten Sie ebenfalls Kontakt zu diesem Niclas?»

«Nein. Haben Sie ihn schon überprüft? Hat er etwas damit zu tun?»

«Wir sind dabei.»

Carina fragte nach Krystinas altem Chef, Dr. Hambacher.

«Ja, ich erinnere mich. Es ist zwar schon mehr als ein

halbes Jahr her oder so, aber den fand ich richtig gruselig. Der ist mal bei Krissi aufgetaucht, als ich grad bei ihr übernachtet hab.»

«Was ist vorgefallen?»

«Eigentlich nichts. Er hatte Blumen dabei und war sehr charmant, wollte sich aber nicht abweisen lassen und hat es bis in die Wohnung geschafft, obwohl Krissi das nicht wollte. Ist dann bestimmt eine Stunde geblieben und hat uns vollgequatscht. Und immer wieder hat er Krissi bekniet, doch zurückzukommen in seine Praxis.»

«Er wollte sie als Mitarbeiterin zurück?»

«Nee, der wollte mehr, das war schon sehr deutlich. Und als Krissi ihm ebenso deutlich zu verstehen gegeben hat, dass sie nicht will, war er richtig geknickt.»

Carina notierte sich die Aussage. Sie unterhielt sich noch ein paar Minuten mit Imke Gowitzke, doch weitere Informationen kamen dabei nicht heraus. Auf dem Weg zum Wagen sprach Carina Levin Oktay darauf an.

«Wir sollten diesem Dr. Hambacher auf den Zahn fühlen, was meinst du?»

«Auf jeden Fall.»

Er klang lustlos und sah aus wie ein Häufchen Elend.

«Liegt dir die Sache immer noch im Magen?», fragte Carina.

Levin zuckte mit den Schultern. «Wir haben uns von dem Täter verarschen lassen.»

«Ja, haben wir. Und jetzt komm bitte darüber hinweg. Wir müssen hundert Prozent geben, wenn wir ihn erwischen wollen. Ich, du, alle.»

Levin schüttelte den Kopf. «Die Kollegen lachen sich doch kaputt über uns.»

«Na und? Scheiß drauf! Wir kriegen den Kerl, nur das zählt, und dann lacht keiner mehr. Kann ich mich auf dich verlassen oder nicht?» Am Wagen blieb Carina stehen und sah ihren jungen Kollegen an.

Er nickte. «Kannst du.»

«Dann gib mir fünf!»

Sie hob die Hand, um Levin abzuklatschen, wie sie es immer mit ihren Mädels beim Fußball tat, wenn ein Tor gefallen war.

Levin schlug ein.

Ein bisschen kraftlos vielleicht, aber immerhin.

12

Klaus Breininger war achtzehn gewesen, als er mit einem Messer auf Jens losgegangen war, vollgepumpt mit Amphetaminen und wild entschlossen, sich nicht festnehmen zu lassen. Genau wie seine beiden Kumpel Wladimir Schreck und Pascal Werner, 21 und 17 Jahre alt. Auf Wladimir und Klaus hatte Jens gezielt schießen müssen, um sich und seine Kollegen zu verteidigen. Pascal war tragischerweise durch einen Querschläger getötet worden. Bis zu dem Zeitpunkt hatte Pascal die ganze Aktion sogar mit seinem Handy gefilmt und so dazu beigetragen, dass der Hergang lückenlos aufgeklärt werden konnte. Im Grunde hatte Pascal Jens den Arsch gerettet und war deshalb gestorben.

Jens stoppte seinen Wagen vor dem Reihenhaus, in dem die Breiningers lebten.

«Und du willst da wirklich rein?», fragte Hagenah und sah ihn an. «Ich kann das auch allein erledigen.»

Jens schüttelte den Kopf.

«Na dann ...» Hagenah stieß die Autotür auf und war vor Jens draußen. Jens atmete tief durch und folgte ihm. Er spürte Unsicherheit und ein schlechtes Gewissen und hatte keine Ahnung, wie er sich davon befreien sollte.

Hagenah drückte die Klingel. Jens hielt sich dicht hinter ihm.

Geöffnet wurde von einer mittelgroßen, korpulenten Frau mit lichtem, lockigem Haar. Sie trug eine schlecht sitzende graue Jogginghose und ein weißes, fleckiges T-Shirt. Ihre nackten Füße steckten in Sandalen. In den Armen hielt sie eine grau getigerte Katze, die sich dort ganz wohl zu fühlen schien.

«Wir würden gern mit Ihnen sprechen, Frau Breininger», eröffnete Hagenah das Gespräch, doch ihr Blick galt nur Jens. Natürlich erkannte sie ihn. Er hatte ihr Kind getötet.

Helga Breininger schwieg. Sie streichelte ihre Katze, sah Jens mit leerem Blick an, dehnte den Moment aus, bis er unerträglich wurde und Jens sich gezwungen fühlte, etwas zu sagen.

«Wenn es Ihnen recht ist.»

Seine Worte schienen Leben in die Frau zu bringen. «Dann komm' Se rein. Is aber nicht aufgeräumt.»

«Wäre ja noch schöner, wenn uns das stören würde, schließlich kommen wir unangemeldet», bemerkte Hagenah freundlich und ging voran.

Durch einen dunklen Flur, in dem es nach Katzenklo und zu lange getragenen Billigschuhen roch, führte Frau Breininger sie ins Wohnzimmer. Es war groß, wirkte wegen der vielen sperrigen Möbel aber bedrückend eng, außerdem waren alle Flächen vollgestellt. Jens sah jede Menge Zeitschriften, Bücher, Strickzeug, Krimskrams, hauptsächlich aber Kartons mit Katzenfutter. An seinen Beinen strich eine weitere Katze vorbei, andere versteckten sich oder lugten schreckhaft irgendwo hervor.

«Ist Ihr Mann zu Hause?», fragte Jens.

«Mein Mann!» Sie lachte keckernd. «Schon lange nicht mehr ... Gott sei Dank! Ich bin froh, dass ich das miese Arschloch los bin. Eigentlich müsste ich mich dafür bei Ihnen bedanken. Wenn Klaus nicht gestorben wäre, hätte Ede mich wahrscheinlich den Rest meines Lebens verdroschen.»

«Wissen Sie denn, wo Ede ist?», hakte Hagenah nach.

Die Frau schüttelte den Kopf und ließ sich mit der Katze auf dem Arm in die Couch plumpsen, die sie wie eine alte Bekannte herzlich aufnahm. Sie versank fast darin.

«Nee, weiß ich nicht und interessiert mich auch nicht. Wir sind zwar noch verheiratet, weil wir uns eine Scheidung einfach nicht leisten können, aber Ede ist vor einem Jahr ausgezogen und seitdem nicht mehr hier gewesen. Er zahlt auch nichts, keine Miete, keinen Unterhalt, nichts. Ich musste wieder anfangen zu arbeiten, und soll ich Ihnen noch was sagen ...?» Helga Breininger sah sie aus großen Augen an. «Auch dafür müsste ich mich eigentlich bei Ihnen bedanken.»

«Ich glaube nicht, dass Sie das sollten, Frau Breininger», sagte Jens. Er hätte sich gern zu ihr gesetzt, aber auf der Couch war kein Platz mehr. «Sie haben noch zwei Söhne. Darf ich fragen, wo sie sich aufhalten?»

Die Katze hatte keine Lust mehr auf Streicheleinheiten und sprang davon. Helga Breininger stand ebenfalls auf. «Ich bin unhöflich. Will einer Kaffee?», fragte sie und verschwand Richtung Küche.

«Nein danke, wir haben nicht viel ...»

«Ich mach trotzdem welchen.»

Hagenah und Jens blieb nichts anderes übrig, als der Frau zu folgen. Vom Türrahmen aus sahen sie ihr dabei zu, wie sie Kaffee in einer alten Filtermaschine zubereitete.

«Heiner und Hartmut sind in alle Winde verstreut. Heiner ist bei der Marine und die meiste Zeit auf See. Hartmut macht was mit Computern, in Köln, der kommt seine alte Mutter nicht mehr besuchen. Ich hab jetzt meine Katzen. Und meine alten Leute, um die ich mich kümmere. Die sind wenigstens dankbar dafür.»

«Sie arbeiten in der Altenbetreuung?», fragte Hagenah.

«Im Marienstift. Als Ungelernte zwar, aber die sind da über jede Hilfe froh, und ich komme raus und verdiene mein eigenes Geld.»

Nachdem sie die Kaffeemaschine eingeschaltet hatte, wandte Helga Breininger sich ihnen zu. «Warum eigentlich all die Fragen? Haben Heiner und Hartmut was ausgefressen?»

«Nein, jedenfalls nicht, dass wir wüssten.»

«Hätte mich auch gewundert. Die beiden waren immer schon vernünftig. Ganz anders als Klaus. Der kam ganz nach seinem Vater. Immer auf Ärger aus, und dann das Gesaufe und die Drogen. Wissen Sie, damals ... nachdem Sie Klaus erschossen hatten, was ich da der Zeitung gesagt habe ... das war wegen dem ersten Schock und weil dieser Reporter mich so aufgestachelt hat, dabei ... es musste irgendwann so kommen … wenn Sie es nicht getan hätten, hätte es jemand anders getan.»

Der Blick aus ihren Augen war so entwaffnend ehrlich und offen, dass Jens für einen Moment den Wunsch verspürte, die Frau in die Arme zu nehmen. Das tat er zwar nicht, aber er bedankte sich. Irgendwie retteten ihm ihre Worte gerade diesen beschissenen Tag.

Damals hatte Helga Breininger sehr über ihn geschimpft und kein gutes Haar an ihm gelassen. Dos Santos hatte sie in seinen Berichten wörtlich zitiert, und da waren Ausdrücke dabei gewesen, die in keiner Zeitung etwas zu suchen hatten, egal, auf welchem Niveau sie lag.

«Haben Sie Adressen und Telefonnummern von Ihren Söhnen?», fragte Jens. «Wir müssen eventuell in einer anderen Angelegenheit dringend mit ihnen reden.»

«Telefonnummern hab ich, für den Notfall», sagte Helga, nahm ihr Handy vom Küchentisch und las die Nummern vor, die Hagenah notierte.

«Von Ihrem Mann haben Sie keine Nummer?», hakte Jens nach.

«Nee, will ich auch nicht.»

«Und Sie haben wirklich keine Ahnung, wo wir ihn eventuell finden könnten?»

Helga schüttelte den Kopf.

«Nee … aber ich hab vor ein paar Monaten mal gehört, dass er eine neue Lieblingskneipe hat. *Flying Dutchman*, oder so. Versucht es doch mal dort. Wenn ihr Ede irgendwo findet, dann sowieso in einer Kneipe.»

13

Jens und Hagenah erreichten den *Flying Dutchman* um kurz vor fünf. Bis zur Einsatzbesprechung, die um achtzehn Uhr stattfinden sollte, hatten sie also nicht mehr viel Zeit. Die Rückfahrt zum Präsidium dauerte im Feierabendverkehr sicher eine halbe Stunde.

«Wäre ja großes Glück, wenn der alte Breininger gerade da wäre, was?», sagte Hagenah.

«Und wenn nicht, erfahren wir hoffentlich vom Wirt, ob er wirklich hier säuft, wie oft er hier ist und was er so quatscht. Vielleicht können wir ihn dann als Verdächtigen von der Liste streichen. Die Familien von Wladimir Schreck und Pascal Werner stehen da nämlich auch noch drauf.»

«Eins nach dem anderen», sagte Hagenah und hielt Jens die Tür auf.

In der Kneipe roch es nach frischem Baguette, und sofort zog sich Jens' Magen vor Hunger zusammen. Wenn er Hagenahs Blick richtig deutete, ging es ihm genauso.

Sie gingen vor zur Theke, hinter der eine junge Frau arbeitete. Jens zeigte seinen Ausweis und fragte nach Jan-Hendrik Gunderjan.

Die junge Frau schüttelte den Kopf. «Jan-Hendrik ist kaum noch hier. Immer unterwegs. Und montags hat er sowieso seinen freien Tag. Sind Sie wegen Krissi hier?»

«Wir sind auf der Suche nach Eduard Breininger», wich Jens der Frage aus. «Kennen Sie ihn? Vielleicht auch nur unter seinem Spitznamen Ede?»

Die Gesichtszüge der jungen Frau, die schon verneinend den Kopf schütteln wollte, hellten sich ein wenig auf.

«Ede, na klar. Der sitzt hinten im Raucherraum.» Sie zeigte ihnen den Weg.

Beim Raucherraum handelte es sich um eine Art angebauten Wintergarten. Der Blick durch die Scheiben ging zwar nur auf die Rückseite eines hässlichen Hauses hinaus, aber der Wintergarten selbst war mit Palmen vollgestellt, die Rattanmöbel mit bunten Auflagen bestückt, sodass man sich beinahe wie im Urlaub fühlen konnte.

Jens jedoch hatte nur Augen für den Mann, mit dem Eduard Breininger zusammensaß.

Es war Luca dos Santos.

Die beiden waren in ein Gespräch vertieft. Breininger rauchte, der Reporter nicht. Zwischen ihnen auf dem Tisch lag ein Handy, und Jens ging davon aus, dass dos Santos das Gespräch aufzeichnete.

Noch hatten sie den Wintergarten nicht betreten und die beiden Männer sie nicht bemerkt. Jens musste sich entscheiden, ob er und Hagenah lieber das Weite oder die Konfrontation suchen sollten. Die Entscheidung wurde ihm abgenommen, als dos Santos ihn entdeckte. Wenn sie jetzt gegangen wären, hätte es nach Flucht ausgesehen, und diesen Eindruck gönnte er dem Reporter nicht.

Jens stieß die Tür auf.

«Sieh an, der große Jens Kerner mit seinem Lieblingsbuddy im Schlepptau», bemerkte dos Santos und lehnte sich in dem Urlaubsstuhl zurück. Er lächelte süffisant. Breininger hingegen starrte sie mit hasserfülltem, vergiftetem Blick an.

«Bei Ihnen beiden sieht es aber auch nach einer tiefen Freundschaft aus», sagte Jens. Ein Blick aufs Display des Handys zeigte ihm, dass er recht hatte: Dos Santos zeichnete das Gespräch auf, er musste also aufpassen, was er sagte.

«Lassen Sie uns doch eine nette Runde draus machen», schlug dos Santos vor. «Ich kann mir vorstellen, dass Sie einiges zum Gespräch beitragen könnten.»

«Ich unterbreche nur ungern, aber ich muss mit Herrn Breininger reden. Allein!», sagte Jens.

«Er soll verschwinden», zischte Breininger.

«Ich glaube, daraus wird nichts.» Dos Santos hob entschuldigend die Schultern. «Ede und ich sind noch nicht fertig. Vielleicht kommen die Herren Ermittler ja später wieder.»

Jens machte einen Schritt auf den Tisch zu, schnappte sich das Handy und schaltete es aus. Dos Santos war Profi genug, um lässig sitzen zu bleiben. Breininger jedoch sprang von seinem Platz empor und pumpte seinen beachtlichen Brustkorb auf.

Sofort war Hagenah zur Stelle, ließ seine mächtigen Pranken auf die Schultern des Mannes fallen und drückte ihn zurück in den Stuhl.

«Entspann dich», sagte er mit dunkler Stimme.

«Sie gehen zu weit, Herr Kerner», sagte dos Santos. Jede Freundlichkeit war jetzt aus seiner Stimme verschwunden.

«Was wollen Sie von Herrn Breininger?», fragte Jens.

Dos Santos zuckte mit den Schultern. «Sie wissen, an welchem Artikel ich schreibe. Da Sie Ihre Mithilfe verweigert haben, hole ich sie mir eben woanders.»

«Und warum bei Herrn Breininger? Er hat doch mit dem Fall gar nichts zu tun?»

Als Jens den Journalisten im Wintergarten mit Breininger entdeckt hatte, hatte er sich sofort gefragt, wie dos Santos diesen Bezug hergestellt hatte. Nur wenige Personen wussten im Zusammenhang mit dem Fall Krystina Zoller von dem Obdachlosen, der sich als Klaus Breininger ausgegeben hatte: Carina Reinicke, Levin Oktay, Becca, die Baumgärtner, Hagenah und Jens selbst. Oder hatte es sich bereits im Kommissariat herumgesprochen?

«Hat er nicht?», fragte der Journalist, täuschte Überraschung vor und zog die dunklen Augenbrauen hoch. «Wie kann denn der Vater des Jungen, den Sie erschossen haben, nichts mit einem Fall zu tun haben, bei dem der Täter offenbar ganz gezielt Sie aufs Korn nimmt?»

«Dos Santos, ich habe Sie gewarnt», sagte Jens. «Wenn Sie die Ermittlungen behindern, und danach sieht es aus, ziehe ich Sie aus dem Verkehr.»

«Echt? Na dann, tun Sie, was Sie nicht lassen können, Dirty Harry.»

Der Impuls war weder steuerbar nach vermeidbar, dafür war seit Freitagabend einfach zu viel passiert. Blitzschnell packte Jens den Journalisten mit beiden Händen am Kragen seines Hemdes und zog ihn dicht zu sich heran.

«Treiben Sie es nicht zu weit», warnte er ihn.

Dann ließ er den Mann los. Der sank in den Stuhl, als hätte er plötzlich gar keine Muskelspannung mehr.

«Bring ihn raus», sagte Jens an Hagenah gewandt.

«Das dürfen Sie nicht!», beschwerte sich der Journalist, aber Hagenah, der alte Stoiker, ließ sich nicht beirren und führte ihn aus dem Wintergarten.

Zurück blieb Eduard Breininger. Der hielt Jens' Blick noch einen Moment stand, bevor er wegsah.

Jens nahm den Platz des Journalisten ein. «Wo waren Sie

am Freitagabend in der Zeit zwischen dreiundzwanzig und zwei Uhr?»

Breininger warf einen Blick auf seine Armbanduhr, als könnte sie ihm bei der Beantwortung der Frage helfen.

«Bin ich verhaftet? Ist das ein Verhör?», fragte er, ohne Jens anzuschauen.

«Das ist eine Vernehmung. Aber das Blatt kann sich sehr schnell wenden.»

Breininger hob den Kopf und sah Jens von unten herauf an. Seine Augen waren merkwürdig gerötet, so als hätte er Drogen konsumiert.

«Reicht es Ihnen noch nicht? Wollen Sie den Rest der Familie auch noch zerstören?»

«Beantworten Sie meine Frage.»

Breininger schüttelte den Kopf. «Einen Scheiß werde ich. Verhaften Sie mich doch.»

14

«Wie geht es Ihnen heute?»

Zum Einstand immer wieder dieselbe Frage, und das seit zwanzig Sitzungen.

Wie geht es Ihnen heute, wie geht es Ihnen heute, wie geht es Ihnen heute …

«Gut, danke.»

«Sie wissen, dass ich mit einer so kurzen Antwort nicht zufrieden bin. Bitte, nehmen sie Platz. Freie Wahl, wie immer.»

Die Psychotherapeutin Gerda Schneider-Lüdtke machte

eine einladende Handbewegung und schob dann die Brille hoch.

Zur Wahl standen Couch, Relaxsessel, Sitzsack und zwei Polsterstühle an einem runden Glastisch. Er entschied sich für die Polsterstühle, auch das wie immer.

Die Atmosphäre hier gefiel ihm, auch die Therapeutin, sonst würde er schon lange nicht mehr herkommen. Sie schien ihn wirklich zu verstehen, und es verschaffte ihm jedes Mal ein wenig Erleichterung, wenn er die Stunde hinter sich gebracht hatte. Danach fühlte er sich für den Rest des Tages weniger angespannt, und gerade heute war das wirklich nötig, denn die Nacht würde lang werden.

«Kaffee?», fragte Frau Schneider-Lüdtke, wartete aber keine Antwort ab, sondern bereitete zwei Tassen in der Kapselmaschine zu.

«Ja, gern», antwortete er, schließlich hatte sein Vater ihm beigebracht, höflich zu sein. «Schwarz, bitte.»

«Natürlich.»

Sie brachte den Kaffee und setzte sich zu ihm. Lächelte. Sanft, einfühlsam. Valerie hatte auch so gelächelt. «Und?»

Sie musste nicht die komplette Frage wiederholen, er wusste auch so, was sie von ihm hören wollte.

«Ich bin immer noch so wütend», sagte er.

Das war die Wahrheit. An seiner Wut über diese große Ungerechtigkeit hatten die Therapiesitzungen nichts ändern können.

«Das wäre ich an Ihrer Stelle auch. Sie haben jedes Recht dazu, wütend zu sein. Die Frage ist nur: Hilft es Ihnen? Oder macht es Sie fertig?»

«Die Wut hält mich am Leben.»

«Und ohne die Wut?»

Er schüttelte den Kopf und trank vom Kaffee.

«Ich weiß nicht ...», antwortete er. Auch das stimmte. Er wusste es nicht. Es gab Tage, nicht wenige, da lag er morgens nach dem Weckerklingeln noch lange im Bett, starrte gegen die Decke und grübelte. Wälzte Gedanken und suchte nach einem Sinn. Und fand nur den einen. Den Tod. Für sich selbst. Er wusste, dass seine Therapeutin genau darauf hinauswollte. «Aber keine Sorge, diesen Wunsch habe ich nicht mehr», sagte er.

Sie nickte und sah ihn durchdringend an. «Haben Sie versucht, meinen Ratschlag zu befolgen, mit anderen Menschen Kontakt aufzunehmen, denen Ähnliches widerfahren ist?»

«Ja, hab ich.»

«Das ist toll! Ein echter Fortschritt! Sehr gut! Wie war es denn?»

Er traute sich nicht, ihr in die Augen zu sehen, weil er befürchtete, die Therapeutin könnte erkennen, was er getan hatte. Sie war es, die ihn überhaupt erst auf die Idee gebracht hatte mit ihrem Vorschlag, an Selbsthilfegruppen teilzunehmen. Menschen zu treffen, denen es ging wie ihm. Er hatte diesen Gedanken lediglich ein wenig abgewandelt, aber im Großen und Ganzen beruhte sein Tun und Handeln der letzten Tage auf der Empfehlung seiner Therapeutin.

Was Krystina Zoller in ihren letzten Stunden erlebt hatte, glich seinen Erfahrungen. Was Rabea Leihmann erleben würde, ebenso. Sie waren die andere Seite der Medaille, aber deshalb nicht weniger wertvoll für seine Therapie. Er hatte sogar das Gefühl, endlich das richtige und einzige Ventil für seine Wut gefunden zu haben.

Er zuckte mit den Schultern.

«Ganz gut, eigentlich. Zumindest zeigt es mir, dass ich mit meinen Problemen nicht allein bin und es Wege gibt, damit fertigzuwerden.»

Sie lächelte und sah wirklich glücklich aus. «Ganz genau, die gibt es: unsere Sitzungen, diese Selbsthilfegruppen. Ich weiß, das alles ist harte Arbeit für Sie, und Sie haben meinen vollen Respekt, weil Sie sich nicht drücken, sondern offensiv an die Dinge herangehen. Kommen die Träume noch so häufig wie am Anfang?»

Er schüttelte den Kopf. Seit Krystina hatte er nicht mehr geträumt. Endlich wieder ein paar Nächte durchgeschlafen und Kraft getankt. Und bevor diese Wirkung nachließ, würde er sich in dieser Nacht eine neue Dosis verschaffen.

«Sie sehen dennoch erschöpft aus», bemerkte die Therapeutin.

Natürlich bin ich erschöpft, hätte er gern laut gesagt. Weil das alles eine Heidenarbeit ist. Die ganze Vorbereitung, jedes Detail zu bedenken, da raucht einem der Kopf. Meine Güte, er benutzte zu Hause eine Schiefertafel, um seine Gedankengänge zu notieren und sie zu verfeinern. Stundenlang kritzelte er darauf herum, wischte fort, begann von neuem. Es war alles andere als einfach gewesen, sich dieses Szenario auszudenken. Weiß Gott!

«Ist gerade viel zu tun im Betrieb», log er. Sie wusste ja nicht, wie sehr er seine Arbeit zurückgefahren hatte. Alles auf einmal ging nicht.

«Hilft Ihnen die Arbeit abzuschalten?»

«Wenn ich arbeite, denke ich nur an die Arbeit. Anders geht es nicht, sonst macht man Fehler, und die können für andere Menschen tödliche Folgen haben.»

Bei diesen Worten warf sie ihm einen Blick zu, den er nicht deuten konnte, und notierte sich etwas in ihre Kladde. Hatte er etwas Falsches gesagt?

Sie sprachen die volle Stunde miteinander, und es lief gut, aber er hatte dennoch das Gefühl, dass sie immer wieder zu diesem einen Satz zurückkommen wollte. Andere Menschen, tödliche Folgen.

Nachdem sie sich voneinander verabschiedet hatten, ging er ins Treppenhaus hinaus und atmete erst einmal tief ein und aus. Spürte Erleichterung. Er wusste, er durfte die Therapie jetzt nicht abbrechen, denn dadurch würde er sich verdächtig machen, aber die Versuchung war groß. Er war dieser Frau nicht gewachsen, würde sich immer wieder verplappern, und vielleicht würde sie irgendwann Verdacht schöpfen.

Er lief die Treppen hinunter und trat vor die Tür. Sein Blick fiel auf eine der Klingeln, auf diesen Namen, der eine so große Rolle spielte. Er lächelte in sich hinein. Nein, es war anders: Niemand war *ihm* gewachsen, auch dieser Mann nicht.

Er beobachtete die Straße. Den frühen Abend. Den dichten Feierabendverkehr.

Motorengeräusche, aggressives Hupen, Abgase in der Luft. Eine Baustelle direkt vor der Haustür.

Er nahm all das auf. Nahm die Handschuhe aus feinem Kalbsleder aus der Innentasche seiner Jacke und zog sie auf dem Weg zu seinem Wagen an.

Er würde in die Nacht hineinfahren, sich einen Weg durch die Stadt suchen, einen Weg zu sich selbst. Tief hinein, dorthin, wo andere sich nicht auskannten. Schmale, dunkle Wege voller Kurven und Hindernisse, durch die er fließen konnte wie Wasser. Sanft, gleichmäßig, ruhig, als ein Teil von allem, das doch nicht dazugehörte.

Als er den Motor startete, fühlte er sich perfekt.

Dies würde seine Nacht werden.

16

Es war zehn vor sechs, als Jens und Hagenah die Dienststelle am Wiesendamm erreichten. Hagenah stieg vor dem Gebäude aus, Jens parkte den Dienstwagen auf dem Parkplatz dahinter.

Jens brummte der Kopf. Er wusste weder ein noch aus und schon gar nicht, wie er als leitender Ermittler diese Teambesprechung einigermaßen vernünftig über die Bühne bringen sollte.

Natürlich hatte er Breininger nicht verhaftet, er hatte ja gar keine Handhabe dafür. Er würde dafür sorgen, dass der Mann seine Aussage auf dem Revier machte, damit sie sein Alibi überprüfen konnten, sofern er eines hatte. Aber ihn einzubuchten, nur weil er ein aggressiver Arsch war, das wäre zu weit gegangen. Falls Breininger kein belastbares Alibi hatte, würde Jens versuchen, der Baumgärtner eine lückenlose Überwachung aus der Tasche zu leiern.

Kaum hatte Jens den furchtbaren Dienstwagen geparkt, tauchte überraschend ein Gesicht an der Seitenscheibe auf.

«Scheiße, Freddy!», stieß Jens erschrocken aus. «Mach das nie wieder.»

«'tschuldigung ... ich muss dich unbedingt sprechen.»

Jens stieg aus. «Das geht jetzt nicht, ich hab Teambesprechung. Es ist ja nett von dir, dass du dich für Rebecca einsetzen willst, aber ich klär das schon selbst mit ihr.»

«Aber darum geht es doch gar nicht», sagte Freddy, der sich nicht abschütteln lassen wollte. «Es geht um deinen Bruder.»

Wie vom Blitz getroffen blieb Jens stehen. «Karsten? Was ist mit ihm?»

Und dann erzählte ihm der schlitzohrige Freddy eine Story, die Jens' ohnehin schon dröhnenden Kopf beinahe zum Platzen brachte. Jens hatte nicht einmal gewusst, dass sein Bruder Künstler geworden war, denn als sie damals im Alter zwischen achtzehn und zwanzig den Kontakt zueinander verloren hatten, war Karsten auf dem besten Weg gewesen, seinen Verstand zu versaufen und Alkoholiker zu werden. Aber vielleicht schloss das eine das andere ja nicht aus.

«Er malt Bilder von Menschen mit leuchtenden Gesichtern?», wiederholte Jens, nachdem Freddy geendet hatte. Er konnte es einfach nicht glauben.

Freddy nickte, zog sein Handy hervor und zeigte Jens eines der Motive, das er in der Ausstellung abfotografiert hatte. Es handelte sich um den ehemaligen amerikanischen Präsidenten Obama als Gesicht auf einem Leuchtturm.

Schlagartig wich alle Kraft aus Jens' Körper. Er lehnte sich gegen die Mauer des Präsidiums und schüttelte den Kopf. «Das darf doch alles nicht wahr sein ...»

Er spürte es deutlich: Diese neue, erschreckende Information zu verarbeiten gelang ihm nicht. Karsten. Sein kleiner Bruder malte mit Leuchtfarbe menschliche Gesichter.

Nein, nein, nein, das konnte nicht sein. Karsten war ein Egozentriker und wahrscheinlich narzisstisch veranlagt, er manipulierte gern um seines Vorteils willen, aber er würde doch niemals einen Menschen töten, um sich an Jens zu rächen! Zumal es keinen Grund für Rache gab, denn Jens hatte seinem Bruder nie etwas angetan. Oder sah Karsten das anders?

«Alles klar mit dir?», fragte Freddy und riss Jens aus seinen Gedanken.

«Ja, alles klar. Danke, dass du es mir gesagt hast.»

«Kein Problem. Wenn du willst, behalte ich ihn im Auge. Ich hätte Zeit.»

Darüber musste Jens einen Moment nachdenken. «Ja, mach das bitte. Aber es muss unter uns bleiben. Niemand sonst darf davon erfahren.»

«Geht klar. Ich halt dich per SMS auf dem Laufenden, okay?»

«Okay, aber sei vorsichtig!»

«Hey, ich habe ja noch ein Ohr!», rief Freddy, der schon auf dem Weg zur Straße war. «Cool, wie in alten Zeiten», fügte er noch hinzu, und dann war er auch schon verschwunden.

Jens sah ihm noch einen Moment nach. Es fiel ihm unendlich schwer, sich von der Mauer zu lösen und ins Gebäude zu gehen. Er wusste, was ihn drinnen erwartete. Wenn er diese neue Information an das Team weiterleitete – und das musste er, sonst würde er die Ermittlung gefährden und somit dem Täter helfen –, war er raus.

Bevor er sich auf den Weg zum Besprechungsraum machte, ging er zur Toilette, beugte sich übers Waschbecken und schaufelte sich eine Minute lang kaltes Wasser ins Gesicht, bis seine Haut vor Kälte kribbelte. Als er sich das Gesicht mit Papiertüchern getrocknet und die Fussel aus seinem Dreitagebart gepickt hatte, fühlte er sich leider immer noch genauso benommen. Er war weit von seiner Höchstform entfernt und hatte richtiggehend Angst vor der Besprechung. Aber er würde sie durchstehen. So, wie er alles in seinem Leben durchgestanden hatte.

Er kam fünf Minuten zu spät. Alle waren schon da, auch die Baumgärtner. Neben ihr saß Hillmann-Tony mit seinem bräsigen Gesicht. Linus Tietjen war nicht da, obwohl Jens ihn dazugebeten hatte. Das war ein schlechtes Zeichen.

Müde Gesichter blickten ihm entgegen. Becca saß in ihrem Rollstuhl gleich vorn, und er konnte sehen, wie sie erschrak, als Jens hereinkam. Wahrscheinlich sah er genauso aus, wie er sich fühlte.

Eine schwere, unheilvolle Stille lastete auf den Anwesenden. Niemand sprach. Wenn der Druck bei anderen Fällen so hoch war wie jetzt, schnatterten immer alle durcheinander, weil jeder dringend loswerden wollte, was er oder sie im Laufe des Tages erlebt oder herausgefunden hatte. Aber hier herrschte nur Schweigen.

Die Baumgärtner trat vor. «Dann sind ja alle da», sagte sie. «Zunächst einmal möchte ich in diesem Rahmen noch einmal Tony Hillmann vorstellen. Er ist digitaler Forensiker und unterstützt uns auf meine Bitte hin bei diesem Fall. Herr Hillmann, wenn Sie bitte berichten wollen.»

Die Baumgärtner trat beiseite, und Hillmann nahm ihren Platz vor der versammelten Mannschaft ein. Er wirkte beflissen und aufdringlich und einfach nur unsympathisch, fand Jens.

Jens stand da und wusste nicht, wie er sich verhalten sollte. Seinem Team schien es genauso zu gehen. Alle wirkten wie erstarrt, die Blicke flogen zwischen Hillmann-Tony und Jens hin und her. Als Jens bemerkte, dass Rolf Hagenah sich anschickte, etwas zu sagen, schnappte er sich einen Stuhl und setzte sich. Fügte sich. Ergab sich. Er wollte nicht, dass noch jemand aus seinem Team in dieses Kompetenzgerangel hineingezogen wurde.

Hillmann-Tony schwitzte, rang die Hände, trat von einem Fuß auf den anderen. Er schien die geballte Ablehnung des Teams deutlich zu spüren.

«Zunächst einmal will ich auf das Foto von Herrn Kerner eingehen, mit dem der Instagram-Account bespielt wurde. Es wurde wahrscheinlich nicht mit dem Handy des Opfers gemacht, und wenn doch, hat der Täter es rückstandslos gelöscht.»

Zeit, ihn ein wenig zu braten, fand Jens und legte los. «Erstens: Wir sprechen hier nicht von einem Opfer, sondern von Krystina Zoller, einer jungen Frau, die nach Hamburg gekommen ist, um Medizin zu studieren, die Freunde, Familie und Träume hatte. Es ist wichtig, dass sie einen Namen, ein Gesicht, ein Leben hat. Verstehen Sie das, Herr Hillmann?»

«Ja, natürlich, entschuldigen Sie bitte.» Hilfesuchend flog sein Blick zu der Baumgärtner, doch die hielt sich zurück.

«Zweitens», machte Jens weiter und spürte, wie er eine immer zügellosere Wut auf Hillmann-Tony entwickelte, in die der ganze Frust und Stress der letzten Tage flossen. «Zweitens bin ich mir sicher, dass das Foto am Abend meiner Geburtstagsparty geschossen wurde, und dann kann es doch nur der Täter selbst getan haben, oder nicht? Wie soll er sonst an das Foto gelangt sein, um es in den Account zu laden, den er für mich erstellt hat?»

Hillmann-Tony schüttelte den Kopf.

«Er muss es nicht selbst geschossen haben. Wenn jemand anderes ein Selfie mit Ihnen gemacht und es bei Insta hochgeladen hat, kann er es sich dort geholt und für seine Zwecke genutzt haben.»

«Verstehe ich nicht», mischte sich Becca ein. «Ich dachte bisher, bei Instagram könne man keine Fotos teilen oder herunterladen?» Ihr Ton klang erschreckend giftig.

«Die App selbst sieht das auch nicht vor, aber wie für alles im Netz gibt es auch hierfür Lösungen. Mit der App InstaSaver kann man Bilder anderer Insta-Accounts auf dem eigenen Smartphone speichern. Man kopiert einfach die Insta-URL des Bildes und fügt sie bei InstaSaver ein. Man kann aber auch einen kompletten Account speichern. Dafür gibt es das Tool 4K Stogram. Es ist kostenlos, eine plattformübergreifende Open-Source-Software. Und dann haben wir da noch das Webtool dinsta, um einzelne Insta-Bilder auf dem PC abzuspeichern. Wiederum einfach die URL des Bildes in das betreffende Feld eingeben und im nächsten Schritt das Bild speichern. Funktioniert mit eigenen und fremden Bildern. Ich will ja niemandem seine Illusion zerstören, aber bei Instagram gibt es keine Privatsphäre. Jeder kann meine oder eure Bilder herunterladen, ausdrucken, an die Wand hängen – oder eben regrammen.»

«Regrammen?», fragte Jens.

«Im eigenen Account nutzen, so wie es mit Ihrem Bild geschehen ist.»

«Also kann irgendjemand von den Gästen das Foto geschossen haben, und der Täter hat es dann einfach für seine Zwecke genutzt?»

«Richtig», bestätigte Hillmann-Tony. «Aber wer auch immer das Foto gemacht hat, muss es bei Instagram oder

Facebook hochgeladen haben, sonst wäre der Täter nicht drangekommen. Leider gibt es keine Möglichkeit, herauszufinden, von welcher IP-Adresse das Bild abgegriffen wurde.»

In diesem Moment wurde Jens klar, dass sein eigener Bruder tatsächlich hinter der ganzen Sache stecken konnte. Karsten war nicht im Saal gewesen und hatte folglich das Selfie nicht geschossen, aber wie jetzt feststand, musste er das auch gar nicht selbst getan haben.

«Was haben Sie sonst noch für uns, Herr Hillmann?», fragte die Baumgärtner.

«Wir haben auf dem Handy von Frau Zoller das Foto eines Mannes gefunden, das sie wohl heimlich während der Fahrt in dem MyDriver-Bus gemacht hat. Das Foto ist zu schlecht, um daraus ein Fahndungsfoto zu erstellen. Weder Frau Reinicke noch Herr Oktay können bestätigen oder ausschließen, dass es der Mann ist, der sich ihnen gegenüber als Klaus Breininger ausgab.»

«Kann ich es sehen?», verlangte Jens.

«Natürlich.»

Hillmann-Tony warf es an die Wand.

Ein Mann trug eine blau-schwarze Baseballkappe mit der Aufschrift *Kansas University*. Er saß mit gesenktem Kopf da, so als hätte er gemerkt, dass er fotografiert wurde. Das Licht war grottenschlecht, die Aufnahme körnig, von dem Mann waren ansonsten nur dessen Schultern zu erkennen. Er trug eine Jeansjacke.

Ede Breininger?

Wenn der sich eine Kappe aufgesetzt und den Blick gesenkt hatte, könnte er es gewesen sein – oder auch nicht.

«Unbrauchbar», sagte Jens. «Wir müssen mit dem Fahrer des MyDriver-Busses sprechen, vielleicht kennt er den Mann von anderen Fahrten und weiß, wo er wohnt.»

«Ist schon in Auftrag gegeben», mischte sich die Baumgärtner ein. «Was haben wir noch, Herr Hillmann?»

Sie schien wirklich nicht mit Jens sprechen zu wollen und behandelte ihn wie irgendein Teammitglied, nicht wie den Leiter der Ermittlungen.

«Was wir mit Sicherheit wissen, ist», fuhr Hillmann-Tony fort, «dass sich hinter dem Namenskürzel just_niclas jemand verbirgt, der unerkannt bleiben will. Er benutzt den Tor Browser, das heißt, wir kommen nicht an seine IP-Adresse.»

«Also versteckt sich der Täter hinter dem Account», schloss Hagenah.

Hillmann-Tony zuckte mit den Schultern. «Das wissen wir nicht. Der Tor Browser ist ziemlich bekannt, und jeder, der sich auch nur ein wenig Sorgen um seine Privatsphäre im Internet macht, kann ihn sich in weniger als einer Minute herunterladen, installieren, auf die persönlichen Bedürfnisse einstellen und bleibt fortan verborgen. Da der Tor Browser auch die Möglichkeit bietet, auf das DeepWeb zuzugreifen, ist er sehr beliebt. Just_niclas könnte also einfach nur ein vorsichtiger Mensch sein.»

«Ich nehme an, die IP-Adresse der Person, die den Instagram-Account für mich eingerichtet hat, ist ebenso verschleiert», sagte Jens.

«Ja. Auffällig ist, dass es keine persönlichen Informationen zu just_niclas auf seinem Account gibt, nur einige Fotos von Sportwagen, und wir haben nicht einmal ein Benutzerbild, wie es bei Instagram üblich ist. Er hat dafür Bumblebee benutzt.»

«Häh?»

«Bumblebee. Das ist einer der Transformers aus diesem Hollywood-Blockbuster», erklärte Hillmann-Tony in einem Tonfall, als müsste er einem Grundschüler das Alphabet erklären.

«Und was schreibt Bumblebee so?»

«Tatsächlich hat er keine eigenen Posts abgesetzt, sondern lediglich auf die des Opf… auf die von Krystina Zoller reagiert.»

«Und das sehr eindeutig», mischte sich Carina ein. «Wie wir wissen, wollte Krystina sich mit ihm am Samstagabend treffen, wozu es nicht mehr gekommen ist.»

«Haben die beiden bei Instagram Nachrichten ausgetauscht?», fragte die Baumgärtner.

«Möglich, aber die können wir nur mit Genehmigung von Instagram einsehen, und die melden sich auf meine Anfrage nicht einmal …»

Und dann stand der digitale Forensiker da und wusste nicht mehr weiter. Man erwartete Wunder von ihm, Hexenwerk, das niemand verstand, das den Täter aber mir nichts, dir nichts ins Licht der Ermittlungsbehörden zerrte. Doch alles, was er ihnen sagen konnte war, dass der Täter unsichtbar war. Als hätten sie das nicht schon vorher gewusst.

Jens hätte das gern genau so vor der versammelten Mannschaft formuliert, um der Baumgärtner ein wenig Wind aus ihren forensisch aufgeblähten Segeln zu nehmen, aber Hillmann-Tony nervte ihn zwar, doch er wollte ihn nicht unnötig bloßstellen.

Karsten. Leuchttürme. Fluoreszierende Farbe. Jens behielt es für sich, machte ein Geheimnis zwischen sich und dem schlitzohrigen Freddy daraus, denn wenn er es erzählte, würde die Baumgärtner ihm umgehend den Fall wegnehmen. Dann wären ihm die Hände gebunden.

«Okay, wenn sonst nichts ist, würde ich jetzt im Anschluss zusammen mit Hagenah die Kollegen und Kolleginnen vernehmen, die auf der Party waren. Vielleicht hat ja jemand eine unbekannte oder auffällige Person auf der Feier oder am Hotel gesehen. Ich schlage vor, alle anderen gehen nach Hause und schlafen ein paar Stunden.»

Damit fühlte Jens sich schon wieder mehr wie der Ermittlungsleiter, doch die Baumgärtner wollte ihn nicht einfach so davonkommen lassen.

Sie trat vor das Team. «Verschiedene Aspekte des Falles haben bei mir zu der Entscheidung geführt, zusammen mit Herrn Kerner die Leitung dieses Falles zu übernehmen. Ab sofort erhalte ich zeitgleich mit Herrn Kerner alle Informationen und werde über jede Ermittlungstätigkeit auf dem Laufenden gehalten. Gut, das war's. Viel Erfolg.»

Sie verließ den Raum. Hillmann-Tony hechelte ihr hinterher.

Jens saß da wie vom Donner gerührt. Er spürte die Blicke seines Teams, und ihm schoss das Blut heiß in die Ohren. Nie zuvor hatte er sich so gedemütigt gefühlt.

17

Um halb zehn Uhr am Abend taumelte Rabea Leihmann mit ihrer Arbeitskollegin Josefina aus dem Mitarbeitereingang des Kinos in die laue Mainacht. Beide lachten laut und herzlich und waren guter Dinge.

Rabea hatte keinen Alkohol getrunken, Josefina aber schon. Mehr, als sie vertragen konnte, deshalb musste Rabea sie ein wenig stützen.

«Du fährst auf keinen Fall mehr selbst», sagte sie. «Du steigst mit mir in den MyDriver und lässt dich mal so richtig gemütlich nach Hause bringen.»

«Zu Befehl, Mama!», sagte Josefina, salutierte und lachte sich darüber kaputt.

Rabea mochte ihre Kollegin. Sie waren gleich alt und teilten dieselben Interessen für Mode, Lifestyle und Social Media. Außerdem war Josefina ein richtig netter Mensch, dem man einfach nicht böse sein konnte, und sie hatte keine Ambitionen auf die demnächst vakante Stelle des stellvertretenden Geschäftsführers – Rabea aber schon. Mit einer Konkurrentin hätte sie sich nie privat zusammengetan.

Vor dem Kino wartete eine Handvoll Leute auf die Spätvorstellung. Die Männer schauten herüber, als die beiden jungen Frauen lachend an ihnen vorübergingen. *Selbst wenn die hübsche Freundin danebensteht, gaffen sie mich an*, dachte Rabea. Der ganze Aufwand für einen straffen Körper, pralle Brüste, perfektes Make-up und sexy Klamotten lohnte sich also. Aber Rabea machte das nicht für diese Jungs, nicht für diese Art Männer.

Wenn sie sich binden lassen würde, dann musste der Mann gebildet und kultiviert sein und Geld haben. Anders konnte sie sich das Leben an der Seite eines Mannes nicht vorstellen. Ob der Sex dann gut war oder nicht, war zweitrangig.

Sie erreichten die MyDriver-Haltestelle. Ein Mann mittleren Alters wartete schon dort und spielte mit gesenktem Kopf an seinem Telefon herum. Seine Baseballkappe warf einen tiefen Schatten über sein Gesicht. Rabea schaute auf ihr Handy. Der Bus würde in drei Minuten eintreffen, verriet die App.

«Komm her, Süße, so hübsch werden wir nie wieder sein», sagte Rabea, zog Josefina fest an sich und hielt das Handy in Gesichtshöhe. Beide machten einen Kussmund, und Rabea schoss ein Selfie.

«Sag ein paar Hashtags», verlangte sie.

«Hamburg, Nightlife, Prettygirls, BesteFreundinnen, SexandtheCity ...»

«Ja, der ist gut!» Rabea setzte die Hashtags unter das Foto und postete es. Kaum war das erledigt, traf der MyDriver-Bus auch schon ein.

Der wartende Mann stieg als Erster ein, ohne seinen Blick vom Handy zu nehmen. Er nahm auf dem hintersten Sitz Platz, während Rabea und Josefina sich weiter vorn in die gemütlichen Sessel fallen ließen. Sonst war niemand im Bus. Da Rabea vorher in die App eingegeben hatte, wohin sie und Josefina wollten, mussten sie dem Fahrer kein Ziel nennen, und die Rechnung würde am Monatsende über die App direkt vom Konto abgebucht. Praktischer ging es nicht!

Ein Blick auf den letzten Post: Ja, da war er wieder. Mr. Grey.

«Je später der Abend, desto schöner ihr beiden!», hatte er geschrieben. Rabea huschte ein Lächeln übers Gesicht.

«Ein neuer Verehrer?», fragte Josefina, die mit auf ihr Handy schaute.

«Kann sein, weiß noch nicht.»

«Uhh, Mr. Grey», machte Josefina und wedelte mit der Hand vor ihrem Gesicht. «Der nimmt dich richtig hart ran. Sehr einfallsreich ist der Name aber nicht, oder?»

Da hatte sie recht. Aber andererseits musste man sich das auch erst einmal trauen und im Zweifelsfall beweisen, dass man sich den Namen verdient hatte.

Gegen harten Sex hatte Rabea nichts. Ihr Interesse an dem Typen wuchs, deshalb antwortete sie auf seinen Kommentar, zum ersten Mal. «Und das Bild ist nicht einmal bearbeitet», schrieb sie, was nicht stimmte. Sie würde nie ein Bild hochladen, über dem nicht mindestens vier Filter lagen.

Mr. Grey verlor keine Zeit. «Davon gehe ich aus. Wohin geht die wilde Fahrt?»

Rabea runzelte die Stirn. Woher wusste der Typ, dass sie in einem MyDriver unterwegs waren? Nein, das konnte er nicht wissen. Er nahm wohl an, dass sie und Josefine noch durch die Clubs ziehen wollten.

«Vielleicht an dunkle Orte voller ungehöriger Taten», schrieb Rabea.

Josefina kicherte. «Zeig mal seinen Account.

«Der ist leider enttäuschend. Nur Landschaftsbilder und Sinnsprüche», sagte Rabea und öffnete ihn.

«Der versteckt sich», meinte Josefina. «Mit so einem würde ich mich nie einlassen. Der ist bestimmt 70 Jahre alt und unglaublich hässlich.»

Das glaubte Rabea nicht. Ein wenig nahm sie es ihrer Kollegin übel, dass sie ihr die Spannung auf den Typen kaputt machte.

«Ist ja auch egal», sagte sie und steckte schnell ihr Handy weg.

Sie unterhielten sich über den schönen Abend und die gelungene kleine Geburtstagsfeier ihrer Chefin. Weil wenig los war auf den Straßen, erreichten sie die Haltestelle, an der Josefina ausstieg, schon nach zehn Minuten.

«Und du schaffst das wirklich allein?», fragte Rabea. «Ich kann dich auch bis an die Tür bringen und einen späteren MyDriver nehmen.»

«Quatsch, so betrunken bin ich nicht. Nein, nein, alles klar. Bis morgen!»

Sie küssten sich auf die Wangen, und Josefina stieg aus. Rabea winkte, als der Wagen an ihrer Freundin vorbeifuhr.

Plötzlich war es sehr still in dem kleinen Bus. Der Fahrer war hinter der Abtrennung nicht zu sehen, und der Typ hinten im Bus …

Rabea sah sich nach ihm um und erschrak. Er starrte sie an, und zwar ganz unverhohlen. Sein Blick war irgendwie hart und böse, so als hasste er Rabea. Aber vielleicht starrte er sie auch gar nicht an – vielleicht war das sein normaler Gesichtsausdruck, wenn er tief in seine Musik versunken war. Er trug weiße Ohrhörer in den Ohrmuscheln.

Den Rest der Fahrt kribbelte es in Rabeas Nacken und auf der Kopfhaut, und sie wagte es nicht, sich noch einmal umzuschauen. Sie war froh, als sie endlich ihre Haltestelle erreichten. Schnell sprang Rabea aus dem Bus und wollte in Richtung ihres Wagens loslaufen, als sie hörte, dass hinter ihr noch jemand ausstieg.

Rabea lief los, konnte ihren Wagen schon sehen, da vorn unter der Straßenlaterne. Was sollte auf den paar Metern schon passieren?

18

Augen, so müde, dass er kaum noch die Ziffern auf seiner Armbanduhr erkennen konnte, dazu ein Verstand, der sich weigerte weiterzumachen. Jens Kerner war durch für heute.

Um Viertel nach zehn hatte ihn der letzte Kollege verlassen. Zwanzig waren zum Gespräch da gewesen, und keiner, nicht ein einziger, hatte eine brauchbare Aussage machen können. Entweder war der Täter nicht im Inneren des Hotels gewesen, oder aber es war einer von ihnen, ein Polizist, und er war deshalb nicht aufgefallen.

Aber zumindest hatten sie die Kollegin herausfinden können, die das Selfie mit Jens gemacht hatte. Sie hatte es sofort in ihren Instagram-Account hochgeladen, was ihr im Nachhinein sehr peinlich war. Sie hatte sich vielmals entschuldigt.

Jens wollte seinen PC schon abschalten, entdeckte aber eine neue Mail von Becca und öffnete sie. Becca war nach der Dienstbesprechung noch eine Weile in ihrem Büro geblieben, hatte vielleicht auf ein Gespräch unter vier Augen gehofft, doch irgendwann hatte sie aufgegeben und war nach Hause gefahren.

In der Mail berichtete sie kurz und knapp, dass am Freitagabend quasi jeder an den Schlüssel der Red Lady herangekommen sein konnte, da er immer mal wieder unbewacht am Empfangstresen gelegen hatte. Diese Information stammte von Bastian Wächter, dem Geschäftsführer des Hotels.

Na toll! Wieder eine Information, die sie nicht weiterbrachte, weil sie den Kreis der Verdächtigen erweiterte, statt ihn einzuengen.

Eine private Zeile hatte Becca doch noch angefügt: «Ich bleibe noch wach, falls du reden willst.»

Wollte er? Eigentlich war Jens zu müde, zu verwirrt, zu wütend. Aber vielleicht sollte er gerade deshalb noch kurz bei Becca vorbeischauen. Er wusste ja, wie sehr ihm ihr klarer Verstand in solchen Situationen helfen konnte.

Aber was war mit der anderen Sache? Die Zimmerkarte in ihrer Hand, ihr eindeutiger Blick, dann die große Enttäuschung? War so etwas unüberwindbar oder nur eines dieser vielen kleinen Hindernisse, die es im Leben nun mal gab?

Bevor die Zweifel sich ausbreiten konnten, schrieb er Becca eine SMS, in der er fragte, ob er noch für eine halbe Stunde vorbeikommen könnte.

Sie antwortete sofort: «Tür ist offen. Für dich. Immer.»

Jens schaltete den PC ab, schnappte sich Schlüssel und Jacke und verließ sein Büro.

Rolf Hagenah kam ihm von den Toiletten entgegen, wohin er vor fünf Minuten verschwunden war. Der alte Kämpfer sah mindestens so müde aus, wie Jens sich fühlte, aber Hagenah war nicht der Typ, der meckerte oder jammerte.

«Lass uns schlafen gehen», sagte Jens. «Heute Nacht erreichen wir nichts mehr.»

Hagenah nickte, und zu seiner Überraschung legte er Jens einen Arm um die Schulter.

«Nimm dir das mit der Baumgärtner nicht zu Herzen», sagte er.

«Tu ich nicht.» Damit belog er sich selbst, denn er fühlte sich tatsächlich gedemütigt, und ein Teil von ihm hatte sich beleidigt in die Schmollecke zurückgezogen. Ein automatisiertes Verhalten, zudem falsch, wie Jens wusste, aber er kam nicht dagegen an.

«Sie braucht eine saubere Akte für ihre Karriere», meinte Hagenah. «In einem Jahr räumt sie den Posten hier, steigt auf, aber wir beide, wir sind dann immer noch hier. Wir sind die, auf die die Menschen sich verlassen können.» Hagenah klopfte ihm auf den Rücken.

Jens wollte etwas erwidern, kam aber nicht dazu. Denn in diesem Moment näherten sie sich dem Empfang, und der diensthabende Kollege fuchtelte aufgeregt mit der Hand – in der anderen hielt er den Telefonhörer, sprach noch ein paar Worte hinein und legte ihn dann ab.

«Jemand hat soeben angerufen und ein Auto gemeldet ... es steht verlassen am Straßenrand.»

#nächstesMal, schoss es Jens durch den Kopf.

Eine halbe Stunde später bremste Jens den Dienstwagen im Hamburger Stadtteil Schnelsen scharf ab. Ihm folgten zwei Streifenwagen, die er sofort mobilisiert hatte. Außerdem hatte er auf dem Weg hierher die Baumgärtner angerufen, sie ins Bild gesetzt und Unterstützung verlangt. Sie brauchten erneut den Hubschrauber und so viele Streifenwagen wie möglich, die im gesamten Stadtgebiet ausschwärmten, damit sie vorbereitet waren für den Fall, dass der Täter seinen Tathergang vom letzten Mal wiederholte.

Falls er wieder Katz und Maus spielen wollte: Das konnte er haben! Diesmal waren sie besser vorbereitet. Hagenah war bereits in einem zivilen Dienstwagen unterwegs und wartete auf Anweisung. Niemand kannte die Straßen dieser Stadt besser als Rolf!

Am Straßenrand stand einsam und verlassen mit weit geöffneter Fahrertür ein kaffeebraunes Mini-Cooper-Cabrio. Die Warnleuchten blinkten. Auf der Kofferraumklappe, unterhalb des schwarzen Stoffdaches, prangte ein fluoreszierendes Hashtag. Als Jens es anstarrte, hatte er das Gefühl, es würde größer und größer werden, und er wünschte sich, aus einem bösen Traum zu erwachen. Das Adrenalin in seinem Körper hatte die bleierne Müdigkeit einstweilen weggespült. Sie würde zurückkehren, keine Frage, aber jetzt musste er funktionieren.

Mit gezogenen Waffen begleiteten ihn die Kollegen hinüber zu dem Mini. Er war leer.

Auf der Windschutzscheibe stand in Leuchtschrift: Findemich

Jens gab telefonisch das Kennzeichen durch und machte Druck – sie brauchten den Namen der Halterin sofort, nur so konnten sie überprüfen, ob es einen Instagram-Account gab und der Täter dort wieder Fotos postete.

Zwei Minuten später hatte er den Namen: Rabea Leihmann.

Da weder Carina noch Becca bei ihm waren, musste sich Jens selbst bei Instagram einloggen. Unter der Funktion «suchen» gab er den Namen Rabea Leihmann ein. Doch den schien es gar nicht zu geben. Jens versuchte mehrere Varianten, erhielt aber keinen Treffer. Wahrscheinlich nutzte die Frau einen anderen Benutzernamen, der keine Rückschlüsse auf ihre Identität zuließ.

Jens rief Becca an. Das hatte er auch schon während der Fahrt getan, und sie stand bereits Gewehr bei Fuß, um ihn zu unterstützen. Sie wäre auch sofort ins Büro gekommen, aber Jens hatte sie gebeten, zu Hause zu bleiben und dort auf seinen Anruf zu warten.

«Er ist es wieder», sagte Jens statt einer Begrüßung. «Das Opfer heißt Rabea Leihmann, aber es gibt keinen Account bei Instagram unter diesem Namen. Schau bitte nach, ob du unter #findemich etwas herausbekommst.»

«Irgendwelche Informationen, die mir weiterhelfen könnten?»

«Im Moment habe ich nur den Wagen.»

«Schick mir bitte ein Foto.»

«Mach ich.»

Jens legte auf, fotografierte den Mini von vorn, von hinten und der Fahrerseite und schickte die Fotos per SMS an Becca.

Becca bestätigte, und Jens wusste, sie würde sich sofort an die Arbeit machen – auch wenn sie womöglich wieder einmal enttäuscht war über den Verlauf des Abends.

Danach wählte Jens die Handynummer von Freddy Förster. Leider nahm er nicht ab, es war ja auch schon spät, also hinterließ Jens eine Nachricht, in der er um sofortigen Rückruf bat. Er wollte Freddy bitten, Karsten in dieser Nacht zu observieren. Innerhalb der Polizei konnte Jens niemanden damit beauftragen, denn er hatte diese Verbindung zu ihm ja bewusst verschwiegen. War das ein Fehler gewesen?

Machte er sich dadurch mitschuldig am Tod von Rabea Leihmann?

19

Becca hatte längst auch Carina informiert und um Hilfe gebeten. Sie hatte zwar schon geschlafen, sich aber sofort bereit erklärt, sie zu unterstützen. Und so suchten sie jetzt jede in ihrer Wohnung bei Instagram nach einer Frau namens Rabea Leihmann.

Nach zehn Minuten Suchen begriff Becca jedoch, dass es so keinen Sinn hatte. Nur durch Zufall würde sie den Nutzernamen der Frau nicht herausbekommen. Sie hatte es zuerst auf dem Account von Krystina Zoller versucht, der zwar gesperrt, für die Polizei aber noch einsehbar war. Beccas Hoffnung war gewesen, dass die beiden irgendwie in Kontakt standen. Aber Fehlanzeige. Auch eine schnelle Durchsicht des Hashtags #findemich hatte nichts gebracht. Dort gab es keinen neuen Post mit einem Entführungsopfer – zum Glück.

Becca lehnte sich in ihrem Rollstuhl zurück, blies sich eine lästige Locke aus der Stirn, dachte kurz nach und sah sich dann noch einmal die Fotos des Wagens an, die Jens geschickt hatte.

Eines nach dem anderen vergrößerte sie die Fotos und suchte nach Details. Bei der ersten Ansicht hatte sie sich allein auf das fluoreszierende Hashtag konzentriert, jetzt aber entdeckte Becca einen Aufkleber in dem kleinen Heckfenster des Mini.

Sie zoomte ihn groß. «UCI Kinowelt» stand darauf. Ein Werbeaufkleber für ein Kino, das Becca kannte und in dem sie schon einige Filme geschaut hatte.

Becca wechselte zu Instagram und rief dort den Account

der Filiale in Hamburg auf. Darin waren unzählige Fotos zu sehen, von Menschen mit Popcorntüten im Foyer, im Kinosaal, vor Filmplakaten, auf den Toiletten, wo junge Leute sich vor den Spiegeln in Pose warfen. Fotos von Stars wie Hape Kerkeling, Fotos von Menschen vor dem Kino ... das Foto eines bestimmten Filmplakates fiel Becca sofort auf: Bumblebee!

Und dann fand sie das Foto eines kaffeebraunen Mini-Cabrios mit geöffnetem Dach vor dem Kino, darin eine attraktive Frau, die sich über die Windschutzscheibe lehnte und beide Daumen nach oben reckte.

Weil sie den Ort angegeben hatte, an dem das Foto entstanden war, nämlich das UCI-Kino in Mundsburg, war es mit dem Account der Frau verknüpft. Der Nutzername von Rabea Leihmann lautete *lovemylife.*

Rasch wechselte Becca in ihren Account. Und was sie dort sah, ließ sie erschaudern.

20

«Dunkler Golf Fünf, wahrscheinlich blau, vielleicht schwarz. Kennzeichen ist HH-BB 11. Die entführte Frau liegt im Kofferraum.»

Jens ließ sein Handy sinken. Er hatte die neuesten Informationen an die Baumgärtner durchgegeben und erfahren, dass der Hubschrauber in spätestens zehn Minuten die Suche nach dem Fahrzeug aufnehmen würde, mit dem Rabea Leihmann entführt worden war. Wieder war der Täter so nett gewesen, ein Foto zu posten. Es zeigte Rabea gefesselt und geknebelt im Kofferraum des Golf, umgeben von diesen gelben Verpackungschips. Das Kennzeichen war ebenfalls im Bild.

Darunter: #findemich

Alles genauso wie bei Krystina Zoller, nur eben nicht unter #findemich, sondern unter dem Account von Rabea Leihmann, so als wollte der Täter es ihnen beim zweiten Mal nicht zu leicht machen.

Er verarscht uns wieder, dachte Jens, und das schlechte Gefühl in seinem Magen verstärkte sich, wurde unerträglich. Es fühlte sich an, als wüchse in seinen Innereien explosionsartig ein bösartiger Tumor. Immer wieder musste er an seinen Bruder Karsten denken und an die Leuchtturmbilder. Freddy Förster hatte sich nicht zurückgemeldet, wahrscheinlich schlief er schon. Die Option, Karsten in dieser Nacht von Freddy observieren zu lassen, war daher vom Tisch.

Was, wenn Jens' eigener Bruder in diesem Moment mit Rabea Leihmann in den Straßen der Stadt unterwegs war? Es lag an ihm, diesem Verdacht nachzugehen und zumindest feststellen zu lassen, ob Karsten irgendwo aufzufinden war oder nicht. Im Falle von *oder nicht* würde sich der Verdacht gegen ihn erhärten. Vielleicht konnten sie sogar seine Handynummer herausfinden und ihn dadurch orten lassen.

Zwei Minuten lang stand Jens einfach nur da, den Blick auf das verwaiste Cabrio gerichtet, an dem sich bereits die Spurentechniker zu schaffen machten, und er spürte, wie er wieder einmal von seinem kleinen Bruder manipuliert wurde. Der gelbe Bademantelgürtel drängte sich in seine Erinnerung. Was hätte Karsten damals getan, wenn Jens sich unnachgiebig gezeigt hätte? Wäre er bis zum Äußersten gegangen? War er dazu überhaupt in der Lage?

Jens nahm das Handy. Es wog Tonnen, und er hätte es lieber fortgeworfen, statt ein weiteres Mal seine Chefin anzurufen, denn er wusste, er katapultierte sich damit aus dem Fall, aber es ging nicht anders.

Er wählte ihre Nummer. Sie hörte ihm schweigend zu. Bedankte sich danach sogar, legte aber grußlos auf. Das war's, schoss es Jens durch den Kopf. Wahrscheinlich bin ich nicht nur den Fall los, sondern werde gleich ganz suspendiert.

Plötzlich fühlte sich sein Kopf taub an, und Jens spürte eine große Leere in sich. Wie lange er so dastand und nichts von dem mitbekam, was um ihn herum geschah, wusste er nicht, aber ein paar Minuten waren es sicher. Ein Beamter trat auf ihn zu und deutete auf sein Funkgerät. «Der Hubschrauber ist in der Luft», sagte er und riss ihn damit aus seiner Erstarrung.

Jens bedankte sich, lief zu seinem Dienstwagen hinüber, sprang hinein und fuhr los. Noch wusste er nicht, wohin, aber es tat gut, unterwegs zu sein. Offenbar teilten er und der Täter die Leidenschaft für das Fahren. In Bewegung zu sein. Sich in einem Auto wohl zu fühlen. Warum sonst ging der Täter das Risiko ein, mit seinem Opfer durch die Stadt zu fahren? Er fühlte sich dabei sicher, unantastbar, allen anderen überlegen. So ging es vielen Autofahrern, wenn sie hinter dem Steuer ihrer PS-starken Trutzburgen saßen. Selbst friedfertige Familienväter verwandelten sich in Kämpfer um jeden Meter Straße, und bei diesem Täter musste das Gefühl noch um ein Vielfaches übersteigert sein.

Irgendeine wichtige Information steckte in dieser Erkenntnis, das spürte Jens. Doch er kam ihr nicht nahe genug, um sie ergründen zu können.

Fieberhaft fuhr Jens durch die Nacht, wartete auf eine Nachricht der Funkstreifen oder der Hubschrauberbesatzung, hielt selbst Ausschau nach dem dunklen Golf, bog völlig wahllos hier und da ab. Dabei verstärkte sich in ihm das Gefühl, dass diese Jagd falsch war und sie Rabea Leihmann so nicht würden retten können. Aber einfach nur dasitzen und warten, dass jemand sie zufällig fand, war auch keine Alternative.

Was tut er?, fragte sich Jens. Wie kann er uns am besten blamieren? Wenn er sich und seinem Modus Operandi treu bleibt, wird der dunkle Golf bald irgendwo mit Zellulosechips im Kofferraum und einer aufblasbaren Gummipuppe auf dem Beifahrersitz auftauchen. Aber wo?

Der Wagen, in dem Krystina Zoller transportiert worden war, hatte in der Nähe des Tierparks gestanden.

Würde er so dreist sein, auch diesen Wagen dort abzustellen?

Ein Anruf ging ein. Die Halterabfrage des Kennzeichens HH-BB 11 hatte ergeben, dass der Wagen am heutigen Vormittag, also am helllichten Tage, auf dem Parklatz einer Grundschule im Stadtteil Uhlenhorst gestohlen worden war. Halterin war Regine Nielsen, Lehrerin an der Schule.

Jens wurde es heiß und kalt zugleich.

Eine Lehrerin!

Stephan Meyer, Nadines Lebensgefährte, mit dessen gestohlenem BMW Krystina Zoller transportiert worden war, war ebenfalls Lehrer. Eine Verbindung! Was hatten sie übersehen?

Zumindest sagte Jens der Name Regine Nielsen nichts. Aber das war bei dem Besitzer des ersten gestohlenen Wagens, Stephan Meyer, auch so gewesen, bis sich herausgestellt hatte, dass er mit seiner Ex-Frau Nadine zusammen war.

So viele Hinweise auf Jens selbst, und doch keine deutliche Aussage. Kein: «Ich will mich an dem beschissenen Bullen Jens Kerner rächen.» Was sollten diese Andeutungen und Verwirrspiele? Versteckte der Täter dahinter seine wahren Absichten?

Jens hielt die Anspannung fast nicht mehr aus. Warum meldeten sich die Kollegen nicht? Irgendjemand musste den Wagen doch finden! Aber auch zehn Minuten später war das nicht der Fall.

Der entscheidende Anruf kam dann von Becca. «Ein neues Foto», rief sie aufgeregt. «Er hat den Golf mit offen stehender Ladeklappe fotografiert, dahinter ist zu erkennen, wo er steht. Das ist unglaublich, wirklich unglaublich!»

21

Rabea Leihmann war verwirrt und stand Todesängste aus, aber sie versuchte trotzdem, sich einen kläglichen Rest funktionierenden Menschenverstandes zu erhalten. Sie wusste, wenn sie überleben wollte, durfte sie das Denken nicht vollkommen aufgeben, durfte nicht panisch werden.

Was um Gottes willen wollte dieser Mann von ihr? Was sollte das mit den Fotos im Kofferraum? Er hatte etwas von «Content» gefaselt und ihr vorgeworfen, sie sei egoistisch und rücksichtslos. Weil sie für ein gutes Foto ihr Leben über alle anderen stellte und damit selbstsüchtig gegen jede Regel verstieß.

Er war so wütend gewesen. Und es war nicht diese Art von Wut gewesen, die wie fiebrige Hitze nach außen strahlte, sondern eine kalte, tief im Inneren mühsam versteckte Wut, einem Vulkan gleich, der ausbrechen wollte, es aber nicht konnte.

Der Wagen, in dessen Kofferraum Rabea lag, stoppte.

Ihr Herzschlag setzte einen Moment aus, bevor er zu galoppieren begann.

Sie hörte, wie der Motor abgestellt wurde. Nach vielleicht zwei Minuten absoluter Stille ging eine Tür auf und wurde gleich darauf wieder zugeschlagen.

Schritte auf Schotter, dicht am Wagen.

Dann wieder Stille.

Hörte sie ihn durch das dünne Blech des Wagens atmen, konnte das sein?

Plötzlich schlug er von außen hart auf den Kofferraumdeckel, und Rabea erschrak abermals, zuckte zusammen und gab sogar ein schrilles Quieken von sich.

Der Kofferraumdeckel schwang nach oben, aber es drang kein Licht hinein. Die Nacht war nicht vollkommen schwarz, Rabea konnte ihn sehen, allerdings nur als Schemen, hoch über dem Kofferraum ragend.

«Eine falsche Bewegung, und ich prügele dir selbstsüchtigem Biest die Scheiße aus dem Hirn.» Da war sie wieder, diese kalte Wut, und sie jagte Rabea eine Heidenangst ein. Was nur hatte sie diesem Mann getan? Handelte es sich bei ihm um irgendeinen Typen, der sie bei Insta oder Tinder angebaggert und dem sie die kalte Schulter gezeigt hatte?

«Ich mach dich jetzt los, und du kommst da raus.»

Kaum hatte er das ausgesprochen, beugte er sich auch schon über sie und löste die Fesseln und den Knebel in ihrem Mund.

Rabea konnte sich nicht sofort so bewegen, wie es nötig gewesen wäre, um aus dem Kofferraum zu klettern. Er packte hart zu und half ihr. Als sie schließlich hinter dem Wagen stand, schwankte sie, kippte dagegen, musste sich abstützen.

«Spiel hier nicht die Schwache. Sieh zu, dass du ...»

Ihr Tritt kam aus dem Nichts, traf aber genau da, wo er treffen sollte: zwischen seine Beine.

Rabea hatte weder die nötige Bewegungsfreiheit noch die Kraft gehabt, wirklich fest zuzutreten, aber es reichte, um ihn einknicken und sich wie alle Typen zwischen die Beine fassen zu lassen.

«Wichser!», stieß Rabea aus und drosch ihm ihren spitzen Ellenbogen von oben in den Nacken.

Er fiel auf die Knie, und Rabea glaubte schon, es geschafft zu haben. Da packte er ihre beiden Knöchel und zog ihr die Füße unter dem Körper weg. Rabea schlug mit dem Rücken gegen den Kofferraum des Wagens, versuchte verzweifelt, sich irgendwo festzuhalten, fand aber nichts und fiel neben ihm zu Boden.

Ein Fausthieb traf sie im Gesicht, und sie spürte einen ihrer Schneidezähne in ihrem Rachen verschwinden. Blut füllte ihren Mund. Sie drohte, die Besinnung zu verlieren.

«Du willst wissen, was Schmerzen sind? Was wirkliche Schmerzen sind?»

Als er wieder stand, rammte er den Absatz seines Stiefels auf die Fingerknochen ihrer rechten Hand. Sie hörte ihre Knochen brechen. Mehrere heiße Lanzen schossen zugleich ihren Arm hinauf ins Schultergelenk, um sich von dort explosionsartig im ganzen Körper auszubreiten.

«Weißt du, vielleicht ist das ja euer Problem! Ihr wisst einfach nicht, was es heißt, wirkliche Schmerzen zu ertragen. Vielleicht ist das aber unabdingbar notwendig, um rücksichtsvoll sein zu können.»

Er drehte den Absatz auf ihrer Hand und zermalmte die Knöchel. Rabea schrie sich die Stimme aus dem Hals, griff nach seinem Fußgelenk, um sich zu befreien, doch in diesem Moment riss er sein Knie nach vorn und drosch es ihr unters Kinn.

Unter diesem Schlag brach sie bewusstlos zusammen.

22

Der dunkle VW-Golf mit dem Kennzeichen HH-BB stand mit geöffneter Kofferraumklappe auf dem Parkplatz des Hotels, in dem die misslungene Geburtstagsparty für Jens stattgefunden hatte.

In der Mitte des Parkplatzes ragte eine einzige hohe Laterne empor, die orangefarbenes Licht verteilte. Der Täter hatte den Wagen an den Rand gestellt, mit dem Heck zur nackten Backsteinwand des nächsten Gebäudes, die Parkplätze rechts und links daneben waren frei.

Jens war der Erste, der dort eintraf. Im Hotel waren Eingang, Rezeption und einige Zimmer erleuchtet. Er betrachtete die Szenerie und fragte sich, ob der Täter seinen eigenen Wagen, den es ja geben musste, hier geparkt und die gefesselte und geknebelte Rabea Leihmann einfach nur umgeladen hatte. Von einem Kofferraum in den anderen? Wenn es so gewesen war, bestand die Chance, dass ihn jemand dabei beobachtet hatte. Alle Gäste aus den Zimmern mit Fenstern zum Parkplatz mussten verhört werden. Besser noch alle Hotelgäste!

Der restliche Tross traf in Sekundenabständen ein: Streifenwagen, Spurensicherung, Rettungswagen, nur für den Fall der Fälle. Aber natürlich war der Wagen leer, nicht einmal eine Porno-Puppe lag darin.

Jemand kam aus dem Hotel auf ihn zu. Es war der Rezeptionist, der am Freitagabend Jens' Wagen geparkt hatte.

«Was ist denn passiert?», rief er aufgeregt. Jens verstellte ihm den Weg. «Das ist jetzt ein Tatort, an dem eine Spurensicherung stattfindet. Niemand darf den Parkplatz betreten.»

«Tatort ... ich verstehe nicht ...»

«Müssen Sie auch nicht. Es reicht, wenn Sie den Anweisungen der Kollegen Folge leisten. Sagen Sie ... Sie haben doch am Freitag meinen Wagen geparkt, richtig?»

«Äh ... ja.»

«War irgendwas auffällig? Sprang er schlecht an oder so?»

«Nein, der lief wie am Schnürchen.»

«Danach war er aber kaputt.»

Der Concierge bekam einen hochroten Kopf. «Also ich war das nicht.»

«War sonst noch jemand am Wagen?»

«Nicht, dass ich wüsste.»

«Okay, lassen wir das. War schon jemand da und hat das Material der Videokamera über dem Eingang gesichtet oder abgeholt?»

Den Auftrag dazu hatte Jens bereits am Samstag erteilt, aber es war so viel passiert in der Zeit, dass er nicht daran gedacht hatte nachzufragen.

«Da müssen Sie Herrn Wächter fragen, unseren Direktor. Ich weiß es nicht.»

«Ist Herr Wächter da?»

«Nein. Ist im Feierabend.»

«Sie rufen ihn besser an. Meine Kollegen werden in den nächsten Stunden jeden Gast des Hotels vernehmen.»

Die Gesichtsfarbe des Concierge wechselte von hochrot zu blass. «Aber die meisten schlafen schon!»

«Keine Sorge, die bekommen wir schon wach. Na los, rufen Sie Ihren Chef an!»

23

Niemand aus dem Ermittlungsteam schlief in dieser Nacht, Adrenalin, Kaffee und Energiedrinks hielten alle wach. Becca, Levin Oktay und Carina Reinicke waren ins Präsidium geeilt, die wichtigsten Aufgaben waren verteilt, und jeder arbeitete konzentriert unter Hochdruck.

Becca sollte sich um die Videoaufnahmen aus dem Hotel kümmern. Dass der Täter erneut das Hotel in seine Tat mit einbezog, musste etwas zu bedeuten haben, da waren sich alle einig. Welche Botschaft steckte darin? Die Aufnahmen aus der Partynacht waren zwar schon ohne relevantes Ergebnis durchgesehen worden, doch Becca wollte keine halben Sachen machen und sie sich noch einmal vornehmen.

Leider war die Kamera nicht auf den hinteren Teil des Parkplatzes ausgerichtet, sondern lediglich auf den Vorplatz und den Eingangsbereich des Hotels. Alles, was Becca zu sehen bekam, waren ein- und ausgehende Gäste sowie das Personal des Hotels.

Nachdem sie sich das Videomaterial eine halbe Stunde in normaler Geschwindigkeit angeschaut hatte, schaltete sie in den schnellen Vorlauf.

In dem Moment ging die Tür zu ihrem Büro auf, und die Baumgärtner kam herein. Zum ersten Mal sah Becca sie nicht in einem geschäftsmäßigen Hosenanzug oder Rock, Bluse und Blazer, sondern in Bluejeans und Langarmshirt. Auch trug sie ihr langes Haar offen und ungekämmt. Wahrscheinlich war sie aus dem Bett heraus alarmiert worden. Becca fand, sie sah gut aus in diesem legeren Outfit. Und sie hatte eine tolle Figur!

«Darf ich Sie kurz stören, Frau Oswald?»

Das war keine Frage, die mit einem Nein hätte beantwortet werden können. Becca stoppte das Videoband und sah zur Baumgärtner auf.

«Natürlich.»

Sie schloss die Tür hinter sich, und in diesem Moment wusste Becca, dass es ernst werden würde.

Mareike Baumgärtner räusperte sich und lehnte sich mit dem Hintern an die Kante von Beccas Schreibtisch.

«Arbeiten Sie gern mit Herrn Kerner zusammen?»

«Ich würde mit niemand anderem arbeiten wollen.»

«Unterhalten Sie eine Beziehung zu Herrn Kerner?»

«Ich wüsste nicht, was Sie das anginge.»

«Ich leite dieses Präsidium, alles geht mich etwas an.»

«Nein, nicht alles.»

Becca hielt dem Blick ihrer Chefin stand, war innerlich aber längst nicht so selbstsicher, wie sie tat.

«Na gut ... belassen wir es einstweilen dabei», sagte die Baumgärtner. «Anderes Thema. Sie haben Karsten Kerner zu der Geburtstagsfeier eingeladen?»

Becca hatte geahnt, was kommen würde, trotzdem schnürte es ihr die Kehle zu. Sie nickte und schluckte trocken.

«Kennen Sie ihn persönlich?»

«Nein. Freddy Förster hat ihn für mich ausfindig gemacht und mit ihm gesprochen. Ich nicht.»

«Und ab welchen Zeitpunkt wussten Sie, dass Karsten Kerner ein halbwegs bekannter Künstler ist, der in seinem aktuellen Werk menschliche Leuchttürme mit leuchtenden Gesichtern malt?»

Wieder ein trockenes Schlucken. Becca senkte den Blick. Zu lügen hatte wohl keinen Sinn. «Ich habe es kurz vor der letzten Teambesprechung erfahren.»

«Herr Kerner auch?»

«Freddy Förster kam damit zu mir, und ich sagte ihm, er solle sich an Jens wenden. Das hat er dann auch getan, aber ich weiß nicht, wann. Vor der Besprechung wohl nicht mehr, da Jens ja die ganze Zeit unterwegs war.»

«Haben Sie keine Sekunde darüber nachgedacht, dass diese Information sehr wichtig sein könnte und Herr Kerner aufgrund seiner privaten, familiären Beteiligung nicht der Einzige sein sollte, der davon erfährt?»

Becca schüttelte den Kopf.

«Jens war zu dem Zeitpunkt noch alleiniger Leiter der Ermittlungen», sagte sie.

Frau Baumgärtner sah sie mit durchdringendem Blick an

und nickte. «Wir haben Karsten Kerner in seinem privaten Atelier in Kiel festgenommen. Er wird hierhergebracht. Ich selbst werde ihn vernehmen. Ich hoffe sehr für Herrn Kerner und auch für Sie, Frau Oswald, dass er nichts mit dem Fall zu tun hat.» Damit stieß sie sich vom Schreibtisch ab und verließ das Büro.

Becca saß reglos in ihrem Rollstuhl, sah ihrer längst verschwundenen Chefin nach und atmete deren Ärger ein, der im Raum zurückgeblieben war.

Jens würde den Fall abgeben müssen, so viel stand fest. Ein schneller Blick zum Telefon. Sollte sie ihn anrufen und vorwarnen?

Aber er verhörte gerade zusammen mit weiteren Kollegen die Hotelgäste, da wäre eine Unterbrechung dieser Art nicht hilfreich. Außerdem war Jens selbst es gewesen, der der Baumgärtner von seinem Bruder erzählt und um Observation gebeten hatte. Jens rechnete sicher damit, dass die Baumgärtner ihn abziehen würde. Es war nur eine Frage der Zeit. Und offenbar wollte die Baumgärtner vorher herausfinden, wie lange Jens diese Information vor ihr geheim gehalten hatte.

In Gedanken ging sie ihre Antworten durch und sah nicht, womit sie Jens noch tiefer reingeritten haben könnte, wie eine Verräterin kam sie sich aber trotzdem vor.

Weil sie im Moment nichts tun konnte und es sowieso wichtiger war, Rabea Leihmann zu finden, konzentrierte Becca sich wieder auf die Videoaufnahmen aus dem Hotel – zumindest versuchte sie es. Doch immer wieder wanderten ihre Gedanken zu Jens und der Frage, was wohl passieren würde, wenn die Baumgärtner ihm den Fall entriss.

Und weil Becca derart unkonzentriert war, bemerkte sie erst mit Verspätung, dass mit dem Video vom Freitagabend, als Jens' Geburtstagsparty stattgefunden hatte, etwas nicht stimmte. Sie wusste nicht einmal, was, aber beim schnellen Durchsehen hatte irgendwo in ihrem Kopf eine Alarmsirene geschrillt.

Becca ging die Aufnahmen noch einmal durch und noch einmal. Erst beim dritten Mal fiel ihr der Mann auf. «Was hast du denn da zu suchen?», sagte sie leise zu sich selbst und griff zum Telefon.

DAS musste Jens unbedingt erfahren!

24

«So, damit haben wir genau den Content, den wir brauchen», sagte er und ließ das Handy sinken, mit dem er Rabea Leihmann gefilmt hatte.

Er sah sie an. «Was meinst du? Wollen wir deinen Followern noch eine Geschichte erzählen? Oder besser: eine Story? Das machst du doch so gern, nicht wahr? Dafür riskierst du doch alles. Auch das Leben anderer Menschen.»

Rabea Leihmann saß noch gefesselt auf dem Stuhl. Ihr Haar war verschwitzt, die Schminke längst verlaufen, die Augen geschwollen vom Heulen. Blut klebte auf ihren Lippen und am Kinn, die rechte Wange war geschwollen. Sie war immer noch eine Schönheit, aber für ein reizvolles Bild reichte ihr Zustand jetzt nicht mehr aus.

Mit ihren Blicken flehte sie ihn an, und es war diese Angst, die ihn anmachte. Er hatte nicht erwartet, dass diese Situation eine körperliche Reaktion bei ihm auslösen würde, aber erstaunlicherweise war das schon bei Krystina so gewesen. Wie es aussah, kannte er sich selbst nicht besonders gut.

«Du kennst dich doch aus und weißt, welche Fotos am meisten ziehen. Es muss nackte Haut zu sehen sein, nicht zu viel, aber gerade genug, um die Phantasie anzuregen. Ein bisschen Haut, ein bisschen Stoff, ein lasziver Blick ... aber das mit deinem Blick geht so natürlich nicht. Ich meine, schau dich an. Nein, ich habe eine andere Idee.»

Er erhob sich und beugte sich über sie. Roch den Angstschweiß über ihrem Parfum, spürte die Hitze, die von ihr ausstrahlte.

«Ich erlöse dich von den Fesseln, aber du musst mir versprechen, diesmal wirklich ein artiges Mädchen zu sein, hörst du! Ich vertraue dir, und ich wäre wirklich sehr sehr enttäuscht, wenn du mein Vertrauen erneut missbrauchen würdest. Wirst du ein braves Mädchen sein?»

Sie nickte heftig. Natürlich, was sonst.

Mit ein paar wenigen schnellen Griffen löste er die Fesseln an Händen und Füßen. Die Kunststoffseile hatten bereits tiefe rote Striemen in ihrer Haut hinterlassen.

Sie war schwach und drohte vom Stuhl zu kippen, deshalb half er ihr hoch und setzte sie auf die Bettkante. Sie ließ es widerstandlos mit sich geschehen. Anfangs war sie wirklich widerborstig gewesen, aber seit er sie verprügelt hatte, war ihr die Frechheit vergangen.

Er setzte sich zu ihr auf die Bettkante und hielt das Handy hoch. «Weißt du, es geht mir nur um die Story, nicht um dich», log er. «Und wenn ich habe, was ich will, werden wir beide getrennte Wege gehen, und du siehst mich niemals wieder. Aber bis dahin ... bis dahin ist es besser, du tust genau, was ich dir sage. Verstanden?»

Sie nickte.

«Dann sag es.»

«Ich habe verstanden.» Ihre Stimme war kaum zu hören.

«Möchtest du etwas trinken?»

«Ja, bitte ...»

Er stand auf, wandte sich ab, drehte sich aber noch einmal um. «Vertrauen, nicht vergessen!»

Dann ging er hinüber zum Tisch und goss Mineralwasser aus der kleinen Flasche in ein Glas. Dabei kehrte er ihr demonstrativ den Rücken zu, spitzte aber die Ohren für den Fall, dass er sich in ihr täuschte und sie doch etwas versuchte. Vorsichtig tröpfelte er etwas von der klaren Flüssigkeit in das Wasser, ging dann zurück zum Bett und reichte ihr das Glas.

Sie nahm es mit ihrer zitternden linken Hand und beobachtete ihn über den Rand des Glases hinweg, während sie trank. Herrlich zu sehen, wie ihr Kehlkopf unter der straffen Haut des Halses auf und ab glitt.

Sie trank das Glas leer, so wie er es erwartet hatte.

Bevor sie auf dumme Gedanken kommen konnte, nahm er ihr das Glas weg. Dann streckte er die Hand nach ihr aus, und sie wich erschrocken zurück. «Du musst keine Angst haben, entspann dich.»

Sie ließ es zu, dass er ihr einen dieser gelben Verpackungschips aus dem Haar entfernte. «Und nun ... zieh dich aus.»

«Nein, bitte ...»

«Slip und BH darfst du anbehalten. Ich weiß, du hast schon weitaus schlüpfrigere Bilder online gestellt, also hab dich bitte nicht so.»

«Können Sie ... können Sie mich nicht einfach gehen lassen?»

«Entweder du ziehst dich aus, oder ich tue es für dich.»

Vielleicht waren es die Worte oder sein Tonfall, einerlei, jedenfalls gehorchte sie endlich und begann, sich auszuziehen. Sie musste es mit einer Hand tun, zudem noch mit der linken, ihre Bewegungen waren eckig und alles andere als erotisch, und dennoch erregte es ihn, dabei zuzusehen, wie sie zuerst die Socken und dann die Jeans und das Shirt auszog.

Noch während sie es sich über den Kopf streifte, veränderten sich ihre Bewegungen. Wurden langsamer, fahriger, und als sie ihn wieder ansah, flatterten ihre Lider.

«Geht's dir nicht gut?», fragte er und nahm ihr das Shirt ab, weil sie es nicht schaffte, ihre stark geschwollene Hand aus dem Ärmel zu lösen.

«Mir ist ... schwindelig ...»

Sie wollte sich aufrichten, sackte aber nach hinten weg und schlug mit dem Kopf gegen das Bettgestell. Dann lag sie da in ihrer sehr knappen Unterwäsche, ihre flache Bauchdecke hob und senkte sich unter schnellen Atemzügen. Schweißperlen rannen von ihren Brüsten in Richtung Bauchnabel.

«Bist du noch da?», fragte er, grub Daumen und Zeigefinger in ihre Wangen und schüttelte ihren Kopf. Ihre Lippen bewegten sich, doch sie antwortete nicht, und ihre Lider schienen tonnenschwer zu sein. Sehr schön. Genau so wollte er sie haben.

Es war ein Leichtes, sie in die richtige Position zu bringen. Er legte sie auf den Bauch, winkelte das linke Bein an, streckte das rechte aus und hob die Hüfte so an, dass ihr

Hintern gut zur Geltung kam. Den linken Arm ließ er über die Bettkante baumeln, den rechten legte er über ihren Kopf auf das Kissen, so als schliefe sie. Dann richtete er ihr Haar, was die meiste Zeit in Anspruch nahm. Während er das tat, rieb er sich an ihrem Körper und konnte sein Verlangen kaum noch zurückhalten.

Schließlich lag sie in der perfekten Position. Er betrachtete sie auf dem Display ihres Handys und bemerkte, dass für ein perfektes Foto noch etwas fehlte.

Er nahm das dünne weiße Laken und wickelte es so um ihre Beine, als hätte sie das im Schlaf selbst getan. Dabei berührte er ihre warme Haut, die an den Innenseiten der Schenkel so wunderbar weich war.

Er legte das Handy weg. Das Foto konnte warten. Zuerst musste er sein Verlangen stillen.

25

Jens Kerner folgte dem Geschäftsführer des Hotels in dessen kleines Büro, das von einem kurzen, dunklen Gang hinter dem Empfangstresen abging. An diesem Gang lagen auch die Umkleide- und Sozialräume für die Mitarbeiter sowie eine kleine Teeküche. Wie Jens durch die offen stehenden Türen sehen konnte, hatte man von hier aus einen Blick auf den Parkplatz.

Bastian Wächter ging nicht voran, er stampfte, und ohne dass der Mann ein Wort sagen musste, war überdeutlich, wie wütend er war.

Verständlich, dachte Jens. Im Minutentakt prasselten

Beschwerden auf Wächter ein. Von Gästen, die nachts aus dem Schlaf geklingelt und geklopft wurden, um sich für eine Vernehmung durch die Polizei zur Verfügung zu halten. In der Regel waren diese Gespräche nur kurz, denn alles drehte sich um die zentrale Frage, ob jemand auf dem Parkplatz etwas gesehen hatte. Trotzdem zog sich das bei fünfundsechzig Gästen hin, und die Leute waren aufgebracht.

Nach allem, was Jens am Telefon von Becca erfahren hatte, hielt sich sein Mitleid für Wächter aber in Grenzen. Jens war gespannt, wie der Mann auf seine Fragen reagieren würde. Davon hing ab, ob er dem Geschäftsführer sofort auf den Zahn fühlen oder ihn danach observieren lassen würde. Denn sollte Wächter etwas mit diesem Fall zu tun haben, wäre es klüger, er würde sie zu Rabea Leihmann führen.

Wächter hielt die Tür zu seinem Büro auf, ließ Jens eintreten und warf die Tür dann zu. Mit ordentlich Wumms, sodass sie im Rahmen zitterte.

«Ich muss protestieren», legte er los.

Wächter war es gewesen, der Jens um ein Gespräch gebeten hatte, nicht umgekehrt, aber Jens würde den Mann in dem Glauben lassen, hier die Oberhand zu haben.

«Die Gäste unseres Hauses werden über die Maßen belästigt. Wenn sich das herumspricht, entsteht uns ein wirtschaftlicher Schaden. Mich würde interessieren, wer dafür aufkommt?» Wächter sah Jens herausfordernd an. Der Mann war von großem Wuchs, aber nicht so groß wie Jens, hatte kräftige, runde Schultern, einen Bauchansatz und einen kahlen Eierkopf. Lediglich der Schatten eines Haarwuchses war am Hinterkopf und an den Schläfen zu erkennen. Hatte er Ähnlichkeit mit dem Mann aus dem Bus, den Krystina Zoller fotografiert hatte?

Wohl eher nicht. Aber das musste nichts bedeuten. Dass Krystina sich von dem Mann verfolgt gefühlt hatte, machte ihn nicht zwangsläufig zum Täter.

«Wir belästigen hier niemanden», sagte Jens. «Wir versuchen, einen Mordfall aufzuklären, dabei sind wir auf die Hilfe Ihrer Gäste angewiesen – und diese dazu verpflichtet, möchte ich anmerken. Sie übrigens ebenso, Herr Wächter. Oder wollen Sie mir sagen, dass Ihnen das Schicksal des Opfers egal ist?»

«Natürlich nicht!», echauffierte er sich. «Aber geht das nicht auch mit ein bisschen weniger Aufwand? Mein Hotel ist ja schon wie eine belagerte Festung. Niemand darf hinein und hinaus, die Fahrzeuge auf dem Parkplatz dürfen nicht bewegt werden ... wenn die Presse davon Wind bekommt, kann ich einpacken.»

«Soweit ich weiß, gehört das Hotel zu einer Kette, und Sie stehen nicht persönlich finanziell in der Verantwortung.»

«Nein, das nicht, aber Sie können sich nicht vorstellen, wie schnell man in dieser Branche seinen Job los ist, wenn die Zahlen nicht stimmen. Wir haben nicht alle das Glück, einen Beamtenjob zu haben.»

Den letzten Satz hätte der gute Mann sich besser gespart, denn so etwas hörte Jens gar nicht gern.

«Das alles hätte viel ruhiger ablaufen können, wenn Sie schneller vor Ort gewesen wären», sagte er. «Ihr Mitarbeiter hat über eine Stunde lang versucht, Sie zu erreichen. Natürlich mussten wir derweil ohne Sie mit der Befragung beginnen.»

«Es ist mitten in der Nacht! Ich habe geschlafen!», verteidigte sich der Geschäftsführer.

«Am Freitagabend, als meine Kollegen und ich hier im

Saal meinen Geburtstag gefeiert haben, da waren Sie auch nicht da, oder?»

«Nein, war ich nicht, das habe ich schon ausgesagt.»

Jens nickte.

«Wer hat alles von der Feier gewusst?»

«Ich verstehe nicht?»

«Es sieht danach aus, als wusste der Täter von dieser Feier, deshalb frage ich.»

«Nun ... das Personal, vielleicht die Lieferanten für Getränke und Essen ...»

«Gäste des Hotels?»

Wächter schüttelte den Kopf. «Nein, sicher nicht. Es gibt ja keinen Aushang oder so, wer unseren Saal für welche Gelegenheit anmietet.»

«Was haben Sie Freitagnacht gemacht?», schoss Jens die nächste Frage ab.

Wächters Augen wurden zu schmalen Schlitzen.

«Wie soll ich diese Frage verstehen?»

«So, wie sie gemeint ist. Ich möchte von Ihnen wissen, was Sie Freitagnacht gemacht haben. Diese Frage stellen wir jedem, der mit dem Fall in Verbindung steht.»

«Es klingt aber so, als würden Sie mich verdächtigen.»

«Hm ...», machte Jens. «Sie ziehen sich diesen Schuh also an?»

Vor Wut pochte eine Vene an Wächters Hals, und sein Gesicht nahm eine violette Farbe an. «Vorsichtig, Herr Kerner, ganz vorsichtig. Ich kann auch anders.»

Jens machte einen schnellen Schritt auf den Mann zu und baute sich zu voller Größe vor ihm auf. «Ich auch. Also beantworten Sie meine Frage, bevor ich es Ihnen hier und jetzt beweise.»

«Ich war zu Hause und habe geschlafen.»

«Dafür gibt es Zeugen?»

«Nein, gibt es nicht. Ich bin alleinstehend.»

«Dann haben Sie sicher nichts dagegen, wenn wir Ihre Handydaten überprüfen, oder? Die werden Ihre Aussage sicher bestätigen.»

«Doch, habe ich. Denn dazu besteht erstens keine Veranlassung, und zweitens haben Sie kein Recht dazu. Ich denke, wir beenden dieses Gespräch und führen es erst weiter, wenn ich meinen Anwalt angerufen habe.»

Jens gestattete sich ein Lächeln. «Ganz wie Sie wollen, Herr Wächter. Ich brauche Sie vorerst auch nicht mehr. Wünsche eine angenehme Restnacht.»

Damit wandte Jens sich ab und verließ das Büro.

Becca hatte Wächter auf dem Video entdeckt, und zwar in der Nacht von Freitag auf Samstag um 23:04 Uhr. Wächter hatte behauptet, er sei zu Hause gewesen, doch die Videoaufnahme bewies das Gegenteil. Er hatte um diese Zeit die Hotellobby verlassen, das war darauf zu sehen, allerdings nicht, wohin er gegangen war. Warum log der Mann?

Jens suchte die Waschräume des Hotels auf, erleichterte sich, wusch sich die Hände und spritzte sich kaltes Wasser ins Gesicht, um die Müdigkeit zu vertreiben. Aber die hatte sich längst hinter den Augen festgesetzt und zeigte sich unbeeindruckt von Jens' Versuchen.

Erneut rief Becca an. Mit tropfnassem Gesicht nahm er das Gespräch entgegen.

«Bist du noch im Hotel?», fragte sie.

«Ja.»

«Bastian Wächter auch?»

«Ich bin vor fünf Minuten aus seinem Büro raus. Er ist noch hier, warum?»

«Weil ein Video bei #findemich aufgetaucht ist, gepostet vor einer Minute. Schau es dir bitte an.»

Jens beendete das Gespräch, rief Instagram auf und ging auf das Hashtag #findemich.

Der neueste Eintrag zeigte Rabea Leihmann an einen Stuhl gefesselt, ihr langes Haar klebte verschwitzt an ihrem Kopf. Sie sah furchtbar aus, misshandelt, blutig, verletzt. Mit zitternder Stimme sagte sie den Text auf, den auch schon Krystina Zoller aufgesagt hatte.

«Findet mich innerhalb von 24 Stunden, oder ich werde ein leuchtendes Beispiel für polizeiliche Inkompetenz abgeben.»

Dann brach das Video jäh ab.

Mit dem Telefon in der Hand lief Jens zurück zum Büro des Geschäftsführers und befahl dabei zwei uniformierten Kollegen, ihm zu folgen. Ohne zu klopfen, stieß er die Tür auf und fand Bastian Wächter am Schreibtisch sitzend. Er tippte auf seinem Handy herum.

«Die Finger vom Telefon!», schrie Jens ihn an, stürmte auf den erschrockenen Mann zu und entriss ihm das Handy.

Da es nicht gesperrt war, konnte er sehen, dass Wächter gerade dabei gewesen war, eine Mail an die Verwaltung der Hotelkette zu verfassen, in der er die Vorgänge zu erklären versuchte.

«Sie sind vorläufig festgenommen», sagte Jens und winkte die beiden Beamten heran. «Bringt ihn ins Präsidium», wies er sie an. Wächter protestierte zwar, ließ sich aber widerstandslos abführen.

Mit dem Telefon des Mannes in der Hand stand Jens da

und rief Instagram auf, doch er wusste nicht, wie er herausfinden sollte, ob Wächter vor ein paar Minuten das Video von Rabea Leihmann gepostet hatte. Wahrscheinlich hatte er es sowieso nicht von diesem Handy aus getan, folglich musste hier irgendwo ein zweites versteckt sein.

Jens bat zwei Beamte der Spurensicherung herein und erklärte sein Anliegen. Sie begannen sofort mit der Suche.

Jens machte sich mit Wächters Handy auf den Weg ins Präsidium, um es Hillmann-Tony zu übergeben. Man konnte ja nie wissen – vielleicht hielt sich Wächter mittlerweile für unbesiegbar und beging deshalb Fehler. Er wäre nicht der erste geniale Psychopath, dem sein eigenes Ego ein Bein stellte.

26

Mareike Baumgärtner stieß die Tür zum Vernehmungszimmer schwungvoll auf.

Darin wartete bereits Carina Reinicke, die von ihr zu dem Verhör dazugebeten worden war. Die junge Beamtin, die ziemlich blass um die Nase war, stand an die Wand gelehnt, die Arme vor der Brust verschränkt.

Am Tisch saß Karsten Kerner, Künstler und jüngerer Bruder von Jens Kerner. Seine Hände ruhten auf der Tischplatte, die langen, feingliedrigen Finger trommelten einen nervösen Rhythmus, sein rechtes Bein zuckte auf und nieder. Mareike bemerkte den hellgrünen Rand unter seinen Nägeln. Handelte es sich dabei um diese fluoreszierende Farbe?

«Entschuldigen Sie die Umstände und die Wartezeit,

Herr Kerner», begrüßte sie ihn, warf ihre Ledermappe auf den Tisch, nickte der Reinicke zu und setzte sich.

«Kommt mein Bruder noch dazu?», fragte Karsten Kerner. Sein Blick wirkte interessiert und vorwurfsvoll zugleich. Mareike Baumgärtner empfand seine eng beieinanderstehenden, tiefliegenden Augen als unangenehm.

«Nein. Ich führe die Vernehmung.» Mareike Baumgärtner stellte sich vor.

«Sie wollen mir erzählen, dass mein Bruder nichts zu tun hat mit dieser Schikane?»

«Persönliche Beziehungen spielen hier keine Rolle», antwortete die Baumgärtner. «Es geht einzig und allein ...»

«Dass ich nicht lache», unterbrach Kerner sie. «Mein Bruder hasst mich, und er würde alles tun, um mich reinzureiten. Das war schon immer so. Jetzt hat er endlich einen Weg gefunden, traut sich aber nicht, mir ins Gesicht zu sehen, stattdessen schickt er eine attraktive Frau, auf die ich hereinfallen soll. Tja, mein Bruder kennt mich schlecht, sehr schlecht. Er hätte seine Hausaufgaben machen sollen. Läuft hier eine Kamera mit ...?» Kerner schaute sich demonstrativ um. «Bist du da irgendwo, Großer? Ich hoffe, du hast deinen Spaß. Aber übertreib es nicht!»

«Herr Kerner!», fuhr Mareike Baumgärtner den Mann an. «Unterlassen Sie bitte diese Spielchen und beantworten Sie meine Fragen, dann sind wir hier schnell fertig.»

Der große Mann lehnte sich lächelnd zurück und verschränkte die Arme vor der Brust – aber so, dass seine Fingernägel weiterhin zu sehen waren, und die Baumgärtner konnte nicht anders, als die feinen, leuchtenden Farbreste darunter zu betrachten. «Dann fragen Sie doch!», forderte er sie auf.

«Wo waren Sie in der vergangenen Nacht?»

«Nun ...» Kerner warf in theatralischer Geste die Arme in die Luft und ließ sie wieder fallen. «Ihre Kollegen haben mich dort abgeholt, wo ich war. Sie wissen es also!»

«Meine Kieler Kollegen haben Sie um 6:34 Uhr in Ihrem Atelier angetroffen. Das ist es, was ich weiß. Ich frage Sie nach der Nacht.»

Kerner lehnte sich vor. «Ich habe bis spät in die Nacht an einem Bild gearbeitet, bin dann zu Bett gegangen und habe bis sechs Uhr geschlafen. Ich schlafe immer und ohne Ausnahme bis sechs Uhr.»

«War jemand bei Ihnen?»

«Nein. Aber Sie können gern mein Handy checken, es wird Ihnen dann ja zeigen, wo ich mich aufgehalten habe.»

«Sie meinen, wo Ihr Handy sich aufgehalten hat. Das ist ein Unterschied», korrigierte Mareike Baumgärtner ihn und fand es bemerkenswert, dass er sein Handy von selbst ins Spiel brachte.

«Wenn Sie meinen», sagte Kerner, und dann war er doch tatsächlich so dreist, seine Nägel zu inspizieren und die Farbe darunter hervorzupulen.

Provokation? Unwissenheit? Mareike Baumgärtner wollte es wissen. «Inwieweit sind Sie über den Fall informiert, in dem ich ermittle?», fragte sie.

Kerner sah sie nicht an, widmete sich lieber seinen Nägeln. Schulterzuckend sagte er: «Gar nicht. Interessiert mich auch nicht.»

«Ich habe Sie herbringen lassen, weil der Täter fluoreszierende Farbe benutzt.»

Jetzt sah er sie doch an, ein kleines spöttisches Lächeln im rechten Mundwinkel, die Augenbraue hochgezogen.

«Tatsächlich? Wie interessant? Wofür benutzt er die Farbe denn?»

«Sie werden verstehen, dass ich nicht zu viele Einzelheiten weitergeben kann, aber es besteht eine auffällige Verbindung zu Ihren ... Kunstwerken.»

Mareike Baumgärtner hatte absichtlich eine kleine Pause vor das Wort gesetzt und betonte es in einer Art und Weise, die keinen Spielraum dafür ließ, was sie von den Bildern hielt. Und das hatte nichts mit ihrer persönlichen Abneigung gegen diesen überheblichen Mann zu tun. Nein, sie fand diese Leuchtturmbilder aufgesetzt, prahlerisch und viel zu sehr am Kommerz orientiert.

«Meine Bilder sind sehr bekannt. Vielleicht haben wir es mit einem Kunstkenner zu tun», sagte Kerner.

«Wo waren Sie in der Nacht von Freitag auf Samstag?», schoss die Baumgärtner die nächste Frage los. «Ich weiß, in der Zeit zwischen Mitternacht und ein Uhr waren Sie für kurze Zeit in dem Hotel, in dem Ihr Bruder seinen Geburtstag feierte. Aber wo waren Sie davor und danach?»

«Ich habe mir Hamburg angeschaut, davor! Und danach? Nun ja ... ich war verwirrt, wenn nicht sogar schockiert von der Reaktion meines Bruders und musste zu meiner Mitte zurückfinden. Das geht nur, wenn ich allein bin. Also habe ich mich draußen bewegt. Bin umhergelaufen.»

«Gelaufen oder gefahren?»

«Beides, mehr gefahren als gelaufen.»

«Wann waren Sie zurück im Hotel?»

«Zwischen fünf und sechs, würde ich sagen, ich weiß es nicht genau.»

Mareike Baumgärtner nickte und machte sich Notizen. «Gibt es Zeugen, die Sie begleitet oder beobachtet haben?»

«Wie gesagt, ich war allein unterwegs.»

«Die ganze Nacht?»

«Was ist schon eine Nacht.»

«Eine Nacht reicht, um einen Menschen zu töten», bemerkte die Baumgärtner und bereute es im selben Moment. Dieser Kerl reizte sie einfach zu sehr.

Kerners Blick verfinsterte sich. «Beschuldigen Sie mich des Mordes?»

«Das habe ich nicht gesagt.»

«Sie und ich wissen, dass im Ungesagten oft die Wahrheit liegt.»

«Die Nacht von Samstag auf Sonntag, wo waren Sie da?»

«Fragen Sie mich jetzt die gesamte vergangene Woche ab?»

«Beantworten Sie einfach meine Frage.»

«Ich war in der Kunstgalerie im Hafen und habe letzte Vorbereitungen für die Eröffnung am Sonntag getroffen.»

«Nachts?»

«Natürlich nachts. In der Nacht kommt die Kreativität.»

Die Baumgärtner seufzte. «Zeugen?»

«Keine.»

«Herr Kerner, ich habe Sie jetzt nach drei Nächten gefragt, und Sie haben nicht für eine einzige ein Alibi. Sie helfen uns nicht gerade weiter.»

«Dann fragen Sie mich nach den Tagen, denn für die habe ich Zeugen. Ich bin alleinstehend, ich bin Künstler, ich verbringe die Nächte anders als Ihresgleichen. Mir ist klar, dass Sie das nicht verstehen, aber das ist auch nicht nötig.»

«Sie und Ihr Bruder hatten einen Streit?»

Kerner schnaubte. «Einen Streit? Ja, so kann man es auch ausdrücken. Ich bin mir sicher, Jens hat Ihnen seine

Sichtweise vorgelogen, und ich werde einen Teufel tun, Sie von meiner zu überzeugen. Ich habe es jetzt sowieso langsam satt. Entweder Sie verhaften mich, oder Sie lassen mich gehen. In beiden Fällen werde ich sofort meinen Anwalt kontaktieren.»

«Da ich keine weiteren Fragen habe», sagte Mareike Baumgärtner, «können Sie jetzt gehen. Ich melde mich aber sicher noch einmal. Denn das scheint mir angeraten.» Jetzt war es an ihr, süffisant zu lächeln.

Kerner sah sie ärgerlich an und stand wortlos auf. Carina Reinicke ging zur Tür, öffnete sie für ihn und verließ den Raum direkt nach ihm.

Mareike Baumgärtner packte gerade ihre Unterlagen zusammen, als sie jäh von einem Schrei unterbrochen wurde. Sie eilte in den Gang hinaus.

Dort stand Jens Kerner, der seinen jüngeren Bruder gegen die Wand drückte, beide Hände an seinem Hemdkragen, ein Knie in seinen Eingeweiden. Carina Reinicke versuchte, ihn wegzuziehen, hatte aber keine Chance. Jens kochte vor Zorn.

«Herr Kerner!», schrie Mareike Baumgärtner. «Hören Sie sofort auf! Beide!»

«Sag mir, wo sie ist!», fuhr Jens Kerner seinen Bruder an. «Wo ist Rabea Leihmann?»

Doch der lächelte nur.

27

Die Frage nach dem Verbleib von Rabea Leihmann klärte sich am Dienstagabend, als das Ultimatum des Täters ablief – und Jens Kerner war nicht dabei.

Im Präsidium kochten die Gerüchte hoch, von einem lautstarken Streit zwischen Jens und der Baumgärtner war die Rede, mit dem Ausgang, dass Jens hingeschmissen oder, je nachdem, mit wem man sprach, die Baumgärtner ihn suspendiert hatte. Das konnte und wollte Carina sich nicht vorstellen.

Aber sie konnte und wollte sich auch den Anblick nicht vorstellen, der sie erwartete, doch der war schon jetzt Realität und würde es gleich auch für sie werden.

Über der glatten schwarzen Wasseroberfläche des rechteckigen Beckens erhob sich der massive, rot verklinkerte ehemalige Wasserturm vor dem dunklen Nachthimmel. Darin war das Hamburger Planetarium untergebracht. Die Außenbeleuchtung war noch in Betrieb, eine wunderschöne Illuminierung, die den Turm glühen ließ und ihn weithin sichtbar machte. Ein Wahrzeichen der Stadt, in dem sich Carina schon die eine oder andere Vorführung angeschaut hatte, und sie wusste noch, wie ergriffen sie jedes Mal gewesen war. Rechts und links des Turms erstrahlte im Kunstlicht das frische Maigrün der Rasenflächen und der Bäume mit einer Intensität, die Carina zu einem anderen Zeitpunkt in Staunen versetzt hätte. Aber heute bildete all das nur den Rahmen für ein weiteres Schreckensszenario.

Vor einer halben Stunde war das Foto unter #findemich bei Instagram aufgetaucht. Es zeigte eine junge Frau, die in einer dunklen Mauernische saß. Ihr Gesicht leuchtete grünlich von der fluoreszierenden Farbe. Unter das Foto hatte der Täter abermals verschiedene Hashtags gesetzt.

#carpediem #Zeitnichtgenutzt #leuchtendesBeispiel #findemich #RabeaLeihmann #nächstesMal.

Das Bild war aus einer Entfernung von vielleicht zwei Metern aufgenommen worden, deshalb hatte es eine Weile gedauert, bis sie darauf gekommen waren, wo der Täter Rabea Leihmann platziert hatte.

Sie saß in einer der dunklen Mauernischen am Fuße des Hamburger Planetariums.

Außer Atem, weil sie vom Präsidium aus gerannt war, nachdem Hillmann-Tony das Foto entdeckt hatte, ging Carina am rechten Rand des rechteckigen Wasserbeckens entlang, das in Verbindung mit den Wegen und der Festwiese auf gerader Strecke eine Achse in Ost-West-Richtung bis hin zum Stadtparksee bildete. Links davon lag der dichtgewachsene, dunkle Sierichsche Wald.

Hinter und neben Carina sowie auf der anderen Seite des Beckens gingen Dutzende Beamte und Beamtinnen herum, irgendwo darunter waren auch Hagenah und Oktay. Einsatzsirenen heulten durch die Nacht, und an den Unterseiten der Wolken, die über der Stadt lagen, schien sich das zuckende Blaulicht der Streifenwagen zu brechen.

Carina ließ den Blick auf der Suche nach Auffälligkeiten wandern, vielleicht einem Penner, der sich im Gebüsch versteckt hielt, aber da war niemand. Auch deshalb war sie zu Fuß über den Wiesenstieg in Richtung Stadtpark gerannt. Sie hatte gehofft, der Obdachlose, der sich als Klaus Breininger ausgegeben hatte, würde ihr noch einmal über den Weg laufen, aber so blöd war der natürlich nicht.

Carina erreichte die Stufen, die zum riesigen Fuß des Planetariums hinaufführten. Aus dieser Entfernung war das leuchtende Gesicht von Rabea Leihmann noch nicht zu sehen, dafür war das Licht der Umgebung zu stark.

Carina erinnerte sich, dass sie als Jugendliche oft mit ihren Freundinnen und Freunden hier auf den Stufen gesessen und so manchen Abend verbracht hatte, inklusive heftiger Knutschereien mit ihrem ersten Freund Björn. Schöne Erinnerungen waren das, über die sich nun dieser Schrecken legte. Und dann sah Carina sie.

In einer der Nischen unter dem Schriftzug «Planetarium» saß Rabea Leihmann mit dem Rücken an die Wand gelehnt da.

Ihre Augen waren weit geöffnet, tot blickten sie geradewegs in Richtung des Wasserbassins, wo am Samstagabend die Leiche von Krystina Zoller gesessen hatte – ihrerseits mit Blick aufs Planetarium. Carina ging vor der Leiche auf die Knie und musste den Impuls unterdrücken, die toten Augen zu schließen. Sie wusste, bis zu einer Stunde nach dem Tod ging das noch, bevor dann die Leichenstarre einsetzte.

Jemand trat hinter sie. Es war Rolf Hagenah. Außer Atem und mit hochrotem Kopf. «Ein leuchtendes Beispiel für unsere Inkompetenz», sagte er mit stockender Stimme.

KAPITEL 4

1

«Wie geht es Ihnen heute?»

«Ganz wunderbar!»

«Das kann ich sehen. Sie wirken ja richtig aufgekratzt und fröhlich.»

«Ich glaube, seit damals ging es mir noch nie so gut!»

«Was ist denn passiert? Erzählen Sie bitte.» Wie jedes Mal machte die Psychotherapeutin Gerda Schneider-Lüdtke eine einladende Handbewegung und schob dann die Brille auf der Nase hoch.

Spontan entschied er sich heute für den Sitzsack. Darauf hatte er noch nie gesessen, für ihn war das kein Sitzmöbel im eigentlichen Sinne, aber warum nicht einmal etwas Neues ausprobieren?

Also ließ er sich hineinfallen.

Die kleinen Schaumstoffkügelchen darin gaben knarzend nach, aber er saß recht bequem. Vielleicht sollte er sich auch so ein Ding anschaffen.

Alles schien ihm jetzt möglich. Die Therapie verlief so erfolgreich, wie er es sich nicht hatte vorstellen können. Nicht die der Schneider-Lüdtke natürlich, sondern seine eigene, abgewandelte Therapie. Die Last, die zuvor tonnenschwer auf ihm gelegen hatte, war bedeutend leichter geworden. Endlich hatte er das Gefühl, das Richtige zu tun, Vergeltung zu üben und damit der Welt wieder ins Lot zu verhelfen. Das war wichtig, damit alles in Bewegung blieb.

Er hatte verstanden, dass sein eigenes Leben nur deshalb zum Stillstand gekommen war, weil er sein Schicksal akzeptiert und nicht versucht hatte, ihm etwas entgegenzusetzen.

Aber nun, nun endlich begann wieder alles zu fließen, er war in Bewegung, tat, was getan werden musste, und erwies der Gesellschaft damit auch noch einen Dienst.

«Dann spannen Sie mich mal nicht auf die Folter, mein Lieber. Ich bin gespannt!»

Er sah auf seine Knöchel, die kleine Verletzungen davongetragen hatten, als er Rabea geschlagen hatte. Im Vergleich zu den Schmerzen, die er zuvor erlitten hatte, war das nichts, und es hatte regelrecht gutgetan, sie zu spüren. Ein Gefühl, das süchtig machen konnte.

Das alles machte süchtig. Die Fahrten. Die Vergewaltigungen. Die Zeitungsartikel.

«Ich fühle mich endlich wieder real», sagte er. Diesen Satz hatte er nicht vorbereitet, er war einfach da und wollte ausgesprochen werden.

«Und vorher, wie haben Sie sich da gefühlt?»

«Untot. Ich habe allen um mich herum beim Leben zugeschaut, ich selbst aber habe nicht gelebt.»

«Und was hat zu der Veränderung geführt?»

«Ich denke, die Gespräche mit Ihnen haben einen großen Einfluss», sagte er. Dieser Satz war natürlich zurechtgelegt. «Zudem habe ich Menschen kennengelernt, denen mein Schicksal nicht egal ist, die meinen Schmerz nachvollziehen können ... ihn vielleicht sogar am eigenen Leib spüren. Und das habe ich auch Ihnen zu verdanken! Allein wäre ich niemals auf die Idee gekommen.»

«Das freut mich zu hören! Erzählen Sie mir doch von den

Menschen, die Sie kennengelernt haben. In den Selbsthilfegruppen, nehme ich an?»

Irgendwie störte der Sitzsack ihn nun doch. Er war bequem, das schon, aber er musste von hier aus zu seiner Therapeutin aufsehen. Schlimmer noch: Sie blickte auf ihn herab. Kein schönes Gefühl, weiß Gott nicht, aber sich jetzt noch einen anderen Platz zu suchen, wäre peinlich gewesen.

«Jaja, in der Selbsthilfegruppe, genau», sagte er und richtete sich ein wenig auf.

«Wie heißt denn die Gruppe?»

«Wieso?»

Die Gegenfrage kam zu schnell und zu heftig, das merkte er selbst.

«Nun, ich finde, die haben oft sehr schöne und einfallsreiche Namen, deshalb frage ich.»

«Ich weiß nicht ... habe ich mir nicht gemerkt», log er. «Aber, na ja, da ist eine Frau ... Lehrerin, wie Valerie, aber nicht, dass Sie das falsch verstehen, da ist nichts Sexuelles ... ich habe nur das Gefühl, dass sie mich besonders gut versteht.»

«Das klingt doch gut. Wollen Sie sie vielleicht einmal mit hierherbringen? Es würde mich wirklich freuen, sie kennenzulernen.»

«Ja, vielleicht ... mal sehen!»

Die Fragerei nervte ihn, und seinem Enthusiasmus ging die Puste aus. Während sie sich weiter unterhielten, passte er gut auf, um nichts Falsches zu sagen, und er fragte sich, ob es nicht besser wäre, die Therapie wirklich abzubrechen. Streng genommen brauchte er sie ja gar nicht mehr. Er war heilfroh, als die Stunde endlich vorüber war.

Beim Verabschieden sah die Schneider-Lüdtke ihn merkwürdig an. Mit einem Blick, den er nicht deuten konnte. Als er unten auf dem Bürgersteig angelangt war und sich zu dem Fenster ihrer Praxis in der Bornstraße umdrehte, sah er sie als Umriss hinter der Gardine stehen.

Sie beobachtete ihn.

Hatte sie Verdacht geschöpft?

Als er sich rasch umdrehte, um ihrem Blick zu entkommen, wäre er beinahe in die Baugrube gefallen.

2

Am Donnerstagmorgen betrat ihre Chefin, die Baumgärtner, mit einer dicken Mappe unter dem Arm den Besprechungsraum, und sofort legte sich eine unheilvolle Stimmung über die Anwesenden. Carina Reinicke konnte sie spüren, und sie hatte Angst vor dem, was kommen würde, denn einige Kollegen hatten sich zu einer geheimen Rebellion zusammengetan, die von Hagenah angeführt wurde.

«Wir haben kein zweites Handy im Büro des Herrn Wächter gefunden», begann die Baumgärtner kühl und sachlich. Sie war wieder perfekt gekleidet, die Frisur saß, und dennoch glaubte Carina, in ihrem Blick einen Hauch von Unsicherheit und Verzweiflung erkennen zu können. Aber vielleicht projizierte sie auch nur ihre eigene Verfassung auf ihre Chefin.

«Auch nicht in den weiteren Räumen entlang des Ganges, auf die wir die Suche ausgeweitet haben. Aus dem Fenster geworfen hat er es auch nicht. Die Funkzellenabfrage ist wegen der hohen Handydichte in der Stadt und im Hotel schwierig und, wenn das Handy wie anzunehmen verschlüsselt sendet, sowieso sinnlos. Natürlich kann Herr Wächter trotzdem Urheber des Videoposts von Rabea Leihmann sein.»

«Wie das?», fragte jemand.

Hillmann-Tony, der auf einem Stuhl ganz vorn saß, erhob sich, wandte sich dem Team zu und erklärte: «Posts bei Instagram lassen sich terminieren. Das geht zwar nicht direkt in der App, dazu braucht man ein Social-Media-Management-Tool, aber davon gibt es einige. Wächter könnte also das Video gedreht und den Post sofort geschrieben und terminiert haben, bevor er ins Hotel geeilt ist.»

«Und wenn er verschiedene Konten dort hat?», fragte eine Kollegin.

Hillmann-Tony nickte anerkennend. «Das haben wir natürlich überprüft, was einfach ist. Man hält das Profilbild in der Navigationsleiste gedrückt, bis alle verbundenen Konten angezeigt werden. Aber Wächter hat nur das eine. Allerdings ist auffällig, dass er seinen Suchverlauf bei Instagram gelöscht hat.»

«Weil er etwas zu verbergen hat?», wollte Carina Reinicke wissen.

Hillmann-Tony warf der Baumgärtner einen hilfesuchenden Blick zu.

Die sagte: «Das wissen wir noch nicht, aber Herr Hillmann arbeitet intensiv an der Auswertung des Handys. Das braucht natürlich Zeit.»

«Richtig, aber bei der ersten Durchsicht ist mir bereits etwas aufgefallen. Herr Wächter nutzt auf seinem Handy InstaLooker, das ist eine webbasierte Anwendung, um

Fotos auf privaten Instagram-Profilen anschauen zu können, denen man nicht selbst folgt.»

«Herr Wächter wurde inzwischen dazu von mir vernommen», übernahm die Baumgärtner. «Aber auch wenn das alles verdächtig wirkt, sollten wir uns nicht zu früh freuen. Wir haben seinen Hintergrund beleuchtet, und es spricht erst einmal nichts dafür, dass er der Täter ist. Allerdings hätte er am Dienstagabend Gelegenheit gehabt, Rabea Leihmann am Planetarium abzulegen, denn er stand nach der Vernehmung nicht unter Beobachtung. Er hatte eine plausible Erklärung dafür, warum er Freitagnacht im Hotel war, obwohl er zunächst das Gegenteil behauptet hatte. Er hat sich in einem der Zimmer mit einer Frau getroffen. Sie ist verheiratet, deshalb halten beide die Beziehung geheim. Die Frau wurde noch nicht befragt, da sie am Samstag zu einer Reise nach Amerika aufgebrochen ist.

Eine weitere Spur führt zu dem Fahrdienstanbieter MyDriver hier in Hamburg. Das erste Opfer, Krystina Zoller, fuhr gelegentlich mit diesem Fahrdienst, der eine Haltestelle in der Nähe des *Flying Dutchman* betreibt, und sie fühlte sich durch einen anderen Fahrgast belästigt. Man kann diesen Fahrservice nicht wie ein Taxi heranwinken und spontan zusteigen und auch nicht länger als zehn Minuten im Voraus bestellen, sondern nur über eine App buchen. Weil das so ist, haben wir die Kontaktdaten des Mannes, der mit Krystina Zoller gefahren ist. Leider ist er nicht im selben MyDriver-Bus gefahren wie Rabea Leihmann. Sie ist aus der Innenstadt bis zu ihrem eigenen Wagen, der in Schnelsen parkte, ebenfalls mit einem MyDriver gefahren. Dazu haben wir die Aussage ihrer Arbeitskollegin. Ob der Fahrer in beiden Fällen möglicherweise identisch ist, werde ich sofort nach dieser Besprechung bei MyDriver vor Ort überprüfen. Alle anderen Aufgaben und die Verteilung entnehmen Sie bitte dem von mir erstellten Skript. Ich möchte, dass sich jeder daran hält. Abweichungen werden nur von mir genehmigt. Hat noch jemand Fragen?»

«Was ist mit Jens Kerner?»

Die Frage kam von Rolf Hagenah. Carina Reinicke sah zu ihm herüber. Er saß mit vor der Brust verschränkten Armen da, das Gesicht wie in Stein gemeißelt.

«Ich habe Herrn Kerner von diesem Fall entbunden.»

Im Team regte sich Unruhe. Gemurmel wurde laut.

«Ruhe bitte!», rief die Baumgärtner mit schneidender Stimme. «Um den Gerüchten Einhalt zu gebieten, will ich Ihnen erklären, warum es nicht anders ging. Herr Kerner ist persönlich betroffen. Sein jüngerer Bruder, Karsten Kerner, steht im Fokus der Ermittlungen. Er hat ein Motiv: Familienstreitigkeiten. Er hat für beide Tatzeiträume kein Alibi. Zwar kann er am Dienstagabend Rabea Leihmann nicht am Planetarium abgelegt haben, da stand er unter Beobachtung und hielt sich in seinem Atelier auf. Aber er ist Künstler und arbeitet mit fluoreszierender Farbe, mit der er menschliche Gesichter zum Leuchten bringt. Ich habe Karsten Kerner vernommen, in der Folge kam es zwischen den Brüdern hier im Präsidium zu einer körperlichen Auseinandersetzung. Wir werden die Erfahrung und die Kompetenz des Kollegen Kerner vermissen, aber es geht nicht anders.»

Stille.

«Ich habe gehört, er ist nicht nur von diesem Fall entbunden, sondern vom Dienst suspendiert.» Hagenahs Stimme war ein einziges Grollen.

«Herr Kerner hat einen Verdächtigen körperlich angegriffen und ihn verletzt. Wir werden deswegen sicher angezeigt werden. Ich hatte keine andere Wahl. Ja, der Kollege Kerner ist vorläufig vom Dienst suspendiert.»

«Wir haben hier einen der kompliziertesten Fälle der letzten Jahre, einen eiskalten Täter, bereits zwei Opfer, viel zu wenig Personal, tappen im Dunkeln … und Sie suspendieren einen fähigen Kollegen, der in dem Fall von Anfang an ermittelt und damit über die größtmögliche Kompetenz verfügt?» Diesmal kam die Frage, die eher eine Anklage war, von Becca. Sie saß aufrecht in ihrem Rollstuhl, das Kinn leicht erhoben, der Blick fest.

«Die Leitung liegt nun bei mir, und ich bin ebenso umfassend involviert wie Herr Kerner. Zusätzliches Personal aus anderen Dienststellen ist angefordert und wird uns im Laufe des Tages zur Verfügung stehen. Ich schlage vor, wir konzentrieren uns zu hundert Prozent auf den Fall und nicht auf interne Abläufe.»

Rolf Hagenah erhob sich. Langsam und unheilvoll. Seine Hände waren zu Fäusten geballt, sein Kinn gereckt. Tief sog er die Luft in seinen massiven Brustkorb ein. «Sie machen einen schweren Fehler, und ich protestiere hier und jetzt und im Namen meiner Kolleginnen und Kollegen gegen die Suspendierung von Jens Kerner.»

Carina Reinicke zollte Rolf großen Respekt dafür, dass er sich bereit erklärt hatte, der Baumgärtner vor versammelter Mannschaft so offensiv entgegenzutreten. Niemand sonst hatte sich dafür gemeldet. Eventuell würde das Folgen für ihn haben, das konnte man noch nicht absehen.

«Ist angekommen», versetzte die Baumgärtner und erwiderte seinen Blick. «Sonst noch was? Jemand hier, der aus Kollegialität in den Urlaub gehen und dem Täter sein Treiben damit noch leichter machen will?»

Schweigen.

«Gut. Dann an die Arbeit.»

3

Hashtag-Killer holt zweites Opfer!

Innerhalb von fünf Tagen ist es einem Unbekannten gelungen, zwei junge Frauen auf den nächtlichen Straßen Hamburgs aus ihren Autos heraus zu entführen. Beide Frauen wurden später bestialisch zugerichtet im Stadtpark gefunden. Der leitende Ermittler wurde vom Dienst suspendiert. Lesen Sie den kompletten Bericht unseres Reporters Luca dos Santos auf **Seite 3**.

Das hatte Jens in den vergangenen zwei Tagen mehrfach getan, denn es war die einzige Informationsquelle, die er hatte. Kurios genug, dass er inzwischen ausgerechnet auf das Geschreibsel von dos Santos angewiesen war, um auf dem Laufenden zu bleiben.

Noch am Vormittag des Tages, an dem er Karsten im Präsidium an die Gurgel gegangen war, hatte die Baumgärtner ihm nicht nur den Fall entzogen, nein, sie hatte ihn vorläufig suspendiert und eine psychologische Begutachtung angeordnet. Im Präsidium brauchte er sich dieser Tage also nicht blicken zu lassen.

Und so war Jens auch nicht dabei gewesen, als sein Team einmal mehr von dem Täter vorgeführt worden war, den dos Santos in seinem reißerischen Bericht den «Hashtag-Killer» nannte. Natürlich gab es kein Foto von der Leiche Rabea Leihmanns, aber in dem Bericht stand zu lesen, sie habe am Fuße des Planetariums in einer Wandnische gesessen, den Blick in Richtung Wasserbassin gerichtet, an dem Krystina Zoller gefunden worden war. Von Leuchtfarbe im Gesicht des zweiten Opfers stand dort nichts, aber Jens konnte es sich denken und leider auch vorstellen.

Zwei Tage waren seit seiner Suspendierung vergangen. Der Täter war nicht gefasst worden. Wahrscheinlich suchte er bereits sein nächstes Opfer aus. Jens hätte Informationen über den Stand der Ermittlungen bekommen können, wenn er auf die Anrufe und Textnachrichten von Becca oder Hagenah reagiert hätte, aber das wollte er nicht. Es reichte, dass er in der Kritik stand, er musste nicht noch sein Team mit hineinziehen, und das wäre unweigerlich passiert, wenn er den Kontakt gesucht hätte.

Diese altruistische Begründung hatte Jens sich wunderbar zurechtgelegt. Und es war ja auch nicht komplett falsch. Aber zu einem großen Teil war es ihm einfach peinlich, seine Leute um Informationen bitten zu müssen, mit denen er ohnehin nichts anfangen durfte. Um wie viel einfacher war es doch da, sich wie ein einsamer Wolf in sich selbst zurückzuziehen.

Während Jens dasaß und grübelte, hatte er sich gefragt, ob er nicht froh darüber sein sollte, sich nicht länger mit diesem Täter messen zu müssen. In den ersten Stunden nach seinem Rausschmiss, als Wut, Enttäuschung und Selbstmitleid am größten gewesen waren, hatte er sich eingeredet, es sei ihm scheißegal. Sollte die Baumgärtner doch sehen, wie sie zurechtkam. Ihrer Karriere würde dieser Fall nicht guttun, so viel stand schon jetzt fest.

Aber Jens war, wie er war, er konnte nicht aus seiner Haut. Der Täter hatte ihm den Fehdehandschuh hingeworfen, aus welchen Gründen auch immer, und Jens würde nicht die Hände in den Schoß legen und den Feigling geben. Er musste nicht im Dienst sein, um weitermachen zu können, dafür gab es andere Mittel und Wege.

Becca, Rolf und Carina durfte er in seine Machenschaften allerdings nicht hineinziehen. Deshalb war es besser, nicht auf ihre Nachrichten und das Klingeln unten an der Wohnungstür zu reagieren. Besonders um Becca tat es ihm leid. Er hatte ihr geschrieben, er brauche ein paar Tage Abstand und werde sich dann melden, aber sie kannte ihn zu gut, als dass sie ihn damit durchkommen lassen würde.

Jens trat ans Fenster seiner Wohnung und sah hinaus. Es hatte zu regnen begonnen. Unten gab es eine Baustelle, die Erde war aufgerissen, Warnbaken leuchteten gelborange. In dieses Bauloch zu blicken war, als blickte er auf die Trümmer seiner beruflichen und privaten Existenz. Nach wie vor fühlte er sich allein, ja, sogar einsam, aber es half ihm, Pläne zu schmieden. Wenn er sein Vorhaben durchzog und es möglicherweise zur Katastrophe käme, würde er nie wieder als Polizist arbeiten. Aber so weit war es ja noch nicht.

In den dunkelsten Stunden seit seiner Suspendierung hatte er die alten Fotoalben angeschaut, die sich nach dem Tod seiner Eltern in seiner Wohnung befanden, Familienfotos aus seiner Kindheit und Jugend. Viele davon zeigten ihn zusammen mit Karsten, und nicht ein einziges ließ den

Betrachter vermuten, sie hätten sich nicht verstanden. Bilder hatten schon damals gelogen, nicht erst im Zeitalter des Internets.

An einem Bild war Jens lange hängengeblieben. Es zeigte ihn und Karsten auf einer sonnenbeschienenen Straße, wahrscheinlich hatte seine Mutter es aufgenommen. Jens war damals vielleicht sechs Jahre alt gewesen. Die Kleidung schien selbstgenäht. Sie trugen kurze Hosen und gestrickte Westen. Jens saß auf einem Dreirad, Karsten auf einem coolen Kettcar. Karsten strahlte, Jens sah neidisch zu ihm hinüber. Er erinnerte sich, dass es einen erbitterten Streit um dieses Kettcar gegeben hatte, weil es natürlich cooler war als das babyhafte Dreirad. Im Laufe dieses Streites, den Jens gewonnen hatte, hatte Karsten die lustige orangefarbene Fahne vom Kettcar abgebrochen und war damit ins Haus gelaufen. Daraufhin war ihr Vater herausgekommen, hatte Jens das Kettcar weggenommen und ihm untersagt, jemals wieder damit zu fahren.

Jens hatte versucht, die Lüge klarzustellen, doch niemand hatte ihm geglaubt. Wer sich verteidigt, klagt sich an. An diese Worte seines Vaters konnte er sich noch gut erinnern.

Jens warf einen Blick auf die Uhr am Handgelenk.

Dann rief er Freddy Förster an und bekam die Info, die er sich erhofft hatte.

Es wurde Zeit.

Also verließ er das Haus und machte sich auf den Weg.

4

Das Gebäude, in dem Leopold Vollmer sein kleines Unternehmen betrieb, war eine Bruchbude – die Fassade grau und rissig, die Fenster alt, teilweise milchig, Reste von Farbe blätterten ab. Aus den Fugen des Sockels bröckelte Beton.

Carina Reinicke und Rolf Hagenah standen vor dem Geschäft und betrachteten das Schild über der Eingangstür: Vollmer, Pokale und Gravuren. Links neben der Tür gab es ein kleines Schaufenster, in dem einige Pokale ausgestellt waren, wie sie bei Sportveranstaltungen vergeben wurden, daneben aber auch gravierte und verzierte Glaskaraffen und Gläser.

«Würde mich nicht wundern, wenn bei uns im Vereinsheim ein von Vollmer gravierter Pokal steht», bemerkte Carina. Sie spielte Amateurfußball beim FC St. Pauli. Ihre Mannschaft hatte bereits den einen oder anderen Pokal gewonnen. «Dann überprüfen wir den Mann mal. Es steht im Skript der Baumgärtner, und sie erwartet unseren Bericht.»

«Erwähne bitte nicht ihren Namen in meiner Gegenwart, sonst bekomme ich Bluthochdruck», sagte Hagenah und probierte die Türklinke. Überrascht zog er die Augenbrauen hoch, weil tatsächlich geöffnet war. Nach außen hin machte der Laden den Eindruck, als wäre er kurz nach dem letzten Weltkrieg in die Insolvenz gegangen. Eine Klingel meldete die Besucher an.

Im Laden war es schummrig. Das einzige Licht kam aus den Glasvitrinen, die rechts und links entlang der Wände standen. Sie waren mit Pokalen, Medaillen, Gläsern, Karaffen, Marmorblöcken, Zinntellern und Zinnbechern sowie Holzbrettchen vollgestellt, einige graviert, die meisten aber nicht.

Ein abgewetzter Pfad im Linoleumboden zeigte den Weg, den die Kunden zum zentralen Tresen nehmen mussten. Darauf waren die verschiedensten Dekoartikel und Give-aways ausgestellt, die zum Gravieren geeignet waren: Flaschenöffner, Kugelschreiber, Handyhüllen, Stifthalter, Klingelschilder, Halsketten mit Armeemarken, Messer, Magnethalter.

Es gab eine Tür hinter dem Tresen, die offen stand. Ein hohes, sirrendes Geräusch drang aus dem Raum dahinter. Es klang nach Zahnarzt. Hagenah entdeckte auf dem Tresen eine Glocke, wie sie früher an der Rezeption von Hotels genutzt worden waren; er schlug mit der flachen Hand drauf. Das sirrende Geräusch verstummte sofort.

Ein mittelgroßer Mann in Jeans mit einer derben Kittelschürze aus Kunststoff darüber erschien in der Tür. Er hatte sich eine Schutzbrille auf die Stirn geschoben, dadurch stand sein hellbraunes Haar zu Berge. Die Augen waren wässrig blau, der Blick durchdringend. Er musste zwischen dreißig und vierzig Jahre alt sein. Im Kopf verglich Carina ihn mit dem Foto, das Krystina Zoller von dem Mann im MyDriver gemacht hatte. Er konnte es sein oder auch nicht. Jedenfalls würde sie sich auch unwohl fühlen, wenn sie von diesem Mann angestarrt werden würde – vor allem nachts in einem Kleinbus.

«Ja bitte?», sagte er. Es klang argwöhnisch. Hagenah trug Uniform, da war das nicht ungewöhnlich.

«Leopold Vollmer?», fragte Carina.

«Ja.»

Sie zog ihren Dienstausweis hervor und stellte sich und Hagenah vor.

«Wir führen im Rahmen einer Ermittlung Routineabfragen durch, um Zeugenaussagen abgleichen zu können», fuhr sie fort. Vollmer blickte von einem zum anderen und blinzelte.

Carina fragte ihn nach dem Tag, an dem Krystina Zoller sich im MyDriver belästigt gefühlt hatte.

«Ja», bestätigte Vollmer. «Das ist richtig, da bin ich mit einem MyDriver gefahren. Seit es diesen Service gibt, nutze ich ihn. Vorher bin ich mehr Bus und Bahn gefahren, aber so ist es viel bequemer.»

«Können Sie sich an einen weiblichen Fahrgast erinnern, der mit Ihnen in dem Bus gefahren ist?»

«Nein ... Vielleicht war ich zu sehr in Gedanken versunken oder einfach müde, ich kam ja von einer ... Feier.»

«Was für eine Feier war das?», fragte Hagenah.

«Familie. Ein Geburtstag.»

«Darf ich den Namen erfahren?»

Vollmer runzelte die Stirn. «Warum?»

«Reine Routine. Wir müssen alle Aussagen verifizieren.»

«Nun, es ist ... na ja, ich war bei einer Dame, nicht auf einer Feier. Sie verstehen.»

«Nein, verstehe ich nicht», sagte Carina.

«Eine Massage ...»

«Ist doch kein Problem, das können wir genauso gut überprüfen.»

«Eine ... erotische Massage.»

«Oh, ach so. Okay, gut. Geben Sie uns einfach die Adresse, wir fragen dort nach.»

«Warum? Wessen werde ich beschuldigt?»

«Wir beschuldigen Sie nicht. Es geht einfach nur darum, Ihre Aussage zu überprüfen.»

«Aha. Gut, dann machen Sie das.» Jetzt klang der Mann ein wenig pampig, und als er Carina die Adresse des Etablissements in den Notizblock diktierte, warf er ihr einen eiskalten Blick zu.

«Womit verdienen Sie Ihren Lebensunterhalt?», fragte Hagenah.

Vollmer runzelte die Stirn. «Schauen Sie sich um. Ist das so schwierig zu erraten?»

«Und davon können Sie leben?»

«Ich verkaufe hauptsächlich übers Internet. Persönliche Gravuren auf Gläsern, Besteck, Geschirr und dergleichen. Hier im Laden tauchen nur noch hin und wieder die Sportvereine auf. Eigentlich könnte ich den Laden zumachen, aber das Gebäude gehört mir, also spielt es keine Rolle.»

«Schon mal einen Pokal für Pauli gemacht?», fragte Carina.

Vollmer fixierte sie. «Mehr als einmal», antwortete er.

Während der Vernehmung fragte Carina sich, ob er der Mann gewesen sein könnte, der ihr und Levin Oktay im Wiesenstieg entgegengekommen war und sich als Klaus Breininger ausgegeben hatte. Da der Mann sich in die schäbigen und viel zu großen Klamotten eines Obdachlosen gekleidet und einen wahrscheinlich aufgeklebten Vollbart sowie eine Perücke getragen hatte, konnte sie sich diese Frage nicht beantworten. «Und was haben Sie am Samstag gemacht?»

Leopold Vollmer dachte einen Moment nach.

«Ich denke, ich bin früh schlafen gegangen.»

«Sie leben allein?»

«Ja … seit meine Frau vor vier Jahren bei einem Autounfall verstorben ist.»

«Mein Beileid. Und Dienstagabend? Wo waren Sie da?»

Er zeigte hinter sich. «In der Werkstatt. Ich musste Aufträge abarbeiten, einpacken und für den Versand fertig machen. Das hier ist ein Ein-Mann-Unternehmen, jeden Handschlag erledige ich selbst.»

«Gut!» Carina klappte ihren Notizblock zu. «Das war es auch schon. Vielen Dank für Ihre Mithilfe.»

«Ich hätte zu gern in seine Werkstatt geschaut», sagte Carina, als sie wieder auf dem Bürgersteig gingen.

«Warum? Glaubst du, er graviert dort Leichen?»

«Das vielleicht nicht. Aber wie er die Gläser und das Geschirr verpackt, würde mich interessieren. Ist ja empfindliches Zeug. Nimmt er diese Blasenfolien oder Verpackungschips?»

Hagenah blieb wie vom Donner gerührt stehen. «Scheiße! Gelbe Verpackungschips», sagte er.

Carina nickte. «Darüber hinaus ist er ein einsamer Witwer, der Entspannung bei Prostituierten sucht.»

«Und? Das machen viele.»

«Ich meine ja nur, wegen dieser Porno-Puppe auf dem Beifahrersitz.»

«Noch mal: Scheiße! Du könntest recht haben!»

«Oder auch nicht. Soll die Baumgärtner entscheiden, ob wir ihn uns näher anschauen sollen oder nicht.»

Als Carina weitergehen wollte, durchzuckte sie ein scharfer Schmerz, der vom Bauch ausging, und sie krümmte sich leise stöhnend zusammen.

Sofort war Hagenah bei ihr, legte ihr behutsam seine Pranke auf den Rücken.

«Was ist los? Alles klar?»

Carina nickte, richtete sich auf und holte tief Luft. «Jaja, alles gut. Ich glaub, ich hab mir beim Training einen Muskel gezerrt», log sie.

5

Das kurze Stück Weg vom Mitarbeiterausgang des Bürohochhauses bis zum Parkplatz hatte Ilka Kramer schon immer als beängstigend empfunden. Die einzige Alternative war jedoch die Tiefgarage, aber die fand sie noch viel schlimmer. Tiefgaragen waren das Nonplusultra aller Schreckensorte, tagsüber ebenso wie nachts.

Der Parkplatz war hell beleuchtet. Hier sorgte der Hausmeister dafür, dass immer alle Lampen funktionierten, und dennoch kam es Ilka so vor, als wäre künstliches Licht nur dafür da, der Dunkelheit eine ganz besondere Tiefe und Intensität zu verleihen.

Einen Fuß noch in der Tür, damit sie nicht zufallen konnte, blieb Ilka stehen und ließ ihren Blick über den Parkplatz gleiten. Die großen Laubbäume waren tagsüber toll, sie spendeten den Autos Schatten, aber jetzt, nach Einbruch der Dunkelheit, waren es genau diese Schatten, die ihr Angst machten. Es standen vielleicht noch zwei Dutzend andere Wagen auf dem großen Areal verteilt. Bis zu ihrem waren es höchstens zwanzig Meter.

Aber weiter hinten stand ein Wagen mit laufendem Motor. Sie konnte deutlich die Abgaswolken sehen. Solange der Wagen in dieser abwartenden, lauernden Art und Weise dort stand, würde sie das Gebäude nicht verlassen. Auf gar keinen Fall!

Ilka wollte sich schon hinter die Tür zurückziehen, als der Wagen plötzlich davonfuhr. Da er die westliche Ausfahrt des Parkplatzes benutzte, musste er nicht an ihr vorbei, und sie konnte nicht erkennen, wer darin saß.

Im nächsten Augenblick nahm sie hinter der Glasscheibe der Tür eine Bewegung wahr. Erschrocken fuhr Ilka herum und riss zum Schutz die Hände hoch. Hinter ihr stand plötzlich ein großer Mann. «Na, wimmelt es auf dem Parkplatz wieder von Mördern», sagte er.

«Herrje! Herr Lutter, schleichen Sie sich doch nicht so an. Sie haben mich zu Tode erschreckt.»

Der beinahe siebzigjährige Hausmeister schüttelte den Kopf vor Vergnügen, und sein beachtlicher Bauch wackelte beim Lachen. «Aber Mädchen, hier auf dem Gelände passiert dir doch nichts. Wie oft hab ich dir das schon gesagt. Komm, ich bring dich zu deinem Wagen. Als Wiedergutmachung für den Schreck.» Immer noch lachend, ging er voran. Ilka, deren Herz wie wild klopfte, folgte ihm und war froh über die Begleitung. Sie wusste nicht, woher ihre Angst vor dunklen Parkplätzen und Parkhäusern kam, schließlich war ihr an diesen Orten noch nie etwas passiert. Vielleicht hatte sie einfach ein Buch zu viel gelesen, einen Film zu viel gesehen, einmal zu oft von Vorfällen gehört, die wirklich passiert sein sollten.

Sie runzelte die Stirn, als sie sich ihrem Wagen von hinten näherten. «Was ist das?», fragte sie und deutete auf das Heck.

«Gehört das nicht dorthin?», fragte der Hausmeister.

«Nein ...»

Jetzt waren sie nah genug heran, und Ilka sah, dass es sich um ein von Hand aufgemaltes Hashtag handelte.

«Das leuchtet ja!», sagte der Hausmeister. «Is wohl mit Leuchtfarbe gemalt. Was ist das für ein Zeichen?»

«Ein Hashtag.»

«Was?»

«Ein Hashtag, das ist ... egal jetzt. Heute früh war es noch nicht da. Jemand hat hier auf dem Parkplatz meinen Wagen beschmiert.»

«Herrje! So eine Sauerei! Und ich hab davon nichts ... Moment mal! Das erinnert mich an etwas. Warte mal, Mädchen, ich bin sofort wieder da!»

Und damit ließ er sie doch tatsächlich allein auf dem Parkplatz stehen und lief, so schnell es seine kaputte Hüfte und sein dicker Bauch zuließen, zurück ins Gebäude.

Ilka schlang die Arme um den Oberkörper und blickte um sich, versuchte, die Augen überall zu haben. Es war nicht kalt, und trotzdem fror sie. Die Angst kroch wie eine kalte Hand an ihrer Wirbelsäule empor. Ihr Magen zog sich zusammen, automatisch machte sie ein paar kleine Schritte rückwärts auf das Gebäude zu.

Da vorn an der Straße. Stand da nicht dieser Wagen von eben mit laufendem Motor?

Hinter ihr knallte die schwere Metalltür zu. Ilka fuhr herum und sah den Hausmeister auf sich zuhumpeln. Er schien aufgeregt zu sein, winkte mit einer zusammengerollten Zeitung und rief: «Nicht in den Wagen steigen! Auf keinen Fall in den Wagen steigen!»

Ilka rannte von ihrem Auto weg, als könnte es jeden Moment in die Luft fliegen. Keuchend erreichte sie der Hausmeister.

«... wusste ich's doch ... hier, in der Zeitung ... entführt und ermordet ... zwei Frauen ... und bei denen war auch so ein komisches Zeichen auf dem Wagen.» Er zeigte Ilka den Artikel auf der ersten Seite dieser furchtbaren Boulevardzeitung, die sie nie las. Herr Lutter hatte recht. Der Artikel handelte von zwei jungen Frauen, die auf dem Nachhauseweg aus ihren Autos heraus entführt und später ermordet im Stadtpark aufgefunden worden waren. Angeblich hatte jemand auf das Heck ihres Wagens mit Leuchtfarbe ein Hashtag gemalt.

Ilka spürte, wie ihre Knie weich wurden und die Buchstaben vor ihren Augen verschwammen. Sie kippte gegen den Hausmeister, der sie festhielt. «Lass uns lieber reingehen, Mädchen ... und dann rufen wir doch die Polizei.»

Sie ließ sich von ihm zurück ins Gebäude bringen und hatte die ganze Zeit das Gefühl, von Blicken verfolgt zu werden.

6

Bei dem Gebäude in Kiel handelte es sich um eine ehemalige Brauerei, aus Ziegelsteinen gemauert, die im Laufe der Jahre schwarz geworden waren und ihm den düsteren Eindruck einer von Pech geschwärzten Trutzburg verliehen.

Im Erdgeschoss waren eine Bank, ein Drogist und ein italienisches Restaurant untergebracht. Deren bunte Leuchtreklamen konkurrierten auf unpassende Weise mit dem in den Steinen eingebrannten Ruß der Jahrzehnte.

Die erste und zweite Etage war Wohnungen vorbehalten,

großen und kleinen, aber teuren, denn es war heutzutage schick, in den alten Industriegebieten im Herzen der Stadt zu wohnen.

Einige Fenster unten waren hell erleuchtet, im Gegensatz zu der Etage darüber. Dort befand sich das Loft, und dessen schmale, hohe Fenster blickten wie blinde Augen auf die Stadt hinab.

Dennoch bildete sich Jens Kerner ein, ein geradezu gespenstisches Glimmen wahrnehmen zu können. Ätherisches Licht, nicht von dieser Welt, würde jemand formulieren, der diesen Dingen mehr zugewandt war als Jens. Er vermutete dahinter weitere Kunstwerke aus fluoreszierender Farbe.

Man konnte Karsten vieles vorwerfen, das meiste davon zu Recht, aber er war nicht dämlich. Dämlich musste man aber sein, wenn man ein Verbrechen beging und dabei einen so unübersehbar deutlichen Hinweis auf das eigene Tun und Schaffen hinterließ.

Andererseits: Vielleicht spekulierte Karsten genau darauf: Mach dich so verdächtig wie nur irgend möglich, dann werden sie dich nicht verdächtigen.

Als er seinem Bruder im Präsidium an die Gurgel gegangen war, hatte Jens keinen Zweifel an dessen Schuld gehabt. Doch er war nicht festgenommen worden, lief immer noch frei herum, dafür musste es Gründe geben – so leichtfertig war die Baumgärtner schließlich nicht. Jens musste sich Gewissheit verschaffen, deshalb war er hier und würde gleich in das Atelier seines Bruders einbrechen.

Polizeiliche Befugnisse hatte er zwar nicht mehr, aber das war ihm scheißegal. Nur hätte er gern jemanden aus seinem Team an der Seite gehabt. Er war jetzt ein einsamer Wolf, auf sich allein gestellt.

Nun, nicht ganz. Der schlitzohrige Freddy half ihm.

Freddy hatte herausgefunden, wo Karsten lebte. Nicht seine Meldeadresse, an die war Jens spielend leicht selbst gekommen, sondern die Adresse, an der sein Bruder künstlerisch wirkte: dieses Loft dort oben, das nicht Karsten, sondern einem Mann namens Jean-Claude Freienstein gehörte, einem Kunstmäzen, dem es gefiel und nichts ausmachte, sein Geld in Typen wie Karsten zu investieren.

Jens warf noch einen Blick auf seine Armbanduhr, dann löste er sich aus dem Schatten des Hinterhofes, in dem er die vergangene Stunde verbracht hatte, lief über die Straße und näherte sich dem seitlichen Eingang, der für das Loft in der dritten Etage reserviert war. Dabei beobachtete er seine Umgebung genau. Jens trug dunkle Kleidung und hatte die Kapuze seines Hoodies über den Kopf gezogen, zudem war er nicht mit seiner Red Lady angereist, sondern mit dem Zug. Das war nicht nur eine Vorsichtsmaßnahme, denn die Lady war noch immer nicht repariert. Ein Umstand, der ihn mindestens ebenso fertigmachte wie die Ablösung von diesem Fall.

Die Videokameras an dem Gebäude hatte Jens vorher abgecheckt. Er hielt sich so, dass sie ihn nicht aufzeichnen konnten. Da sie nur auf die Vorderfront und die Personaleingänge der Bank und der Geschäfte ausgerichtet waren, konnte er sich ungesehen an der Metalltür zu schaffen machen, neben der sein eigener Name auf dem Briefkasten stand: Kerner.

Das Schloss der Metalltür war gut, aber nicht unüberwindbar. Es forderte Jens ein paar Minuten heraus, dann gab es nach und den Weg frei. Jens verschwand im Treppenhaus und zog die Tür hinter sich zu. Es gab hier keine

Fenster, daher konnte er seine Taschenlampe einschalten. Nackte Betonstufen führten ihn zwischen verputzten, aber nicht gestrichenen Wänden in die dritte Etage hinauf. Dort erwartete ihn die nächste Tür mit einem ähnlichen Schloss, das er wiederum in wenigen Minuten geöffnet hatte.

Er schaltete die Taschenlampe ein und betrat das Atelier seines Bruders. Es war ein einziger großer, langgestreckter Raum von vielleicht hundertfünfzig Quadratmetern, die Decke drei Meter hoch. Die gesamte vordere Front war verglast und bot einen prächtigen Ausblick auf die Stadt. Von dort fiel auch genug Licht herein, sodass Jens sich orientieren konnte.

Er fand eine Küche mit Tresen und Barhockern, eine Sitzecke mit riesigem Flatscreen an der backsteinernen Wand, eine Schlafcouch, ein Bett, einen durch Glasbausteine abgetrennten Bereich, hinter dem er das Bad vermutete. Vor allem aber sah er jede Menge Leinwände, kleine, große und riesige, dazu einige Tische, auf denen sich Utensilien wie Farbe und Pinsel, Dosen und Schalen stapelten. Es roch nach Ölfarbe und Verdünner, und im Halbdunkel glommen scheinbar schwebend grüngelbe Gesichter. Keine Menschen, sondern zu gesellschaftlichen Leuchttürmen stilisierte Antlitze.

Vier Stück davon entdeckte Jens in dem weitläufigen Atelier. Zwei ruhten auf hüfthohen, hölzernen Staffeleien, die anderen hingen an einer Wand. Da Jens kein Licht machen wollte, musste er sich die Kunstwerke im Halbdunkel anschauen. Auf dem ersten stand in erhabener Position auf einem sturmgepeitschten Felsen in dunkelgrauer Wasserlandschaft jemand, den Jens für Nelson Mandela hielt, auch wenn er sich nicht sicher war. Das Bild wirkte unfertig, denn in den Ecken war die weiße Leinwand zu sehen.

Da in Hamburg zurzeit seine Ausstellung stattfand, waren hier im Atelier in Kiel wohl nur die misslungenen oder nicht fertig gewordenen Bilder zurückgeblieben, vermutete Jens. Er entdeckte eine leuchtende Lady Di und zwei Männer, deren Gesichter ihm überhaupt nichts sagten. Schließlich fand er auf einem großen beschmierten Tisch auch die fluoreszierende Farbe, mit der die Bilder gemalt worden waren. Sie befand sich in Plastikflaschen zu 250 ml Inhalt.

Jens holte die eigene kleine Plastikflasche hervor, die er mitgebracht hatte und in der bis gestern Abend noch Duschgel gewesen war. Er schraubte den Deckel ab und füllte etwas von der Leuchtfarbe um. Hauptsächlich aus diesem Grund war er heute hier. Er würde Becca bitten, die Probe ins Labor zu geben und sie mit der Farbe abzugleichen, mit der Krystina Zollers und wohl auch Rabea Leihmanns Gesicht beschmiert gewesen waren. Ein Beweis war das nicht bei einer Farbe, die jeder überall kaufen konnte, aber Jens sammelte Indizien, und die Farbe gehörte natürlich dazu.

Jens' Handy vibrierte in seiner Hosentasche. Er nahm es heraus und das Gespräch entgegen. «Freddy, was gibt's?»

«Ich bin mir nicht sicher», sagte Freddy flüsternd. «Seit einer halben Stunde sind die letzten Gäste fort, und es brennt immer noch Licht, aber dein Bruder lässt sich nicht blicken.»

Freddy beobachtete die Ausstellung im Fischereihafen von Hamburg. Dort hatte es heute Abend einen großen Empfang gegeben, bei dem laut Ankündigung in der Tageszeitung der Künstler anwesend sein sollte. Gesehen hatte Freddy ihn auch vor dem Empfang nicht, sie waren einfach davon ausgegangen, dass er dort sein würde.

«Vielleicht verschwindest du besser», sagte Freddy. «Mir kommt das komisch vor. Was, wenn dein Bruder sich schon vorher rausgeschlichen hat? Und noch etwas! Ich hab vor der Halle einige Gespräche mitgehört. Für mich klang es so, als wären dein Bruder und dieser Freienstein ein Paar.»

«Wie bitte?»

«Jemand sagte, wenn Kerner den Freienstein nicht ficken würde, hätte er diese Ausstellung nie bekommen.»

Jens war wie vom Donner gerührt. Sein Bruder schwul? Konnte das sein? «Okay, danke», sagt er ins Telefon. «Halt weiterhin die Augen offen.» Damit beendete er das Gespräch und dachte nach.

Karsten und dieser Freienstein? Künstler und Mäzen? Was, wenn die beiden auch auf anderem Gebiet zusammenarbeiteten? Dann gäbe es zwei Täter statt nur einen. Und das bedeutete, dass er hier in Gefahr war. Besser, er verschwand, so schnell es ging.

Als er sich der Tür zuwandte, hörte Jens ein Geräusch.

Hastig versteckte er sich hinter einem der Bilder.

7

Der Fahrgast war Franzi Valentiner unheimlich.

Um kurz nach einundzwanzig Uhr war er die einzige Person in ihrem MyDriver-Bus, und seine Blicke wanderten immer wieder zu ihr, wie sie im Innenspiegel beobachten konnte. Er starrte sie an, und sobald sie es bemerkte und den Blick erwiderte, sah er rasch weg. Dann hockte er da, bewegte sich überhaupt nicht mehr, bis sein Blick erneut in ihre Richtung glitt. Wie ein zwanghaftes Verhalten, dem er nicht widerstehen konnte.

Franzi hatte längst die dünne Strickjacke enger um ihren Oberkörper geschlungen, um ihren Ausschnitt zu verbergen. Gruselig, einfach gruselig, dieser Typ. Er trug eine Baseballkappe, die sein Gesicht beschattete, sodass sie nicht wirklich viel davon erkennen konnte.

Bisher hatte Franzi selbst in den Abendstunden keine Angst gehabt, denn sie wusste ja immer, wer mitfuhr. Die MyDriver-Busse wurden nicht einfach herangewunken wie ein Taxi, man konnte sie nur über die App bestellen, und da musste man angemeldet sein. Die Kunden hinterließen Namen, Kontaktadressen und Bankdaten, eine sichere Sache. Zudem fuhren häufig dieselben Fahrgäste bei ihr mit. Mittlerweile kannte man sich, redete ein paar Worte miteinander. Aber nicht dieser schräge Typ. Den sah Franzi Valentiner zum ersten Mal.

Während der Fahrt nahm Franzi ihr Handy und rief ihren Verlobten an. Der war schon seit einer Stunde zu Hause, wie sie wusste, nahm aber nicht ab. Entweder stand er gerade unter der Dusche oder hatte den Fernseher laut gestellt. Heute war Fußball, irgendeine Meisterschaft, bei der der HSV mitspielte. Franzi hatte davon keine Ahnung und deshalb ganz bewusst diese Schicht gewählt.

Weil er nicht dranging, sprach Franzi auf die Mailbox. Lauter als nötig gab sie bekannt, dass sie in ein paar Minuten Feierabend machen würde und sich freute, von Alex abgeholt zu werden. Eine Lüge, aber das wusste der Fahrgast ja nicht. Aus den Augenwinkeln bemerkte sie, dass er immer wieder hastig zu ihr sah und ihr Gespräch belauschte.

Endlich erreichten sie den Haltepunkt, den der Typ in

der App als Ziel eingegeben hatte. Franzi steuerte ihren Bus an den Straßenrand und öffnete die Tür, die sich in der Mitte des Fahrzeugs befand. Mit dem Handy am Ohr stieg er aus, ohne sie noch einmal anzuschauen. Sie spürte, wie ihr Herz vor Aufregung klopfte und sie im Stillen zu sich sagte: «Hau bloß ab ...»

Und das tat er auch. Sie sah ihm nach, bis er an der nächsten Ecke verschwand. Erst dann gestattete sie es sich, erleichtert auszuatmen und weiterzufahren. Tatsächlich war ihr Schicht jetzt zu Ende, deshalb hatte die letzte Fahrt mit diesem Zielhaltepunkt gut gepasst, da er in der Nähe der Zentrale lag, in der die Busse geparkt, aufgeladen, gewartet und gereinigt wurden.

Sie brauchte nur drei Minuten dorthin. In der großen Halle, in der früher einmal Linienbusse gewartet worden waren, wartete bereits ein Mechaniker auf sie, um den üblichen Check durchzuführen. Franzi übergab ihm die Schlüssel, scherzte am Ausgang noch mit Gerrit, einem anderen Mechaniker, der ebenfalls jetzt Feierabend hatte, und stieg dann in ihren Privatwagen.

Dort erreichte sie Alex' Anruf. Er fragte, wie sie darauf komme, dass er sie abholen würde, das Spiel laufe doch schon. Sie beruhigte ihn und erzählte von dem unheimlichen Fahrgast, merkte aber, dass ihr Verlobter ihr nicht wirklich zuhörte. Im Hintergrund lief laut der Fernseher.

Als Franzi aus der Stadt fuhr, herrschte dieses abendliche wunderschöne Zwielicht kurz nach Sonnenuntergang. Es hatte eine beruhigende Wirkung auf sie. Die Luft war angenehm, und es lag der Duft des Frühlings darin. Vielleicht sogar schon ein bisschen Sommer!

Sie öffnete das Fenster, um frische Luft ins Wageninnere

zu lassen, stellte die Musik an und spielte eine Playlist von ihrem Handy ab. Aktuelle Popmusik, Mainstream zwar, aber sie mochte die Titel. Es musste ja nicht immer hochtrabend oder besonders individuell sein. Schließlich hatte es oft einen Grund, wenn bestimmte Musiktitel von vielen Menschen gehört wurden.

Ihr Nachhauseweg führte sie aus den Ausläufern der Stadt hinaus aufs Land, in den kleinen Ort, in dem ihre Großeltern gelebt und ihr dieses kleine alte Haus vermacht hatten. Sie liebte es, dort zu leben, genoss es aber auch, jeden Tag in die pulsierende Stadt fahren zu können. Auf keines von beiden hätte sie verzichten mögen, von daher hatte sie es gut getroffen mit allem. Plötzlich hatte sie richtig gute Laune und freute sich auf Alex. Vielleicht, so dachte sie und lächelte in sich hinein, sollte ich ihn ein wenig vom Fußball ablenken.

Sie entblößte ihren Ausschnitt, nahm das Handy, schoss während der Fahrt ein Selfie und kontrollierte das Foto. Nicht schlecht. Kussmund und Ausschnitt waren gut zu sehen, die Augen schön weit geöffnet. Nur das Licht war scheiße. In dem kalten Blau der Armaturenbeleuchtung sah sie wie ein Zombie aus. Leider überstieg es ihre Fähigkeiten, während der Fahrt auch noch mit den Filtern von WhatsApp zu hantieren. Da auf der leeren Landstraße gerade niemand hinter ihr war, stoppte sie am Fahrbahnrand und bearbeitete mit flinken Fingern das sexy Selfie für ihren Verlobten. Es dauerte keine Minute, und sie war zufrieden, sogar mehr als das. Dieses Foto würde ihn definitiv auf andere Gedanken bringen. Alex' Feuer war schnell und leicht zu entfachen, wahrscheinlich würde er gleich hinter der Tür über sie herfallen.

Als Franzi ihr Handy wegstecken und den ersten Gang einlegen wollte, tauchten Scheinwerfer in ihren Rückspiegeln auf. Das Auto kam hinter einer Kurve hervor und schien nicht abblenden zu wollen.

«Hey, mach aus!», sagte Franzi und wartete, dass der Wagen an ihr vorbeizog. Das tat er auch. Doch jäh leuchteten seine Bremslichter auf, und er scherte vor ihr ein. Eine Polizeikelle wurde auf der Fahrerseite aus dem Fenster geschoben.

«Scheiße!», stieß Franzi aus und versteckte rasch ihr Handy. Sie wusste, auch wenn das Fahrzeug mit laufendem Motor am Straßenrand stand, durfte man das Handy nicht benutzen. «Scheiße, scheiße, scheiße», wiederholte sie voller Verzweiflung.

In dem zivilen Polizeiwagen saßen zwei Beamte. Der Fahrer, der gerade die Kelle wieder einzog, und eine blonde Frau auf dem Beifahrersitz. Wenn beide gesehen hatten, dass Franzi ihr Handy benutzt hatte, war sie geliefert. Sechzig Euro Strafe und ein Punkt in Flensburg.

Sie konnte nur hoffen, dass die Polizisten mit sich reden ließen.

8

Zum ersten Mal, seit sie Polizistin war, machte Carina der Dienst keine Freude. Im Präsidium herrschte dicke Luft, niemand lachte, alle bewegten sich vorsichtig, so als wollten sie nicht bemerkt werden.

Jetzt war es beinahe zweiundzwanzig Uhr, und Carina

fielen vor dem PC in ihrem Büro fast die Augen zu. Ihr Freund Jannik hatte bereits zweimal angerufen und gefragt, ob sie sich noch an ihn erinnerte, und Carina konnte seinen Frust verstehen, aber einfach Feierabend machen, ehe sie nicht wenigstens alles zu Papier gebracht hatte, das ging nicht.

Es war frustrierend. Alle Spuren verliefen im Sand.

Krystina Zollers ehemaliger Chef, Dr. Hambacher, war vernommen worden. Hambacher hatte ausgesagt, Krystina unbedingt für seine Praxis zurückgewinnen zu wollen, da sie eine Spitzenkraft und es heutzutage so gut wie unmöglich sei, solche Mitarbeiterinnen zu finden. Dass er sie angeblich angebaggert haben sollte, sei völliger Quatsch, behauptete er. Er hatte sich über diesen Vorwurf ordentlich aufgeregt. Für den Abend, an dem Krystina verschwunden war, hatte er ein glaubwürdiges Alibi. Mit sechs weiteren Männern seines Alters, allesamt Mitglieder des örtlichen Rotarier-Clubs, hatte er ordentlich einen draufgemacht.

Julian Ahrendt, Krystinas Ex-Freund, hatte ebenfalls ein Alibi. Er jobbte nebenberuflich als DJ und hatte in der Nacht, in der Krystina verschwunden war, in einem bekannten Club in der Stadt aufgelegt.

Carina tippte die letzten Worte des Berichtes über die Vernehmung von Leopold Vollmer ein, dem Pokalhändler. Sein Alibi war noch nicht überprüft worden, da die Frau, bei der er angeblich gewesen war, nicht mehr in der Stadt war. In der Branche war es üblich, die Frauen oft auszutauschen. Es würde schwierig werden, sie zu finden.

Vielleicht morgen, vielleicht nie, dachte Carina, dann schaltete sie den PC ab. Erst jetzt bemerkte sie, dass sie vollkommen allein im Großraumbüro war. Wann waren die anderen gegangen? War sie so in Gedanken vertieft gewesen, dass sie es nicht mitbekommen hatte? Schwerfällig erhob sie sich von ihrem Stuhl. Wieder durchzuckte sie Schmerz im Bauchraum.

Okay, sagte sich Carina. Ganz egal, wie wichtig der Fall auch ist, du gehst morgen zum Arzt. Oder machst zumindest mal diesen blöden Schwangerschaftstest. Sie packte ihre Sachen in den grünen Rucksack, schnappte sich ihren Autoschlüssel und verließ das Büro. Auf dem Weg durch den Flur und hinunter ins Erdgeschoss rief sie Jannik an. Wie immer, wenn er sich Sorgen um sie machte, war er beim ersten Läuten dran.

«Ich komm jetzt heim», sagte sie.

«Ich freu mich. Du klingst müde. Soll ich dir ein Bad einlassen?»

«Das wäre echt toll. Ich bin wirklich am Ende. Bis gleich.» Seine Fürsorge ließ Carina lächeln. Sie war sich sicher, mit Jannik den Mann fürs Leben gefunden zu haben, und wenn er sie irgendwann fragte, würde ihr Ja ohne Zögern kommen.

Unten am Empfang unterhielt sich der diensthabende Beamte laut mit Rolf Hagenah. Als Carina auf sie zutrat, drehte sich Rolf zu ihr um. Er wirkte zugleich müde und aufgeregt.

«Da ist wieder ein Fahrzeug mit einem Hashtag aufgetaucht», sagte er.

«Was?» Carina war alarmiert. «Und die Fahrerin?»

«Ist in Sicherheit. Sie hat das Hashtag bemerkt und sofort hier angerufen. Ich fahre jetzt hin, hab aber niemanden, der mitkommen kann. Die Kollegen sind alle unterwegs. Willst du mit?» Er sah sie beinahe flehentlich an.

«Aber sicher», erwiderte Carina wie aus der Pistole geschossen und dachte erst eine Sekunde später an Jannik, der in diesem Moment zu Hause das Badewasser für sie einließ. Sie schaffte es nicht, ihn anzurufen, denn die Enttäuschung in seiner Stimme hätte sie nicht ertragen. Jannik hatte viel Verständnis für ihren Job, aber Carina ahnte, dass es für heute reichte. Sie schrieb ihm stattdessen eine WhatsApp, entschuldigte sich und riet ihm, einfach schon ins Bett zu gehen, da es sehr spät werden könne.

Zwanzig Minuten später hielten Rolf und Carina auf dem Firmenparkplatz eines Bürohochhauses. Im gleichen Moment flog eine Tür auf, und ein leicht gehbehinderter älterer Mann kam daraus hervor, gefolgt von einer jungen Frau in Business-Kleidung.

Carina und Rolf ließen sich berichten, was sich vor weniger als einer halben Stunde auf dem Parkplatz zugetragen hatte.

«Gibt es hier Videokameras?», fragte Rolf Hagenah.

Der Hausmeister nickte. «An den Ecken des Gebäudes. Sie sind vornehmlich auf die Eingänge ausgerichtet, nehmen aber auch Teilbereiche des Parkplatzes auf. Ich bin mir im Moment aber nicht sicher, ob sie auch hierherschauen. Ich bin ja nur die Aushilfe für nachts, müssen Sie wissen.»

«Können Sie uns das Material trotzdem zur Verfügung stellen?»

«Ich weiß nicht genau ... irgendwie stehe ich auf Kriegsfuß mit diesem PC-System. Mein Kollege, der mich um sechs morgen früh ablöst, der ist hauptberuflich hier, der kennt sich damit aus.»

«Dann bitte gleich morgen früh», sagte Hagenah. Sie gingen zu dem Wagen der Frau hinüber, die sich als Ilka Kramer vorstellte und in dem Gebäude als Versicherungsfachfrau arbeitete.

Das grünlich schimmernde Hashtag erneut auf der Kofferraumklappe eines Wagens zu sehen, versetzte Carina in Angst. Der Täter schien tatsächlich Wort halten zu wollen: Er machte weiter. Zum Glück war die Frau in Sicherheit. Carina musste der Redaktion der Morgenpost widerwillig danken. Ohne dieses eindrückliche Bild auf der Titelseite hätte der Hausmeister die Frau sicher nicht davon abgehalten, in den Wagen zu steigen.

Carina machte eine Handyaufnahme davon und versendete sie an die Baumgärtner, die immer und sofort und ohne Ausnahme über alles informiert werden wollte, zu jeder Tages- und Nachtzeit. Das hatte sie mehrfach betont. Sie hängte das Foto vom Hashtag an, schickte aber keinen Kommentar.

Den Gruß sparte sie sich für die nächste Nachricht auf, die sie an Rebecca schickte. Sie hatten sich abgesprochen, alle Informationen untereinander zu teilen, und Becca sollte diejenige sein, die sie an Jens weitergab. So bildeten sie eine Art heimliches Ermittlerteam. Nur leider funktionierte das in den letzten Tagen nicht recht, da selbst Becca Jens nicht erreichen konnte.

Sie drehte sich zu Rolf Hagenah um, der in diesem Moment sein Funkgerät sinken ließ. Sein Gesicht war aschfahl.

«Es wurde noch ein Wagen mit einem Hashtag entdeckt», sagte er. «Was ist denn jetzt los?»

9

Es tat Becca weh, dass Jens sich von allen zurückzog, auch von ihr. Es tat sogar noch mehr weh als die misslungene Geburtstagsparty und die nicht vollzogene romantische Nacht.

Er ging nicht an sein Handy, reagierte nicht auf Nachrichten, und zu Hause war er auch nicht, das hatte Becca überprüft – oder er öffnete einfach nicht. Den Ersatzschlüssel, den Jens ihr anvertraut hatte, hatte sie nicht nutzen können, da es in dem Haus keinen Fahrstuhl gab. Sie war sogar bei der Werkstatt vorbeigefahren, in der Jens seinen Oldtimer reparieren ließ. Die Lady stand noch immer dort. Der Inhaber hatte Becca berichtet, dass das Ersatzteil für die Lady wahrscheinlich morgen eintreffen werde und Jens davon wisse. Es sei ihm am Nachmittag telefonisch mitgeteilt worden.

Bei seinem Mechaniker war er also ans Handy gegangen. Wenn Becca anrief, tat er es nicht. Und jetzt diese Nachricht von Carina mit dem Foto eines Hashtags auf der Kofferraumklappe eines Wagens.

Trotz allem schickte sie das Foto sofort an Jens weiter. Sie schrieb noch die Daten dazu, die sie von Carina hatte, verzichtete aber auf persönliche Worte.

Dann kämpfte sie sich von der Couch in ihrem Wohnzimmer hoch und hievte sich in den Rollstuhl. Ihr Kopf fühlte sich an wie in Watte gepackt, ihr Rücken schmerzte, ihr Herz auch. Da half nur ein bisschen Bewegung und eine Dusche.

Becca rollte in den Wintergarten, wo sie eine kleine freie

Fläche für ihre Übungen geschaffen hatte. Dort ließ sie sich zu Boden gleiten und begann, ihre verhärteten Muskeln und verkürzten Bänder mit speziellen Yogaübungen zu dehnen und zu bewegen. Dabei dachte sie über den Fall nach. Über die erschreckende Erkenntnis, dass der Täter wahrscheinlich schon nach einem weiteren Opfer suchte.

War es Jens' Bruder? Karsten Kerner, der halbwegs bekannte Künstler, der menschliche Leuchttürme malte, deren Gesichter dank einer handelsüblichen, sogar bei Amazon bestellbaren fluoreszierenden Farbe leuchteten?

Er hatte kein wirkliches Alibi, aber ein Motiv und war ein höchst manipulativer Mensch, jemand, der den eigenen Bruder mit Selbstmord unter Druck setzte. Und da musste noch viel mehr passiert sein, von dem Jens ihr nichts erzählt hatte. Aber Karsten Kerner wurde überwacht.

Becca hörte ihr Handy vibrieren. Es steckte in der speziellen Halterung an ihrem Rollstuhl. Sie robbte hinüber und nahm es heraus in der Hoffnung auf eine Rückmeldung von Jens, und schon wieder gab es ihr einen Stich, als sie sah, dass es nicht er, sondern erneut Carina war.

Sie schrieb, dass in der letzten Viertelstunde im Hamburger Stadtgebiet sogar mehrere Fahrzeuge mit leuchtenden Hashtags auf der Kofferraumklappe entdeckt worden seien, bisher aber kein weiteres Opfer.

Was passiert da draußen bloß gerade?, fragte sich Becca.

Wollte der Täter sie bewusst verwirren, ihnen Angst machen und beweisen, dass er tun und lassen konnte, was er wollte?

Verdammt, warum meldete Jens sich nicht! Er musste davon wissen, unbedingt! Sie schickte ihm eine weitere

Nachricht und rief ihn an. Noch mal und noch mal und noch mal. Sie würde nicht damit aufhören, bis der Scheißkerl endlich ranging.

10

Franzi saß da und beobachtete den zivilen Polizeiwagen vor sich. Qualm drang aus dem Auspuff. Im Inneren tat sich nicht viel. Der Fahrer bewegte hin und wieder den Kopf, als spräche er mit seiner Kollegin. Sie schien in einen Laptop zu schauen, denn ihr Gesicht wurde von blauem Licht angestrahlt.

Überprüfte sie Franzis Kennzeichen? Wenn ja, warum dauerte das so lange? Sie hatte sich im Straßenverkehr nie etwas zuschulden kommen lassen, sonst hätten die bei MyDriver sie gar nicht eingestellt.

Je länger die Situation andauerte, desto unheimlicher wurde es Franzi, und sie begann, daran zu zweifeln, dass hier alles mit rechten Dingen zuging. Nur weil im Wagen auch eine Polizistin saß, gab sie dem stärker werdenden Drang, einfach davonzufahren, nicht nach.

Zwei weitere Minuten vergingen, dann sprang plötzlich die Tür des Polizeiwagens auf. Ein Fuß glitt heraus, trat auf den Asphalt, verharrte. Schwarze Stiefel, nachtblaue Hose. Eine Uniform, so wie sie sein sollte.

Bevor der Fahrer ganz ausstieg, flammte jäh eine starke Taschenlampe auf und blendete Franzi. Mehr als den Lichtkegel konnte sie nicht sehen, und der bewegte sich auf sie zu. Auf halber Strecke zu ihrem Wagen verharrte der Mann, winkte mit der Lampe und rief: «Würden Sie bitte aussteigen!»

Nein, schoss es Franzi durch den Kopf. Sie warf einen schnellen Blick zu der Polizistin hinüber, die jetzt vollkommen regungslos auf dem Beifahrersitz saß, versuchte dann wieder, den Polizisten zu erfassen, doch der verbarg sich hinter der starken Taschenlampe.

Fahr weg!, schrie es in Franzis Kopf.

Hier stimmte etwas nicht! Ein Polizist hätte sich zu erkennen gegeben und würde sich nicht hinter einer Lampe verstecken. Und warum stieg die Frau nicht aus?

Franzi musste unwillkürlich an ihren letzten Fahrgast denken, der sie so angestarrt hatte. Plötzlich bekam sie es mit der Angst zu tun und ließ sich davon lenken. Da der Motor noch lief, musste sie nur den Gang einlegen, Gas geben und an dem Polizeiwagen vorbeifahren. Vielleicht würde sie dafür Ärger bekommen, vielleicht sogar ins Gefängnis gehen, aber das war ihr in diesem Moment egal.

Der Mann hinter der Lampe bemerkte, was geschah. Er trat einen Schritt auf Franzi zu, um ihr den Weg zu versperren, und versuchte, sie weiterhin mit der Lampe zu blenden. Franzi senkte den Blick, gab Gas und kurbelte am Lenkrad. Weil sie es aber nicht fertigbrachte, den Mann anzufahren, schlug sie die Lenkung viel zu stark ein und gab auch zu viel Gas. Ihr Wagen hoppelte über die zweispurige Landstraße und schoss auf der anderen Seite auf den tiefen Wassergraben zu. Franzi geriet in Panik, gab noch mehr Gas, verriss das Lenkrad, schrie auf und wusste nicht mehr, was sie tun sollte. Die Schnauze ihres Wagens senkte sich in den Graben, krachte gegen die Böschung, wurde zurückgeschleudert und rutschte dann seitlich die Böschung hinunter. Dass der Graben mit Wasser gefüllt war, begriff Franzi erst, als es gegen die Seitenscheibe schwappte.

Der Wagen lag still, der Motor erstarb in diesem Moment. Plötzlich roch es verbrannt. Franzi wollte raus, doch das ging nicht so einfach. Die Fahrertür war durch die Böschung blockiert, außerdem würde sofort das Wasser in den Wagen dringen, wenn sie sie öffnete. Also entriegelte sie den Sicherheitsgurt und krabbelte auf den Beifahrersitz hinüber. Durch die Bewegung verrutschte der Wagen und sank tiefer in den Graben. Wasser drang durch das Armaturenbrett und die Lüftungsschlitze ein.

Franzi geriet vollends in Panik. Sie schrie, strampelte mit den Beinen, suchte in der Dunkelheit verzweifelt nach dem Türgriff und fand ihn nicht. Plötzlich flammte draußen die helle Taschenlampe wieder auf. Der Lichtkegel fiel schräg von oben in den Wagen hinein. Endlich sah Franzi den Türgriff, packte ihn, drückte gegen die Tür und bekam sie auch ein Stück auf. Doch dann gab es einen Schlag, den sie bis in die Schultern spürte, und die Tür wurde mit immenser Wucht, der sie nichts entgegenzusetzen hatte, wieder zugedrückt. Gleichzeitig rutschte der Wagen noch tiefer in den Graben, und als wäre dies das Startzeichen für das Wasser gewesen, drang es jetzt mit Wucht ins Wageninnere.

Franzi schrie und zappelte, stemmte sich gegen die Tür, doch die wollte einfach nicht wieder aufgehen. Draußen zuckte der helle Lichtstrahl aufgeregt hin und her. Das Wasser stieg schnell, kalt brannte es auf Franzis Haut. Es dauerte nicht lange, bis es den Innenraum komplett ausfüllte und nur noch ein schmaler Spalt zwischen der Wasseroberfläche und dem Dach des Wagens blieb. Verzweifelt presste Franzi ihr Gesicht in diesen Spalt. Sog Luft in ihre

Lungen. Füllte sie damit, so gut es eben ging. Dann presste sie die Lippen fest aufeinander und tauchte ab.

Sie riss die Augen weit auf, und das kalte schmutzig braune Wasser schmerzte auf ihren Pupillen. Sie hatte nach dem Türgriff suchen und es noch einmal probieren wollen, doch sie sah so gut wie nichts. Solange es ging, tastete sie herum, fand den Türgriff aber nicht und stieß sich mit den Knien vom Beifahrersitz ab, um wieder nach oben zu gelangen.

Doch der Spalt an der Wagendecke war verschwunden.

Keine Luft mehr, nur noch Wasser.

Franzi stemmte die Hände gegen die Wagendecke, schlug dagegen, trat mit den Füßen aus. Ihre Lunge schrie nach Sauerstoff, ihr ganzer Körper verlangte danach, den Mund zu öffnen und zu atmen, doch sie weigerte sich.

Sie würde hier nicht sterben! Nicht in diesem Alter und auf diese Art. Nein, nein, nein, auf gar keinen Fall!

Und dann zeigte ihr der uralte Instinkt, den man Atemreflex nannte, wer in ihrem Körper das Sagen hatte.

11

Tiefe Nacht hatte sich über die Häuserschluchten des Grindelviertels in Hamburg gelegt, als Jens heimkehrte. Es regnete leicht, typisches Hamburger Schietwetter. Dicht an dicht parkten die Autos zu beiden Seiten der Straßen, Wassertropfen glitzerten auf den Scheiben und dem Lack. Automatisch suchte Jens die Kofferraumklappen nach aufgemalten Hashtags ab. Er hatte Beccas Nachricht erst vor kurzem gelesen und war alarmiert, wenn er sich auch keinen Reim darauf machen konnte, warum der Täter so viele Fahrzeuge markierte. Um Verwirrung zu stiften?

Jens Kerner hatte die kurze Strecke vom Bahnhof zu seiner Wohnung zu Fuß zurückgelegt. Im Zug war er mit dem Kopf an der Scheibe eingenickt, hatte Albträume gehabt und war mit schwerem, wummerndem Schädel aufgewacht. In seinen Träumen hatte Karsten ihn in dem Atelier erwischt und sein Gesicht mit Leuchtfarbe bemalt. Zum Glück war das nicht wirklich passiert. Das Geräusch, das ihn hinter ein Bild getrieben hatte, war wohl aus einer der Nachbarwohnungen gekommen.

Für Jens stand dennoch fest: Sein Bruder war ein Mörder.

Er hatte zwei junge Frauen getötet, um sich an ihm zu rächen. Diese ausgeklügelten Morde waren im Grunde die erwachsene Variante des gelben Bademantelgürtels, ein erneuter Versuch seines kleinen Bruders, ihn zu manipulieren. Warum Karsten einen solchen Hass auf ihn hatte, verstand Jens nicht, und er hatte auch aufgegeben, es ergründen zu wollen. Viel wichtiger war jetzt, Karsten diese Morde nachweisen zu können und ihn davon abzuhalten, einen weiteren zu begehen – oder seinen Partner, diesen Kunstmäzen Jean-Claude Freienstein.

Vorhin, im Zug, hatte Jens noch geglaubt, das sei schwierig, da er ja nicht mehr im Dienst war. Aber mittlerweile hielt er seine Ablösung von dem Fall eher für eine glückliche Fügung. Vielleicht war es ja sogar besser, sich nicht an Recht und Gesetz halten zu müssen, wenn man sich mit seinem eigenen Bruder anlegte. Denn möglicherweise würde er am Ende wie Kain den Stein gegen seinen Bruder erheben müssen.

Das Licht sah Jens nur aus den Augenwinkeln, und bevor er genauer hinsah, war es auch schon wieder verschwunden. Er näherte sich dem Gebäude von hinten, in dem seine Wohnung lag, über die schmale Zufahrt und den kleinen Parkplatz zwischen den Bäumen und Büschen des Hinterhofes. Das kleine Fenster, in dem er Licht gesehen hatte, war sein Bad. Jens blieb stehen und sah hinauf.

Vielleicht hatte er sich getäuscht, und es war eines der anderen Fenster gewesen oder die Spiegelung eines Auto-Scheinwerfers von irgendwoher.

Um die anderen Fenster seiner Wohnung zu kontrollieren, hätte er um das Gebäude herum auf die andere Seite gehen müssen, denn sie gingen alle zur Bornstraße hinaus. Diesen Weg ersparte Jens sich. Stattdessen trat er auf die Hintereingangstür zu, schob leise den Schlüssel ins Schloss und öffnete sie.

Es gab keine Bewegungssensoren hier, und Jens ließ den Lichtschalter unangetastet. Im Dunkeln, nur im schummrigen Licht, das von draußen hereinfiel, stieg er die Treppen hinauf. Er bewegte sich leise dabei und achtete auf die Stufen, die normalerweise knarrten.

Seine Anspannung wuchs. Was, wenn es seinem Bruder gelungen war, irgendwie vom Empfang in der Kunsthalle zu verschwinden, ohne dass Freddy oder die Polizeistreife, die ihn observierte, es bemerkt hatten? Wartete Karsten oben auf ihn? Oder, falls Jens sich täuschte, der Täter? Er hatte es auf Jens persönlich abgesehen, das schien klar, und vielleicht reichte es ihm nicht, die Polizei vorzuführen und Jens dabei wie einen Deppen dastehen zu lassen. Vielleicht war eine Art High Noon von Beginn an sein Plan gewesen.

Vor seiner Wohnungstür verharrte er lauschend. Er

glaubte, Menschen leise miteinander sprechen zu hören, aber das konnte auch aus einer der anderen Wohnungen kommen – oder von der Straße.

Jens sah den Spalt unter der Tür – und erschrak heftig, als plötzlich tatsächlich helles Licht darunter hervorschien, nur um im nächsten Moment wieder zu verschwinden. Ein Auto auf der Vorderseite des Gebäudes? Aber dafür mussten die Scheinwerfer auf die Hausfront fallen, und das konnten sie nicht, denn die Straße führte daran vorbei, nicht darauf zu.

Jens lehnte sich mit den flachen Händen gegen das Türblatt und presste sein Ohr daran. Zunächst hörte er nur sein eigenes Blut rauschen und sein Herz pochen. Dann wieder Stimmen. Mehrere. Leise, wie durch Wände gefiltert. Da der Täter kaum seine Familie mitbringen würde, musste dieses Gespräch irgendwo anders stattfinden, nicht in seiner Wohnung.

Dennoch hatte Jens das geradezu überwältigende Gefühl, dass da drinnen jemand war. Er spürte die Anwesenheit, so als wären er und die Person auf eine emotionale Art miteinander verbunden. Karsten? Wer sonst! Er hätte jetzt zu gern seine Dienstwaffe gezogen, aber die war ebenso suspendiert wie er.

Unendlich langsam schob er den Türschlüssel ins Schloss, zog dann die Tür am Knauf zu sich her, damit der Schnapper geräuschlos aus der Verriegelung gleiten konnte, ließ den Schlüssel stecken und drückte die Tür behutsam auf.

Im kleinen Flur war es dunkel. Gerüche, die nicht hierhergehörten, schlugen Jens entgegen. Unter dem Türspalt zum Wohnzimmer schien Licht hervor.

Jemand hustete. Es war ein tiefes, männliches Husten. Die Wut in seinem Inneren fegte alle Vorsicht fort. Wuchtig stieß Jens die Tür zum Wohnzimmer auf. Sie schepperte an die dahinterliegende Wand. Gleichzeitig machte er einen schnellen Schritt in den Raum hinein und hob die Fäuste.

Mit nichts hatte er weniger gerechnet als mit dem Anblick, der sich ihm bot.

12

Vier Augenpaare starrten Jens an. Alle vier Personen waren mitten in der Bewegung erstarrt.

Becca mit einer Tasse Kaffee in der Hand. Carina Reinicke mit einem Glas Wasser. Rolf Hagenah hing noch eine Hälfte eines Twix-Riegels aus dem Mundwinkel – Jens vermutete, er stammte aus seinem Bestand –, Levin Oktay trank ebenfalls Kaffee, doch die Tasse mit Unterteller ruhte in seinem Schoß. «Was macht ihr denn hier?», stieß Jens aus und ließ die Fäuste sinken.

«Warum gehst du nicht an dein Handy?»

Es war Becca, die als Erste ihre Worte wiedergefunden hatte. Sie stellte die Kaffeetasse auf Jens' Couchtisch ab und drehte Ivar in seine Richtung. Ihr Blick war vorwurfsvoll, vielleicht sogar ein wenig herausfordernd. Sie hatte sich Sorgen gemacht, war aber auch sauer auf ihn, weil er nicht auf ihre Anrufe reagiert hatte. Rolf Hagenah kaute und schluckte das Twix herunter. Er trug als Einziger Uniform. «Keinen Bock mehr auf deine Kollegen?», fragte er mit vollem Mund. Carina, die ganz blass um die Nase war, und Levin blieben vorerst sprachlos.

«Was macht ihr hier?», wiederholte Jens seine Frage. Er hatte noch nicht wirklich begriffen, nicht seinen Bruder, sondern seine Kollegen in seiner Wohnung vorgefunden zu haben.

In einem Seitennetzwerk in seinem Hirn, das nicht so viel Kapazität verschlang und deshalb nebenherlief, fiel ihm ein, dass er Becca vor langer Zeit einen Zweitschlüssel für seine Wohnung gegeben hatte, so wie er einen von ihrer besaß. Nur für den Fall. Man konnte ja nie wissen.

«Wir sitzen hier seit zwei Stunden und kommen um vor Sorge, weil du dich nicht meldest», sagte Becca. Ihre Wangen glühten, und ihre Stimme schwankte zwischen Erleichterung und Ärger. Den Richtungsausschlag, das wusste er, würde seine Reaktion geben.

Wie gut, dass er vorgesorgt hatte. Während seiner Wartezeit am Bahnhof war er durch den Kiosk geschlendert und war dabei in der Süßigkeitenauslage auf Mozartkugeln gestoßen, Beccas Lieblingssüßigkeit. Es waren zwar nicht die besonders edlen und teuren aus ihrer Lieblingsconfiserie hier im Grindelviertel, aber immerhin Mozartkugeln und ein Zeichen dafür, dass er unterwegs an sie gedacht hatte. Er nahm sie aus der Innentasche seiner Jacke.

«Ich hatte etwas zu erledigen», sagte er, ging einen Schritt auf Becca zu und reichte ihr die Mozartkugeln. «Gar nicht so leicht, die nachts irgendwo aufzutreiben.»

Sie zögerte einen Moment, und Jens bekam es mit der Angst zu tun. Waren die ungezwungenen Momente zwischen ihnen etwa vorbei seit dem Fiasko im Hotel? Würden ihre Kabbeleien, die er so liebte, ab jetzt immer einer

Schwere Platz machen, die sie unmöglich machten? Was war nur so schwierig in der Kommunikation zwischen Mann und Frau? Was kapierte er nicht?

Doch dann griff Becca zu und nahm ihm die Mozartkugeln ab. «Das war die einzig mögliche Entschuldigung», sagte sie. Ein wenig Spannung wich aus der Luft.

«Und du? Hast du meinen gesamten Vorrat aufgefressen?», wandte Jens sich erleichtert an Rolf Hagenah. Der kaute noch und antwortete mit vollem Mund. «Tja, selbst schuld. Wärst du eine halbe Stunde früher gekommen, wäre noch eines da. Außerdem ist dein Kühlschrank leer. Wovon lebst du eigentlich?»

Jens spürte, wie sich in ihm etwas veränderte. Das Gefühl von Einsamkeit wich, verlor an Präsenz, und an seine Stelle rückte etwas, das sich ganz ungewohnt anfühlte. Vielleicht konnte man es am besten mit Zugehörigkeit beschreiben, er wusste es nicht so genau. Aber in diesem Moment fühlte er sich nicht mehr wie jemand, der außerhalb stand und zuschaute, wie sonst in seinem Leben, sondern diesem kleinen Kreis von Menschen zugehörig, die sich die Nacht um die Ohren schlugen, weil sie sich um ihn sorgten.

Und das hier hatte nichts mit ihrem Dienst zu tun. Sie waren nicht hier, weil sie es mussten, sondern weil sie es wollten. Vor sich sah Jens seine Freunde.

Wenn er je Glück empfunden hatte, dann jetzt. Es machte sich hinter seinen Augen bemerkbar, drängte hinaus, und er hatte Mühe, es zurückzuhalten. «Schön, euch zu sehen», brachte er mühsam hervor.

Becca sah, wie es ihm ging. Sie rollte auf ihn zu und streckte die Arme aus. Bot Schutz und Schild, damit er sich nicht vor den anderen entblößen musste. Sie wusste ja, wie sehr er das hasste. Jens beugte sich hinunter und ließ sich von ihr umarmen. Sie roch gut.

«Hast du auch nur eine Sekunde gedacht, wir ließen dich im Stich?», flüsterte sie in sein Ohr. Er schüttelte den Kopf. Herrgott noch mal, jetzt fang bloß nicht an zu heulen, sagte er sich. Ein paar Tränen rannen trotzdem. Sie versickerten an Beccas Hals, und sie spürte es. Ihre Hand auf seinem Rücken ließ es ihn wissen. Becca hatte ein gutes Timing, sie wusste, sie musste ihn loslassen, damit die Situation nicht zu rührselig wurde.

Jens richtete sich räuspernd auf, wandte sich von seinem Team ab, damit sie sein Gesicht nicht sahen, und ging in die Küche. «Auf den Schreck brauche ich einen Kaffee», rief er dabei. «Wer noch?»

«Wir alle», befahl Hagenah. «Denn das wird eine verdammt lange Nacht!»

13

«Eduard Breininger», sagte Rolf Hagenah, und die runde Scheibe aus dünner weißer Pappe mit dem Namen darauf landete an der Wand.

Carina, für das Ausschneiden der Scheiben verantwortlich, zog bereits einen weiteren Bleistiftkreis um eine Kaffeetasse, an dem sie mit einer Schere entlangschnitt.

Becca schrieb mit einem schwarzen Edding die Namen darauf. Jeder sollte einen Verdächtigen nennen, ganz egal wen oder ob er durch die Ermittlungen bereits wieder von der Liste der Verdächtigen gerutscht war.

Jens heftete sie mit Nadeln an die Tapete in seinem Wohnzimmer, gleich neben dem Fernseher. Ein Whiteboard oder Ähnliches hatte er hier natürlich nicht, also mussten sie improvisieren.

«Karsten Kerner», sagte Jens. Becca schrieb den Namen auf, er heftete ihn an die Tapete.

«just_niclas», rief Carina. Die nächste Scheibe.

«Dr. Hambacher», warf Levin Oktay ein.

«Julian Ahrendt.» Das kam wieder von Carina.

«Die Familien von Wladimir Schreck und Pascal Werner», rief Hagenah von der anderen Seite des Raumes. Zwei weitere Scheiben.

«Der Mann in dem MyDriver-Bus», sagte Jens.

«Der heißt Leopold Vollmer und betreibt ein Geschäft für Pokale mit Gravuren und so», vervollständigte Carina. «Rolf und ich waren heute bei ihm.»

«Und?», hakte Jens nach, der diese Information noch nicht hatte.

Carina zuckte mit den Schultern. «Komischer Kauz. Hat auch kein wirkliches Alibi. Aber ob er dahintersteckt? Ich kann es dir nicht sagen.» Leopold Vollmer landete an der Wand.

«Bastian Wächter», ergänzte Jens, nahm Becca die Scheibe ab, nachdem sie den Namen des Hotelchefs draufgeschrieben hatte, und pinnte sie an die Wand.

Becca klärte ihn über dessen fadenscheiniges Alibi auf.

Dann herrschte Schweigen, und sie starrten die neun weißen Pappscheiben mit den Namen der Verdächtigen an.

Alle erschraken, als in die Stille hinein jäh die Türglocke schrillte.

Jens öffnete die Tür. Davor stand der Pizzabote, den sie

vor zwanzig Minuten bestellt hatten. Er brachte zwei Pizzen in der Größe von Wagenrädern. Unter den skeptischen, gar argwöhnischen Blicken der Anwesenden packte er die Pizzen aus und wurde zunehmend nervös.

Jens bezahlte ihn, und der junge Mann konnte die Wohnung gar nicht schnell genug verlassen. Als er aus der Tür war, reichte Becca Jens eine Papierscheibe mit der Aufschrift «Pizzabote» darauf; und er heftete sie an die Wand. Alle brachen in Gelächter aus, bis auf Levin Oktay, der damals beim food2you-Fall nicht dabei gewesen war und den Insider-Witz deshalb nicht verstand.

«Okay, gehen wir sie mal durch», sagte Jens kauend. «Die wirklich Tatverdächtigen nach rechts, die anderen nach links. Die, bei denen wir unsicher sind, bleiben in der Mitte.»

Er tippte gegen die erste Pappscheibe. «Ede Breininger hat ein Motiv, aber ich denke, er hat nicht das Format und die Intelligenz für eine solche Tat.»

«Sehe ich genauso», sagte Hagenah, der aß und gleichzeitig einen Pfeil nach der Dartscheibe warf, die an der Wohnzimmertür hing. Der Pfeil ging in die Tür. Jens warf ihm einen vorwurfsvollen Blick zu.

Breininger wanderte nach links.

«Karsten Kerner», machte Jens weiter und hängte die Scheibe ohne weiteren Kommentar auf die rechte Seite. Er hatte seinen Freunden von dem Einbruch in Karstens Atelier in Kiel berichtet.

«Bei just_niclas sind wir keinen Schritt weiter und werden wohl auch nicht weiterkommen», sagte Becca danach. «Wie der neue digitale Forensiker schon gesagt hat, ist er für uns durch den Tor Browser unsichtbar. Wir wissen also nur, dass ein Nutzer mit diesem Namen häufig Krystinas Posts kommentiert hat und dass sie sich nach Aussage ihrer besten Freundin Imke Gowitzke am Samstagabend mit just_niclas treffen wollte.»

«Wir können also mit Recht vermuten, dass der Täter dahinterstecken könnte», sagte Jens und positionierte die Scheibe direkt unter den Namen seines Bruders.

Der nächste Dartpfeil landete in der Wohnzimmertür. «Menschenskind, Rolf, ich wohne hier zur Miete. Setz deine Brille auf oder lass es!», schnauzte Jens Hagenah an. Der machte ein beleidigtes Gesicht.

«Mit Dr. Hambacher habe ich gesprochen», warf Carina Reinicke ein. «Er hat ein Alibi für die Tatzeit.» Sie erklärte es Jens. Der Name des Arztes landete auf der linken Seite.

«Julian Arendt?», fragte Jens, hielt den Namen hoch und schaute in betretene Gesichter.

«Hat ein Alibi», sagte Carina. Linke Seite.

«Vollmer rechts», fügte Carina an.

Jens kam dem nach und pinnte Bastian Wächter gleich daneben. «Ich hab ein merkwürdiges Gefühl bei dem Mann», erklärte er. «Auch wenn er angeblich ein Alibi hat.»

«Die Familien Schreck und Werner», sagte Hagenah und schob sich seine Brille auf die Nase. «Deren Vernehmung ist für morgen geplant ... nee, für heute», verbesserte er sich nach einem Blick auf seine Armbanduhr.

Jens pinnte beide Karten tief unter die seines Bruders und hörte, wie hinter ihm der dritte Pfeil im Türblatt landete.

Er ging hinüber, zog die Pfeile aus dem Holz heraus, nahm Hagenah den letzten Pfeil ab, ging wieder auf die Wand zu und stach einen Pfeil in die Karte mit dem Namen seines Bruders darauf. Bevor er etwas sagen konnte, ergriff

Becca das Wort. «Niemanden ausklammern!», warnte sie. «So weit sind wir noch nicht.»

«Aber wir können ruhig den hervorheben, der am verdächtigsten erscheint», sagte Jens.

«Dein Bruder ... das ist mir zu offensichtlich. Er müsste ja dämlich sein, wenn er diese Verbindung offenlegt. Ja, ich weiß, was du sagen willst», schnitt sie Jens das Wort ab, noch bevor er es ergreifen konnte.

«Aber wenn sich jemand unbedingt an dir rächen will und sich mit deinem Lebenslauf beschäftigt, dann kann er genauso wie Freddy auch auf deinen Bruder stoßen. Dessen Kunstwerke kann man sich online anschauen. Außerdem wird dein Bruder im Moment rund um die Uhr überwacht, wie soll er heute Nacht diese Hashtags im ganzen Stadtgebiet verteilt haben?»

Jens berichtete ihnen, dass Freddy seinen Bruder ebenfalls beobachtete und nicht wusste, ob er auf dem Empfang geblieben war oder nicht und dass Karsten dem Observierungsteam auch entwischt sein könnte. Er weihte sie auch in die Gerüchte über eine Beziehung zu dem Kunstmäzen Jean-Claude Freienstein ein.

«Ein Täterpaar?», fragte Hagenah.

«Warum nicht, wäre nicht das erste Mal. Und würde zu dem logistischen Aufwand passen, der für die Taten notwendig ist.»

«Damit wäre dein Bruder wieder im Spiel», gab Becca zu.

«Für mich war er es die ganze Zeit. Ich verstehe nur nicht, warum er überall Hashtags verteilt. Wie viele sind es, Carina?»

«Nach der letzten Meldung sind es sechs Fahrzeuge in unterschiedlichen Stadtteilen. Allerdings nicht nur auf

Fahrzeugen. Zwei Hashtags auf diesen neuen Elektrorollern, einer auf einer Schaufensterscheibe, einer auf einer Ladesäule für Elektroautos. Es ist aber niemand entführt worden. Durch die Titelstory in der Morgenpost sind die Leute wohl sensibilisiert. Alle haben das Hashtag entdeckt oder wurden von Dritten darauf aufmerksam gemacht ... aber wir müssen uns natürlich mit den Haltern der Fahrzeuge unterhalten, ihren Hintergrund abchecken, möglicherweise gibt es Verbindungen zu Krystina Zoller oder Rabea Leihmann.»

«Ja, natürlich müssen wir das, wenngleich sich das sehr nach einem Ablenkungsmanöver anhört», sagte Jens.

«Oder aber jemand macht sich einen Spaß, nachdem er über den Fall in der Zeitung gelesen hat. Die ganze Stadt ist in Aufruhr deswegen», sagte Hagenah. «Das gibt wieder eine Schlagzeile.»

«Mir ist da noch eine wichtige Frage eingefallen», sagte Becca nachdenklich. «Warum hat der Obdachlose den Namen Breininger verwendet? Er hätte auch Schreck oder Werner sagen können. Wollte er damit bewusst von den beiden anderen Familien ablenken? Oder uns gezielt auf die Breiningers lenken?»

Hagenah nickte. «Eigentlich müssen die alle überwacht werden. Herrschaftszeiten, wie sollen wir das nur in den Griff bekommen?»

Carinas Telefon klingelte. Sie nahm ab. Jens fragte sich, wer sie weit nach Mitternacht anrief, und ihm wurde bewusst, wie sehr dieser Fall ihrer aller Familienleben beeinträchtigte. Als sie auflegte, war ihr Gesicht aschfahl geworden. Sie ließ sich von der Fensterbank gleiten, auf der sie gesessen hatte.

«Das war die Baumgärtner. Es gab einen Vorfall, draußen an der Lübecker Straße bei Ammersbek. Auf dem Kofferraum des Wagens ist ein Hashtag», sagte sie mit zitternder Stimme.

14

Die Nacht war von verschiedensten Lichtquellen hell erleuchtet. Geisterhaft zuckte das blaue Licht der Einsatzfahrzeuge durch die Dunkelheit, dazwischen behauptete sich das Orange der Warnblinkanlagen von mindestens einem Dutzend Fahrzeugen. Hinzu kamen die starken Scheinwerfer, die die Unfallstelle an der Landstraße ausleuchteten.

Der gelbe Kranwagen hatte seinen Ausleger über den gefüllten Wassergraben gestreckt, unten waren die Männer damit beschäftigt, Haken an dem verunglückten Wagen anzubringen.

Mareike Baumgärtner stand mit um den Oberkörper geschlungenen Armen in sicherer Entfernung zu dem Kran, dessen gigantischer Auspuff heiße Abgase in ihre Richtung pustete. Nicht nur deretwegen brannten ihre Augen. Es waren auch die Müdigkeit, die Überforderung, die Zweifel, die Angst. Als der Anruf sie aus dem Schlaf gerissen hatte, war sie sich zum ersten Mal in ihrer Position als Leiterin des 33. Kommissariats nicht sicher gewesen, ob sie der Aufgabe gewachsen war.

Ihr Bauch tat, was er in Zeiten großen Stresses immer tat. Er brodelte und zwickte und verweigerte jegliche Nahrungsaufnahme. Die Leute dachten, ihre gute Figur käme vom Fitness-Studio, aber niemand wusste, was in ihr wirklich vorging.

Mareike Baumgärtner bemerkte ein weiteres Scheinwerferpaar, das sich aus Richtung der Stadt dem Unfallort näherte. Da die Straße schon vier Kilometer vorher abgesperrt war und niemand durchkam, konnte es sich nur um ihre Leute handeln, die sie vor einer halben Stunde informiert hatte.

Unten am Graben riefen sich die Männer Befehle zu, der Kran surrte und brummte, der Wagen hob sich ein kleines Stück aus dem Wasser. Selbst von dort oben, wo Mareike Baumgärtner stand, war das Hashtag auf der Kofferraumklappe zu erkennen.

Von hinten näherten sich zwei Personen: Carina Reinicke und Levin Oktay. Ein Kopfnicken als Begrüßung reichte allen aus. Mareike Baumgärtner spürte sofort wieder die Ablehnung, die ihr seit der Suspendierung von Jens Kerner entgegenschlug. Seine engsten Mitarbeiter standen loyal zu ihm, aber sie wussten auch, dass sie weiterhin an dem Fall mitarbeiten mussten, wenn sie diesen bestialischen Mörder stoppen wollten.

Mit Kritik und Voreingenommenheit konnte Mareike Baumgärtner umgehen, davon hatte sie in ihrer Karriere mehr als genug hinnehmen müssen. Abgelehnt und aus einem vertrauten Zirkel ausgeschlossen zu werden, weil man eine richtige Entscheidung traf, tat aber dennoch weh. Vielleicht würde das Team ja irgendwann verstehen, dass sie nicht anders hatte handeln können.

«Wissen wir schon etwas über die Fahrerin?», fragte Carina Reinicke gegen den Lärm an.

«Franziska Valentiner, 26. Wohnt zehn Minuten von hier entfernt, mit ihrem Verlobten. Ich möchte Sie bitten, hinzufahren und mit ihm zu sprechen. Eine Streife ist schon dort, die Seelsorgerin auch.»

Plötzlich kam Bewegung in die Gruppe Männer am Graben, und der Motor des Kranwagens heulte laut auf. Jemand rief eine Warnung in die Nacht, alle traten von dem verunglückten Fahrzeug zurück, und im harten Licht der starken Scheinwerfer hob es sich aus dem Graben. Schaukelnd hing es an dem Stahlseil. Wie aus einem Eimer mit Dutzenden Löchern lief Wasser heraus. Der Kranführer wartete, bis der Wagen ruhig hing, dann bugsierte er ihn zu einer Stelle auf der Straße, die dafür markiert worden war. Dort setzte er den Unfallwagen mit Hilfe der Männer ab, die ihn in die richtige Position drehten.

Das Hashtag auf der Kofferraumklappe war gut zu erkennen. Um die Leiche sehen zu können, mussten sie aber ganz nah an den Wagen heran, denn sie lag zusammengerollt wie ein Kleinkind im Fußraum vor dem Beifahrersitz. Eine schlanke, kleine Frau, ein nasses Bündel Mensch. Verklebte Haare bedeckten gnädig ihr Gesicht.

Franziska Valentiner war tot.

15

Um vier Uhr nachts traf Carina Reinicke an dem kleinen Haus aus den sechziger Jahren ein, in dem Franziska Valentiner mit ihrem Partner lebte – gelebt hatte. Die Straßenlaternen brannten nicht, und die Fenster der Häuser waren dunkel – bis auf die der Nummer 17. Davor parkte ein Streifenwagen der Polizei.

Carina Reinicke blieb noch einen Moment im Wagen sitzen. Sie war allein, Levin Oktay war auf Baumgärtners Anweisung am Unfallort geblieben. Der Mann dort drinnen hatte gerade vom grausamen Tod seiner Partnerin erfahren. Es gab nichts, was die Wucht des Schmerzes abmildern konnte, das wusste Carina. Selbst die Seelsorgerin sagte, Hilfe sei in so einem Fall ein zu großes Wort, und nun musste Carina hineingehen und den Mann befragen. Er musste in seiner Erinnerung zurückgehen, in die schönen Zeiten der letzten Wochen, die es nie wieder geben würde. Sie hätte ihm gern Zeit gelassen, wenigstens einen Tag, aber das ging nicht. Der Täter hatte erneut zugeschlagen, aber es war etwas schiefgelaufen, und es stand zu befürchten, dass er sich nicht allzu lange Zeit für seine nächste Tat lassen würde.

Carinas Herz schlug hart in ihrer Brust. Sie fühlte sich sehr einsam in diesem Moment und dachte an Jannik, wünschte sich in seine Arme. Wünschte sich einen Job, der so etwas nicht von ihr verlangte. Sie war gern Polizistin, konnte sich nichts anderes vorstellen, aber es gab immer wieder auch Momente, in denen sie zweifelte.

Nach einem tiefen Atemzug stieß sie die Autotür auf, stieg aus und ging auf die Haustür des weiß verputzten Hauses zu. Sie musste nicht klingeln. Einer der Beamten hatte sie schon gesehen und öffnete ihr.

«Wie geht es ihm?», fragte Carina im Flüsterton.

«Völlig zerstört», war die Antwort.

«Wo ist er?»

Der Beamte zeigte ihr den Weg durch die offene Küche

in den Wohnbereich. Alles war hier sehr ordentlich, ganz anders als bei ihnen zu Hause, wo immer ein bisschen Chaos herrschte.

Auf der Couch hockte, was von einem Baum von Mann übrig geblieben war. Richtete Alexander Seitz sich auf, war er bestimmt zwei Meter groß, und seine breiten Schultern flößten Respekt ein. Doch die Größe war gebrochen. Er war nur noch ein verzweifelter Haufen Mensch. In einem Sessel saß die Seelsorgerin, die Carina von vielen anderen Einsätzen kannte. Als eine der wenigen Polizistinnen vom 33. Kommissariat hatte Carina eine psychologische Fortbildung absolviert, deshalb wurde sie oft hinzugezogen, wenn es darum ging, Angehörigen Todesnachrichten zu überbringen. Heute aber war sie nicht die Überbringerin. Heute musste sie in der offenen, blutenden Wunde bohren.

Carinas unausgesprochene Frage beantwortete die Seelsorgerin mit einem Nicken. Also setzte sich Carina neben Alexander Seitz auf die Couch. Als er sie spürte, nahm er sein Gesicht zwischen den Händen hervor.

Verquollene, rot geweinte Augen. Ein verständnisloser Blick. Er war so weit entfernt von alledem hier, dass es Carina aussichtslos erschien, ihm Fragen zu stellen. Versuchen musste sie es natürlich dennoch.

Carina stellte sich vor und bekundete ihr Beileid. Sie hatte sich gefragt, inwieweit sie den Mann einweihen konnte. Ihm etwas von einem Unfall mit Fahrerflucht vorzulügen, wäre zwar möglich, aber wie sollte sie dann ihre Fragen erklären? Nein, sie musste in dem Maße ehrlich sein, wie es die Ermittlungen erlaubten und der Mann es ertrug.

Also berichtete sie, dass Franziska keinen normalen

Unfall gehabt hatte, sondern vielleicht absichtlich von der Straße abgedrängt worden war. Carina fragte, ob ihm oder seiner Verlobten in den letzten Wochen etwas Ungewöhnliches aufgefallen war.

Seitz wirkte nicht so, als hörte er zu, und als Carina endete, starrte er einfach nur schweigend vor sich hin und knetete seine großen, kräftigen Hände. Der Verlobungsring blinkte im Licht der Deckenfluter auf.

«Kein Unfall?», fragte er mit heiserer Stimme.

»Nein, wahrscheinlich nicht», antwortete Carina. «Fühlte Ihre Verlobte sich in den letzten Tagen oder Wochen von jemandem beobachtet oder verfolgt?»

Er schüttelte den Kopf – doch dann trat ein Leuchten in seine Augen.

«Ihr Anruf!», stieß er aus, sprang von der Couch auf und ballte die Fäuste. «Der Typ war ihr unheimlich! Im Bus. Der hat sie beobachtet!»

Carina erhob sich ebenfalls und versuchte, den Mann zu beruhigen und ihm vernünftige Informationen zu entlocken.

«Wer hat Ihre Verlobte beobachtet? In welchem Bus?»

«Heute, auf ihrer letzten Tour.»

«Sie ist Busfahrerin?»

Er schüttelte den Kopf. «Nein, sie fährt für MyDriver, diese kleinen Elektrobusse. Seit ein paar Monaten.»

«MyDriver!», wiederholte Carina und spürte, wie ihr die Hitze jäh in den Kopf schoss.

«Ja!»

«Und ein Fahrgast hat Franziska beobachtet?»

«Sie hat mich aus dem Bus heraus angerufen und gesagt, sie freue sich darauf, dass ich sie abhole, aber das war gar nicht abgesprochen. Ich habe sie zurückgerufen, und da hat sie gesagt, das sei nur gewesen, weil ihr der Typ im Bus so unheimlich war! Aber da saß sie schon in ihrem eigenen Auto und war auf dem Weg nach Hause ...»

Carina bedankte sich bei dem Mann, verließ eilig das Haus, setzte sich in ihren Wagen und fuhr los.

Von unterwegs rief sie zuallererst Becca an – danach die Baumgärtner.

Die Kofferraumklappe ihres Wagens kontrollierte sie nicht.

16

«Und du bist dir sicher?», fragte Becca.

Im fahlen Licht der Armaturenbeleuchtung sah sie müde aus. Genau wie er selbst, vermutete Jens, denn müde waren sie nach dieser Nacht ohne Schlaf allesamt. Dieser Fall verlangte ihnen alles ab.

Doch das Härteste stand Jens jetzt bevor, und weil er eine Katastrophe vermeiden wollte, nahm er Becca mit. Jens dachte kurz über eine Antwort nach. «Die Chance bekomme ich so schnell nicht wieder.»

«Ich meinte nicht nur, ob du dir sicher bist, das machen zu wollen, sondern was seine Täterschaft angeht.»

«Er muss jahrelang seinen Hass auf mich gepflegt haben, bevor er jetzt durch eine günstige Gelegenheit oder warum auch immer zum Ausbruch kam.»

«Woher kommt nur dieser Hass? Was ist noch vorgefallen zwischen euch?»

Die Geschichte, warum es endgültig zum Bruch zwischen Karsten und ihm gekommen war, lag tief vergraben in Jens' Erinnerung, immerhin war das ja auch schon beinahe dreißig Jahre her. Vergessen hatte er sie natürlich nicht, wie hätte er das auch können, und hin und wieder hatte er darüber nachgedacht, aber niemals so intensiv wie in den letzten Tagen. Vielleicht war es ganz gut, endlich mit jemandem darüber zu reden, und eigentlich kam nur Becca dafür in Frage.

«Meine Eltern hatten mal ein eigenes Haus, auf dem Lande», begann Jens. «Als sie zu alt für Haus und Hof wurden, haben wir uns hingesetzt und geredet. Ich war damals schon nach Hamburg gegangen und wollte meine Freiheit. Also überschrieben sie das Haus auf Karsten, der damit aber alle Kosten und die notwendigen Renovierungen übernehmen musste. Meine Eltern ließen sich ein lebenslanges Wohnrecht eintragen. Karsten lebte im Obergeschoss, meine Eltern unten. Damit war eigentlich alles geregelt. Doch es kam immer häufiger zum Streit zwischen Karsten und meinen Eltern. Er bezahlte Strom- und Ölrechnungen nicht, kümmerte sich nicht um Reparaturen und vieles mehr. Irgendwann hat er dann einen Anwalt damit beauftragt, meine Eltern aus dem Haus zu klagen, damit er es verkaufen konnte. Es kam nie zur endgültigen Gerichtsverhandlung, denn meine Eltern zogen vorher freiwillig aus. Tieftraurig und mit gebrochenem Herzen. Kurz zuvor hatte ich Karsten zur Rede gestellt, und weil er so jähzornig und aufbrausend und uneinsichtig war wie immer, kam es zum Streit. Ich schlug ihn nieder ... okay, das trifft es nicht ganz ... ich hab ihn so richtig verprügelt ... wie niemanden zuvor ... meinen eigenen Bruder.»

Damals, als Jens mit blutigen Fäusten über seinen Bruder gebeugt dastand, hatte es sich gut und richtig angefühlt. Doch dieses Gefühl war schnell der Scham und der Reue gewichen, und diese beiden waren lange geblieben. Eigentlich bis heute.

«Eine traurige Geschichte», sagte Becca. «Immer wieder hört man so etwas. Was in einer Familie nicht passieren sollte, passiert gerade in einer Familie.»

Jens hatte sich Absolution von ihr gewünscht, aber die würde er wohl nicht bekommen. Warum auch? Er hatte sie nicht verdient.

«Aus seiner Sicht ist der Hass nachvollziehbar», sagte Becca weiter. «So etwas vergisst man nicht.»

«Nein, so etwas vergisst man nicht», presste Jens mühsam zwischen den Zähnen hervor.

«Und du selbst bist auch immer noch wütend auf deinen Bruder.»

«Natürlich bin ich wütend auf ihn! Wer wäre das nicht!»

«Siehst du, und das ist genau der Grund, warum die Baumgärtner dich geschasst hat. Deine Wut ist für jeden spürbar, und darüber hinaus lässt sie dich alle anderen Spuren vernachlässigen. Du bist wie in einem Tunnel.»

Diesmal vermied Jens es, Becca anzusehen. «Du stehst auf ihrer Seite?»

«Hör auf mit dem Quatsch! Es gibt keine Seiten. Wir alle wollen diesen Fall lösen, auch die Baumgärtner. Und immerhin bringe ich mich in Teufels Küche, weil ich dich begleite.»

«Du weißt, du musst das nicht tun.»

Becca berührte seine Hand, die auf dem Schalthebel des Dienstwagens lag. «Ich hab uns die Suppe eingebrockt, jetzt löffle ich sie auch mit aus. Und ich verstehe dich, wirklich, aber man sollte auch verzeihen können. Wirkliche Größe erreicht man nur, wenn man verzeiht.»

Und da war es wieder, ihr Lächeln, das Jens tief in den Magen fuhr.

Seines hingegen fiel gequält aus, denn er wusste genau, sie hatte recht. Jens wäre gern ein wenig wie Becca gewesen, doch er tat sich so verdammt schwer mit dem Verzeihen und Vergeben. Es schien, als ließe sein gutes Gedächtnis das nicht zu. Oder lag es vielmehr daran, dass er sich darin gefiel, verletzt und beleidigt zu sein? Diese Gedanken berührten sein Innerstes, und das mochte Jens nicht. Zum Glück klingelte in diesem Moment Beccas Handy.

«Carina», sagte Becca, ging ran, unterhielt sich kurz mit ihr und legte wieder auf.

«Sie kommt gerade aus einer ersten Vernehmung des Verlobten von Franziska Valentiner. Er hat ausgesagt, dass seine Verlobte ihn früher am Abend angerufen habe, weil sie sich von dem Fahrgast des MyDriver-Busses, den sie fuhr, belästigt gefühlt habe.»

«Sie arbeitete für MyDriver?», hakte Jens nach.

Becca nickte. «Ja, schon wieder dieser Fahrdienst. Krystina Zoller fühlte sich von einem Fahrgast belästigt. Rabea Leihmann ist mit einem MyDriver bis zu ihrem eigenen Wagen gefahren. Und nun Franziska Valentiner, eine Fahrerin von MyDriver.»

«Wie passt das zusammen?»

«Keine Ahnung, aber der Fahrdienst ist darin verwickelt, so viel ist jetzt klar. Wir müssen herausfinden, wer bei Franziska Valentiner im Bus saß. Was, wenn es wieder dieser Leopold Vollmer war?»

«Dann könnte ich mir diesen Besuch hier sparen», sagte Jens und deutete nach vorn, weil sie in diesem Moment ihr Ziel erreichten. «Wer kümmert sich darum?

«Die Baumgärtner, nehme ich an», antwortete Becca. «Aber sicher nicht, bevor die Zentrale von MyDriver öffnet.»

«Okay, dann geh ich da jetzt trotzdem rein. Bist du dabei?»

«Du gehst aber nicht wieder auf ihn los! Versprich es mir!»

«Ich verspreche es.»

17

Es war eine Weile her, seit Rolf Hagenah eine Nacht durchgemacht hatte. Er ging auf die sechzig zu, und auch wenn er sich insgesamt fit fühlte, setzte ihm Schlafmangel immer sehr zu. Seine besten Zeiten waren vorbei, da biss die Maus keinen Faden ab, auch wenn er noch so viel Sport trieb, Mentholzigaretten rauchte und weniger Bier trank. All die ärztlich verordneten Maßnahmen für ein längeres Leben waren sowieso einen Scheiß wert, wenn das lange Leben keinen Spaß machte. Und überdies halfen sie nicht, wie Hagenah spürte.

In der letzten Stunde waren ihm immer wieder die Augen zugefallen, und er war weggenickt. Nicht nur oberflächlich, sondern richtig tief, sodass er nach dem dritten Mal Hochschrecken nicht gewusst hatte, wo er sich befand.

Der Anruf hatte ihn jedoch wachgerüttelt, wie es kein

Kaffee der Welt geschafft hätte. Heinrich Lutter war dran gewesen, der Hausmeister des Bürogebäudes, auf dessen Parkplatz der Wagen von Ilka Kramer mit einem leuchtenden Hashtag beschmiert worden war. Die Sache hatte Lutter keine Ruhe gelassen, und es war ihm gehörig gegen den Strich gegangen, dass er von dem Vandalismus nichts mitbekommen hatte. Also hatte er sich doch noch mit dem Videosystem beschäftigt. Und was er dort entdeckt hatte, wollte er Hagenah zeigen.

Am Telefon klang Heinrich Lutter aufgeregt, und diese Aufregung hatte sich auf Hagenah übertragen. Zum Glück war er nach der geheimen Sitzung in Jens' Wohnung, die vom Anruf der Baumgärtner abgebrochen worden war, als Einziger ins Kommissariat gefahren, um dort für den Fall der Fälle Stellung zu halten.

Die Sonne ging bereits auf, als Hagenah auf dem Parkplatz vor dem Gebäude eintraf. Heinrich Lutter trat aus der Personaltür und kam auf ihn zugehumpelt. Dabei winkte er mit beiden Armen, als könnte er ihn sonst übersehen.

Sie begrüßten sich mit Handschlag, und Lutter ging voran.

«Ich weiß aber nicht, ob das wirklich wichtig ist», sagte er entschuldigend. «Aber auffällig ist es schon.»

«Spielt keine Rolle, ob es uns weiterhilft oder nicht. Finde ich ganz große Klasse, dass Sie sich die Mühe machen, uns zu helfen.» Hagenahs Pranke landete auf Lutters fleischiger Schulter, und der Hausmeister lief rot an.

«Müsstest du nicht längst in Rente sein?», fragte Hagenah und ging übergangslos zum Du über. So war es ihm am liebsten.

«Ach, hör bloß auf!», sagte Heinrich Lutter und hielt

Hagenah die Tür auf. «Ich hab fünfundvierzig Jahre malocht und kann von dem bisschen Rente meinen Enkeln nicht mal etwas zum Geburtstag schenken. Und außerdem ...» Er führte Hagenah durch eine weitere Tür. «... und außerdem ist es ganz furchtbar, zu Hause rumzusitzen. Willst du meine Meinung hören? Rente abschaffen! Tut eh niemandem gut, nichts zu tun zu haben, und bezahlen können wir's bald auch nicht mehr ... so, da sind wir.»

Sie betraten einen kleinen fensterlosen Raum, ausgestattet mit zwei aneinandergestellten Schreibtischen, zwei zerschlissenen Bürostühlen auf Rollen davor und zwei Monitoren auf den Schreibtischen. Die Wände waren weiß und kahl, das Licht aus der Neonröhre unter der Decke entsetzlich hart, und es roch nach Männerschweiß und dem Polyesterhemd, das Lutter trug.

Lutter ließ sich auf einen Stuhl plumpsen und bedeckte die Maus mit seiner großen, fleischigen Hand. «Ich hab's ja eigentlich nicht so mit Computern», erklärte er und schob sich die Brille auf seiner Nase hoch. «Aber meine Enkel bringen mir ein bisschen was bei, schaden kann's ja nicht, und ohne das hätte ich dieses Videoprogramm auch niemals bedienen können ... ich hätte mich auch fast nicht dran getraut, aber das hat mich so geärgert, die arme Frau Kramer, die ist so eine Liebe. Die ist total aufgelöst und verängstigt und hat bestimmt wochenlang Albträume.»

Hagenah schlug dem Hausmeister abermals auf die Schulter. «Weißt du eigentlich, dass du der Frau wahrscheinlich das Leben gerettet hast?» Das war Hagenah nach Carinas Anruf sofort durch den Kopf geschossen. Der Täter hatte sich Kramer als sein nächstes Opfer ausgesucht, und das hatte einzig wegen des aufmerksamen Hausmeisters nicht geklappt. Leider hatte er sich dann draußen vor der Stadt ein anderes Opfer gesucht. Auch dort musste etwas schiefgelaufen sein, aber die junge Frau war tot. Elendig in ihrem Wagen ertrunken.

Wie die vielen anderen Wagen dazu passten, die im Stadtgebiet mit einem leuchtenden Hashtag aufgetaucht waren, konnte sich Hagenah nicht erklären. Wollte der Täter einfach nur Angst und Schrecken verbreiten oder sich eine möglichst große Auswahl verschaffen? Rätselhaft, das alles. Manchmal glaubte Hagenah, den Verrückten dieser Zeit einfach nicht mehr gewachsen zu sein.

«So, da haben wir es schon», sagte Heinrich Lutter und stieß mit seinem Finger gegen den Bildschirm, der vom Schreibtisch gefallen wäre, hätte er nicht an der Wand gestanden. «Das da ist der Wagen von Ilka Kramer, und jetzt pass mal auf!»

Ein paar Atemzüge lang tat sich nichts, dann näherte sich von links ein silberfarbener Wagen und blieb mit der Beifahrertür zur Kamera genau hinter dem Auto der Kramer stehen. Der Winkel der Videokamera erlaubte leider keinen Blick ins Innere des Wagens. Was Hagenah jedoch sah, war, dass die Fahrertür geöffnet und zwei Minuten später wieder geschlossen wurde. Leider kam das Kennzeichen nicht in den Blickwinkel der Kamera, als der Wagen fortfuhr. Absicht, schoss es Hagenah durch den Kopf. Der Mann wusste, wo die Kameras sind.

«Zwei Minuten reichen doch wohl, um so ein Häschtäg aufzumalen, oder?», sagte Hausmeister Lutter.

«Ganz sicher», bestätigte Hagenah. «Nur leider haben wir das Kennzeichen nicht.»

Lutter grinste übers ganze Gesicht. «Genau das habe ich

auch gedacht. Aber hier ist ja nachts sonst nie was los, und zwischen den Kontrollgängen habe ich jede Menge Zeit. Also bin ich die Aufnahmen von allen Kameras durchgegangen. Und jetzt schau mal hier ...»

Lutter öffnete ein anderes Bild mit einer anderen Perspektive auf die Zufahrt des Parkplatzes. Die Kamera hatte diese Bilder aus großer Entfernung aufgenommen, den silbernen Wagen mit Stufenheck erkannte Hagenah aber trotzdem wieder. Er fuhr vom Parkplatz und zeigte der Kamera sein Kennzeichen. Allerdings war es aus dieser Entfernung nicht zu entziffern.

«Kannst du das vergrößern?», fragte Hagenah und holte seine Lesebrille hervor.

«Ich habe eine halbe Stunde gebraucht, um herauszufinden, wie», sagte Heinrich Lutter nicht ohne Stolz. Dann vergrößerte er das Bild.

«Ist bis zum Anschlag. Mehr geht nicht.»

Hagenah beugte sich vor. «Fängt mit WL an», sagte er. «Winsen an der Luhe.»

18

Im Morgengrauen wirkte die zu einer Kunstgalerie umfunktionierte Lagerhalle mit dem großen Rolltor in der Mitte des Giebels und den beiden blinden Fenstern rechts und links daneben wie ein schlafendes Raubtier. Über ihrem Dach färbte sich der Himmel blassrot, im Hintergrund ragten die metallenen Skelette einiger Verladekräne auf.

Hundert Meter rechts der Halle blitzten im dunklen

Schatten einer anderen, viel niedrigeren und mit einer Vielzahl grüner Holztore versehenen Halle zweimal schnell hintereinander Scheinwerfer auf.

Jens fuhr hinüber. Nah an der Hallenwand parkte gut versteckt der weinrote Caddy von Freddy Förster. Fahrertür an Fahrertür stoppte Jens seinen Dienstwagen und ließ die Seitenscheibe herunter.

«Hey, Becca!», begrüßte Freddy sie zuerst. «Schön, dass ihr zusammen unterwegs seid.»

«Hey, Freddy. Finde ich auch.»

«Wie lange ist er da drin?», fragte Jens.

«Wie schon am Telefon gesagt, ist er vor gut einer Stunde angekommen. Mit einem Taxi. Seitdem ist er drinnen.»

«Und vorher? Während und nach dem Empfang?»

Freddy zuckte mit den Schultern. «Ich kann es dir nicht sagen, wann er vom Empfang abgehauen ist.»

«Also kann er die ganze Nacht unterwegs gewesen sein?»

«Gut möglich.»

«Was ist mit dem Observierungsteam?», fragte Jens.

Freddy grinste und zuckte mit den Schultern. «Also hier sind sie nicht.»

«Okay, ich nehme ihn mir vor.»

«Das kann heikel werden, oder?», fragte Freddy vorsichtig.

Jens zuckte mit den Schultern. «Kann es, und du hast schon mehr als genug für mich getan. Fahr zu deiner Familie.»

Freddy winkte ab. «Quatsch. Ich kann euch beiden Anfänger doch nicht alleinlassen.»

«Na dann», sagte Jens, rollte noch ein paar Meter vor und stellte den Motor ab.

Es dauerte länger als gewohnt, bis Becca sich aus dem Wagen heraus in ihren Rollstuhl bugsiert hatte. Der Dienstwagen war eng, und der Sitz ließ sich nicht weit genug zurückfahren. «Ich vermisse die Red Lady», sagte sie.

Diese Worte machten Jens glücklich und holten ihn ein wenig aus seiner bruderfixierten Gedankenverlorenheit. Denn aus der Red Lady kam Becca nicht allein in den Rollstuhl. Jens musste sie hinein- und herausheben, sie auf seine Arme nehmen, während sie ihre um seinen Hals schlang. «Wenn nichts dazwischenkommt, hole ich sie heute ab», sagte er. Dann schob er den Rollstuhl mit Becca darin vor sich her, bis die Halle vor ihnen aufragte.

«Letzte Chance, umzukehren», sagte Jens. Er wusste, weder Becca noch Freddy würden ihn im Stich lassen. Den Satz hatte er daher eher an sich selbst gerichtet. Er stand kurz vor einer Konfrontation mit seinem kleinen Bruder, den er für ein arrogantes, egozentrisches Arschloch hielt und nun auch noch für einen Mörder. Jens ahnte, diese Begegnung barg große Risiken, auch für ihn, denn wenn Karsten sich verhielt, wie er sich immer verhalten hatte, war es nicht ausgeschlossen, dass Jens erneut auf ihn losgehen würde. Es reichte, sich die verzweifelten Gesichter seiner Eltern in Erinnerung zu rufen, als sie damals das Haus verloren hatten, und seine Wut kochte erneut hoch.

In der Dunkelheit sahen sie sich an. Becca, Freddy und Jens. Ein kurzes Nicken, dann ging es los.

Jens trat vor die Hintertür des Gebäudes. Eine Klingel gab es nicht, dafür aber ein modernes Sicherheitsschließsystem mit Eingabefeld für eine Zahlenkombination. Dieses System konnten sie nicht überwinden. Jens hämmerte mit der Faust gegen die Tür. «Polizei», rief er. Er musste es einige Male wiederholen, bis die Tür tatsächlich geöffnet wurde.

Im schummrigen Licht eines langen Ganges stand plötzlich sein Bruder vor ihm, eingehüllt in einen weißen Ganzkörperanzug, wie ihn auch Tatortermittler trugen. Zuerst dachte Jens, es wäre Blut, was daran haftete, doch dann erkannte er, dass es Farbe war. Unter anderem auch Leuchtfarbe.

Karsten wirkte irgendwie abwesend, so als wäre er tief in sich versunken, und es dauerte, bis er verstand, wen er vor sich hatte. «Was für ein überraschender Besuch», sagte Karsten mit rauer Stimme und fixierte Jens – nur ihn. Für Becca und Freddy hatte er keinen Blick übrig. «Willst du dich für den Angriff entschuldigen?»

«Wir wollen dich befragen.»

«Hat deine Kollegin doch schon getan.»

«Und wir tun's noch mal.»

«Wenn ich euch reinlasse.»

Dafür hatte Jens nicht mehr als ein kleines Lächeln übrig, und Karsten schien zu verstehen, dass er mit Gegenwehr nicht weniger als einen Krieg heraufbeschwören würde.

«Ich hoffe, es dauert nicht allzu lange», sagte Karsten, wandte sich abrupt ab und ging voraus.

Jens folgte ihm, dann Becca, die ihren Ivar mit kräftigen Schüben vorwärtstrieb, und schließlich Freddy.

Jens war angespannt und nervös. Er wusste nicht, was er von seinem Bruder halten, wie er ihn einschätzen sollte. Es hatte eine Zeit gegeben, da waren sie gemeinsam mit dem Fahrrad in die Schule gefahren, hatten nachmittags zusammen Fußball gespielt und sich ein paar Jahre lang sogar ein Zimmer geteilt. Normal war Karsten nie gewesen, sondern schon immer etwas sonderbar, vor allem aber unberechenbar. Er neigte zu spontanen Wutausbrüchen und hatte sich dann nicht unter Kontrolle. Jens erinnerte sich, Karsten einmal zu Boden geschlagen zu haben, weil der in seiner Raserei immer wieder auf ihn losgegangen war und gar nicht wieder aufhören konnte. Dabei war es nur um eine Nichtigkeit gegangen, an die Jens sich nicht einmal mehr erinnerte.

Karsten ging schnell voran und verschwand am Ende des Ganges durch eine Tür. Es gefiel Jens nicht, seinen Bruder nicht mehr sehen zu können. Er beeilte sich hinterherzukommen und ertappte sich dabei, wie seine Hand in die Nähe seiner Dienstwaffe zuckte – die er ja leider nicht mehr dabeihatte.

Ein Schritt durch die Tür, und plötzlich stand er in der Ausstellung. In der langgestreckten Halle gab es kaum Licht; vereinzelte Spots beleuchteten scharf begrenzte Bereiche. In einem davon, links von ihm, stand Karsten vor einem mannshohen Bild. Auf einem Klapptisch neben ihm lagen Malutensilien: Farbdosen, Pinsel, Lappen, Verdünner.

Das Bild war eine dieser Leuchttürme mit leuchtenden Köpfen. Bei diesem handelte es sich um Nelson Mandela.

Karsten nahm einen Pinsel in die Hand und trug in Mandelas Gesicht ein wenig von der Leuchtfarbe auf. Er drehte ihnen dabei den Rücken zu und schien sich nicht für seinen Besuch zu interessieren.

«Ich wusste nicht, dass du Künstler geworden bist», versuchte Jens es mit einem harmlosen Einstieg.

Karsten malte weiter, reagierte nicht.

«Ist das Bild nicht längst fertig?», schob Jens hinterher.

«Begriffe wie ‹fertig› existieren in deiner engstirnigen Welt, nicht in meiner», war die Antwort.

Es schien, als hätte sein Bruder kein Interesse an einem vernünftigen Gespräch, also konnte Jens auch zur Sache kommen.

«Wo warst du heute Nacht?»

«Hier ...»

«Die ganze Nacht, ohne Unterbrechung?»

«... und dort», vervollständigte Karsten seinen Satz. «Ich bin immer hier und dort. Überall und nirgends, und ich bin niemandem Rechenschaft schuldig, dir schon gar nicht.» Während Karsten sprach, beugte er sich ganz nah an das Bild heran und brachte einen Hauch von Farbe auf Mandelas Ohren auf.

«Doch, bist du, dem Gesetz. Und das vertrete ich. Also, noch mal: Wo warst du heute Nacht?»

«Wiederholungen sind die Phantasie des tumben Einfaltspinsels», sagte Karsten.

In Jens kochte die Wut hoch. Er machte einen schnellen Schritt auf seinen Bruder zu und entriss ihm den winzigen Pinsel.

«Hör zu, wir können das auf die nette oder auf die unfreundliche Tour erledigen. Heute Nacht ist eine junge Frau getötet worden. Jemand hat zuvor ihren Wagen markiert. Mit dieser Leuchtfarbe.» Jens drückte seinem Bruder den Pinsel an die Brust, wo er einen grüngelben Fleck hinterließ, dann warf er ihn auf den Tisch zu den anderen.

Karsten lächelte. Es war ein kaltes, hartes, überlegenes Lächeln. «Nicht mit dieser Farbe, Herr Kommissar, sondern mit einer ähnlichen. Die kann man überall kaufen, was du ja wahrscheinlich schon weißt. Ich war in dieser Nacht hier, auf dem Empfang, und dann unterwegs, um den Kopf freizubekommen. Sind wir damit fertig?»

«Noch lange nicht. Hat dich jemand unterwegs gesehen? Gibt es Zeugen? Wo genau warst du?»

«Muss ich meinen Anwalt anrufen?»

«Kannst du dich nicht selbst verteidigen?»

«Nicht gegen jemanden, der unfair spielt, das Gesetz missachtet oder zu seinen Gunsten beugt, aufbrausend ist, gefährlich, ja sogar ein stadtbekannter Mörder, der gern mal die Waffe auf Menschen abfeuert. Dirty Harry, richtig?» Wieder dieses Lächeln, das Jens bis zur Weißglut reizte.

Er ballte die Hände zu Fäusten, öffnete sie wieder, kämpfte hart um seine Fassung und dachte an das Versprechen, das er Becca gegeben hatte.

«Sie verstehen aber schon, dass wir Sie befragen müssen», mischte sich plötzlich Becca ein und kam ein Stück herangerollt. «Der Täter benutzt fluoreszierende Farbe, er hat damit das Gesicht seines Opfers bemalt. Und er tat das in der Nacht, in der Sie nachweislich in Hamburg waren.»

«Wie in den fünf Nächten zuvor auch schon, um meine Ausstellung vorzubereiten», sagte Karsten und wandte sich nun Becca zu. «Und ja, ich verstehe, dass die Polizei mich sprechen muss, und das hat sie ja auch schon getan in Gestalt Ihrer liebreizenden Kollegin. Was das hier jetzt soll, verstehe ich allerdings nicht, und ich fühle mich massiv unter Druck gesetzt, wenn nicht gar angegriffen. Was wohl die Presse dazu sagen würde? Bei der mein ach so selbstgerechter Bruder übrigens gar nicht so gut wegkommt. Ich las etwas von Suspendierung?»

Jetzt war das Lächeln verschwunden, und der alte Karsten Kerner, den Jens so gut kannte, kam zum Vorschein. Der

Karsten, der leicht reizbar war, wenn es nicht so lief, wie er es sich wünschte. Der sich einen gelben Bademantelgürtel um den Hals wickelte und seinem Bruder mit Selbstmord drohte, nur um seine bescheuerte Sendung im Fernsehen anschauen zu können. Der Karsten, der wohl auch über Leichen gehen würde.

«Drohst du mir?», stieß Jens aus und kam ihm gefährlich nahe.

Karsten wich keinen Zentimeter. «Da ist er ja wieder, der prügelnde Bruder», sagte Karsten.

«Hört auf!», rief Becca. «Jens ... lass uns gehen. Wir beantragen einen Haftbefehl und kommen wieder.»

Jens roch den Atem seines Bruders und sah den Wahnsinn in seinen Augen. Wie konnte es sein, dass in ihren Adern das gleiche Blut floss, dass sie beide von denselben friedfertigen Eltern abstammten? Was war nur schiefgelaufen?

Jetzt zu gehen, kostete Jens ungeheuer viel Kraft. Viel einfacher wäre es gewesen, Karsten zu schlagen, und diese Erkenntnis erschreckte Jens. Er verstand, dass seine eigene Hemmschwelle ähnlich niedrig war wie die seines Bruders.

Jens ließ sich von Karsten wegziehen. Es war Becca, die ihn am Handgelenk packte, und es war Freddy, der einen Arm um seine Schultern legte und ihn Richtung Ausgang führte. Jens standen Tränen der Wut und Verzweiflung in den Augen.

Er war seinem kleinen Bruder nicht gewachsen.

19

Die kühle Morgenluft dämpfte seine Wut etwas und kühlte sein heißes Gesicht ab. Dennoch musste Jens sich bewegen, sonst wäre er geplatzt. Ohne auf Becca und Freddy zu warten, lief er auf den Kai hinaus und stoppte erst, als zwei Meter unter ihm das graue Wasser gegen die Betonmauer schwappte. In der Ferne erhob sich der Umriss der Köhlbrandbrücke.

Jens legte den Kopf in den Nacken, schloss die Augen und atmete tief ein. Sein Inneres war dermaßen in Aufruhr, dass er keinen klaren Gedanken fassen konnte.

Ein knirschendes Geräusch hinter ihm ließ ihn die Augen öffnen. Er musste sich nicht umdrehen, wusste auch so, dass Becca ihm gefolgt war. Sie rollte neben ihn und sagte erst einmal nichts. Gemeinsam starrten sie aufs Wasser hinaus, das selbst im Licht der aufgehenden Sonne nicht schöner, sondern eher dunkler wurde.

«Weißt du, was ein bekannter Schriftsteller, dessen Namen ich vergessen habe, über Hass gesagt hat?», fragte Becca schließlich.

Jens hatte keine Lust auf ein solches Gespräch, er wollte einfach nur wütend sein, er wusste aber auch, dass Becca nicht lockerlassen würde, also schüttelte er den Kopf. «Nein, weiß ich nicht.»

«Wenn man den Hass verstehen will, muss man sich mit dem Schmerz beschäftigen, und das ist längst nicht so beliebt bei den Menschen.»

«Und wie soll mir das helfen?»

«Ich habe da drinnen seinen Schmerz gesehen, weißt du.

Tief im Inneren leidet dein Bruder unter eurem Zwist, aber es ist einfacher für ihn, dich zu hassen, als diesen Schmerz zuzulassen.»

Jens schüttelte den Kopf. «Nein, ich glaube, da irrst du dich. So ist Karsten nicht gestrickt. Ihm ging es schon immer nur um seinen eigenen Vorteil, darin unterscheidet er sich nicht von einem Psychopathen. Er leidet nicht darunter, er versucht nur, es zu seinen Zwecken zu instrumentalisieren.»

«Es gibt nur einen Weg, herauszufinden, ob ich mich irre.»

«Und der wäre?»

«Du musst ihm die Hand reichen. Den ersten Schritt machen.»

Jens sah Becca an. «Ist nicht dein Ernst, oder? Dieser Mann da drinnen, der vor unseren Augen mit Leuchtfarbe hantiert, ist der Hauptverdächtige in diesem Fall. Da reiche ich ihm doch nicht die Hand!»

«Er ist *dein* Hauptverdächtiger. Ich glaube nicht ...»

Bevor Becca ihren Satz beenden konnte, klingelte Jens' Handy. Das Display meldete einen Anruf von Rolf Hagenah, also nahm Jens sofort ab.

«Wir haben ein verdächtiges Kennzeichen!», rief er.

«Wie das?», fragte Jens.

«Ich hab euch doch von dem Hausmeister erzählt, der die junge Frau davon abgehalten hat, in ihr markiertes Auto zu steigen. Die Frau hat kurz vorher auf dem Parkplatz einen Wagen mit laufendem Motor gesehen, das Kennzeichen aber nicht erkennen können. Das hat dem Hausmeister keine Ruhe gelassen. Er ist die Videoaufnahmen der Überwachungskameras des Gebäudes durchgegangen. Der Wagen, den die Frau gesehen hat, hat nichts damit zu tun, aber er hat einen anderen Wagen entdeckt, der viel früher hinter dem Wagen von Ilka Kramer hielt. Dort stand er mit geöffneter Fahrertür, bevor er zwei Minuten später davonbrauste.»

«Zwei Minuten reichen, um ein Hashtag aufzumalen», sagte Jens.

«Genau», antwortete Hagenah. «Ich hab bereits eine Halterabfrage eingeholt. Der Wagen ist auf eine Irmgard Lubetzki zugelassen. Wohnhaft in Winsen an der Luhe. Sie ist 72 Jahre alt. Ich fahr dahin. Kommt ihr nach?»

20

Der Schreck fuhr Jens tief in die Glieder, als er seinen Kollegen und Freund Rolf Hagenah tot in dessen Dienstwagen liegen sah.

Hagenahs Gesicht war zur Seitenscheibe gedreht, sein Mund stand weit offen, die Augen waren geschlossen. Sein riesiger, lebloser Körper füllte den Sitz aus.

«Oh scheiße!», stieß Jens aus und eilte auf den Wagen zu, der am Straßenrand unter dem Laubdach einer Linde geparkt war. Hagenah hatte in Winsen an der Luhe in der Nähe der Adresse von Irmgard Lubetzki auf Jens und Becca gewartet. Jens riss die Autotür auf.

«Rolf!», rief er. Rolf Hagenah, der an die Tür gelehnt dagesessen hatte, kippte ihm entgegen, schreckte gleichzeitig hoch, riss die Augen auf und holte zu einem Schwinger aus, der Jens direkt auf das Brustbein traf.

Jens blieb der Atem weg, und er taumelte zurück, stolperte dabei über die Fußrasten von Beccas Ivar und fiel auf den Hintern.

Zugleich rappelte sich Hagenah aus seinem Sitz hervor und versuchte, seinen Atem wieder unter Kontrolle zu bekommen.

Es dauerte einen Moment, bis Jens begriff, dass sein Freund im Wagen eingeschlafen war, während er gewartet hatte. Kein Wunder, sie waren alle vollkommen übermüdet, auch Jens hatte auf der Fahrt nach Winsen gegen seine Müdigkeit ankämpfen müssen und wäre ohne Beccas Unterstützung sicher am Steuer eingeschlafen.

Hagenah brabbelte irgendwas vor sich hin, während er mehr aus dem Wagen herausfiel, als dass er ausstieg. Becca kicherte wie ein kleines Mädchen, und Jens spürte noch den harten Schlag auf seinem Brustkorb.

Er rieb sich die Stelle.

Hagenah starrte ihn aus großen Augen an.

«Habe ich dich geschlagen?»

«Nee, das war Becca.»

«Sorry, tut mir leid, ich hab geträumt. Mike Tyson wollte mir ein Ohr abbeißen.» Hagenah reichte ihm seine Hand und half Jens auf die Beine. Beide starrten Becca an, die immer noch lachte.

«Das ist nicht witzig», sagte Jens. «Ich dachte wirklich, dein Herz hätte den Geist aufgegeben durch den Stress.»

«Hey, immer vorsichtig! Mein Herz ist bestens in Ordnung. Da gibt gar nichts den Geist auf.»

«Ihr beiden seid wirklich euer Geld wert», spottete Becca. «Wie schade, dass ich euch nicht gefilmt habe, das wäre der Renner bei Facebook und wäre weltweit viral gegangen.»

«Hör bloß auf!», versetzte Jens, der von Facebook, Instagram und Konsorten die Schnauze gestrichen voll hatte.

«Ich brauche erst einen Kaffee, bevor wir die alte Dame besuchen», sagte Hagenah und strich sich mit den Händen durchs Haar.

«Da drüben ist ein Café, ich lade euch ein», sagte Jens, packte die Griffe des Rollstuhls und schob Becca vor sich her. «Dich lade ich ein», korrigierte er sich, an Hagenah gewandt. «Die junge übermütige Dame hier bekommt allenfalls einen trockenen Keks.»

«Du schuldest mir eine Lebensration Mozartkugeln», entgegnete sie.

Sie überquerten die wenig befahrene Landstraße und kehrten in die Bäckerei Haberloh ein. Darin roch es wunderbar nach frischem Backwerk und gemahlenen Kaffeebohnen. Sie bestellten am Tresen und zogen sich dann in die hinterste Ecke des modern und geschmackvoll eingerichteten Cafés zurück. Hagenah ging zur Toilette und kehrte nach einigen Minuten mit rosigem Gesicht und feucht angeklatschten Haaren zurück.

«Viel besser», spottete Jens, der sich selbst nach einer Dusche sehnte.

«Du mich auch», konterte Hagenah. «Erzähl lieber, wie es bei deinem Bruder war.» Also erzählte Jens.

Hagenah schüttelte den Kopf. «Er malt vor deinen Augen mit Leuchtfarbe? Herrschaftszeiten! Für einen Haftbefehl reicht das nicht, aber irgendwie ist es auch ein Statement.»

«Fragt sich nur, wofür?», sagte Becca.

Die Bedienung kam mit der Bestellung und unterbrach das Gespräch. Sie hatten ein wenig Schwierigkeiten, die drei kleinen Tabletts auf dem runden Tischchen unterzubringen. Nach einigem Geschiebe und Geräume kehrte wieder Ruhe ein.

«Irmgard Lubetzki», sagte Jens nach einem Schluck Kaffee. «Was weißt du?»

«Wie schon gesagt, sie hat ihren Wagen nicht als gestohlen gemeldet.»

«Vielleicht hat sie es nur noch nicht bemerkt», sagte Becca. «In dem Alter fahren die Leute nicht mehr so viel.»

«Möglich», erwiderte Hagenah. «Aber ich bin vorhin, als ich ankam, an dem Grundstück vorbeigegangen und hab gesehen, dass der Wagen unter dem Carport steht.»

«Ganz sicher? Genau dieser Wagen?», fragte Jens.

«Das Kennzeichen stimmt überein, die Farbe ...» Hagenah zuckte mit den Schultern. «Ich geh mal davon aus, dass die alte Dame nicht unsere Täterin ist, aber ihr Wagen hat definitiv etwas mit dem Fall zu tun.»

«Lebt sie allein? Ist sie verheiratet? Kinder? Vorstrafen?»

«Laut Melderegister lebt sie allein, ja. Ihr Mann ist vor sechs Jahren verstorben. Mehr weiß ich nicht. Ich hatte auch keine Zeit, mich eingehender mit ihr zu beschäftigen. Wir brauchen wirklich mehr Leute für diesen Fall. Wo steckt eigentlich Carina?»

Jens zuckte mit den Schultern. «Sie war nach der Befragung des Witwers ziemlich fertig und hat bei der Baumgärtner um ein paar Stunden Schlaf gebeten ... seitdem hab ich nichts von ihr gehört.»

Irmgard Lubetzki lebte in einem einfachen Einfamilienhaus aus den fünfziger Jahren. Klein, übersichtlich, weiß verputzt, ein Carport daneben, ein Anbau dahinter. Der Rasen war grün, die Blumenrabatten gepflegt, die Fenster geputzt. Das Grundstück war nicht klein, und wenn die alte Dame es allein pflegte, musste sie noch recht fit sein.

Jens blieb neben dem silbernen Astra älteren Baujahrs stehen und warf einen Blick hinein. Darin war es ebenfalls penibel ordentlich. Es lag nichts herum, und die Armaturen schienen frisch abgewischt zu sein.

«Falls die Dame keine plausible Erklärung hat, muss die Spurensicherung den Wagen unter die Lupe nehmen», sagte Jens.

Hagenah klingelte. Er war der Einzige von ihnen, der Uniform trug. Nach kurzer Wartezeit öffnete ihnen eine kleine gebeugte Frau mit modisch kurzgeschnittenem, weißem Haar und wachem Blick. Sie trug eine zu große Jeans und ein blaues Sweatshirt mit einem Aufdruck auf der Brust. Erst auf den zweiten Blick erkannte Jens, dass es sich dabei um das Emblem eines Kegelclubs handelte.

Hagenah übernahm es, sich Becca und Jens vorzustellen. Irmgard Lubetzki wirkte erschrocken, aber nicht verängstigt. Sie wollte wissen, worum es ging, und Hagenah bat darum, im Haus darüber zu sprechen.

Frau Lubetzki führte sie in ein ordentliches Wohnzimmer, bot Sitzplätze und Kaffee an. Auf den Kaffee verzichteten sie, setzten sich aber, und Jens kam sofort zur Sache. «Frau Lubetzki, es besteht die Möglichkeit, dass Ihr Wagen im Zusammenhang mit einer Straftat in Hamburg gesehen wurde. Können Sie sich das erklären?»

Die alte Dame presste sich eine Hand aufs Herz. Jens fiel auf, dass sie an jedem Finger einen Goldring trug. «Mein Auto? Aber das steht doch draußen auf dem Hof!»

«Waren Sie damit gestern in Hamburg?»

«Gestern? Nein, war ich nicht. Überhaupt fahre ich nicht mehr so weit. Nach Hamburg schon gar nicht, viel zu viel Verkehr. Seit mein Mann bei einem Verkehrsunfall ums

Leben gekommen ist, habe ich wirklich Angst beim Autofahren.»

«Wo und wie ist das denn passiert mit Ihrem Mann?», fragte Becca.

«Hier im Ort, vor der Bäckerei Haberloh. An einem Sonntagmorgen. Volker wollte nur Brötchen holen und wurde von einem Transporter überrollt. Der Fahrer war zu schnell unterwegs und hat ihn angeblich nicht gesehen.»

Ein Verkehrsunfall mit Todesfolge, erschütterte, vielleicht von Hass erfüllte Angehörige, dachte Jens und stellte seine nächste Frage. «Wer hat denn alles Zugriff auf Ihren Wagen, Frau Lubetzki?»

«Zugriff?»

«Wer hat einen Schlüssel?»

«Mein Sohn.»

«Könnte er den Wagen am Abend mitgenommen und später wiedergebracht haben, ohne dass es Ihnen aufgefallen wäre?»

Die alte Dame dachte nach. «Vielleicht schon, ich nehme ein Schlafmittel.»

«Wie heißt Ihr Sohn, und wo lebt er?»

«In Hamburg. Wir haben nicht viel Kontakt. Luca stammt aus meiner ersten Ehe mit einem portugiesischen Handelsvertreter für Saatgut.»

«Luca?», wiederholte Jens, bei dem sich alle Antennen aufstellten.

«Ja, Luca dos Santos. Ich hab den Namen meines zweiten Mannes angenommen, aber Luca wollte das nicht. Lubetzki klingt ihm zu schlicht, hat er gesagt. Für seinen Beruf wäre dos Santos besser, meint er. Er arbeitet als Journalist bei einer Zeitung, müssen Sie wissen.»

KAPITEL 5

1

«Wo waren Sie?» Mareike Baumgärtners Stimme klang schneidend, sie kochte vor Wut. Doch Rolf Hagenah, der soeben neben Becca das Präsidium betreten hatte, war nicht der richtige Empfänger für solche Signale, oder aber es war ihm schlicht egal.

«Unterwegs», antwortete er kurz angebunden und machte Anstalten, einfach an der Baumgärtner vorbeizugehen. Becca sah und spürte die Katastrophe kommen, und das trotz ihrer unglaublichen Müdigkeit. Wenn sie nicht bald ins Bett kam, würde sie einfach so im Rollstuhl einschlafen.

«Moment!», zischte die Baumgärtner. «So läuft das nicht! Mein ganzes Team ist verschwunden. Wieso erfahre ich nicht, wo Sie ermitteln? Ich hatte doch klipp und klar angeordnet, dass ich über jeden Schritt informiert werden will.» Die letzten Worte klangen fast schon schrill.

«Jeden Schritt?», wiederholte Hagenah. «Nun, wie Sie sehen, gehe ich jetzt hinauf ins Büro.»

Becca hätte ihn gern zurückgehalten, denn sie fand sein Benehmen unfair und unhöflich, aber niemand hielt Rolf Hagenah zurück, wenn er sauer war. Das war genauso unmöglich wie bei Jens. Deshalb rollte sie ein Stück vor und schob sich zwischen Rolf und die Baumgärtner. «Wir müssen dringend reden», sagte sie, wohl wissend, dass sie streng genommen mit der Ermittlungsarbeit nichts zu tun hatte. «Es hat sich eine neue heiße Spur ergeben, und ...»

«Neue heiße Spur? Was für eine neue heiße Spur? Und wieso erfahre ich davon nichts? Wir haben eine weitere Tote, ertrunken in ihrem eigenen Wagen, wahrscheinlich auf der Flucht vor dem Täter, und mein Team lässt mich im Regen stehen. Wo waren Sie heute Nacht überhaupt?»

Becca wusste, in diesem Moment war die Wahrheit das Einzige, was ihnen allen weiterhelfen würde. «Zuerst bei Jens Kerner zu Hause, um ihn auf dem Laufenden zu halten», gab sie deshalb zu. «Und danach haben wir die heiße Spur verfolgt, die sich dank Rolf Hagenahs Ermittlungen ergeben hat.»

Der Baumgärtner klappte die Kinnlade hinunter. Vielleicht nicht so sehr, weil sie nicht wusste, was sie sagen sollte, sondern weil sie vermutlich ebenfalls mit der Kraft am Ende war. Hatte sie geschlafen in der vergangenen Nacht? Wahrscheinlich nicht, mutmaßte Becca. Die Baumgärtner mochte unnahbar und vielleicht auch ein wenig arrogant sein, aber sie war ein Profi, und die Opfer von Verbrechen waren ihr keinesfalls gleichgültig. Was Krystina Zoller, Rabea Leihmann und Franziska Valentiner angetan worden war, nahm die Baumgärtner genauso mit wie alle anderen. Noch während Becca darüber nachdachte, schien alle Luft aus dem Körper ihrer Chefin zu entweichen und mit ihr ihre Kraft.

«Was macht Herr Kerner?», fragte sie.

«Er behält den Fall im Blick. Etwas anderes haben Sie sicher auch nicht erwartet, oder?», sagte Becca.

Die Baumgärtner sah sie an, als entdeckte sie gerade ganz neue Seiten an Becca. Dann nickte sie und sagte: «Gehen wir in den Teamraum. Ich will wissen, was das für eine neue heiße Spur ist.»

«Ich brauche aber unbedingt erst einen Kaffee», sagte

Rolf. «Noch jemand?» Becca wollte, und zu ihrer Überraschung die Baumgärtner auch, die eigentlich keinen Kaffee trank. Sie folgte ihr, Rolf ging Kaffee holen.

Im Teamraum sah die Baumgärtner Becca beinahe verlegen an. «Sie kennen Herrn Kerner am besten von uns allen, nicht wahr?»

«Ich kenne ihn ganz gut. So gut man Jens kennen kann.»

«Wenn ich Sie etwas frage, was meine Autorität untergräbt, behalten Sie es dem Team und Herrn Kerner gegenüber für sich?»

«Darauf können Sie sich verlassen.»

Die Baumgärtner nickte, brauchte aber noch einen Moment. Dann räusperte sie sich und fragte: «Habe ich einen Fehler gemacht? Hätte ich Herrn Kerner nicht von dem Fall entbinden dürfen?»

«Hätten Sie nicht, nein. Wir brauchen ihn.»

«Aber sein Bruder ...»

«Ist so stark tatverdächtig, dass ich nicht glaube, dass er wirklich der Täter ist.»

«Aber Herr Kerner glaubt es.»

«Nicht mehr lange, da bin ich sicher. Und selbst wenn, wird er immer noch objektiv genug bleiben. Jens ist nämlich genauso Profi wie Sie.»

Das Kompliment kam bei der Baumgärtner an wie ein Tropfen Wasser bei einer durstigen Wüstenpflanze, da spielte die kleine Lüge keine Rolle. Becca war sich nämlich überhaupt nicht sicher, ob Jens wirklich objektiv genug war. In dem Augenblick platzte Rolf mit dem Kaffee herein und beendete die vertrauliche Situation. «Ist zwar wie immer die letzte Plörre, aber das kennen wir ja nicht anders», polterte er drauflos und verteilte die Tassen.

«Und heiß ist er auch nicht», bekundete die Baumgärtner nach dem ersten Schluck und verzog angewidert das Gesicht. «Aber Ihre Spur, sagten Sie. Bitte, erzählen Sie!»

Rolf ließ sich nicht lange bitten und berichtete.

«Dos Santos' Mutter?», fragte die Baumgärtner überrascht. «Und Sie glauben, es war der Journalist, der auf dem Parkplatz den Hashtag am Wagen von Frau Kramer angebracht hat?»

«Vielleicht noch mehr als das», sagte Rolf. «Überlegen Sie mal ...»

Becca verdrehte die Augen. Einen Satz mit «überlegen Sie mal» zu beginnen, war immer eine Beleidigung, weil das unterstellte, dass der Gesprächspartner nicht überlegte. Aber für derlei rhetorische Kleinigkeiten hatte Rolf nichts übrig.

«Damals, diese Dirty-Harry-Nummer, die kam von dos Santos. Und er hat ordentlich eins auf den Deckel bekommen, weil er versuchte, Jens als eiskalten Mörderbullen dastehen zu lassen. War bestimmt ein Knick in seiner Karriere, die Zeitung musste sogar eine Entschuldigung abdrucken. Wenn sich da kein Hass aufbaut, weiß ich es auch nicht. Und der Mann kennt die Stadt wie seine Westentasche. Er könnte auf den Straßen Katz und Maus mit der Polizei spielen.»

«Und dann ist er so leichtsinnig und nimmt den Wagen seiner Mutter?»

«Hm, ist das leichtsinnig? Ich weiß nicht. Er dachte, er bleibt unentdeckt, und immerhin hat er nicht seinen eigenen Wagen benutzt. Nachweisen können wir ihm bisher nichts, denn den Wagen der Mutter kann natürlich auch jemand anderes entwendet haben.»

Die Baumgärtner nickte und machte ein grimmiges Gesicht. «Ich will den Mann hier haben, in spätestens einer Stunde.»

«Mit Vergnügen», sagte Rolf nicht weniger grimmig.

Es klopfte an der Tür, und die Kollegin von Empfang betrat den Raum. «Hier ist ein Herr Volkmann, der Lebenspartner von Frau Reinicke. Er ist besorgt, weil ...» Weiter kam sie nicht, denn Jannik Volkmann stürmte in den Raum.

«Carina ... sie ist nicht nach Hause gekommen!»

2

Endlich hatte Jens seinen geliebten Pick-up wieder!

Auf der Sitzbank lag ein rechteckiges, zugeklebtes Paket mit dem Verteiler und den angeschnittenen Kabeln darin, den Wulf Grote ausgebaut hatte. Jens hatte ihn darum gebeten, falls die Manipulation an seinem Wagen für die Ermittlungen eine relevante Rolle spielen sollte und sie das beschädigte Teil als Beweismittel benötigten.

Jens lenkte seine Red Lady an den Straßenrand vor der Industriebrache, stieg aus und warf einen Blick auf das Gelände.

Seit Jahren verfiel das ehemalige Bahngelände, allerorten wucherten Büsche und junge Bäume. Ihr dichtes Laub behinderte den Blick, bot gleichzeitig aber auch ausreichend Versteckmöglichkeiten. Die alten Hallen, in denen früher Loks gewartet worden waren, verfielen. Deren Scheiben waren längst eingeworfen, der rote Backstein mit Graffiti verschönert.

Genau hierher hatte Jens Luca dos Santos gelockt. Die Zeitungsredaktion war ein zu öffentlicher Ort für das, was er vorhatte. Er wollte sich dos Santos allein vorknöpfen, ohne Zeugen. Deshalb hatte Jens aus einer öffentlichen Telefonzelle heraus anonym in der Redaktion der Morgenpost angerufen und dos Santos ausrichten lassen, er habe Informationen im Fall des Hashtag-Killers, die den dämlichen Bullen Kerner alt aussehen lassen würden. Er hatte Zeit und Ort hinterlassen und gesagt, ein zweites Mal würde er sich nicht melden.

Jens nutzte eine Lücke im Zaun und arbeitete sich leise und vorsichtig zu dem Treffpunkt vor. Dabei handelte es sich um den Kreisel, in dem früher die Loks gewendet worden waren, eine große kreisförmige Vertiefung im Boden, circa anderthalb Meter tief und zwanzig Meter im Durchmesser. Als er den Kreisel erreichte, legte er sich hinter einigen Büschen auf die Lauer. Von dos Santos war nichts zu sehen.

Die Minuten verrannen, und bei Jens stellte sich Frust ein. Ging sein Plan nicht auf? Roch dos Santos den Braten? Vielleicht hatte seine Mutter ihn angerufen und verraten, dass die Polizei wegen ihres Wagens bei ihr gewesen war, und den Rest konnte er sich dann zusammenreimen. Becca hatte Frau Lubetzki zwar gebeten, genau das nicht zu tun, aber man konnte nie wissen. Da Jens dos Santos nicht offiziell vernehmen konnte, war dies seine einzige Chance, ihm auf den Zahn zu fühlen – jenseits von Recht und Gesetz.

Ein Geräusch. Jens schreckte aus seinen Gedanken und horchte genauer hin. Es klang, als wäre jemand auf Scherben getreten. Einen Augenblick später nahm Jens eine Bewegung hinter einer der eingeworfenen Scheiben in dem Gebäude auf der anderen Seite des Kreisels wahr.

Er verharrte in seinem Versteck hinter den Büschen. Wartete ab. Und es dauerte nicht lange, bis dos Santos sich endlich blicken ließ. Er kam aus dem verfallenen Gebäude, eine Kamera in der Hand, und ließ seinen Blick argwöhnisch umhergleiten. Wahrscheinlich war er schon viel früher hier gewesen in der Absicht, seinerseits den unbekannten Anrufer ins Visier zu nehmen, der angeblich Informationen zu Jens Kerner und dem Hashtag-Killer hatte.

Dos Santos sah verwegen aus mit seinem Dreitagebart, zudem hatte er einen verschlagenen Blick, der es Jens kalt den Rücken hinunterlaufen ließ. Er sah einen getriebenen, von Ehrgeiz zerfressenen Mann, der womöglich zu allem fähig war.

Die vereinbarte Zeit für das Treffen war vor einer Viertelstunde gewesen, und dos Santos schien die Hoffnung aufgegeben zu haben, dass noch jemand kommen würde. Sicher fühlte er sich verarscht. Ein guter Moment, ihm gegenüberzutreten, fand Jens. Doch dos Santos zog sein Handy hervor, sprach zwei, drei Worte hinein, steckte es weg und zog sich wieder in den Schutz des Gebäudes zurück.

Was sollte das jetzt?, fragte sich Jens. Er wartete eine halbe Minute, und als er sich aufmachte, sein Versteck zu verlassen, erklangen jäh Stimmen zwischen den Gebäudewänden. Lautes Gelächter, das rasch näher kam. Jens verharrte.

Aus der Richtung, aus der auch er das Gelände betreten hatte, näherte sich eine Gruppe von sechs Personen, vier Männer, zwei Frauen, im Alter zwischen zwanzig und dreißig, schwarz gekleidet von Kopf bis Fuß. Zwei Männer trugen eine Kiste Bier zwischen sich. Alle hatten Zigaretten zwischen den Lippen. Sie unterhielten sich laut, lachten immer wieder, einer rannte plötzlich los und schlug dem Typen vor sich mit beiden Händen wuchtig auf den Rücken, sodass der Geschlagene nach vorn auf Hände und Knie fiel. Die ganze Gruppe grölte vor Vergnügen, und Jens glaubte, die Aggressivität mit Händen greifen zu können.

Am Rande des Kreisels, keine zehn Meter von Jens entfernt, ließen sie die Bierkiste fallen. Einer der Männer, der Schläger, ein schlanker, zäher Typ mit Vollbart und Glatze, hielt direkt auf Jens zu. Kam näher und näher. Ehe Jens begriffen hatte, was vorging, hatte der Typ schon seinen Hosenstall geöffnet, seinen Schwanz herausgeholt und pinkelte just an den Busch, hinter dem Jens hockte.

Es ging nicht anders, Jens musste einen Schritt zurück, und natürlich bemerkte der Typ ihn. «Ey, Alter!», rief er mit Kippe im Mund. «Hier hockt einer!» Er steckte seinen Schwanz zurück. «Komm da raus, du Sau!»

Schon waren seine Kumpels alarmiert und an seiner Seite. Der Schläger bückte sich, hob einen Stein und warf ihn ins Gebüsch. Nur um Haaresbreite flog er an Jens' Kopf vorbei. Jens richtete sich zu voller Größe auf und hielt die Hände mit den Handflächen zu den Männern in Brusthöhe ausgestreckt. Ein Zeichen seiner Friedfertigkeit. «Jungs, ich will keinen Ärger.»

«Du Sau spionierst uns aus und glaubst, du kriegst keinen Ärger. Los, Jungs, haut ihm auf die Fresse!» Diese Männer wollten nicht diskutieren, sie wollten sich schlagen. Im Nullkommanichts gingen die vier Typen auf Jens los, er kam gar nicht mehr dazu, sich als Polizist zu erkennen zu geben.

Ein paar Minuten teilte er aus und steckte ein, und je länger es dauerte, umso mehr steckte er ein. Die Mädels grölten und verlangten seinen Kopf, stachelten die Jungs immer mehr an. Sie hätten ihn fertiggemacht, wäre nicht in diesem Moment eine Patrouille des Sicherheitsdienstes der Bahn aufgetaucht. Die Jungs und Mädels nahmen Reißaus, ließen dabei sogar die Kiste Bier zurück.

Jens hockte auf dem Boden. Blut lief ihm aus der Nase und einer Platzwunde an der Lippe. Er spürte eine Schwellung am rechten Auge und unzählige Stellen am Körper, die weh taten, aber das schien alles nichts Ernsthaftes zu sein.

Die Mitarbeiter des Bahn-Sicherheitsdienstes glaubten, einen aus der Gruppe gestellt zu haben, und bauten sich vor ihm auf. Kräftige, breitschultrige Typen. «Was haben Sie hier zu suchen?», schnauzten sie Jens an. «Das ist Privatgelände, Betreten verboten, steht überall, gar nicht zu übersehen.»

Jens sammelte sich, kämpfte sich auf die Beine und wollte sich erklären.

«Immer langsam», sagte einer der Männer und hob seinen Schlagstock.

«Ich bin Kriminalbeamter», sagte Jens und tastete nach seiner Dienstmarke.»

«Und was tun Sie hier?»

«Ich habe Verdächtige verfolgt», sagte Jens und wischte sich Blut aus dem Gesicht.

Die Männer musterten ihn.

«Brauchen Sie einen Arzt?», fragte einer, und Jens schüttelte den Kopf.

«Danke, nicht nötig. Aber Sie können mir helfen. Wenn ich Glück habe, ist mein Verdächtiger noch in der Halle da drüben. Könnten Sie bitte nachsehen?»

Mit grimmigen Gesichtern und fest umklammerten

Schlagstöcken machten die beiden sich auf den Weg, dos Santos aus seinem Versteck zu holen.

Jens hatte nicht viel Hoffnung, dass der Journalist noch da war. Er ging zu der Bierkiste, die die Gruppe mitgebracht hatte. Zwischen die Flaschen hatten sie vier Packungen Zigaretten und ein paar Dosen Energydrinks gesteckt. Sie hatten ganz offensichtlich einiges an Euros ausgegeben für ihre kleine private Party, und Jens fragte sich, woher sie das Geld wohl hatten.

Dos Santos hatte telefoniert, und nur eine halbe Minute später war die Gruppe aufgetaucht, lärmend und grölend, um jeden aufzuschrecken, der sich eventuell hier versteckt hielt.

Die beiden Männer vom Sicherheitsdienst kehrten zurück, ihr Schulterzucken war Erklärung genug. Bei Jens verstärkte sich das Gefühl, von dos Santos verarscht worden zu sein.

3

Jannik Volkmann war sichtlich aufgebracht.

«Sie schrieb mir, es könne spät werden und ich solle nicht auf sie warten, also bin ich ins Bett gegangen», erklärte er. «Ich studiere und muss heute nicht in die Uni, deshalb habe ich bis acht geschlafen. Und als ich aufwachte, war Carina nicht da. Keine neue Nachricht auf meinem Handy, und sie geht auch nicht an ihres. Da muss doch etwas passiert sein!»

«Jetzt atmen Sie erst einmal tief durch, bestimmt gibt es dafür eine harmlose Erklärung», versuchte Hagenah, den jungen Mann zu beruhigen.

«Wenn Sie hier auf dem Präsidium nicht wissen, wo Carina ist, wie soll es dann eine harmlose Erklärung geben! Sie müssen nach ihr suchen, sofort!»

Die Baumgärtner gab Hagenah ein Zeichen, und der verstand. «Kommen Sie, wir fragen die Kollegen. Vielleicht weiß jemand, wo Carina ist. Kann ja sein, dass sie sich in irgendeinem Büro schlafen gelegt hat. Ich selbst bin heute im Auto eingeschlafen ...» Hagenahs Stimme verklang, als er den jungen Mann aus dem Besprechungsraum führte und die Tür hinter sich schloss.

Einen Moment lang war es totenstill im Raum. Mareike Baumgärtner und Rebecca Oswald schauten sich an. Ratlosigkeit und Angst standen ihnen ins Gesicht geschrieben. «Das ist nicht wahr, oder!», sagte die Baumgärtner schließlich. «Sagen Sie mir, dass Sie in der vergangenen Nacht Kontakt zu Frau Reinicke hatten.» Rebecca fand kaum die richtigen Worte. Vorsichtig schüttelte sie den Kopf. «Zuletzt, nachdem sie von der Vernehmung des Verlobten von Frau Valentiner kam. Sie wollte nach Hause, sich schlafen legen.»

«Das war auch mein letzter Kontakt zu ihr. Sie ist direkt vom Unfallort zur Wohnadresse der Valentiners gefahren. Was, wenn der Täter sie dabei beobachtet und sich entschieden hat, sich sofort einen Ersatz für Frau Valentiner zu nehmen? Es sieht ja alles danach aus, als sei die Entführung von Frau Valentiner gehörig schiefgelaufen.»

Becca zog ihr Handy hervor und wählte Carinas Nummer.

Die Bandstimme sagte, der Teilnehmer sei vorübergehend nicht erreichbar. «Abgestellt», sagte Becca. Sie ging mit ihrem Handy online und rief Instagram auf, wo Carina einen Account hatte. Was sie dort sah, ließ sie erstarren. Die Baumgärtner schlug sich eine Hand vor den Mund. «Nein, nein, nein», presste sie zwischen ihren Fingern hervor. Becca schaute auf und sagte: «Jetzt reicht es. Ich rufe sofort Jens an.»

Die Baumgärtner nickte.

4

Die Fotos in Carina Reinickes Instagram-Account fraßen sich in die Erinnerung der Ermittler und würden von dort niemals wieder verschwinden. Verblassen vielleicht, aber nicht verschwinden.

Carina lag im Kofferraum eines Wagens, an Händen und Füßen gefesselt, ein Knebel aus weißem Stoff schnitt tief in ihre Mundwinkel. Aus weit aufgerissenen Augen starrte sie in die Kamera, und da sie wusste, was sie erwartete, lag in ihrem Blick die nackte Angst. Unter den Post hatte der Täter ein Hashtag gesetzt: #findemich.

Der Post stammte aus der vergangenen Nacht, laut der Zeitangabe war er sechs Stunden alt. Seitdem hatte der Täter ein Video auf IGTV hinzugefügt. Es war drei Stunden alt und glich dem von Krystina Zoller.

Carina Reinicke saß auf einem Stuhl – *dem* Stuhl, wie sie bereits durch mehrfachen Vergleich der Videos herausgefunden hatten –, das lange blonde Haar zu einem Zopf streng nach hinten gebunden. Die Haltung von Oberkörper und Schultern ließ darauf schließen, dass sie gefesselt war, sie blinzelte nervös und sprach die Worte, die das Team schon kannte: «Findet mich innerhalb von 24 Stunden, oder ich werde ein leuchtendes Beispiel für polizeiliche Inkompetenz abgeben.»

Jens Kerner, Rolf Hagenah, Levin Oktay, die Baumgärtner und der digitale Forensiker Hillmann-Tony sahen es sich bereits zum wiederholten Mal an, achteten dabei auf jedes Detail, fanden aber nichts, was auf Carinas Aufenthaltsort schließen ließ.

«Sie spricht sehr langsam, aber mit fester Stimme, es kommt mir so vor, als wollte sie das Video absichtlich in die Länge ziehen, und sei es auch nur um ein paar Sekunden», sagte Becca nachdenklich.

«Warum macht sie das?», fragte Rolf Hagenah. «Sie sieht weniger geschockt aus als auf dem Foto, hat sich wahrscheinlich ein wenig gefangen. Übersehen wir irgendwas?»

Mareike Baumgärtner richtete sich auf und fuhr sich mit den Händen durchs Gesicht. «Noch gut zwanzig Stunden ... das darf nicht passieren, wir müssen sie finden.» Sie wandte sich an Jens.

«Herr Kerner, es tut mir leid, ich habe einen Fehler gemacht. Sie leiten ab sofort wieder die Ermittlungen, mit mir zusammen, und wir werden Himmel und Hölle in Bewegung setzen, um Frau Reinicke zu finden.»

Das war kein Befehl, auch kein Vorschlag, es war eine flehentliche Bitte.

Jens nickte. «Und wir werden sie finden», sagte er. «Sorgen Sie für die nötige Manpower. Wir müssen sowohl meinen Bruder als auch dos Santos und diesen Bastian Wächter rund um die Uhr überwachen lassen.»

«Ja, natürlich ...»

«Die Details dazu gebe ich in zehn Minuten bei der Einsatzbesprechung ans Team weiter, aber es muss sichergestellt sein, dass wir genug Leute haben.»

«Ich ziehe alles zusammen, was ich bekommen kann. Immerhin geht es um eine Kollegin, da wird mir niemand meine Bitte abschlagen.»

«Und wenn es doch jemand tut, will ich seinen Namen», sagte Jens.

«Jemand muss mit Carinas Freund sprechen, er sitzt noch immer im Vernehmungszimmer», sagte Hagenah.

«Ich mach das», sagte die Baumgärtner. «Zur Einsatzbesprechung bin ich wieder da.» Damit verschwand sie aus dem Raum.

«Das Kennzeichen?», fragte Jens.

Wieder hatte der Täter es sich nicht nehmen lassen, das Kennzeichen des Wagens zu fotografieren, in dessen Kofferraum Carina transportiert worden war. «Der Wagen wurde gestern Nachmittag von einem Ludwig Lötsch gestohlen gemeldet», antwortete Oktay.

Alle Blicke wandten sich Jens zu, um zu erfahren, ob er auch mit dieser Person irgendwie in Kontakt stand. Aber Jens schüttelte den Kopf. «Kenne ich nicht.»

«Und diesmal sind auch keine Verpackungschips im Kofferraum», merkte Hagenah an.

«Weil es ihm ursprünglich nicht um Carina ging», sagte Becca. «Er wollte Franziska Valentiner entführen. Das ging schief, er hat wahrscheinlich die Bergung beobachtet, ist Carina dann gefolgt und hat sie spontan als Ersatz ausgesucht. Er weiß, dass er die Polizei damit ins Mark trifft.»

Aus den Augenwinkeln beobachtete Jens Hillmann-Tony, der sich bisher überhaupt nicht am Gespräch beteiligt hatte. Er saß mit krummem Rücken angespannt vor dem

Bildschirm und schaute sich wieder und wieder das Video an. Obwohl er eine Brille trug, war er dabei immer näher an den Bildschirm gerückt.

«Stimmt was nicht, Hillmann?», fuhr Jens ihn an. Noch immer fühlte er sich durch dessen Anwesenheit irgendwie genervt. Hillmann-Tony schüttelte unwillig den Kopf, so als wollte er eine lästige Fliege loswerden. «Hillmann!» Jens wurde lauter. «Haben Sie irgendwas zu den Ermittlungen beizutragen?»

Der digitale Forensiker schien von Jens' lauter Stimme aus einer Art Trance gerissen zu werden. «Ich ... äh ... nein, im Moment nicht», stotterte er.

Kopfschüttelnd wandte Jens sich von dem Mann ab. «Okay, dann los. Wir dürfen keine Sekunde verlieren. In zehn Minuten will ich alle bei der Einsatzbesprechung haben.»

Sie verließen den Raum, nur Hillmann-Tony blieb allein zurück. Becca fuhr voran in ihr Büro, Jens folgte ihr. Er schloss die Tür hinter ihr. «Woher kommt der plötzliche Sinneswandel der Baumgärtner? Warum will sie mich wieder dabeihaben?»

Becca zuckte mit den Schultern. «Sie ist verzweifelt ... wie wir alle hier.» Aus großen Augen, die sich langsam mit Tränen füllten, sah Becca zu Jens auf. «Das darf nicht passieren, hörst du! Carina darf nicht sterben.»

«Das lasse ich nicht zu», erwiderte Jens mit fester Stimme und meinte es genau so.

Tränen rannen Beccas Wangen hinab. Jens ging in die Hocke und nahm sie in die Arme. Sie weinte an seiner Schulter, während er ihr über den Rücken streichelte, und Jens war sich nicht sicher, wer hier wen tröstete, denn die

Umarmung tat ihm richtig gut. Ihm fielen die Worte ein, die er unlängst in einer Radiopredigt von einer hanseatischen Pastorin gehört hatte.

Wer von nichts und niemandem berührt wird, ist schon zu Lebzeiten tot.

In diesem Moment fühlte Jens sich so lebendig wie schon lange nicht mehr. Alle Müdigkeit und die Schmerzen aus der Prügelei spielten keine Rolle mehr. Schließlich beruhigte Becca sich, löste sich aus seiner Umarmung und sah ihn aus tränenfeuchten Augen aus unmittelbarer Nähe an. «Woher kommen deine Verletzungen?», fragte sie schniefend.

Jens spürte die Schwellung an seinem rechten Auge größer werden, die Platzwunde an der Lippe hatte aber zu bluten aufgehört, und die Nase tat schon nicht mehr weh. Er erzählte Becca von dem Zwischenfall.

«Das muss versorgt werden», sagte Becca und berührte seine Lippe.

«Nicht jetzt. Wir müssen Carina finden.»

«Es dauert nur eine Sekunde», entgegnete Becca und hauchte ihm einen Kuss auf die Stelle, an der sich die Platzwunde befand.

5

Es war eine Weile her, seit Carina an den Stuhl gefesselt die von ihrem Entführer vorgegebene Nachricht in die Kamera gesprochen hatte. Wie lange genau, wusste sie nicht.

Der Mann, der sie entführt hatte, war gnadenlos und zu allem entschlossen. Sie hatte versucht, mit ihm zu reden:

zwecklos. Als sie zu forsch geworden war, hatte er sie geschlagen, mehrfach, mit der Faust ins Gesicht. Die Prellungen und Blutergüsse schmerzten noch immer.

Aber ihr stand weit Schlimmeres bevor, wenn ihr Team sie hier nicht rausholte. Allein würde sie nicht entkommen. Sie war immer noch an Händen und Füßen an den Stuhl gefesselt, nur den Knebel hatte er ihr nach dem Video erspart. Carina hatte gar nicht erst versucht zu schreien, denn wenn ihr Entführer es nicht für nötig hielt, sie zu knebeln, dann würde sie hier wohl niemand hören.

Carina hatte keine Ahnung, wo sie sich befand. Um sie herum herrschte absolute Dunkelheit, kein noch so winziger Lichtschimmer, nirgendwo. Carinas Wahrnehmung war auf Geräusche und Gerüche reduziert, und da es bisher still geblieben war, blieben nur die Gerüche übrig. Eine merkwürdige Mischung, die sich nur schwer beschreiben ließ. Es roch nach Alter und Krankheit, ganz ähnlich wie in einem Pflegeheim oder Krankenhaus. Die Gerüche kannte sie von den Besuchen bei ihrer Großmutter, die ihre letzten Monate in einem Pflegeheim verbracht hatte.

Aber da war auch noch etwas anderes: ein schwerer, öliger Geruch, auf dem Staub lag, so als wäre in dem Raum, in dem sie sich befand, seit Jahrhunderten nicht mehr gelüftet worden.

Der Hashtag-Killer hatte sie in seiner Gewalt, und wie sie wusste, wollte er sich an der Polizei rächen. Wie viele Stunden blieben ihr noch? Fünfzehn? Bei Krystina Zoller hatten sie es nicht geschafft, warum sollte es Jens und den anderen bei ihr gelingen?

Du warst dumm und unvorsichtig, schalt Carina sich in Gedanken, und dafür wirst du nun bestraft.

Fünf Minuten nachdem sie von Valentiners Haus losgefahren war, waren in ihrem Rückspiegel Scheinwerfer aufgetaucht, die immer wieder auf- und abgeblendet hatten, und Carina hatte geglaubt, einer ihrer Kollegen sei ihr gefolgt. Vielleicht, so hatte sie gedacht, war dem Witwer noch etwas eingefallen, nachdem sie aufgebrochen war.

Sie war an den Straßenrand gefahren, hatte das Warnblinklicht eingeschaltet und das Auto verlassen. Der vermeintliche Beamte ebenfalls. Bevor sie merkte, dass etwas nicht stimmte, hatte er sie schon niedergeschlagen. Er war schnell und skrupellos, und Carina war ihm nicht gewachsen, vielleicht auch sonst niemand. Wie sollte sie hier lebend wieder rauskommen?

Gib die Hoffnung nicht auf, sagte Carina sich. Sie haben mehr Indizien als bei Krystina Zoller – und sie haben deine Botschaft.

Ja, aber auch nur, wenn Hillmann-Tony sich das Video anschaute und ihre Botschaft verstand. Wenn überhaupt jemand im Team, dann schaffte er es, daran glaubte Carina.

Sie musste an Jannik denken. Den lieben, gutherzigen, aufmerksamen Jannik, der ihr ein Bad einließ, wenn sie nach einem langen Tag nach Hause kam, der Verständnis für ihren Job mit all seinen Nachteilen fürs Privatleben aufbrachte.

Bei diesen Gedanken kamen ihr die Tränen. Still rannen sie über ihre Wangen, sammelten sich in den Mundwinkeln, wo sie sie mit der Zunge aufnahm. Der salzig-warme Geschmack von Verzweiflung und Trauer.

Jäh flog die Tür auf, und Licht füllte den Raum. Carina erschrak, richtete sich in ihren Fesseln auf und blickte auf das helle Rechteck.

Da stand er. Groß, massiv, drohend, die Hände zu Fäusten geballt, starrte sie an, und es schien ein Feuer des Hasses in seinen Augen zu lodern. Ein paar Atemzüge lang tat sich nichts. Staubflocken tanzten im hellen Licht, ein wenig frische Luft strömte herein. Dann kam er wortlos auf sie zu. Carina wandte den Kopf zur Seite, weil sie glaubte, wieder geschlagen zu werden, doch er trat hinter den Stuhl und löste zu ihrer Überraschung zuerst die Fesseln an ihren Fußgelenken, dann an den Händen.

Doch sie konnte sich nicht wehren, dafür war sie zu lange gefesselt gewesen und ihre Muskeln zu steif. Es tat weh in den Gelenken, als ihre Arme nach vorn sackten.

Eine, vielleicht zwei Minuten hätte sie gebraucht, dann wäre sie halbwegs so weit gewesen, um ihn körperlich attackieren zu können, doch diese Zeit ließ er ihr nicht.

Er trat den Stuhl weg, und Carina stürzte zu Boden. Er packte ihr Haar und riss so heftig daran, dass es ihr erneut die Tränen in die Augen trieb. Carina schrie auf und griff nach seinen Handgelenken, da stieß er ihr sein Knie so heftig in den unteren Rücken, dass sie plötzlich keine Luft mehr bekam und ihr die Sinne schwanden.

Ihr Körper hing wie ein nasser Sack in seinem Griff. Der Zug an ihrer Kopfhaut verstärkte sich noch, doch jetzt nahm sie die Schmerzen nicht mehr so intensiv wahr.

Er legte seinen Arm um ihren Hals, nahm sie in den Schwitzkasten und zog sie mit sich. Sein kräftiger Bizeps drückte auf ihren Kehlkopf. Carina röchelte und rang nach Atemluft, während ihre Füße wie nutzlose Anhängsel über den staubigen Boden schleiften.

Er riss die Tür zu einem weiteren Raum auf und stieß Carina hinein. Sie fiel auf den Boden. Er schloss die Tür, machte Licht, packte sie und warf sie auf eine alte Matratze, die auf den nackten Holzdielen lag. Sie war fleckig und roch unangenehm.

Carina wusste, was sie erwartete. Krystina Zoller war vor ihrem Tod vergewaltigt worden. Rabea Leihmann auch.

«Zieh dich aus!», befahl er.

Carina schüttelte den Kopf. «Nein ... dafür wirst du ... kämpfen müssen ...», brachte sie mühsam hervor.

6

«Ich will hundertachtzig Prozent, von jedem hier. Wenn ihr müde werdet, trinkt literweise Kaffee oder putscht euch sonst irgendwie auf, aber geschlafen wird nicht, bis wir Carina Reinicke wiederhaben!»

Jens Kerner stand vor seiner versammelten Mannschaft. Zwanzig Beamte, mehr waren angefordert und würden im Laufe des Nachmittags eintreffen, bis die Sonderermittlungsgruppe Hashtag auf sechzig Beamte angewachsen war. Die Baumgärtner hatte Wort gehalten und setzte Himmel und Hölle in Bewegung.

Es tat gut, wieder dabei zu sein, vorn zu stehen, die Richtung vorzugeben, das wollte Jens gar nicht abstreiten. Trotz des Schlafmangels fühlte er sich fit, vielleicht sogar ein bisschen überdreht, und er war fest entschlossen, Carina zu retten. Dieser Typ, den die Presse Hashtag-Killer nannte, würde es bereuen, sich mit ihm angelegt zu haben.

«Mittlerweile haben wir Carinas Wagen in einem Waldstück bei Ammersbek gefunden, nicht weit vom Wohnort der Valentiners entfernt. Wir gehen davon aus, dass der Täter ihr von dort aus gefolgt ist und es geschafft hat, sie irgendwie zu überwältigen. Von jetzt an haben wir noch ...», Jens warf einen Blick auf seine Armbanduhr, «... zwölf Stunden Zeit ... und leider keinen wirklichen Anhaltspunkt, wo der Täter seine Opfer bis zum Ablauf des Ultimatums versteckt.» Jens warf über den Laptop das Bild von Carina im Kofferraum sowie am Stuhl gefesselt an die Wand.

«Erneut war der Täter so nett, das Kennzeichen des Wagens, mit dem Carina entführt wurde, bei Instagram zu posten. Natürlich hat er den Wagen vorher gestohlen. Der Halter ist der achtundfünfzigjährige Ludwig Lötsch. Er steht meines Wissens nach nicht mit mir in Verbindung, im Gegensatz zum Halter des ersten gestohlenen Fahrzeugs, Stephan Meyer, der mit meiner Ex-Frau zusammenlebt. Ludwig Lötsch ist ledig, Hausmeister und mir nicht bekannt.» Jens berichtete von dos Santos und dem Wagen seiner Mutter. «Wir lassen nach dos Santos fahnden, wissen im Moment aber nicht, wo er sich aufhält. Ein weiterer Verdächtiger ist mein eigener Bruder.» Jens setzte sein Team detailliert auch darüber ins Bild, wenngleich er alles Familiäre wegließ und nur andeutete, dass sein Bruder ihn hasste und er ihn durchaus dazu in der Lage sah, diese Taten begangen zu haben. «Das wird ja immer verrückter», sagte jemand. Diese Bemerkung überging Jens.

«Eine weitere Spur hat sich durch die Befragung des Verlobten von Franziska Valentiner ergeben. Carina konnte die Ergebnisse noch weitergeben. Franziska Valentiner arbeitete für MyDriver, diesen neuen Fahrdienst in Hamburg, und sie fühlte sich auf ihrer letzten Fahrt gestern von einem Fahrgast belästigt.

Krystina Zoller, das erste Opfer, fuhr häufig mit MyDriver und fühlte sich ebenfalls von einem Fahrgast belästigt, fotografierte ihn sogar, nur können wir mit dem Foto nichts anfangen. Rabea Leihmann nutzte den Fahrdienst kurz vor ihrer Entführung. Der Fahrdienst ist die einzige Verbindung zwischen den drei Frauen, die wir bisher finden konnten.»

«MyDriver», rief ein Beamter, den Jens nicht namentlich kannte. «Ich weiß ja nicht, ob es was zu bedeuten hat, aber mir fällt da noch eine Verbindung ein. Kann aber auch reiner Zufall sein mit dem Fahrdienst.»

«Erzähl!», forderte Jens ihn auf.

«Ich war mit ein paar Kollegen zu deiner Party eingeladen, und da keiner von uns selbst fahren wollte, haben wir einen MyDriver genommen. Hin und zurück.»

Jens spürte, wie ihm die Hitze ins Gesicht schoss.

«Ihr seid mit dem Fahrdienst zu der Party gekommen?»

«Genau. Ich kenne jemanden, der dort als Mechaniker arbeitet und hin und wieder schwarz meinen Wagen repariert, deswegen konnten wir den MyDriver auch schon eine Woche im Voraus buchen, was sonst eigentlich nicht geht.»

«Hat dieser Mechaniker euch gefahren?»

«Nee, das war irgendjemand, den ich nicht kenne.»

«Frau oder Mann?»

«Ein Fahrer.»

7

Und wieder war sie allein. Wieder begann eine Phase in der Ermittlungsarbeit, an der Rebecca nicht teilhaben konnte. Das sollte sie längst nicht mehr traurig stimmen, es ging ja nicht anders, und dennoch wurde sie erneut von dieser leichten Melancholie befallen, als es still wurde in ihrer Abteilung, weil alle anderen auf der Jagd waren.

Nachdem sich die Hinweise auf den Fahrdienst derart verdichtet hatten, brannte die Hütte, wie man so schön sagte. Die Ermittlungsarbeit drängte ihrem Höhepunkt und hoffentlich auch ihrem Ende entgegen. Alle waren fest davon überzeugt, in den nächsten Stunden Carina befreien und den Täter dingfest machen zu können.

Nichts wünschte sich Becca mehr. Und dennoch verfiel sie allein in ihrem Büro in tiefe Grübelei. Streng genommen musste sie noch jede Menge Berichte abtippen und hatte auch sonst mehr als genug Arbeit verwaltungstechnischer Art, doch darauf konnte sie sich jetzt nicht konzentrieren. Der Blick auf ihren Arbeitsplatz deprimierte sie. Es war der einer Tippse, grob ausgedrückt, was sie ja auch war.

Rebecca gab Ivar einen kräftigen Stoß und rollte in Jens' Büro hinüber. Dort hatte sie schon immer am besten denken können. Lag es daran, dass hier sowohl eine Karte der Stadt sowie ein Whiteboard zur Verfügung standen, oder daran, dass sie sich Jens hier näher fühlte?

Viel Persönliches von ihm gab es nicht in seinem Büro. Keine Fotos auf dem Schreibtisch, keine Pokale auf dem Regal, keine Pflanze auf der Fensterbank, aber zumindest lag der Geruch seines Aftershaves darin – wenigstens etwas.

Konzentrier dich auf den Fall, mahnte Becca sich. Etwas gefiel ihr nicht an der Richtung, die die Ermittlungen eingeschlagen hatten, ohne dass sie sagen konnte, was genau.

Dieser Täter, dem die Presse den bescheuerten Namen Hashtag-Killer gegeben hatte, war ein eiskalter, zielorientierter, intelligenter Mensch. Bislang hatte er sie an der Nase herumgeführt und dabei alle Eventualitäten bedacht. Die schiefgelaufene Entführung von Franziska Valentiner konnte man nicht einmal als einen Fehler betrachten, sondern einfach als einen Unfall. Und selbst in dieser Situation war er kontrolliert und fokussiert geblieben und hatte sich Carina geschnappt – ein Opfer, das wahrscheinlich noch besser in sein Beuteschema passte.

Bisher hatte er sich große Mühe gegeben, sie in falsche Richtungen zu schicken, wieso sollte die Spur zu dem Fahrdienst jetzt richtig sein? Nur, weil sie nicht auf Anhieb entdeckt worden war? Lassen wir uns wieder von ihm verarschen?, überlegte sie.

Becca nahm sich einen Stift und rollte vor das Whiteboard. Bei dessen Anblick musste sie wieder an Jens denken. An seine Großherzigkeit und Selbstlosigkeit. Denn das Whiteboard hing für einen großen Mann wie Jens viel zu tief. Wenn er selbst daran arbeitete, musste er sich bücken. Aber als er gemerkt hatte, dass Becca nicht herankam, hatte er es eines Tages einfach tiefer gehängt. Er hatte nicht gefragt, nichts gesagt, es einfach gemacht und dann daran weitergearbeitet, als wäre das das Normalste der Welt.

Konzentrier dich, ermahnte Becca sich ein weiteres Mal. Sie zog die Kappe vom Stift und steckte sie sich zwischen die Lippen. Denkerpose. Eine weiße Wand wie ein weißes

Blatt Papier, das von einem Schriftsteller gefüllt werden musste. Erschreckend in seiner Klarheit und der Fülle der Möglichkeiten.

Was war das Wesen eines Rätsels? Es musste durch Denken gelöst werden, und die Lösung wurde meistens durch mehrdeutige und irreführende Angaben erschwert. Ziel eines Rätsels war es, es dem Rater so schwer wie möglich, wenn nicht sogar unmöglich zu machen, die Lösung zu finden. Oftmals erschien etwas richtig, war es aber nicht ...

Erscheint ... Der Schein trügt ... Scheinen ... der Schein ... im Sinne von Leuchten? Becca schrieb ans Whiteboard.

Die Opfer schienen zu leuchten, aber es war nur die fluoreszierende Farbe. Eine Farbe, die einen Bezug zum Täter haben musste, so schien es. Aber was, wenn er damit absichtlich eine falsche Spur legte oder, noch ausgeklügelter, eine richtige Spur, die als solche aber nicht zu erkennen war?

Was, wenn er durch die Leuchtfarbe zu verstehen geben wollte, dass nichts so ist, wie es scheint?

Steckte darin nicht auch eine Verbindung zu den Hashtags und damit zu den sozialen Netzwerken? Dort gab sich auch niemand so, wie er in Wirklichkeit war, man erschuf eine Scheinwelt, einen schöneren Schein von sich selbst.

Konnte es also sein, dass der Täter die Hashtags und Instagram gar nicht in erster Linie als Kommunikationskanal nutzte, sondern dass er ihnen Zeichen geben wollte? Und was, wenn seine wahre Intention genau darin verborgen lag? Becca notierte ihre Gedanken. Das war wichtig, denn sie waren so flüchtig wie Liebe und Glück.

Nichts ist, wie es scheint.

An Carinas Wagen hatte der Täter ein Hashtag gemalt,

wahrscheinlich, während sie den Verlobten von Franziska Valentiner vernommen hatte. Er hatte sie markiert, aber wie hatte er sie überwältigen können? Carina war nicht dumm. Daran schloss sich die Frage an, wie er Krystina Zoller und Rabea Leihmann hatte überwältigen können und warum es bei Franziska Valentiner nicht geklappt hatte.

Eine Porno-Puppe auf dem Beifahrersitz. Eine Frau, solange man den Wagen von hinten betrachtete und nur das blonde Haar sah.

Nichts ist, wie es scheint.

Hatte Krystina Zoller ihm vertraut, weil er sich als Polizist ausgab und anscheinend eine Polizistin auf dem Beifahrersitz saß? Becca wurde es gleichzeitig heiß und kalt. War er vielleicht wirklich ein Polizist und hatte deshalb Carina überwältigen können?

Schon einmal, als sich herausgestellt hatte, dass der Anruf aus dem Hotel oder der unmittelbaren Nähe gekommen war, hatte sie gemutmaßt, der Täter könnte unter den Kollegen zu suchen sein, die auf der Party waren. Wegen Karsten Kerner war Jens dieser Spur aber nicht weiter nachgegangen. Ein Fehler?

Becca betrachtete das Whiteboard mit all den Notizen darauf und merkte, dass sie sich weiter von dem Täter entfernte, je länger sie nachdachte, je mehr Spuren sich ergaben. Sie verzettelte sich, das war nicht gut. Die Lösung musste einfacher sein. Sie würde sie anspringen, sobald sie sie gefunden hatte.

Zu viele Personen, zu viele Verdächtige.

Dos Santos. Ein Journalist und schlauer Fuchs, der wusste, wie man einen Schein erzeugte, wie man Lügen verbreitete, er war Profi darin, es war sein Tagesgeschäft. Und er hatte ein Motiv!

Becca schrieb seinen Namen hin und umkringelte ihn.

8

Rolf Hagenah lag auf der Lauer.

Wenn dieser Schreiberling dos Santos glaubte, er könne sich in dieser Stadt vor ihm verstecken, dann täuschte er sich gewaltig.

In der Redaktion wusste niemand, wo sich dos Santos aufhielt, offiziell hatte er sich nicht abgemeldet, aber das schien dort auch nicht üblich zu sein. Ein erneuter Anruf bei seiner Mutter hatte ergeben, dass sie ihrem Sohn sehr wohl von dem Besuch der Polizei und den Fragen zu ihrem Wagen erzählt hatte. Seitdem war der Journalist untergetaucht. Wenn das kein Zeichen war, wollte Hagenah kein Polizist mehr sein.

Nach der Besprechung hatten sie sich aufgeteilt, und es hatte Hagenah nichts ausgemacht, allein für die Beschattung dos Santos' abgestellt zu werden. Besprochen war, dass er dos Santos finden und Meldung machen sollte, damit mehrere Einheiten ihm folgen konnten. Erst wenn es nicht anders ging, sollte er festgenommen werden. Denn falls er der Täter war und Carina in seiner Gewalt hatte, sollte er sie zu seinem Versteck führen.

Hagenah fürchtete sich davor, dos Santos in die Finger zu bekommen. Denn wer sich an Carina vergriff, durfte von ihm alle Härte erwarten, zu der er fähig war. Carina erinnerte ihn an seine Tochter Josi, eigentlich Josefine, die mit ihrem Mann und den beiden Kindern in Frankfurt lebte, wo ihr Mann einen hoch dotierten Job bei der Bank hatte. Hagenah konnte seinen Schwiegersohn nicht leiden. Er hielt ihn für einen Betrüger, deshalb hatte er kaum noch Kontakt zu Josi. Traurig, das alles, aber nicht zu ändern.

Da er keinen Anhaltspunkt hatte, wo sich dos Santos aufhielt, hatte sich Hagenah gegenüber von dessen Wohnung in seinem Privatwagen auf die Lauer gelegt. Irgendwann würde der Schreiberling schon auftauchen.

Hagenah hatte vorher das Umfeld des neumodischen Wohnhauses gecheckt, in dem dos Santos eine Wohnung hatte, und herausgefunden, dass es nur diesen einen Eingang gab – es sei denn, der Mann war fit genug, sich an der hinteren Fassade entlang der Regenrinne hochzuhangeln.

In den zwei Stunden, die Hagenah bereits wartete, hatten einige Personen das Gebäude betreten und verlassen. Es gab darin zwanzig Wohnungen, nicht gerade viele, trotzdem herrschte ein ständiges Kommen und Gehen.

Die Mutter mit dem Kinderwagen, die gerade die Straße hochkam und auf das Haus zusteuerte, sah er zum ersten Mal. Dos Santos war weder verheiratet, noch hatte er Kinder, jedenfalls keine, von denen sie wussten, deshalb konnte Hagenah davon ausgehen, dass die Frau nichts mit dem Journalisten zu tun hatte.

Sie ging langsam und über den Kinderwagen gebeugt und zupfte ständig an ihrem Baby herum. Hagenah musste daran denken, dass er nie so gewesen war. Er liebte seine Tochter, hatte sie vergöttert, als sie klein gewesen war, aber dieses übertriebene Betüddeln war nie sein Ding gewesen.

Ein Fehler? Hatte er durch sein Verhalten eine tiefere Bindung verhindert?

Mit diesen melancholischen Gedanken beobachtete Hagenah die Frau mit dem Kinderwagen. Kurz vor der Haustür musste sie eine Bordsteinkante überwinden. Sie rollte den Kinderwagen frontal dagegen, aber das funktionierte natürlich nicht. Entweder man zog ihn hinter sich her, oder aber man kippte ihn vorn leicht an. Darauf kam die Mutter aber erst nach drei erfolglosen Versuchen, die bei dem Baby sicher für Kopfschmerzen sorgten. Wie konnte sie nur so blöd sein?

Weil sie nicht weiß, wie es geht, schoss es Hagenah jäh durch den Kopf. Er schaute genauer hin: Weite Kleidung, langes dunkles Haar, dunkle Haut – er hatte sie für eine Muslimin gehalten, die zwar keine Burka trug, sich aber dennoch weitestgehend verhüllte. Eine große Frau, kräftig. Sie trug die heutzutage üblichen Sneaker, und wie sie ihre Füße aufsetzte, breit und fest, das hatte schon etwas Männliches. «Du blödes Arschloch», sagte Hagenah, und ein Grinsen stahl sich in sein Gesicht. «Du glaubst wirklich, du kannst mich für dumm verkaufen.»

Er stieg aus. Als er die Autotür zuschlug, öffnete die Frau gerade die Haustür. Sie hörte das Geräusch und blickte vom Kinderwagen auf. Ihre Blicke begegneten sich.

Dos Santos. Dem Journalisten war sofort klar, was die Stunde geschlagen hatte. Er stieß den Kinderwagen von sich in Hagenahs Richtung und lief in die andere davon. Hagenah prallte dagegen, kam fast zu Fall und sah, dass es sich um einen alten, ziemlich schmutzigen Kinderwagen handelte, in dem ein paar leere Bierdosen lagen, wahrscheinlich das Gefährt eines Obdachlosen. Dos Santos musste es ihm geklaut oder abgekauft haben. Der hielt sich wohl für ganz gerissen.

Hagenah nahm die Verfolgung auf. Er wusste, er war dem wesentlich jüngeren dos Santos auf lange Strecke nicht gewachsen, aber ein paar Minuten würde er ohne weiteres mithalten können. Der Schreiberling war in seinem langen Rock ohnehin nicht der Schnellste, zudem hatte er einen merkwürdigen Laufstil, an dem Hagenah erkannte, dass er untrainiert war.

Hagenah gab noch mehr Gas und holte auf. Dos Santos sah sich immer wieder über die Schulter nach seinem Verfolger um und wurde dadurch noch langsamer. Gleich hab ich dich, du Schwein, dachte Hagenah. Dann kam von rechts das Auto und holte den Journalisten von den Beinen.

Sein Körper flog mehrere Meter durch die Luft.

9

«Was wissen Sie über MyDriver, Hillmann?»

Jens fuhr, der digitale Forensiker saß auf dem Beifahrersitz und hielt sich krampfhaft am Haltegriff über dem Türholm fest. Sein Gesicht war ein bisschen weiß geworden, was Jens' Fahrstil zu verdanken war. Jens holte alles raus aus der Red Lady, nahm die Kurven scharf und missachtete jedes Ampellicht, wenn es die Verkehrssituation zuließ.

«Nicht viel», erwiderte Hillmann-Tony. «Hamburger Start-up, vor zwei Jahren gegründet, bedient im Moment noch ausschließlich das Hamburger Stadtgebiet, hat aber Ambitionen auf mehr. Elektrobusse, Flotte von zweihundert Fahrzeugen.»

«Hm, ist wirklich nicht viel. Na ja, den Rest werden wir gleich erfahren. Ich will, dass Sie Ohren und Augen aufhalten, Hillmann. Sollte der Typ, mit dem wir reden, versuchen, mich hinters Licht zu führen, dann sagen Sie mir das sofort an Ort und Stelle.»

Deshalb hatte Jens sich nach der Einsatzbesprechung entschlossen, Hillmann-Tony mitzunehmen. Vielleicht war dieser Nerd ja doch zu gebrauchen, hin und wieder, wenn es nicht anders ging. Schließlich veränderten sich die Verbrechen und Verbrecher auch, wurden digitaler, da musste man sehen, dass man mit der Zeit ging.

«Verstanden», sagte Hillmann-Tony und wurde in den Gurt gedrückt, als Jens vor dem Gebäude, in dem die Verwaltung des Unternehmens residierte, eine harte Bremsung hinlegte. «Also los!», kommandierte Jens, verließ den Wagen und spurtete über die Straße.

Vor der Eingangstür des mehrstöckigen Gebäudes, in dem außer MyDriver noch einige andere Tech-Firmen eingemietet waren, musste Jens auf Hillmann-Tony warten. Er traute sich nicht durch den Verkehr, weil er keine Lücke fand, die ihm für sein lahmes Tempo ausreichend schien.

«Hillmann, beweg deinen Arsch!», rief Jens über die Straße und bereute es im selben Augenblick. Denn der Forensiker lief einfach los und hatte es nur der schnellen Reaktion eines Autofahrers zu verdanken, dass er nicht Hamburgs nächstes Verkehrsopfer wurde.

Sichtlich geschockt erreichte Hillmann-Tony ihn. «War knapp», sagte er schief grinsend. Jens starrte ihn an, schüttelte den Kopf und stieß die Tür auf. Für den Außendienst war Hillmann wohl doch nicht zu gebrauchen.

Sie stiegen in den Fahrstuhl und fuhren in die vierte Etage. Jens sah sich um, entdeckte ein Hinweisschild, stieß eine Glastür auf und befand sich plötzlich im Geschäftsbereich von MyDriver. Angemeldet war er nicht, dafür war keine Zeit gewesen, und sein vehementer Auftritt sorgte für ein erschrockenes Gesicht bei der Dame am Empfang.

Um langen Erklärungen vorzugreifen, knallte er seine Dienstmarke auf den glattpolierten Tresen in Form und Design eines Stoßfängers eines Oldtimers. «Den Chef!», verlangte er barsch.

«In welcher Angele...»

«Sofort!»

Sie zog erschrocken die Schultern hoch, tippte auf ihrer Tastatur herum und sprach plötzlich mit dem Bildschirm. «Hier ist jemand von der Kriminalpolizei, der Sie unbedingt sprechen möchte. Er möchte nicht warten.» Nein, möchte er nicht, dachte Jens bei sich, und er möchte auch nicht mit einem Bildschirm sprechen.

Die junge Frau schob sich die Brille auf die Nase, erhob sich von ihrem Platz hinter der Stoßstange und bat Jens, ihr zu folgen. Hillmann-Tony trottete wortlos hinterher.

Auf der rechten Seite des Ganges sprang eine Tür auf, und eine kleine, rundliche Frau mit dichtem, gelocktem Haar und bunten Hippieklamotten kam ihnen entgegen. Sie trug Birkenstocksandalen und hatte sich eine Brille ins Haar geschoben. Zwischen ihren Augenbrauen grub sich eine Sorgenfalte tief in die Haut. «Silvana Ehrlich», stellte sie sich vor. «Ich leite MyDriver. Kommen Sie bitte in mein Büro.» Die CEO eines Tech-Unternehmens hatte Jens sich ein wenig anders vorgestellt. Wieder einmal merkte er, wie sehr auch er diesem beschissenen Schubladendenken verhaftet war. Jens folgte ihr in ihr Büro, Hillmann-Tony im Schlepptau.

«Worum geht es denn? Sie wirken ja sehr angespannt. Hoffentlich ist nichts Schlimmes passiert!»

«Doch, ist es. Und wir haben Hinweise, dass einer Ihrer Fahrer mit einem aktuellen Fall zu tun haben könnte.»

«Ich verstehe nicht.»

«Erklären Sie mir bitte verständlich und in Kurzform, was MyDriver genau ist», verlangte Jens.

«MyDriver ist ein Personentransportunternehmen. Wir legen hier Wert darauf, dass wir nicht einfach nur eine App mit dem dazugehörigen Algorithmus sind, wie Uber. Im Gegensatz dazu haben wir eigene Fahrzeuge und stellen Mitarbeiter an. Wir arbeiten eng mit der Stadt Hamburg zusammen und entlasten den Stadtverkehr dadurch, dass wir aus vielen Einzelfahrten weniger Sammelfahrten machen. Wir sind zwar noch in der Einführungsphase, und unsere Busse, in denen bis zu sechs Personen mitfahren können, sind nicht immer ausgelastet, aber es läuft vielversprechend, und ich bin sicher, wir werden unser Ziel erreichen.»

Jens begriff, dass er diese Frau zumindest grob in seinen Fall einweihen musste, wenn er in möglichst kurzer Zeit die wichtigsten Informationen haben wollte. Also erklärte er ihr die Zusammenhänge bis hin zu der MyDriver-Fahrt seiner Kollegen zu seiner Geburtstagsparty. Die Nachricht vom Tod Franziska Valentiners hob er sich bis zum Schluss auf.

«Frau Valentiner!», stieß die MyDriver-Chefin aus und schlug sich eine Hand vor den Mund. Tränen traten ihr in die Augen. «Tot?»

Jens nickte. «Das erste Opfer ist kurz vor seinem Tod mit einem Ihrer Fahrzeuge gefahren und fühlte sich von einem Fahrgast belästigt, den wir bereits vernommen haben. Leopold Vollmer. Dieser Mann fuhr aber nicht mit dem MyDriver, mit dem das zweite Opfer Rabea Leihmann fuhr, und wir wissen auch nicht, ob sie sich belästigt fühlte. Aber Ihre Mitarbeiterin, Frau Valentiner, fühlte sich ebenfalls durch einen Fahrgast auf ihrer letzten Fahrt gestern belästigt. Wir müssen wissen, wen sie zuletzt gefahren hat. Das lässt sich doch feststellen, oder?»

«Ja, natürlich», antwortete Silvana Ehrlich. Sie trat hinter den Schreibtisch, eine riesige weiße Platte, die auf einfachen Böcken lagerte. Darauf standen vier Bildschirme, die alle in Betrieb waren, einen PC sah Jens jedoch nicht. Kabel führten von den Bildschirmen zum Fußboden und schienen darin zu verschwinden.

Es dauerte nicht lange, bis Silvana Ehrlich die Information hatte. «Der letzte Fahrgast von Frau Valentiner heißt Heiko Kaldewei, seine Adress- und Bankdaten sind hier gespeichert.»

Jens war enttäuscht. Er hatte auf den Namen Leopold Vollmer gehofft. Ein weiterer Name bedeutete, dass diese Spur falsch war. «Und da kann es keinen Betrug oder Irrtum geben?», fragte Jens.

«Betrug kann es natürlich immer geben. Aber dann müsste der Mann seine Daten komplett gefälscht haben: Bankdaten, Handydaten, Personaldaten. Ich sehe hier, er fährt nicht allzu häufig mit uns, aber bei den Zahlungen gibt es keine Probleme, und er stieg häufig bei der Haltestelle in der Nähe seiner Wohnadresse ein. Das sieht alles unverdächtig aus.»

«Könnte sich unser digitaler Forensiker Ihr System einmal anschauen und nach Unstimmigkeiten suchen?», fragte Jens.

Die Ehrlich schüttelte mit dem Kopf. «Tut mir leid, nicht ohne richterliche Anordnung. Aber warten Sie mal ...» Sie wischte eilig auf ihrem Schreibtisch herum. «Ihre Geburtstagsparty am Freitag ...», sagte sie nachdenklich, und Jens wurde hellhörig. «Ja? Was ist damit?»

«Der Fahrer, der Ihre Kollegen hingebracht hat, der fuhr auch Frau Leihmann ... er fuhr nicht Frau Zoller an dem Abend, aber er fährt häufig ihre Strecke vom *Flying Dutchman*. Und er hat Frau Valentiner eingearbeitet, als sie bei uns anfing.»

«Wie heißt er?»

«Der Fahrer heißt Balthasar Kurz. Er fährt für uns seit dem 01. 04. 2018, keine Vorkommnisse, die Bewertungen sind alle in Ordnung, intern wie extern.»

«Was bedeutet das?»

«Wir lassen unsere Kunden unsere Fahrer bewerten. Nach einer Fahrt bitten wir jeden Fahrgast per WhatsApp-Nachricht um eine kurze Bewertung, mit Sternen, wie bei Amazon. Balthasar Kurz liegt im Schnitt bei 3,5 von fünf, das ist im normalen Bereich. Intern steht hier, er sei pflichtbewusst, aber introvertiert, also niemand, der besonders zuvorkommend zu den Fahrgästen ist. Keine Unfälle, keine Geschwindigkeitsübertretungen, alles im grünen Bereich.»

Das klang unverdächtig, und dennoch:

Sie hatten eine Verbindung zwischen allen Opfern und zu seinem Geburtstag, an dem alles begonnen hatte.

Balthasar Kurz.

10

Carina hatte gekämpft. Und wie sie gekämpft hatte! Auch weil sie den Verdacht hatte, schwanger zu sein, konnte sie sich nicht einfach fügen und die Vergewaltigung über sich ergehen lassen.

Also hatte sie sich hin- und hergeworfen, mit den Beinen ausgetreten, um sich geschlagen, und als er versucht hatte, ihr ein Glas Wasser einzuflößen, war sie noch wilder geworden. Das Wasser, in dem sie eine Droge vermutete, war auf dem Boden gelandet, und er hatte sie geschlagen, hart und brutal. Wirklich bewusstlos war sie nicht geworden, aber alle Empfindungen und Sinneseindrücke waren nur noch verschwommen zu ihr durchgedrungen. Für ein paar Minuten hätte ihr Entführer die Möglichkeit gehabt, sich zu nehmen, was er wollte. Letztlich war die Vergewaltigung daran gescheitert, dass er nicht mehr gekonnt hatte, jedenfalls glaubte Carina, sich daran zu erinnern.

Als sie wieder zu sich kam, schmerzte ihr ganzer Körper, vor allem aber ihr Gesicht. Ihr linkes Auge ließ sich kaum öffnen, es war mit getrocknetem Blut verklebt, außerdem spürte sie einen wackligen Schneidezahn, wenn sie mit der Zunge dagegen stieß. Warum hatte er sie nicht getötet? Was stand ihr noch bevor?

Carina, die noch zwischen Traum und Wirklichkeit mäanderte, spürte, wie sie sich selbst verlor, aber da gab es diese kleine Kammer in der hintersten Ecke ihres Verstandes, die gefüllt war mit Munition und Waffen, auf die sie nur zugreifen musste. Die Tür war nicht verschlossen, nur angelehnt, aber es fiel ihr unsagbar schwer, auch nur einen

Schritt darauf zuzugehen. Warum auch? Sie war zerstört, wofür sollte sie noch kämpfen. Jannik fiel ihr ein. Das heiße Bad, in das sie nie geglitten war. Seine Fürsorglichkeit … Tränen, immerhin flossen noch Tränen. Wo Tränen waren, lebten Emotionen, war nicht alles vorbei und verloren.

Jens, Becca, Hagenah … Bitte. Bitte holt mich hier raus. Ich will nicht sterben.

Diese Worte entfachten einen Windstoß, der an der Tür zur Waffenkammer rüttelte, sie ein Stück weiter aufstieß und Carina einen Blick auf die Waffen gestattete, die dort verheißungsvoll glänzten. Carina kämpfte, doch das Land zwischen Traum und Realität war sumpfiges Gelände, in dem sie nur langsam vorankam. Bei jedem Schritt musste sie die Füße mühsam aus dem Morast ziehen. Wie er an ihr zerrte! Als hätte er ein Anrecht auf sie. Aber sie schaffte es. Erreichte trockenes Gelände. Stand plötzlich sicher da, hatte nicht länger das Gefühl, hoffnungslos verloren zu sein. Also schlug sie die Augen auf.

Dunkelheit. Und sofort wieder dieser Geruch, der über allem lag. Carina lauschte. Es war so still, dass sie glaubte, die Staubkörner in der Luft tanzen zu hören.

War sie überhaupt noch auf der Welt? Oder längst tot?

Sie schaffte es, sich zu bewegen. Das rechte Bein anwinkeln, dann das linke, mit den Zehen wackeln, die Finger zu Fäusten ballen. All das funktionierte, und sie brachte den Mut auf, die Ellenbogen in die Matratze zu stoßen und den Oberkörper etwas aufzurichten. Sie starrte in eine Dunkelheit, die sie wie eine feste Masse umgab. Was lauerte darin? Was würde sich im Licht offenbaren?

Wenn du hier liegen bleibst und in Selbstmitleid vergehst, wirst du es niemals herausfinden.

Carina stemmte sich zum Sitzen hoch. Von hier war die Sicht nicht besser, aber zumindest wusste sie, dass sie nicht in einem Sarg lag.

Steh auf, geh herum, finde heraus, ob es einen Ausgang gibt. Oder etwas, das du als Waffe benutzen kannst.

Schwindel erfasste Carina, als sie endlich aufrecht stand, und es war schwierig, ihn ohne einen festen Bezugspunkt wie den Horizont oder ein Möbelstück in den Griff zu bekommen. Ihr wurde übel. Jäh stieg es sauer in ihrem Rachen empor. Sie kippte auf die Matratze zurück und übergab sich, würgte das wenige hervor, das noch in ihrem Magen war. Es schmeckte widerlich und roch auch so.

Als der Würgereflex abgeebbt war, wandte Carina sich von der stinkenden Lache ab und stand auf. Streckte die Hände zu den Seiten aus, um sich irgendwo abzustützen, doch da war nichts, also stolperte sie unbeholfen in die Dunkelheit hinein. Nur mit Mühe konnte sie verhindern, auf die Knie zu fallen.

Zuerst glaubte sie, sich getäuscht zu haben oder auf ein verspätetes Echo hereinzufallen, aber dann wurde ihr klar, dass irgendwo in der Dunkelheit jemand keuchte und würgte. Leise nur, vielleicht weit entfernt oder in einem anderen Raum, aber die Geräusche waren keine Einbildung, sie waren real. War hier noch jemand mit ihr zusammen eingesperrt?

«Hallo!», rief Carina leise in die Dunkelheit, und erst als das Wort schon heraus war, fiel ihr ein, dass es sich um ihren Peiniger handeln könnte, der da würgte und hustete. Prompt verstummten die Geräusche. Die Person hatte sie also gehört!

Vorsichtig setzte Carina einen Fuß vor den anderen und

schlich in die Richtung, in der sie die Geräuschquelle vermutete. Plötzlich eine Stimme: «Bringt sie zu mir, bringt sie zu mir, ich will, dass sie sterben vor Angst, so wie auch mein Liebling gestorben ist vor Angst. Bringt sie zu mir!»

11

Balthasar Kurz wohnte am Stadtrand von Hamburg in Wandsbek im Lindenweg. Acht Stunden, bevor das Ultimatum für Carina Reinicke ablief, bezog das SEK rund um das kleine Einfamilienhaus Stellung.

Jens Kerner, der den Einsatz leitete, wurde vom Klingeln seines Handys abgelenkt. Becca war dran. «Wo bist du?», wollte sie wissen.

«Mit dem SEK vor dem Haus von Balthasar Kurz, dem MyDriver-Fahrer.» Jens hatte sie bereits telefonisch über die neueste Entwicklung informiert.

«Ich bin mir nicht sicher, ob er der Täter ist», sagte Becca.

«Aber es gibt eine Verbindung.»

«Schon, aber ich habe nachgedacht, und mir geht so viel durch den Kopf ... hast du eine Minute?»

«Für dich immer. Leg los!»

«In seiner Affinität zu den sozialen Netzwerken steckt doch eine Botschaft», schoss es geradezu aus Becca heraus. «Auf Instagram ist nichts so, wie es scheint, die Menschen gaukeln sich gegenseitig etwas vor. Niemand ist der, der er zu sein scheint. Und er ist genauso. Nichts von dem, was wir über ihn denken, stimmt, vor allem seine Motivation nicht.

Ich habe mir den Kopf zerbrochen darüber, aber dann ist es mir klar geworden. Der ganze Aufwand, den er betrieben hat, um es so aussehen zu lassen, als wolle er sich an dir persönlich und der Polizei rächen, das ist alles nur Schein. Es geht nicht um dich. Seine wahre Motivation ist eine andere. Ich habe noch einmal mit dem Rechtsmediziner gesprochen, und er hat mir bestätigt, dass er noch nie zuvor einen so stark beschädigten Kehlkopf gesehen hat wie bei Krystina Zoller oder Rabea Leihmann. Als er sie gewürgt hat, hat er seinem Hass freien Lauf gelassen ... und auch bei den Vergewaltigungen und Misshandlungen. Und dann habe ich mich gefragt: Woher kommt sein Hass? Hat er dafür auch eine versteckte Botschaft an uns, die wir übersehen haben?»

«Und?»

«Ich denke schon. Klar geworden ist es mir bei erneuter Durchsicht der Verbindungsdaten der Handys der Opfer. Krystina Zoller, Rabea Leihmann, Franziska Valentiner – sie alle haben während der Fahrt ihr Handy bedient, waren online, haben auf Instagram gepostet. Nicht nur ihre Verbindungsdaten belegen das, sondern auch die Fotos in ihren Accounts. Da sind einige dabei, die sie während der Fahrt zeigen. Kaum jemand stört sich noch daran, dass das verboten und gefährlich ist.»

«Ich verstehe nicht ...»

«Was, wenn er aus einem bestimmten Grund einen unstillbaren Hass auf Frauen hat, die während der Autofahrt mit dem Handy herumspielen?»

«Aus welchem Grund?»

«Vielleicht hat er durch einen auf diese Art ausgelösten Unfall einen Verlust erlitten. Seine Frau, sein Kind, jemand, der ihm nahestand. Und als sich die Hinweise auf den Fahrdienst MyDriver verdichteten, habe ich mich gefragt, ob eine Fahrerin von denen vielleicht die Verursacherin dieses Unfalls war.»

«Hätten die Medien das nicht aufgebauscht, sodass wir es zumindest am Rande mitbekommen hätten?», fragte Jens.

«Er hat dos Santos in den Fall hineingezogen, indem er ausgerechnet ihm die Handtasche und das Handy von Krystina Zoller überließ. Warum? Auf den ersten Blick, damit er dir an die Karre pisst, aber alles, was wir in diesem Fall auf den ersten Blick zu sehen glauben, ist falsch. Ist nur Schein, um seine wahre Motivation zu verstecken, damit wir ihm nicht oder nicht so schnell auf die Schliche kommen. Allerdings kann er es, wie die meisten Serientäter, nicht lassen, geheime Botschaften in seinen Taten zu verstecken. Wo wäre sonst der Sinn, wenn er es nicht täte? Niemand tötet sinnlos, auch der gestörteste Psychopath nicht.»

«Dos Santos ist deiner Meinung nach ein Hinweis darauf, dass die Presse ihm übel mitgespielt hat?»

«Es sind nur Thesen ...», sagte Becca. «Aber ich habe das Gefühl, dem Kern des Rätsels näher gekommen zu sein.»

«Nach diesen Thesen stürme ich gleich das falsche Haus», stellte Jens nüchtern fest.

«Ich kann mich auch irren.»

«Ruf bei MyDriver an. Frau Ehrlich. Beruf dich auf mich und frag sie nach einem solchen Vorfall. Ich muss da jetzt rein und melde mich danach sofort wieder.» Jens legte auf. Es fiel ihm schwer, sich mit diesen neuen Gedanken im Kopf auf den Einsatz zu konzentrieren.

Jens hatte entschieden, das Haus nicht einfach zu stürmen. Wenn Carina darin gefangen gehalten wurde, war die Gefahr zu groß, dass sie dabei verletzt oder gar von Kurz getötet wurde. Also fuhr das SEK alles auf, was es zu bieten hatte. Seit einer Viertelstunde wurde das Haus mit Richtmikrophonen und Wärmebildkameras beobachtet. Noch hatte man im Inneren keine Regung festgestellt. Balthasar Kurz hatte frei, war aber anscheinend nicht zu Hause – und auch sonst niemand. Jens hatte in Erfahrung gebracht, dass der Mann 45 Jahre alt war, seit fünf Jahren geschieden und kinderlos war und eine Ausbildung zum Elektriker absolviert hatte. Warum er diesem Beruf nicht nachging und stattdessen für MyDriver arbeitete, wusste er nicht.

Ein alleinstehender Mann in einem alleinstehenden Haus. Er hatte nachweislich Kontakt zu den Opfern und war zu Jens' Party gefahren. Nach Angabe von Frau Ehrlich war es an jenem Abend seine letzte Fahrt gewesen. Er hatte die Kollegen um einundzwanzig Uhr am Hotel abgesetzt, was bedeutete, er hätte danach Zeit genug gehabt, Krystina Zoller zu entführen. Warum und weshalb und wie Jens da ins Bild passte, diese Fragen konnte er dem Mann stellen, sobald sie ihn festgesetzt hatten.

Jens erkundigte sich noch einmal beim Chef des SEK, wie es im Haus aussah. Der schüttelte den Kopf. «Keine Wärmequellen, keine Bewegungen, keine Geräusche im Haus. Leises Wasserplätschern in dem kleinen Anbau, sonst nichts. Aber das Haus ist voll unterkellert, und da können wir von hier aus nicht hineinschauen. Wir müssten die Jungs an die Kellerfenster schicken, dann wissen wir mehr.»

Jens dachte nach. Die Zeit rann ihm zwischen den Fingern hindurch. Balthasar Kurz konnte überall sein. Noch fehlte eine Handynummer, um ihn orten zu können. Hier zu warten, bis er irgendwann auftauchte, die Geduld brachte Jens nicht auf. Es erschien ihm besser, das Haus zu durchsuchen und sich, falls sie nichts fanden, erneut auf die Lauer zu legen und Kurz' Rückkehr abzuwarten.

«Okay, wir gehen rein. Aber leise. Keinen Aufruhr.» Der Einsatzleiter nickte, sprach in sein Funkgerät, und dann ging es los. Jens näherte sich mit vier Männern des SEK, die vermummt und in ihre Schutzanzüge eingepackt waren, der Vorderfront des Hauses. Vor den Fenstern hingen blickdichte Gardinen, standen aber keine Pflanzen. Der Rasen vor dem Haus war akkurat kurz, die Blumenbeete gepflegt. Auf einem Sockel aus Feldsteinen drehte eine kleine bunte Holzwindmühle ihre Flügel. «B. Kurz» stand in Druckschrift auf der altmodischen Klingel. Die Holztür war so alt wie das Haus, das wohl aus den Siebzigern stammte. Die Jungs vom SEK hatten kein Problem damit, sie mit Spezialwerkzeug zu öffnen. Leise quietschend schwang sie nach innen auf, und die Jungs glitten lautlos in den kleinen Flur. Jens folgte ihnen mit gezogener Waffe. Im Hausflur roch es muffig: eine Mischung aus alten Schuhen und dem abgestandenen Geruch nach Gekochtem. Außerdem mischte sich ein durchdringender Geruch nach Öl oder Tran hinein.

Nach und nach sicherten sie die Räume. Jens wunderte sich über die Einrichtung. Es war alles alt und längst aus der Mode gekommen. Solche Möbel bekam man heute gar nicht mehr zu kaufen, und wenn, dann nur als teuren Retroschick. Und nirgendwo eine Spur des Hausherrn.

In Windeseile waren Erd-, Obergeschoss und Keller gesichert, fehlte noch der Anbau, in dem mittels Richtmikrophon ein leise plätscherndes Geräusch festgestellt worden war. Jens begleitete zwei der SEK-Beamten durch die Verbindungstür von der Küche in den Anbau.

Hinter der feuerfesten Tür lag der Heizungsraum. Auf

einem Wäscheständer hingen weiße Feinrippunterhosen sowie olivfarbene Socken, eine Hose in der gleichen Farbe und ein langärmliges Shirt in Tarnoptik. Eine weitere Tür führte in den restlichen Teil des Anbaus.

Darin entdeckten sie die Ursache für das Plätschern: Es gab hier zwei kleine Wasserbecken, in denen eine Pumpe das Wasser von einem Becken ins andere und wieder zurück pumpte. Wahrscheinlich, um es mit Sauerstoff anzureichern, denn in den Becken schwammen Aale. Jens hatte selbst noch nie welche geangelt, weil sie ihm zu fettig waren, aber er erkannte sie natürlich. In dem kleinen Raum roch es nach Fisch und Öl. In aus Holz selbstgebauten Halterungen standen einige Angeln, an Haken daneben hingen Wathosen, am Boden standen Gummistiefel. In einem Regal lagen Utensilien wie Blinker, Köder, Haken und Schnur.

Die beiden Jungs vom SEK verließen den Raum durch eine Außentür und verschwanden in den Garten. Wenig später bekam Jens die Meldung, dass dort und im Keller niemand sei. Weder Balthasar Kurz noch Carina.

Jens' Enttäuschung war unermesslich. Er stand da, starrte auf das Regal mit den Dutzenden Angelpokalen, auf denen Kurz' Name eingraviert war, und fragte sich, was er übersehen hatte.

12

«Gebrochenes Bein, mehrfach gebrochener Unterarm, Prellungen, Hautabschürfungen.» Das war die kurz und knapp vorgetragene Diagnose der jungen Ärztin des Hamburger

Uni-Klinikums, in das man den Journalisten Luca dos Santos nach seinem Unfall gebracht hatte.

«Aber er ist ansprechbar und schwebt nicht in Lebensgefahr?», fragte Mareike Baumgärtner.

«Von mir aus können Sie gern mit ihm reden», antwortete die Ärztin. Darauf hatte Mareike Baumgärtner gehofft. «Okay, nehmen wir ihn uns vor», sagte sie zu Rolf Hagenah. Nach dem Unfall war er nicht von der Seite des Journalisten gewichen, hatte auch in der Notaufnahme darüber gewacht, dass der Mann nicht verlorenging. Jetzt folgte er seiner Chefin in das Krankenzimmer, in dem dos Santos allein lag. Der Journalist sah mitgenommen aus, und als er Hagenah sah, riss er erschrocken die Augen auf. «Das sind doch die Methoden eines Polizeistaates!», sagte er. «Unliebsame Journalisten vor ein Auto zu hetzen und es wie einen Unfall aussehen zu lassen!»

Hagenah lehnte sich mit vor der Brust verschränkten Armen an die Tür und lächelte. Er gestand sich eine gewisse Schadenfreude ein und spürte dabei nicht einmal ein schlechtes Gewissen.

Auch Mareike Baumgärtner ließ sich von dem Journalisten nicht beeindrucken. «Warum haben Sie Frauenkleider getragen, einen Kinderwagen geschoben und sind vor der Polizei geflohen? Das würde mich doch brennend interessieren.»

«Undercoverrecherche.»

«Aha. Und wo waren Sie gestern Nacht, Herr dos Santos?»

«Ich war mit einem Kollegen zuerst essen und dann bei mir zu Hause. Wir haben uns unterhalten, bevor er gegen Mitternacht aufbrach.» Die Antwort kam wie aus der Pistole geschossen und klang sehr zurechtgelegt.

«Name und Adresse des Kollegen?»

Widerwillig gab dos Santos beides preis. Mareike Baumgärtner notierte es auf einen Zettel. «Sollte Ihr Kollege ebenfalls lügen, wird er genau wie Sie angezeigt und verhaftet wegen Behinderung einer Ermittlung und möglicherweise Unterstützung einer Straftat.»

«Das verbitte ich mir! Ich habe nicht gelogen!»

«Wir haben die Videoaufnahme einer Überwachungskamera, auf der der Wagen Ihrer Mutter zu sehen ist, aus dem Sie, Herr dos Santos, aus- und wieder einsteigen, und zwar genau um 21:15 Uhr des gestrigen Abends. Später wurde auf dem Fahrzeug, hinter dem Sie für zwei Minuten gehalten haben, ein aufgemaltes fluoreszierendes Hashtag entdeckt.» Mareike Baumgärtner hatte mit der kleinen Lüge kein Problem. Dos Santos wusste ja nicht, dass er auf der Videoaufnahme nicht zu sehen war.

«Das kann überhaupt nicht sein!»

«Im Wagen Ihrer Mutter hat unsere Spurensicherung sowohl am Lenkrad als auch am Schaltknauf Reste der Leuchtfarbe gefunden, mit der auch das Fahrzeug beschmiert wurde. Und nicht nur dieses, sondern weitere fünf Fahrzeuge in der ganzen Stadt. Zwei Hashtags wurden auf Elektrorollern gefunden, eines auf einer Schaufensterscheibe und eines auf einer Ladesäule für Elektroautos.»

Dos Santos schüttelte den Kopf. «Sie können mir überhaupt nichts beweisen.»

«Im Wagen Ihrer Mutter sind Ihre Fingerabdrücke.»

«Na und! Ich fahre meine Mutter hin und wieder zum Einkaufen.»

«Sie behauptet, Sie führen nie damit.»

«Das will ich von ihr persönlich hören.»

«Gut, wie Sie wollen, Herr dos Santos. Ich verhaftete Sie wegen Mordes an Krystina Zoller, Rabea Leihmann, Franziska Valentiner und der Entführung der Kollegin Carina Reinicke. Aufgrund unserer stichhaltigen Indizien hat mir der Untersuchungsrichter sofort einen Haftbefehl ausgestellt. Bis zu Ihrer Genesung verbleiben Sie hier im Krankenhaus unter polizeilicher Aufsicht.» Mit einem lauten Knall schlug Mareike den Aktenordner zu und sah dos Santos herausfordernd an.

Der schluckte trocken. Panik lag in seinem Blick. «Das können Sie nicht machen! Ich habe nichts damit zu tun! Meine Redaktion wird Sie verklagen. Sie alle. Sie werden Ihres Lebens nicht mehr froh, wenn ich mit Ihnen fertig bin, das schwöre ich Ihnen. Ich habe für die Tatzeiten Alibis, das können Sie mühelos überprüfen, aber daran haben Sie ja gar kein Interesse ...»

Die Stimme des Journalisten verklang, als Hagenah und seine Chefin das Krankenzimmer verließen. Mareike Baumgärtner lehnte sich gegen die Wand und atmete erschöpft aus. Sie hatte gehofft, dos Santos in die Ecke drängen und zu einem Geständnis bewegen zu können, doch das hatte nicht geklappt. Der Journalist war hartgesotten. Und wenn sich seine Alibis, die sie natürlich überprüfen mussten, als hieb- und stichfest herausstellen sollten, würden sie ihn wieder gehen lassen müssen.

«Meinen Sie, er war es?», fragte Hagenah.

Mareike zuckte mit den Schultern. «Ich weiß es nicht, aber ich kann mir vorstellen, dass er letzte Nacht unterwegs war, um überall in der Stadt diese fluoreszierenden Hashtags anzubringen, damit unter den Menschen eine Panik ausbricht und er seine nächste Story hat.»

«Ja», sagte Hagenah. «So ein Typ ist das. Und wenn er das getan hat, arbeitet er nie wieder als Journalist.»

«Dafür müssen wir es ihm erst einmal beweisen. Jemand wie dos Santos gibt seine Schuld niemals zu, er wird immer versuchen, sie anderen in die Schuhe zu schieben.»

«Ich denke, er hat nicht das Zeug zum Hashtag-Killer. Dos Santos wollte sich einfach nur wichtigmachen.»

«Ja, vielleicht. Und dann ist er unser geringstes Problem und ...»

Mareikes Telefon klingelte. Sie nahm ab, hörte sich Jens Kerners Bericht an und spürte dabei, wie ihre Motivation in sich zusammenfiel. Als sie auflegte, hatte sie Magenschmerzen. «Nichts im Haus von Balthasar Kurz», sagte sie. «Sie haben ihn nicht angetroffen, und Carina Reinicke ist auch nicht dort. Der Mann ist offensichtlich Angler. Darauf deuten unzählige Pokale aus Angelwettbewerben hin, außerdem Fischbecken im Anbau. Wahrscheinlich ist die Spur auch wieder kalt, und Balthasar Kurz sitzt friedlich an einem See und angelt.»

«Moment», sagte Hagenah aufgeregt. «In seinem Haus gibt es Pokale?»

«Sagt Herr Kerner, ja.»

Hagenah zog sein Handy hervor. «Scheiße, ich muss ihn sofort sprechen. Vielleicht sind sie doch an der richtigen Adresse!»

13

Die Stimme, die Carina hörte, klang unecht. Nicht wie die eines lebendigen Menschen, denn sie wiederholte immer wieder die gleichen Sätze. Auch die Lautstärke änderte sich nicht. Schon nach wenigen Minuten war sich Carina sicher, dass die Stimme aus einem Lautsprecher kommen musste.

Aber noch hatte sie die Quelle nicht gefunden. In dieser absoluten Dunkelheit war es sehr schwierig, sich fortzubewegen, zumal die Angst Carina mit eiserner Hand gepackt hielt – die Angst vor ihrem Entführer, der ihr schon einmal auf so entsetzliche Weise weh getan hatte und es bestimmt wieder tun würde. Aber auch die Angst vor dieser Stimme und was sie zu bedeuten hatte. Denn eine Bedeutung musste es ja geben, sonst würde der Täter sie nicht hier in seinem Versteck abspielen.

Dennoch war Carina wild entschlossen, das Geheimnis zu lösen und vielleicht doch noch zu entkommen. Beide Hände vorgestreckt, tastete sie sich weiter voran, hinein in die Dunkelheit, bis sie auf eine Wand stieß. Holzbretter – nein, Platten, dem Gefühl nach diese OSB-Grobspanplatten, die es in jedem Baumarkt zu kaufen gab und die Carina erkannte, weil sie im Vereinsheim damit die Bar ausgebaut hatten. Vorsichtig tastete sich Carina daran entlang, bis sie in Hüfthöhe einen Riegel fand – einen Riegel auf ihrer Seite der Tür!

Zunächst ließ sie die Finger daran entlanggleiten, weil sie eine Falle befürchtete, aber allem Anschein nach handelte es sich wirklich nur um einen handelsüblichen Metallriegel, ohne Schloss.

Warum? Wollte der Mann sie entkommen lassen? Oder

spielte es keine Rolle, ob sie den Riegel in der Dunkelheit fand oder nicht, weil es auch auf der anderen Seite der Tür kein Entkommen für sie gab?

Carina legte ein Ohr an die Holzplatten. Sie hatte sich nicht getäuscht: Die Geräusche und die Stimme kamen von der anderen Seite. Vorsichtig, ganz vorsichtig, zog Carina den Riegel zurück. Er schien neu zu sein, war leichtgängig und quietschte nicht. Die leichte Tür schwang sofort auf, und durch den Spalt drang bläuliches Licht in ihr Verlies.

Mit wild klopfendem Herzen betrat Carina den Raum hinter der Holzwand. Er war von diesem diffusen künstlich blauen Licht erfüllt, in dem Staubkörner tanzten. Carina sah den Fußboden aus groben Holzdielen, vertäfelte Wände, ein verdunkeltes Fenster, davor ein Metallbett mit einer fleckigen Matratze darauf. Der Rolltisch daneben und das Bett sahen aus, als stammten sie aus einem Krankenhaus.

Über dem Bett hing ein großer Flachbildschirm an der Wand. Von ihm stammte das blaue Licht, aus seinen Lautsprechern dröhnte die Stimme. «Bringt sie zu mir! Ich will, dass sie stirbt vor Angst!»

Auf dem Fernseher lief ein Video in Endlosschleife. In diesem Video sah Carina dasselbe Bett und denselben Rolltisch, vor dem sie jetzt stand. Aber in dem Bett lag ein Mensch. Eine Frau. Sie war alt, vielleicht siebzig, und fürchterlich entstellt. Eine Hälfte ihres Gesichts war voller Narben und schwärender Wunden. Sie hatte nur noch einen Arm. Der linke endete am Schultergelenk, der rechte lag auf dem gestärkten Laken, in das sich die Finger verkrampften.

Diese grausam verzerrte Totenfratze wiederholte immer

und immer wieder die gleichen Sätze: *«Bringt sie zu mir, sie soll sterben vor Angst, so wie auch mein Liebling gestorben ist vor Angst.»* Sobald die Sequenz durchgelaufen war, wiederholte sie sich.

Als sich Carina von dem ersten Schreck erholt hatte, sah sie genauer hin und erkannte auf dem Fernsehbild Details. Sie sah, dass auf dem Rolltisch medizinische Gerätschaften, Pflegeartikel und Medikamente lagen. Weiterhin erkannte sie an der Wand den Schatten der Person, die diesen Film gedreht hatte.

Was hatte das zu bedeuten? Carina wollte sich gerade nach einer Tür oder einer anderen Fluchtmöglichkeit umsehen, als sie andere Geräusche hörte. Automotoren, Türenklappern, Stimmen.

Sie lief zu dem verdunkelten Fenster hinüber, schlug mit den Fäusten dagegen und rief, so laut sie konnte, um Hilfe. Plötzlich flog eine Tür auf, die sie zuvor nicht gesehen hatte. Ihr Peiniger stürmte auf sie zu, packte sie und schlug sie zu Boden. Dann fesselte er sie an Händen und Füßen. Carina hatte nicht den Hauch einer Chance.

«Zeit für deinen großen Auftritt», sagte der Mann, als sie zu einem Päckchen verschnürt auf dem Boden lag. Dann legte er ihr seine Hände an den Hals und drückte zu.

14

Becca war frustriert. Der Anruf bei MyDriver und das Gespräch mit Frau Ehrlich, die offen und engagiert war, hatten sie nicht weitergebracht.

Es gab keinen Unfall mit einem MyDriver-Bus, bei dem jemand ums Leben gekommen oder schwer verletzt worden war. Bei den bisherigen sechs Unfällen war es bei Blechschäden geblieben.

Das hatte sie Jens soeben telefonisch mitgeteilt. Jens erzählte ihr im Gegenzug von seiner neuen Spur: Im Haus von Balthasar Kurz standen zahllose Angelpokale, und Leopold Vollmer gravierte und verkaufte Pokale. Zudem hatte Jens sich erinnert, in der Kneipe *Flying Dutchman* gravierte Pokale gesehen zu haben. Eine nicht offensichtliche, gut versteckte Verbindung? Arbeiteten die beiden Männer zusammen? Ein Täter-Team? Warum nicht, hatte es alles schon gegeben.

Es klopfte an der Tür, und Becca rief «Herein». Zaghaft steckte Tony Hillmann seinen blonden Lockenkopf durch den Türspalt. Er trug einen Laptop unter dem Arm und verströmte Schweißgeruch, der sich in seinen Plastikklamotten festgesetzt hatte. Seine Wangen waren gerötet, sein ohnehin widerspenstiges Haar wild zerzaust. «Ich habe da was entdeckt», sagte er zögerlich. «Bin mir aber nicht ganz sicher. Können Sie mir vielleicht helfen?»

«Na klar, kommen Sie rein.»

Beinahe lautlos drückte er die Tür hinter sich zu, wandte sich zu Becca um, die hinter ihrem Schreibtisch saß, sah sie verlegen an und hatte Mühe, nicht auf ihre Beine zu schauen. «Worum geht es denn?», fragte sie und rollte hinter dem Schreibtisch hervor.

«Ich ... wenn ich mich irre, mache ich mich zum Gespött im ganzen Präsidium, deshalb ... ich glaube, Ihnen kann ich vertrauen ...» Das war keine Frage, und er erwartete keine Antwort, so viel erkannte Becca. Sie neigte den Kopf schräg, sah den digitalen Forensiker an und wusste nicht, wie sie ihn einschätzen sollte. Aus einem Impuls heraus rollte sie vor und streckte die Hand aus. «Ich heiße Becca. Vielleicht sollten wir erst mal mit dem Du beginnen.» Er ergriff ihre Hand. Seine war weich, warm und feucht. «Tony ... also, eigentlich Anton, aber ich mag den Namen nicht.»

«Bei mir eigentlich Rebecca, aber ich finde Becca besser.»

Sein schüchternes Lächeln war süß, sein Blick glitt abermals zu ihren Beinen, und bevor er in das kleine Schweigen hinein eine peinliche Frage nach ihrer Behinderung stellen konnte, übernahm Becca lieber die Führung. «Setz dich», bat Becca und klopfte auf den leeren Schreibtischstuhl.

Sie sah, wie unwohl Tony sich in seiner Haut fühlte. Er war neu hier, niemand mochte ihn so richtig, weil jeder ihn mit Jens' Suspendierung in Verbindung brachte, außerdem tat er eine Arbeit, die viele nicht verstanden und wahrscheinlich nicht einmal als richtige Ermittlungsarbeit ansahen. Er schnüffelte auf Festplatten und mobilen Endgeräten herum, durchforstete Daten nach Hinweisen, drang in die moderne Form des guten alten Tagebuchs ein, stöberte in Chatverläufen, Bildern, besuchten Websites, deckte im Einkaufs- und Bewegungsverhalten Geheimnisse auf.

«Was hast du denn entdeckt, Tony?» Es war, als hätte sie ihm ein Startsignal gegeben. Ohne Zögern stellte er seinen Laptop auf dem Schreibtisch ab, klappte ihn auf und startete ein Video. «Frau Reinicke ...», sagte er und deutete auf den Bildschirm, auf dem die an einen Stuhl gefesselte Carina sagte, dass sie innerhalb von vierundzwanzig Stunden gefunden werden müsse. Ohne auf die Uhr schauen zu müssen, wusste Becca, dass von dem Ultimatum nur noch eine Stunde und zehn Minuten übrig waren. Aber worauf wollte Tony hinaus? Fragend sah sie ihn an.

«Es ist mir schon beim ersten Mal aufgefallen, aber ich war mir nicht sicher, und dann haben sich die Ereignisse überschlagen ...», sagte Tony.

«Was denn?»

«Es gibt da diesen Film ... Untraceable ... das heißt auf Deutsch unauffindbar ... schon ein bisschen älter, aber nicht schlecht ... ich musste das erst überprüfen, deshalb hat es ein bisschen gedauert.

«Mein Gott, Tony, jetzt spuck's doch endlich aus!»

«In dem Film wurde ein Polizist entführt, FBI-Agent, glaube ich, und der saß auch gefesselt da, so wie Frau Reinicke, und geblinzelt hat er auch, er war geknebelt, und das Blinzeln war seine einzige Möglichkeit, mit seinen Leuten zu kommunizieren. Lang, kurz, lang, kurz, lang, kurz ... Morsealphabet ... wundert mich, dass Frau Reinicke das beherrscht.»

Plötzlich stand die Zeit still, und Becca gefror das Blut in den Adern. «Willst du damit sagen, dass Carina uns durch ihr Blinzeln eine Nachricht übermitteln will?», fragte sie.

«Ich kann mich täuschen, aber ja, es sieht so aus.»

«Und? Kannst du die Nachricht entziffern?»

«Der Morsecode ist der einzige digitale Code, der von Menschen direkt, ohne maschinelle Hilfe, gelesen werden kann.»

«Was ist denn am Morsecode digital?»

«Na ja, jedem Buchstaben entspricht eine Binärzahl. So ist das Morsezeichen für Q zum Beispiel 1101. 1 für Dah und 0 für Dit.»

«Dah und Dit? Ich verstehe nur Bahnhof?»

«Es gibt beim Morsen nur drei Symbole. Ein kurzes Signal, ein langes Signal, Pause. Punkt, Strich, Leerstelle, gesprochen als Dit, Dah und Schweigen. Ihre Nachricht an uns auszusprechen war Frau Reinicke wohl zu gefährlich, oder sie wollte verhindern, dass ihr Entführer es mitbekommt, aber sie kann die Augen kurz oder lang geschlossen halten oder intensiv starren als Pause.»

Becca starrte auf den Bildschirm, auf dem das Video in Endlosschleife lief, und je länger Becca hinsah, desto weniger hatte sie den Eindruck, Carina blinzele aus Angst und Nervosität.

Tony hatte recht. Sie sendete ihnen eine Nachricht.

15

Jens Kerner hatte keine Geduld gehabt, auf das SEK-Team zu warten. Und vielleicht war es sogar besser, wenn er und Hagenah sich zunächst allein um diese Sache kümmerten. Sie hatten bei der Baumgärtner um Erlaubnis gebeten, und sie war einverstanden gewesen. Ihre Chefin hatte ein Stadium erreicht, in dem sie alles tun würde, um Carina zu befreien, und das rechnete Jens ihr hoch an.

Nacheinander schlugen Jens und Hagenah die Autotüren zu. Jens war mit der Red Lady gekommen, Hagenah mit einem zivilen Dienstwagen. Sie parkten ein Stück vom Haus entfernt.

Jens warf einen Blick auf seine Armbanduhr. Noch eine Stunde, dann lief das Ultimatum für Carina ab. Sie konnten sich keinen weiteren Fehler erlauben, aber diesmal sah es so aus, als wären sie dem richtigen Mann auf den Fersen: Leopold Vollmer, dem Fahrgast, vor dem Krystina Zoller sich gefürchtet hatte.

Jens war nicht im Dienst gewesen, als Carina und Hagenah den Mann in seinem Laden vernommen hatten, deshalb hatte ihm die Information mit den Pokalen gefehlt. Vielleicht hatte in der Einsatzbesprechung jemand davon erzählt, aber dann hatte Jens nicht hingehört oder dem keine Bedeutung beigemessen. Dabei waren es doch so oft gerade die kleinen Dinge, die bei der Lösung eines Falles die größte Bedeutung hatten. Wie damals eine blaue Schultasche im food2you-Fall. Und hier jetzt die Pokale.

Im Haus von Balthasar Kurz wimmelte es nur so von Pokalen, auf denen sein Name eingraviert war. Mittlerweile wussten sie auch, welchem Angelverein er angehörte und dass er dort eine große Nummer war. Jeder kannte ihn, aber nicht jeder mochte ihn. Viele hielten ihn für ein unerträgliches Großmaul und einen belehrenden Besserwisser.

«Wir hatten ganz am Anfang schon darüber gesprochen, dass es möglicherweise zwei Täter sind», bemerkte Hagenah mit Blick auf das dunkle Gebäude. Denn das war ihre Vermutung: Kurz und Vollmer waren die Hashtag-Killer. Nur so ergab alles einen Sinn.

Die beiden Männer überprüften ihre Dienstwaffen. «Wir müssen vorsichtig sein», sagte Jens. «Möglicherweise hat Kurz mitbekommen, dass wir bei ihm zu Hause waren, und seinen Partner informiert.»

Noch hatten sie den Fahrer von MyDriver nicht gefunden. Beim Angelverein hatte man ihnen Tipps gegeben, wo Kurz regelmäßig zum Angeln unterwegs war. Die Beamten und Beamtinnen des SEK suchten diese Plätze ab. Da es sich um Orte in der freien, nur schwer zugänglichen Natur handelte, dauerte das eine Weile. Jens glaubte aber nicht, dass Balthasar Kurz in aller Ruhe irgendwo angelte, während sein Kumpel Leopold Vollmer sich allein um Carina kümmerte.

Nein. Die beiden bereiteten gerade jetzt den Ablauf des Ultimatums vor. Aber sie würden sich wundern.

«Gehen wir rein und holen unsere Kollegin», sagte Jens.

Hagenah nickte. Er war zu allem entschlossen, und Jens wusste, dass er sich voll auf ihn verlassen konnte. Carina war so etwas wie ein Tochterersatz für Hagenah, er hatte ein besonderes Verhältnis zu ihr, war von Beginn an ihr Mentor bei der Polizei gewesen.

Das Gebäude, in dem Vollmer seinen Betrieb und seine Wohnung hatte, war dunkel, nirgendwo brannte Licht. Das Haus war zweigeschossig und hatte einen vermutlich ausgebauten Dachstuhl. Von unten konnte Jens die Dachfenster erkennen.

Die Eingangstür zum Ladengeschäft war alt, das Schloss ebenso. In wenigen Minuten hatte Jens es geöffnet, ohne es beschädigen zu müssen. Kaum waren sie einige Meter in den Laden vorgedrungen, hörten sie über sich ein lautes Poltern, das sich einige Male wiederholte. Sie verharrten und lauschten. Keine Schreie, aber nach einer kurzen stillen Pause erneut ein Poltern.

Jens gab seinem Kollegen ein Zeichen, nach einem Zugang zu dem privaten Bereich des Hauses zu suchen. Sie umrundeten den Verkaufstresen, betraten den dahinterliegenden Raum, an den sich eine Werkstatt und ein Lager anschlossen. Darin fanden sich Pappkartons in verschiedenen Größen sowie einige Rollen Luftpolsterfolien und zwei große Säcke mit Verpackungschips – allerdings keine gelben, sondern grüne, und sie waren auch von anderer Form als die, in denen Krystina Zoller und Rabea Leihmann fotografiert worden waren.

Die Verbindungstür ins Haus war neu, aus Metall und verschlossen. Jens mühte sich mit dem Schloss ab, bekam es aber nicht auf. «Keine Chance», sagte er nach einigen Minuten. «Wir müssen es hintenherum versuchen.»

Eilig verließen sie den Laden. Sie waren noch nicht aus der Tür heraus, als aus der Hofeinfahrt an der linken Seite des Gebäudes ein geschlossener kleiner Kastenwagen auf die Straße einbog und in hoher Geschwindigkeit nach rechts wegfuhr.

«Hast du das Kennzeichen?», rief Jens.

«Hab ich», antwortete Hagenah. «Der entkommt uns nicht.»

16

Becca rollte voran in Jens' Büro und deutete auf das Whiteboard, das sie in den letzten Stunden vollgekritzelt hatte. Weil es nicht ausreichte für ihre Gedanken, lagen zusätzlich einige beschriebene Zettel auf dem Boden. «Wenn wir uns nicht täuschen, will der Täter sich also an Frauen rächen, die während der Fahrt ihr Handy benutzen und damit bei Instagram unterwegs sind. Alles andere, die Hinweise auf Jens und seine Vergangenheit, die Rache an der Polizei, die Verbindung zu MyDriver ... das ist nur Show. Oder besser gesagt, es ist der Schein, der seine wahre Intention verdeckt, so wie man auf Instagram sein wahres Leben hinter einem schönen Schein verdeckt. Aber wer ist er? Selbst jetzt, mit Carinas Botschaft ... ich weiß es nicht.»

Becca und Tony starrten das übervolle Whiteboard an. Beccas Hände zitterten, Schweiß stand ihr auf der Stirn, und sie hatte das Gefühl, Fieber zu haben. Die Zeit lief gnadenlos ab, die Lösung lag zum Greifen nahe, aber noch entzog sich ihnen die Identität des Täters.

«Autokreide», wiederholte Becca die Botschaft, die Tony aus Carinas Augenblinzeln herausgelesen hatte. «Was ist Autokreide?»

«Kein Treffer bei Google, hab ich schon versucht», sagte Tony.

«Und du bist dir sicher, was die Morsezeichen angeht?»

«Ich schon, ja, aber vielleicht kennt ja Carina nicht alle Zeichen oder hat in ihrer Panik etwas durcheinandergebracht.»

Becca runzelte die Stirn. «Gut möglich ... lass uns mal etwas versuchen.» Sie wischte eine Stelle an dem Whiteboard frei und schrieb statt Autokreide «Autoweide» dorthin.

«Was soll das sein?»

«Eine Weide, auf der Autos stehen?», schlug Becca vor.

«Stehen die auf Weiden? Eher auf gepflasterten oder asphaltierten Flächen, oder?»

«Na ja, bei Volksfesten, wenn über einen kurzen Zeitraum viel Parkraum benötigt wird, stehen die Fahrzeuge schon mal auf Weiden.»

«Gibt es in der Stadt aktuell ein Volksfest?»

«Nicht, dass ich wüsste.»

«Auenweide», platzte es aus Tony heraus. «Das würde als Wort Sinn ergeben, und vielleicht soll es den Ort beschreiben, an dem Carina gefangen gehalten wird.»

«Eine Auenweide. Also eine Grünfläche, die von Wasser durchzogen ist. Bäche, Tümpel, so etwas in der Art?»

Tony nickte.

«Aber davon gibt es rund um Hamburg jede Menge. Unmöglich, sie mit dieser Info zu finden. Und wenn Autokreide doch richtig ist?», wandte Becca ein.

«Vielleicht getrennt?», schlug Tony vor. «In Panik kann man schnell das Zeichen für eine Leerstelle vergessen.»

Auto ... Kreide

Wieder starrten sie die beiden Worte verständnislos an.

«Woher kennt Frau Reinicke überhaupt das Morsealphabet?», fragte Tony.

«Ich weiß, dass sie bei der Bundeswehr war, bevor sie Polizistin wurde. Ich glaube, sie hat mal erzählt, sie sei bei den Funkern gewesen. Vielleicht hat sie es dort gelernt.»

«Wenn das stimmt, dann beherrscht sie das Morsealphabet, und ihre Botschaft ist exakt so zu verstehen.»

Beccas Augen flogen über das Whiteboard, sogen alle Informationen auf, und ihr Gehirn versuchte, sie mit Carinas Botschaft in Verbindung zu bringen. Sie spürte, dass sie etwas übersah.

Autokreide oder Auto ... Kreide ...

Das ergab doch keinen Sinn. Aber Carina würde nichts Sinnloses übermitteln, denn ihr Leben hing davon ab, dass die Nachricht verstanden wurde. Es sei denn ...

«Was, wenn er sie gezwungen hat, die Botschaft zu übermitteln?», sagte Tony in dem Augenblick, in dem diese Idee auch Becca in den Kopf schoss.

«Eine weitere falsche Spur? Ein Schein, der trügt? Es würde zu diesem Täter passen. Ich frage mich nur, ob er dann nicht eine Nachricht gewählt hätte, die aus seiner Sicht deutlicher auf Jens hinweist.»

Tony reagierte nicht auf Beccas Erwiderung. Er saß da, starrte gegen die Wand, und an seinen Augen ließ sich erkennen, dass sein Hirn auf höchster Stufe arbeitete. Beinahe erwartete Becca, das leise Summen einer Festplatte zu hören.

«Seine Sicht», sagte er schließlich. «Ihre Sicht. Worauf stützt sich Carinas Nachricht? Auf das, was sie sieht? Wo hat sie es gesehen? An dem Ort, an dem sie gefangen gehalten wird? Im Kofferraum des Wagens, in dem sie transportiert wurde? Auto ... Kreide ...»

Eine Hitzewelle überkam Becca. Ihr Blick scannte das Whiteboard nach Notizen, von denen sie nicht sicher war, ob sie sie überhaupt aufgeschrieben hatte. Schließlich nahm sie die Unterlagen zum Fall vom Boden auf und blätterte darin.

«Ich hab's!», sagte sie schließlich.

17

Sie hatten sich aufgeteilt.

Hagenah war bei Vollmers Haus geblieben, um es weiter nach Spuren zu durchsuchen, die sie zu Carina führten. Jens hatte die Verfolgung des schwarzen Kastenwagens Marke Ford Tourneo aufgenommen für den Fall, dass sich Carina darin befand.

Die Red Lady röhrte wie eh und je. Sein Mechanikergott Wulf Grote hatte ganze Arbeit geleistet. Ob Leopold Vollmer sie gehört und deshalb die Flucht ergriffen hatte oder ob er in dem Moment, da Jens und Hagenah sein Haus durchsuchten, ohnehin mit Carina aufgebrochen wäre, um sie irgendwo mit leuchtendem Gesicht zu platzieren, spielte in diesem Moment keine Rolle. Wichtig war nur, ihn zu stoppen.

Jens hatte das Kennzeichen durchgegeben und Streifenwagen sowie Hubschrauber für die Verfolgung angefordert. Selbst wenn Vollmer sich noch so gut in der Stadt auskannte, diesmal würde er ihnen nicht entkommen. Mittlerweile hatte sich eine Menge Wut in Jens aufgebaut, und er würde sich betrogen fühlen, wenn er dem Täter nicht selbst Handschellen anlegen könnte.

Sein Handy klingelte. Der Tourneo war tatsächlich auf Leopold Vollmer zugelassen. Außer ein paar Punkten in Flensburg gab es keine Auffälligkeiten. Kaum hatte Jens aufgelegt, rief Hagenah an. «Das Haus ist riesig», sagte er. «Ich hab Unterstützung angefordert. Bis jetzt habe ich noch nichts gefunden. Keine Carina und auch keine Hinweise, dass sie hier gewesen ist.»

«Such weiter, da muss irgendwas sein», befahl Jens und drückte ihn weg. Er musste sich auf den Verkehr und die engen Straßen konzentrieren. Jede Sekunde konnte von rechts oder links ein Wagen aus einer Seitenstraße kommen, und dann wäre es zu spät, um zu bremsen. In einer Dreißig-Zone fuhr Jens siebzig und ging damit ein hohes Risiko ein, denn wenn eines an der alten Karre nicht gut war, dann die Bremsen.

Und plötzlich sah er den Wagen. Der schwarze Tourneo

fuhr bei Gelb über die Ampel und bog nach rechts ab. Er fuhr so schnell, dass er links tief in die Federn eintauchte. Jens gab die Position des Wagens per Handy an die Einsatzleitung weiter. Als er die Ampel erreichte, war sie rot. Er behielt den Verkehr im Auge, überfuhr die Ampel und schlingerte um die Kurve, dem Tourneo hinterher. Das Paket mit dem beschädigten Verteiler neigte sich zu Jens hinüber, und er schob es zurück. Dann drückte er das Gaspedal bis zum Bodenblech durch, und der gewaltige Motor der Red Lady röhrte auf.

Rasch verringerte er die Distanz zwischen sich und Vollmer. In einiger Entfernung sah er die Blaulichter zweier Streifenwagen näher kommen. Auf der zweispurigen Straße fuhren sie dicht nebeneinander, sodass Vollmer keine Chance hatte, an ihnen vorbeizukommen. Die Übergänge zu den Fußwegen, auf denen er theoretisch hätte fahren können, waren von parkenden Fahrzeugen zugestellt.

Sie hatten ihn! Er saß in der Falle!

18

Becca legte das Telefon ab. Sie hatte mit einem Kollegen telefoniert, der für die Vernehmung von Regine Nielsen verantwortlich war, der Halterin des Fahrzeugs, in dem Rabea Leihmann transportiert worden war.

«Stephan Meyer, der Lebensgefährte von Jens' Ex-Frau Nadine, ist Lehrer an der Marie Beschütz Grundschule. Sein Wagen wurde gestohlen und Krystina Zoller darin transportiert», sagte sie zu Tony Hillmann.

«Ludwig Lötsch, in dessen gestohlenem Wagen Carina im Kofferraum lag, ist Hausmeister an einer Grundschule, ich weiß noch nicht, an welcher. Aber was würde man im Kofferraum eines Hausmeisters einer Grundschule vielleicht finden?»

«Kreide?»

«Kreide!

«Der Wagen, in dem Rabea Leihmann transportiert wurde, passt da hinein, aber diese Verbindung ist niemandem aufgefallen, aber jetzt, mit der versteckten Botschaft von Carina ...»

«Jetzt strahlt es wie ein Licht im Dunkeln», vervollständigte Tony Hillmann.

«Wir haben wie besessen nach Verbindungen zwischen den Opfern gesucht, aber niemand ist auf die Idee gekommen, dass sie in den gestohlenen Wagen zu finden ist, mit denen sie durch die Stadt transportiert wurden. Dabei hat er uns deutliche Zeichen gegeben, hat sogar die Kennzeichen fotografiert, aber wir dachten, dass er diese Wagen vollkommen willkürlich ausgesucht hat. Beim ersten Wagen glaubten wir sogar noch, dass er uns auf eine Verbindung zu Jens stoßen will.»

«So hat er es wohl auch geplant», bemerkte Tony Hillmann.

«Ich rufe an», sagte Becca und wählte die Nummer von Stephan Meyer.

Trotz der späten Stunde nahm Stephan Meyer das Gespräch noch entgegen.

«Ludwig Lötsch, ja, das ist der Hausmeister an unserer Schule», bestätigte er.

Ein Treffer! Aber noch nicht die Lösung. Plötzlich fiel ihr

ein, was Hagenah am Telefon gesagt hatte, als er von der Vernehmung Stephan Meyers zurückgekehrt war: «Meyers Lebensgefährtin war nicht da, sondern auf dem Friedhof, weil sich der Todestag einer guten Freundin jährte, aber als ich ihr Foto sah, traf mich der Schlag. Es besteht kein Zweifel. Sie heißt Nadine.»

«Diese gute Freundin von Nadine», fragte Becca jetzt. «Wie ist die eigentlich ums Leben gekommen?»

19

Frustriert und verzweifelt ließ Jens sich in seinen Wagen fallen. Dort schlug er so lange mit den Fäusten auf das Lenkrad ein, bis die Schmerzen in seine Schultern hinaufstiegen. Es half nicht, ihn zu beruhigen. Denn es blieb die Gewissheit, dass er Carina Reinicke nicht würde retten können. Die bisher verheißungsvollste Spur hatte ihn abermals in eine falsche Richtung geführt, und nun war das Ultimatum fast abgelaufen. Er hatte versagt.

Leopold Vollmer war allein in seinem Wagen gewesen. Im Kofferraum keine Spur von Carina. Auch in seinem Haus hatte Rolf Hagenah nichts gefunden. Kein Hinweis darauf, dass dort jemand gefangen gehalten worden war. Entweder verarschten Vollmer und Kurz sie, oder die beiden hatten doch nichts mit dem Fall zu tun. Kurz hatte ausgesagt, auf dem Weg zu einem Unternehmerstammtisch gewesen zu sein, mit Verspätung, deshalb sei er so schnell gefahren.

Durch die schmutzige Windschutzscheibe sah Jens, wie sich vor ihm die Straße leerte. Die Streifenwagen fuhren ab.

Ein Beamter brachte Vollmer für eine ausführliche Vernehmung ins Präsidium, ein anderer dessen Wagen für eine Untersuchung zur Spurensicherung, aber selbst wenn dabei etwas herauskommen würde, war es für Carina zu spät.

Ein Blick auf die Uhr: noch eine Dreiviertelstunde bis zum Ablauf des Ultimatums.

Jens' Hände zitterten, die Schmerzen darin ließen nach, nicht jedoch die in seinem Inneren. Er fragte sich, was er falsch gemacht, was er übersehen hatte. Warum funktionierten in diesem Fall seine Instinkte nicht? Als sein Telefon klingelte, wollte er erst gar nicht rangehen. Es war Becca, die wahrscheinlich anrief, um zu erfahren, ob er Carina gefunden hatte. Wie sollte er ihr sagen, dass es vorbei war?

Schließlich nahm er aber doch ab. Weil er ohnehin nicht drum herumkam, sein Versagen einzugestehen.

«Ich habe einen Namen», legte Becca ohne Begrüßung sofort los. So aufgekratzt hatte Jens sie noch nie gehört. «Eine junge Frau, Esther Timm, sie war Lehrerin an der Grundschule, an der der Lebensgefährte deiner Ex-Frau Nadine unterrichtet – und an der der Hausmeister Ludwig Lötsch angestellt ist.»

«Esther Timm? Der Name sagt mir nichts», erwiderte Jens.

«Sie kam vor einem Jahr bei einem Verkehrsunfall hier in der Stadt ums Leben. Eine junge Fahrerin spielte während der Fahrt mit ihrem Handy und kam von der Fahrbahn ab. Sie überfuhr drei Menschen, die an einer Ampel warteten. Einen Fünfzigjährigen, Esther Timm und eine achtundsechzigjährige Frau, die mit ihr unterwegs war. Die beiden wollten ein Hochzeitskleid aussuchen. Esther Timm wollte demnächst heiraten.»

Jens richtete sich auf. «Wen?»

«Einen Mann namens Gerrit Grote. Er ist nebenberuflich als Mechaniker bei MyDriver angestellt. Er ist auch der Mann, den unser Kollege kennt, weil er seinen Wagen schwarz repariert. Ihn hat er darum gebeten, einen MyDriver-Bus schon eine Woche im Voraus bestellen zu können. Ich habe den Kollegen gefragt, er sagt, er habe Grote von der Überraschungsparty für dich erzählt. Aber nicht nur das, er hat auch den Wagen des Hausmeisters Lötsch und von Stephan Meyer unter der Hand repariert. Sagt dir der Name etwas?»

«Ja», sagte Jens und beendete ohne ein weiteres Wort das Gespräch. Er ließ das Handy sinken und starrte das braune Paket auf der durchgehenden Sitzbank an. Zunächst traute er sich nicht, doch dann schnitt er mit seinem Taschenmesser das Klebeband auf und öffnete es.

Im Inneren befand sich der Verteiler mit den angeschnittenen Kabeln, sicher aufbewahrt zwischen gelben Verpackungschips aus Zellulose.

20

Die Red Lady pflügte durch die Nacht auf der Suche nach einem roten Ford Mustang mit dem amtlichen Kennzeichen HH-GG 88. GG für Gerrit Grote. Die Ziffern für sein Geburtsjahr.

In diesem Wagen befand sich Carina, anders konnte es nicht sein, und Jens stieß ein Stoßgebet nach dem anderen aus in der Hoffnung, sie noch lebend zu finden. Das Ultimatum lief in einer halben Stunde aus, es kam alles darauf an, ob Gerrit Grote, der Hashtag-Killer, seine Opfer erwürgte, bevor er sie zum Ablageort brachte und ihnen das Gesicht mit Leuchtfarbe anmalte, oder ob er sie erst vor Ort tötete. Nur in letzterem Fall hatte Carina noch eine Chance.

Jeder verfügbare Polizist Hamburgs war im Einsatz, die Streifenwagen durchkämmten die Straßen, sie würden diesen auffälligen Wagen schnell finden, da war sich Jens sicher.

Ans Lenkrad geklammert, spürte Jens den Motor in jeder Faser seines Körpers dröhnen und konnte es immer noch nicht fassen, dass die Lösung des Falles die ganze Zeit so nah gewesen war. Aber wie hätte er das auch wissen sollen?

Indem du nachgedacht hättest, statt dich auf deinen kleinen Bruder zu stürzen!

Er hätte lediglich die Begegnung mit Nadine am Friedhof in den richtigen Zusammenhang mit dem Tod ihrer besten Freundin bringen müssen, die Lehrerin an der Schule von Stephan Meyer gewesen war. Das wäre nicht unmöglich gewesen, denn Jens erinnerte sich noch gut daran, wie Hagenah ihm am Telefon davon berichtet hatte. Doch zu der Zeit hatte er sich nur darauf konzentriert, dass das gestohlene Fahrzeug, mit dem Krystina Zoller transportiert worden war, in Zusammenhang mit seiner Ex-Frau Nadine stand – und damit mit ihm. Danach hatten sich die Hinweise auf einen Rachefeldzug gegen Jens gehäuft: Nadine, Breininger, die Leuchtfarbe, Karsten, der Insta-Account, ja sogar die Manipulation an seinem Wagen passte in das Schema. Dabei hatte Becca ihn doch darauf hingewiesen, dass der Täter sein Motiv hinter all den Hinweisen auf Jens versteckte, dass er eventuell aus Hass auf Menschen tötete, die im Straßenverkehr ihr Handy benutzten. Eine einzige Frage an Nadine, wie ihre Freundin ums Leben gekommen war, und die Ermittlungen hätten viel früher eine andere Richtung genommen. Jens würde sich das nie verzeihen, wenn Carina durch seine Fokussierung auf seinen Bruder starb.

Die Uhr tickte. Sekunde um Sekunde verstrich.

Was, wenn der Hashtag-Killer längst an seinem Zielort angekommen war und Carina für ihren letzten Auftritt mit Leuchtfarbe präparierte? Diesmal würde er das allerdings nicht im Stadtpark tun können, denn der war durch Polizeibeamte praktisch hermetisch abgeriegelt, und die Dichte der Einsatzfahrzeuge war dort besonders hoch.

Aber wohin fuhr er dann? Gab es für ihn ein Ziel, das einen Sinn ergab, weil es aus seiner Sicht bedeutsam war?

Der Ort, an dem Esther Timm bei einem Unfall ums Leben gekommen war, sicher nicht, denn auch der wurde überwacht. Außerdem handelte es sich dabei um eine belebte Straßenkreuzung, an der er selbst nachts nicht mal eben so eine Leiche positionieren konnte.

«Wohin bringst du sie?», fragte Jens laut gegen das Röhren des alten Motors. Und dann fiel es ihm ein.

Gerrit Grote wusste nicht, dass sie seine Identität aufgedeckt hatten und ihm auf den Fersen waren. Er konnte sich aber denken, dass der Stadtpark diesmal tabu für ihn war. Ein anderer Ablageort für Carina, der die Polizei so richtig bloßstellen, ja geradezu lächerlich machen und eine tolle Instagram-Story abgeben würde, lag für ihn aber auf der Hand.

Jens kannte ihn und war nicht weit davon entfernt. Er gab Vollgas und erreichte schon zehn Minuten später den alten Fischereihafen, in dem die Kunsthalle lag, in der sein Bruder Karsten seine Leuchttürme ausstellte. Und er musste nicht lange suchen.

Der rote Ford Mustang stand mit laufendem Motor und qualmendem Auspuff keine zwanzig Meter von der Halle entfernt – die Schnauze auf das Hafenbecken ausgerichtet.

Jens ließ seinen Pick-up in Sichtweite stehen, stieg aus, zog seine Waffe und ging von hinten seitlich versetzt auf den Mustang zu, sodass der Fahrer ihn im Seitenspiegel sehen musste.

Scheinwerfer und Rücklichter des Mustang leuchteten, im Inneren war es jedoch dunkel. Jens konnte nicht sehen, ob jemand am Steuer saß. Doch in diesem Moment flammte darin ein Licht auf, vielleicht ein Feuerzeug oder ein Streichholz, und für die Dauer eines Lidschlags tauchte das Gesicht des Hashtag-Killers im Seitenspiegel auf. Über den Spiegel sah er Jens an. Dann flog das Streichholz aufs Pflaster, und Jens hörte, wie ein Gang eingelegt wurde.

Er riss die Waffe hoch, zielte auf den Hinterkopf des Mannes, so gut es unter diesen Bedingungen eben ging. «Polizei! Motor aus!», rief Jens.

Doch Gerrit Grote gab Gas, und der Wagen sprang nach vorn, ehe Jens einen Schuss abgeben konnte, um ihn zu stoppen.

«Nein, nein, nein!», brüllte Jens und lief hinterher.

Der Mustang flog mit hoher Geschwindigkeit über die Kaikante, klatschte auf die Wasseroberfläche und begann wegen der geöffneten Fenster sofort zu sinken.

Jens legte Waffe und Handy ab, zog die Jacke aus und sprang hinterher. Eiskalt umschloss ihn das schwarze Wasser. Er benötigte einige Schwimmzüge, ehe er den Wagen erreichte, dessen Heck schräg aus dem Wasser ragte, während die schwerere Front mit dem Motorblock bereits versunken war.

«Carina», brüllte Jens und versuchte, an die Kofferraumklappe heranzukommen, doch sie ragte zu hoch aus dem Wasser empor.

Und dann ging alles ganz schnell.

Das Wageninnere war mit Wasser vollgelaufen, der Mustang versank in den Fluten der Elbe, ohne dass Jens etwas dagegen tun konnte. Er tauchte hinterher.

Für einen Moment konnte er noch die Beleuchtung des Wagens sehen, bevor sie erlosch. Dann war plötzlich alles schwarz vor ihm und keine Orientierung mehr möglich. Jens sah die sprichwörtliche Hand vor Augen nicht.

Keine Chance. Er hatte keine Chance. Das Hafenbecken war zu tief, das Wasser zu dunkel und zu kalt.

Jens gab auf. Überließ seine junge Kollegin dem Tod.

So schnell er konnte, schwamm Jens ans Ufer, erklomm die Kaimauer mittels einer alten rostigen Leiter, lief zu seinem Wagen und forderte Unterstützung an. Zitternd und heulend stand er da und starrte auf das dunkle Wasser.

Der Hashtag-Killer hatte gewonnen.

21

Nur zehn Minuten nachdem der Mustang im Hafenbecken versunken war, erreichte Rolf Hagenah zeitgleich mit drei Streifenwagen die Autowerkstatt von Wulf Grote.

Sie lag vollkommen im Dunkeln. Die sechs Kollegen drangen zuerst in die Werkstatthalle und die angegliederten Räume vor, fanden dort aber niemanden.

Rolf Hagenah entdeckte eine Verbindungstür von der Werkstatt zum Wohnbereich. Sie war nicht abgeschlossen. Mit der Dienstwaffe in der Hand betrat er eine große Küche mit Essplatz und gelangte von dort in einen Flur. Weder im Wohnzimmer, Schlafzimmer oder dem Bad befand sich jemand. Erst als Hagenah die Treppe ins erste Stockwerk hochgestiegen war, hörte er eine Stimme.

Im ersten Stock gab es eine weitere komplette Wohnung, die genauso groß war wie die untere, nur moderner eingerichtet. Doch die Stimme kam nicht aus dieser Wohnung, sondern von noch weiter oben. Aus dem Dachgeschoss.

Dorthin führte eine stabile Holzstiege mit breiten Stufen. Gefolgt von zwei Beamten, stieg Hagenah hinauf und öffnete die massive Holztür am Ende.

Was er sah, würde er sein Lebtag nicht wieder vergessen. An der Wand gegenüber stand ein metallenes Bett. Darüber hing ein großer Flatscreen an der Wand, auf dem ein Video in Dauerschleife lief.

Es zeigte eine alte verkrüppelte Frau mit einem Gesicht, in das sich der Wahnsinn eingegraben hatte. Immer wieder sagte sie ein und denselben Satz: «Bringt sie zu mir. Sie sollen sterben vor Angst!»

Das Bett war nicht leer. Mit einem Seil an die metallenen Pfosten gefesselt, einen Knebel im Mund, lag darauf Carina Reinicke und starrte Hagenah aus weit aufgerissenen Augen an.

22

Nass und halb erfroren erreichte Jens die Werkstatt von Wulf Grote. Dort herrschte ein einziges Chaos aus Streifenwagen und Rettungswagen. Die Spurensicherer waren ebenfalls eingetroffen und machten sich an die Arbeit.

Hagenah trat auf Jens zu. «Wie geht es ihr?», fragte Jens.

«Sie ist schon auf dem Weg in die Klinik. Gut geht es ihr nicht, aber sie lebt.» Hagenah sprach langsam und schleppend, er war vollkommen entkräftet und konnte sich kaum noch auf den Beinen halten. «Und der Täter?», fragte er.

«Tot», antwortete Jens. «In seinem verdammten Wagen ertrunken. Ich verstehe nur nicht, warum er Carina nicht dabeihatte. Hat sie dir etwas gesagt?»

Hagenah schüttelte den Kopf. «Nur unzusammenhängendes Zeug.»

«Wo ist sein Vater?», fragte Jens. «Wulf Grote. Er wohnt in diesem Haus und muss davon gewusst haben.»

Hagenah zuckte mit den Schultern. «Wir haben sonst niemanden gefunden. Dafür aber etwas anderes ...»

Hagenah berichtete ihm von dem Fernseher und dem Video, und Jens wollte beides sofort sehen. Zusammen mit seinem Freund stieg er in das Dachgeschoss hinauf, in dem Carina, Krystina und Rabea gefangen gehalten worden waren.

In einem durch eine dünne Wand aus OSB-Platten abgetrennten Raum stand ein Krankenhausbett mit einem fahrbaren Nachtschrank, darüber hing der Flatscreen an der Wand. Jens fragte sich, wie sie das große, schwere Bett hier hinaufbekommen hatten, aber schließlich handelte es sich bei den Grotes um Mechaniker. Sie dürften kein Problem damit gehabt haben, es auseinandergebaut und hier oben wieder zusammengesetzt zu haben.

Das Video lief noch, nur der Ton war abgestellt, und Jens glaubte, in der alten Frau Wulf Grotes Ehefrau zu erkennen. Er hatte sie nie wirklich kennengelernt, nur ein-, zweimal aus der Entfernung in ihrem Rollstuhl sitzen sehen. Dabei war ihm nicht einmal aufgefallen, dass ihr ein Arm fehlte, weil eine Wolldecke um ihre Schultern gewickelt gewesen war.

«Sie wurde bei dem Unfall schwer verletzt, bei dem Esther Timm starb», sagte Hagenah. «Die Verlobte ihres Sohnes wurde vor ihren Augen überfahren.»

«Alles nur aus Schmerz und Hass», sagte Jens leise und musste an Beccas Worte denken, die sie ausgerechnet an der Kaimauer zu ihm gesagt hatte. Ihn fröstelte, und er zitterte stark. Seine Kleidung war noch nass.

«Du solltest nach Hause fahren und dich umziehen», sagte Hagenah. «Ich fahr gleich in die Klinik und erkundige mich nach Carina. Ich glaube, Becca ist schon dort.»

Jens nickte und verließ zusammen mit Hagenah den Dachboden. Im ersten Stock, der Wohnung des jungen Grote, fiel sein Blick durch das Fenster auf den nahegelegenen Friedhof. Dort sah er rote Kerzen vor den Gräbern flackern. Plötzlich wusste er, wo er Wulf Grote finden würde.

Jens trat aus dem Haus und ging zum Friedhof hinüber, drückte die Pforte auf, betrat ihn, ging zwischen den Gräbern entlang und fand einen großen gebeugten Mann, der vor einem Grab hockte, auf dem mehrere rote Grablichter gegen die Dunkelheit kämpften. Das Blaulicht der Einsatzfahrzeuge warf ein gespenstisches Licht ins Laub der Bäume.

Wulf Grote bemerkte Jens, rührte sich aber nicht. Jens trat hinter ihn und las die Inschrift auf der liegenden Grabplatte: Esther Timm, ihr Geburts- und Todesdatum. Darunter ein weiterer Name. Kein Geburtsdatum, aber der Tag, an dem er gestorben war. Er war identisch mit dem seiner Mutter. Niclas. *Just_niclas*, schoss es Jens durch den Kopf.

«Sie war schwanger, weißt du», sagte Wulf Grote, ohne Jens anzuschauen. «Die Medien haben das nie erfahren. Gerrit wollte es nicht.»

«Und deine Frau?», fragte Jens.

Grote schloss die Augen und schüttelte den Kopf. «Sie hat Esther geliebt, damals in ... wir alle haben sie geliebt, aber meine Frau besonders, und sie konnte es nicht erwarten, Großmutter zu werden ...» Grote schluckte trocken und schwieg einen Moment. «Du hast sie ja mal gesehen, in ihrem Rollstuhl ...»

«Ja.»

«Sie konnte es nicht verkraften, ist wahnsinnig geworden ... wir haben sie auf den Dachboden gebracht, es war nicht mehr auszuhalten mit ihr, diese Wut, der Hass ... daran ist ihr Herz schließlich zerrissen ... vor vier Wochen.»

Jens hatte nicht gewusst, dass die Frau seines Mechanikers gestorben war, aber wie auch? Er sah den Mann vielleicht zweimal im Jahr, und wer fragte schon seinen Mechaniker nach dessen Familie?

«Weißt du, was dein Sohn getan hat?», fragte Jens.

Darauf erwiderte Wulf Grote nichts, beugte sich stattdessen vor und wischte mit seiner ölverschmierten Hand imaginären Staub von der Grabplatte. Dann erhob er sich mühsam und sah Jens endlich an. Seine Augen waren feucht, sein Blick jedoch fest. «Er hat getan, was getan werden musste.»

«Und du hast ihm dabei geholfen?» Er bekam keine Antwort. Jens schüttelte den Kopf. «Nichts davon musste getan werden. Die Morde nicht und die Vergewaltigungen nicht, dadurch ist niemand wieder lebendig und keine Schuld gesühnt worden. Dadurch ist die Welt nicht besser geworden. Die Frau dort in dem Grab hätte das sicher nicht gewollt. Deinem Sohn ist Schlimmes widerfahren, aber am Ende ist er nichts weiter als ein Mörder und Vergewaltiger.»

23

«Ich bin schwanger.»

Carina Reinicke bemühte sich um ein Lächeln, doch es missglückte. Sie war blass, mit dunklen Ringen um die Augen. Ihr Freund Jannik hielt ihre Hand, sie saßen dicht beieinander auf der Couch in ihrem Wohnzimmer. Die Sonne schien durchs gekippte Fenster, und die hellen Stimmen der spielenden Kinder eines nahegelegenen Kindergartens drangen herein.

Die Schatten des Erlebten konnte beides nicht vertreiben. Dieses Gespräch fiel Jens Kerner schwer. Er hatte sich lange davor gedrückt. Zwei Wochen waren vergangen, heute aber war es so weit, und er war dankbar dafür, dass Becca ihn begleitete. Jens hätte seinerseits gern ihre Hand genommen und sie gedrückt, so wie Jannik es bei Carina tat, doch er traute sich nicht. Nicht in Gegenwart der beiden.

Becca streckte die Arme aus. «Komm her, lass dich drücken», sagte sie.

Carina beugte sich vor, und die beiden lagen sich lange in den Armen. Für einen kurzen Moment fanden sich Jens' und Janniks Blick, und Jens hoffte, dass er Zuversicht und Hoffnung ausstrahlte und dem jungen Mann Mut machte für eine schwere Zeit, die ohne Frage vor ihnen lag.

Schließlich lösten sich Becca und Carina voneinander. Carina sank auf die Couch zurück, strich sich das Haar aus dem Gesicht, trank einen Schluck Wasser, räusperte sich und sprach weiter. «Als ich ihm sagte, er töte zwei Leben, meines und ein ungeborenes, da hat er von mir abgelassen. Er war dabei, mich zu erwürgen, und ich hätte nichts dagegen tun können, aber dann konnte er es plötzlich nicht mehr. In der ganzen Zeit hatte ich es mit einem eiskalten, brutalen Monster zu tun, aber in dem Moment, als er von dem Baby erfuhr, da war er nichts weiter als ein gebrochener Mensch ...»

Das wollte Jens nicht hören. Er weigerte sich, Gerrit Grote als menschlich zu bezeichnen. Dafür hatte er zu viel Unheil angerichtet. «Mag sein, er hat Schreckliches erlebt, aber das haben andere Menschen auch und sind nicht zu Mördern geworden», sagte er.

«Ich will ihn auch gar nicht verteidigen. Aber er hat es ja auch nicht allein getan, oder? Was wusste sein Vater? Hat er deinen Wagen manipuliert?»

«Nein, das war sein Sohn, aber der Vater hat es ausgeheckt. Er wusste, ich würde zu ihm kommen damit, und es war die unauffälligste Möglichkeit, Kontakt zu mir herzustellen und aufrechtzuerhalten während dieser Zeit. Sie wollten mich einfach im Auge behalten.»

«Und woher wussten sie all das über dich? Deine Ex-Frau, dein Bruder, Breininger ...?»

Jens zuckte mit den Schultern. «Die Sache mit Breininger ist leicht herauszufinden, und sogar Freddy hat online meinen Bruder gefunden. Meine Ex, Nadine, war Esthers Freundin, sie kannten sich über Stephan Meyer, die beiden waren Kollegen an der Schule. Und mittlerweile weiß ich auch, dass Gerrit Grote bei mir zu Hause ein und aus gegangen ist.»

«Was?»

«Er war seit dem Unfall in psychiatrischer Behandlung, weil er zweimal versucht hat, sich das Leben zu nehmen.» Jens machte mit dem Finger eine Bewegung, als würde er sich die Pulsadern aufschneiden.

«Seine Therapeutin hat ihre Praxis in dem Haus, in dem ich lebe. Wahrscheinlich bin ich ihm sogar mal über den Weg gelaufen. Wer weiß, vielleicht kam er dadurch erst auf den Gedanken, alles mir in die Schuhe zu schieben. Dieser genial ausgeheckte Plan stammt jedenfalls von ihm, zumindest behauptet das sein Vater.»

Carina schüttelte ungläubig den Kopf, und Jens konnte sie verstehen. Er hatte es auch nicht glauben wollen. Er hatte ein langes Gespräch mit der Psychotherapeutin Gerda Schneider-Lüdtke geführt, an deren Praxisschild er beinahe jeden Tag vorbeiging, und erfahren, dass sie während der letzten Sitzungen das Gefühl gehabt hatte, ihr Patient würde erneut versuchen, sich etwas anzutun. Er war aufgedreht, geradezu euphorisch, und im Gespräch seien häufig Formulierungen gefallen, die etwas mit dem Tod zu tun hatten, aber sie sei niemals auf die Idee gekommen, einen Mörder vor sich zu haben. Tja, diesen Psycho-Leuten hatte Jens noch nie getraut.

«Was habe ich da oben auf dem Dachboden gesehen?», fragte Carina. «Das Video? Was hatte das zu bedeuten?»

«Gerrits Mutter, Wulf Grotes Frau, wurde bei dem Unfall schwer verletzt und hat sich nie wieder davon erholt. Sie hat ihre zukünftige Schwiegertochter zusammen mit ihrem ungeborenen Enkel sterben sehen und darüber wohl den Verstand verloren. Wulf Grote berichtete ihr von der jungen Frau, die die Kontrolle über ihren Wagen verlor, weil sie während der Fahrt ihr Handy benutzte. Diese Frau, die Unfallverursacherin, lebt noch, und dieser Satz ‹Bringt sie zu mir, ich will, dass sie stirbt vor Angst› galt wohl ihr. Der alte Grote hat das Video von seiner Frau als Beweis aufgenommen, weil die Krankenkasse ihm eine höhere Pflegestufe verweigerte, und der junge Grote hat es benutzt, um seine Opfer stellvertretend für die Unfallfahrerin leiden zu lassen.»

«Und du hättest beinahe deinen Bruder verhaftet», sagte Carina kopfschüttelnd. «Ist er dir noch böse?»

Jens zuckte mit den Schultern. «Ich glaube nicht, dass wir jemals wieder zusammenfinden, dafür ist zu viel passiert. Nicht alles im Leben findet ein Happy End.»

Erst als er das ausgesprochen hatte, wurde Jens klar, wie unpassend das war. Carina lebte noch, ja, aber von einem Happy End konnte man wohl kaum sprechen.

Sie schwiegen betreten. Und es war schön, dass nicht Stille, sondern das Kinderlachen von draußen den Moment füllte.

«Jens», sagte Carina schließlich.

«Ja?»

«Entschuldige, aber ... du schaust drein wie ein Totengräber, der sein eigenes Grab schaufelt. So richtig gute Laune machst du mir gerade nicht.»

«Entschuldige, ich ...»

Carina schüttelte den Kopf. «Schon gut, ich will dir nur sagen: Mach dir keine Sorgen. Ich ... nein, wir, wir schaffen das. Ich lasse nicht zu, dass dieser von Hass zerfleischte Kerl unser Leben zerstört.» Ihr Blick war fest und ernst und ließ Jens nicht entkommen. Er hätte heulen können, weil es Carina war, die ihm Mut machte, und nicht umgekehrt. «Aber ich habe eine Bitte», sagte Carina.

«Du kannst mich um alles bitten.»

«Tony Hillmann, der muss im Team bleiben, okay?»

Jens nickte. «Darauf kannst du dich verlassen. Aber ich habe doch noch eine Frage.»

«Welche?»

«Die Sache mit dem Morsecode und der Kreide? Das war genial. Wie bist du darauf gekommen?»

Carina lächelte verhalten. «Als er mich in den Kofferraum legte, waren da ein paar Sachen drin, die er später rausgenommen und in seinen eigenen Wagen gepackt hat. Darunter ein kleiner Pappkarton mit Kreide. Schulkreide. Zuerst habe ich sie nur gerochen, konnte mich dann aber drehen und habe die Kreide gesehen. Ich fand das auffällig, denn wer hat schon Schulkreide in seinem Kofferraum?»

«Tja, der Hausmeister einer Schule», sagte Jens. «Er hat sie mehr oder weniger geklaut, für seine Enkel. Und er wird der erste Dieb Hamburgs sein, der dafür von mir höchstpersönlich ein Bier spendiert bekommt!»

24

Wenig später taten Becca und Jens, was Becca zu tun versprochen hatte als Belohnung für das Gespräch mit Carina und Jannik. Er hätte es natürlich auch ohne Belohnung getan, denn darauf wartete er schon so lange. Die Gelegenheit ließ er sich jedenfalls nicht entgehen.

Die ersten Minuten waren gewöhnungsbedürftig. Jens hatte zwar keine Angst oder Scheu, aber die Bewegungen waren ihm fremd geworden. Becca war rücksichtsvoll, ließ ihm Zeit, leitete ihn an, zeigte ihm, wie er seinen Körper einsetzen musste, und tatsächlich, es dauerte nicht allzu lang, da fühlte Jens, wie er zu sich selbst fand. Seine Muskeln fanden den richtigen Rhythmus, er hörte auf zu denken und überließ sich den leise klatschenden Geräuschen, wenn die seichten Wellen gegen den Rumpf schlugen.

Eine Weile paddelten sie auf der Binnenalster schweigend nebeneinanderher, Boot an Boot. Becca trug unter der Schwimmweste ein ärmelfreies Top, und jedes Mal, wenn sie den linken Arm für einen Paddelschlag hob, sah er das kleine Tattoo an der Innenseite. Die Worte waren ihm in der Nacht seiner Geburtstagsparty schon aufgefallen, und jetzt nahm er seinen Mut zusammen und fragte.

«Das Tattoo, was steht da?»

Becca, ganz in sich selbst versunken, brauchte einen Moment, bis sie verstand. Dann sah sie ihr Tattoo an und lächelte.

«Mens agitat molem», sagte sie. «Der Geist bewegt die Materie.»

«Und was bedeutet es für dich?»

Beccas Blick entrückte. «Weiterzuleben, trotz allem», sagte sie.

Ende

SCHLUSSWORT UND WARNUNG

Es war ein lauer Spätsommertag, als ich in Hamburg in der Langen Reihe in einem Straßencafé saß und die Wartezeit bis zu meinem Termin mit einem Café Crema überbrückte. Verzweifelt dachte ich über meine nächste Geschichte nach, die sich noch widerspenstig zeigte, die ich aber gleich im Verlag vorstellen sollte, als unmittelbar vor meinem Tisch der braune Bus eines stadtbekannten Fahrdienstes an der roten Ampel hielt. Der Fahrer nahm seine Sonnenbrille ab und starrte mich an, bis die Ampel umschaltete. Mir lief es kalt den Rücken hinab. Nie zuvor hat mich ein fremder Mensch derart böse angeschaut – und ich war ihm auch noch dankbar dafür. Er verhalf mir zu einer Idee, die diesem Buch zugrunde liegt.

Ich hatte aber noch mehr Hilfe und Inspiration, für die ich mich bedanken möchte. Bei meiner Frau Steffi, meiner Tochter Nina, bei Gregor Middendorf und seinem Team, bei Markus Knüfken – und Charles Rettinghaus, denn hier beginnt seine wilde Fahrt mit mir. Und natürlich, immer wieder, bei Katharina Naumann und Sünje Redies, die meine Bücher besser machen.

Euch, meinen lieben Leserinnen und Lesern, möchte ich einen guten Rat mit auf den Weg geben. Passt gut auf, zu wem ihr in den Wagen steigt! Ihr könnt nie wissen, wer hinter dem Steuer sitzt. Ich bin selbst einige Jahre nachts Taxi gefahren, und jetzt stellt euch nur mal vor, ich wäre euer Fahrer gewesen ...

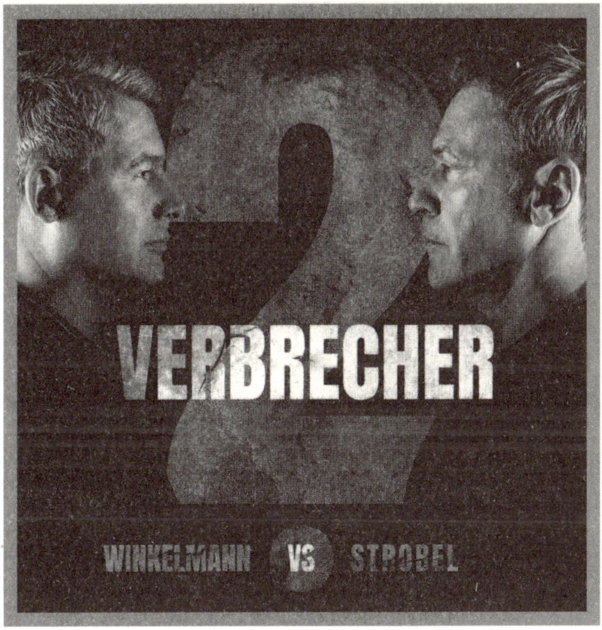

Hier der Link zum
neuen Podcast von Winkelmann und Strobel:

Weitere Titel

Barrieren

Deathbook

Der Gesang des Blutes

Der Zwilling

Die Zucht

Housesitter

Killgame

Wassermanns Zorn

Kerner und Oswald

Das Haus der Mädchen

Die Lieferung